Paul Claudel

de l'Académie française

Le soulier
de satin

VERSION
INTÉGRALE

Gallimard

La version réduite pour la scène du *Soulier de satin* a été créée le 27 novembre 1943 à la Comédie-Française, avec des décors et costumes de Lucien Coutaud, une musique d'Arthur Honegger, une mise en scène de Jean-Louis Barrault. Cette version pour la scène abrégée, notée et arrangée en collaboration avec Jean-Louis Barrault, comprend deux parties et un épilogue. La première partie est un raccourci des première et deuxième journées de l'édition intégrale, la deuxième partie et l'épilogue sont un raccourci des troisième et quatrième journées.

La quatrième journée de l'édition intégrale : *Sous le vent des îles Baléares*, a été créée le 27 juillet 1972 à Brangues, par Jean-Louis Barrault.

Deus escreve direito por linhas tortas
Proverbe portugais.

Etiam peccata.
Saint Augustin.

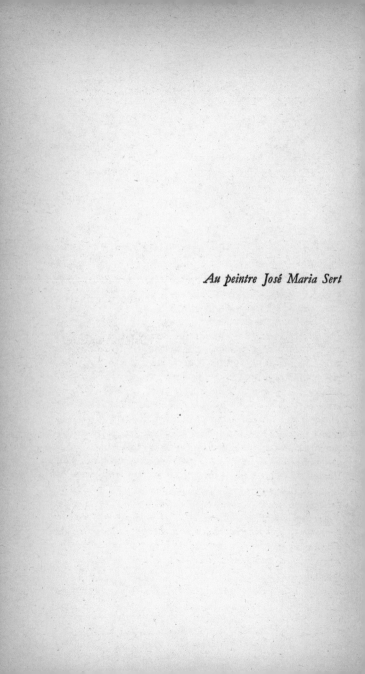

Au peintre José Maria Sert

... Comme après tout il n'y a pas impossibilité complète que la pièce soit jouée un jour ou l'autre, d'ici dix ou vingt ans, totalement ou en partie, autant commencer par ces quelques directions scéniques. Il est essentiel que les tableaux se suivent sans la moindre interruption. Dans le fond la toile la plus négligemment barbouillée, ou aucune, suffit. Les machinistes feront les quelques aménagements nécessaires sous les yeux mêmes du public pendant que l'action suit son cours. Au besoin rien n'empêchera les artistes de donner un coup de main. Les acteurs de chaque scène apparaîtront avant que ceux de la scène précédente aient fini de parler et se livreront aussitôt entre eux à leur petit travail préparatoire. Les indications de scène, quand on y pensera et que cela ne gênera pas le mouvement, seront ou bien affichées ou lues par le régisseur ou les acteurs eux-mêmes qui tireront de leur poche ou se passeront de l'un à l'autre les papiers nécessaires. S'ils se trompent, ça ne fait rien. Un bout de corde qui pend, une toile de fond mal tirée et laissant apparaître un mur blanc devant lequel passe et repasse le personnel sera du meilleur effet. Il faut que tout ait l'air provisoire, en marche, bâclé, incohérent, improvisé dans l'enthousiasme ! Avec des réussites, si possible, de temps en temps, car même dans le désordre il faut éviter la monotonie.

L'ordre est le plaisir de la raison : mais le désordre est le délice de l'imagination.

Je suppose que ma pièce soit jouée par exemple un jour de Mardi-Gras à quatre heures de l'après-midi. Je rêve une grande salle chauffée par un spectacle précédent, que le public envahit et que remplissent les conversations. Par les portes battantes on entend le tapage sourd d'un orchestre bien nourri qui fonctionne dans le foyer. Un autre petit orchestre nasillard dans la salle s'amuse à imiter les bruits du public en les conduisant et en leur donnant peu à peu une espèce de rythme et de figure.

Apparaît sur le proscenium devant le rideau baissé L'An-NONCIER. *C'est un solide gaillard barbu et qui a emprunté aux plus attendus* Velasquez *ce feutre à plumes, cette canne sous son bras et ce ceinturon qu'il arrive péniblement à boutonner. Il essaye de parler, mais chaque fois qu'il ouvre la bouche et pendant que le public se livre à un énorme tumulte préparatoire, il est interrompu par un coup de cymbale, une clochette niaise, un trille strident du fifre, une réflexion narquoise du basson, une espièglerie d'ocarina, un rot de saxophone. Peu à peu tout se tasse, le silence se fait. On n'entend plus que la grosse caisse qui fait patiemment* poum poum poum, *pareille au doigt résigné de Madame Bartet battant la table en cadence pendant qu'elle subit les reproches de Monsieur le Comte. Au-dessous roulement* pianissimo *de tambour avec des* forte *de temps en temps, jusqu'à ce que le public ait fait à peu près silence.*

L'ANNONCIER, *un papier à la main, tapant fortement le sol avec sa canne, annonce :*

LE SOULIER DE SATIN

OU

LE PIRE N'EST PAS TOUJOURS SÛR

ACTION ESPAGNOLE EN QUATRE JOURNÉES

PREMIÈRE JOURNÉE

Coup bref de trompette.

La scène de ce drame est le monde et plus spécialement l'Espagne à la fin du XVIᵉ, à moins que ce ne soit le commencement du XVIIᵉ siècle. L'auteur s'est permis de comprimer les pays et les époques, de même qu'à la distance voulue plusieurs lignes de montagnes séparées ne sont qu'un seul horizon.

Encore un petit coup de trompette. Coup prolongé de sifflet comme pour la manœuvre d'un bateau.
Le rideau se lève.

PERSONNAGES
DE LA PREMIÈRE JOURNÉE :

L'ANNONCIER.

LE PÈRE JÉSUITE.

DON PÉLAGE.

DON BALTHAZAR.

DOÑA PROUHÈZE *(Doña Merveille)*.

DON CAMILLE.

DOÑA ISABEL.

DON LUIS.

LE ROI D'ESPAGNE.

LE CHANCELIER.

DON RODRIGUE.

LE CHINOIS.

LA NÉGRESSE JOBARBARA.

LE SERGENT NAPOLITAIN.

DON FERNAND.

DOÑA MUSIQUE *(Doña Délices)*.

L'ANGE GARDIEN.

L'ALFÉRÈS.

SOLDATS.

SCÈNE PREMIÈRE

L'ANNONCIER, LE PÈRE JÉSUITE.

L'ANNONCIER

Fixons, je vous prie, mes frères, les yeux sur ce point de
l'Océan Atlantique qui est à quelques degrés au-dessous
de la Ligne à égale distance de l'Ancien et du Nouveau
Continent. On a parfaitement bien représenté ici l'épave
d'un navire démâté qui flotte au gré des courants. Toutes
les grandes constellations de l'un et de l'autre hémisphères, la Grande Ourse, la Petite Ourse, Cassiopée,
Orion, la Croix du Sud, sont suspendues en bon ordre
comme d'énormes girandoles et comme de gigantesques
panoplies autour du ciel. Je pourrais les toucher avec
ma canne. Autour du ciel. Et ici-bas un peintre qui voudrait représenter l'œuvre des pirates — des Anglais
probablement — sur ce pauvre bâtiment espagnol, aurait
précisément l'idée de ce mât, avec ses vergues et ses agrès,
tombé tout au travers du pont, de ces canons culbutés, de
ces écoutilles ouvertes, de ces grandes taches de sang et
de ces cadavres partout, spécialement de ce groupe de
religieuses écroulées l'une sur l'autre. Au tronçon du
grand mât est attaché un Père Jésuite, comme vous
voyez, extrêmement grand et maigre. La soutane déchi-
rée laisse voir l'épaule nue. Le voici qui parle comme il
suit : « Seigneur, je vous remercie de m'avoir ainsi atta-

ché... » Mais c'est lui qui va parler. Écoutez bien, ne toussez pas et essayez de comprendre un peu. C'est ce que vous ne comprendrez pas qui est le plus beau, c'est ce qui est le plus long qui est le plus intéressant et c'est ce que vous ne trouverez pas amusant qui est le plus drôle.

Sort l'Annoncier.

LE PÈRE JÉSUITE

Seigneur, je Vous remercie de m'avoir ainsi attaché!
Et parfois il m'est arrivé de trouver vos commandements pénibles.

Et ma volonté en présence de Votre règle
Perplexe, rétive.

Mais aujourd'hui il n'y a pas moyen d'être plus serré à Vous que je ne le suis et j'ai beau vérifier chacun de mes membres, il n'y en a plus un seul qui de Vous soit capable de s'écarter si peu.

Et c'est vrai que je suis attaché à la croix, mais la croix où je suis n'est plus attachée à rien. Elle flotte sur la mer.

La mer libre à ce point où la limite du ciel connu s'efface

Et qui est à égale distance de ce monde ancien que j'ai quitté

Et de l'autre nouveau.

Tout a expiré autour de moi, tout a été consommé sur cet étroit autel qu'encombrent les corps de mes sœurs l'une sur l'autre, la vendange sans doute ne pouvait se faire sans désordre,

Mais tout, après un peu de mouvement, est rentré dans la grande paix paternelle.

Et si je me croyais abandonné, je n'ai qu'à attendre le retour de cette puissance immanquable sous moi qui me reprend et me remonte avec elle comme si pour un moment je ne faisais plus qu'un avec le réjouissement de l'abîme,

Cette vague, voici bientôt la dernière pour m'emporter.

Je prends, je me sers de toute cette œuvre indivisible que Dieu a faite tout à la fois et à laquelle je suis étroitement amalgamé à l'intérieur de Sa sainte volonté, ayant renoncé la mienne,

De ce passé dont avec l'avenir est faite une seule étoffe indéchirable,

De cette mer qui a été mise à ma disposition,

Du souffle que je ressens tour à tour avec sa cessation sur ma face, de ces deux mondes amis, et là-haut dans le ciel de ces grandes constellations incontestables,

Pour bénir cette terre que mon cœur devinait là-bas dans la nuit, tant désirée !

Que la bénédiction sur elle soit celle d'Abel le pasteur au milieu de ses fleuves et de ses forêts ! Que la guerre et la dissension l'épargnent ! Que l'Islam ne souille point ses rives, et cette peste encore pire qu'est l'hérésie !

Je me suis donné à Dieu et maintenant le jour du repos et de la détente est venu et je puis me confier à ces liens qui m'attachent.

On parle d'un sacrifice quand à chaque choix à faire il ne s'agit que de ce mouvement presque imperceptible comme de la main.

C'est le mal seul à dire vrai qui exige un effort, puisqu'il est contre la réalité, se disjoindre à ces grandes forces continues qui de toutes parts nous adoptent et nous engagent.

Et maintenant voici la dernière oraison de cette messe que mêlé déjà à la mort je célèbre par le moyen de moi-même : Mon Dieu, je Vous prie pour mon frère Rodrigue ! Mon Dieu, je Vous supplie pour mon fils Rodrigue !

Je n'ai pas d'autre enfant, ô mon Dieu, et lui sait bien qu'il n'aura pas d'autre frère.

Vous le voyez qui d'abord s'était engagé sur mes pas
sous l'étendard qui porte Votre monogramme, et maintenant sans doute parce qu'il a quitté Votre noviciat il
se figure qu'il Vous tourne le dos,

Son affaire à ce qu'il imagine n'étant pas d'attendre,
mais de conquérir et de posséder

Ce qu'il peut, comme s'il y avait rien qui ne Vous
appartînt et comme s'il pouvait être ailleurs que là où
Vous êtes.

Mais, Seigneur, il n'est pas si facile de Vous échapper,
et s'il ne va pas à Vous par ce qu'il a de clair, qu'il y aille
par ce qu'il a d'obscur; et par ce qu'il a de direct, qu'il
y aille par ce qu'il a d'indirect; et par ce qu'il a de
simple,

Qu'il y aille par ce qu'il a en lui de nombreux, et de
laborieux et d'entremêlé,

Et s'il désire le mal, que ce soit un tel mal qu'il ne soit
compatible qu'avec le bien,

Et s'il désire le désordre, un tel désordre qu'il implique
l'ébranlement et la fissure de ces murailles autour de lui
qui lui barraient le salut,

Je dis à lui et à cette multitude avec lui qu'il implique
obscurément.

Car il est de ceux-là qui ne peuvent se sauver qu'en
sauvant toute cette masse qui prend leur forme derrière
eux.

Et déjà Vous lui avez appris le désir, mais il ne se
doute pas encore ce que c'est que d'être désiré.

Apprenez-lui que Vous n'êtes pas le seul à pouvoir
être absent! Liez-le par le poids de cet autre être sans
lui si beau qui l'appelle à travers l'intervalle!

Faites de lui un homme blessé parce qu'une fois en
cette vie il a vu la figure d'un ange!

Remplissez ces amants d'un tel désir qu'il implique à
'exclusion de leur présence dans le hasard journalier

L'intégrité primitive et leur essence même telle que Dieu les a conçus autrefois dans un rapport inextinguible!

Et ce qu'il essayera de dire misérablement sur la terre, je suis là pour le traduire dans le Ciel.

SCÈNE II

DON PÉLAGE, DON BALTHAZAR.

La façade d'une maison d'homme noble en Espagne. Première heure de la matinée. Un jardin rempli d'orangers.
Une petite fontaine de faïence bleue sous les arbres.

DON PÉLAGE

Don Balthazar, il y a deux chemins qui partent de cette maison.

Et l'un, si le regard pouvait l'auner d'un seul coup, à travers maintes villes et villages

Montant, redescendant, comme l'écheveau en désordre sur les chevalets d'un cordier,

Tire d'ici directement à la mer, non loin d'une certaine hôtellerie que je connais parmi de gros arbres cachée.

C'est par là qu'un cavalier en armes escorte Doña Prouhèze. Oui, je veux que par lui Doña Prouhèze soit enlevée à mes yeux.

Cependant que par un autre chemin entre les genêts, tournoyant et montant parmi les roches parsemées,

J'accéderai à l'appel que cette tache blanche là-haut m'adresse,

Cette lettre de la veuve dans la montagne, cette lettre de ma cousine dans ma main.

Et Merveille, pour Madame il n'y a pas autre chose à faire que bien regarder la ligne de la mer vers l'Est

En attendant que ces voiles y paraissent qui doivent
nous ramener, elle et moi, en notre Gouvernement
d'Afrique.

DON BALTHAZAR

Eh quoi, Seigneur, si tôt déjà partir!

Cette maison de votre enfance, après tant de mois sur
un sol barbare, quoi, de nouveau la quitter!

DON PÉLAGE

Il est vrai, c'est le seul endroit au monde où je me sente
compris et accepté.

C'est ici où je cherchais refuge en silence, du temps où
j'étais le Terrible Juge de Sa Majesté, extirpateur des
brigands et de la rébellion.

On n'aime pas un juge.

Mais moi, j'ai appris tout de suite qu'il n'y avait pas
de plus grande charité que de tuer les êtres malfaisants.

Que de journées j'ai passées ici, n'ayant pour compagnie du matin jusqu'au soir que mon vieux jardinier,

Ces orangers que j'arrosais moi-même et cette petite
chèvre qui n'avait pas peur de moi!

Oui, elle me donnait par jeu des coups de tête et
venait manger des feuilles de vigne dans ma main.

DON BALTHAZAR

Maintenant voici cette Doña Merveille qui est plus
pour vous que la petite chèvre.

DON PÉLAGE

Prenez-en soin, Don Balthazar, en ce voyage difficile.
Je la remets à votre honneur.

DON BALTHAZAR

Quoi, c'est à moi que vous voulez confier Doña
Prouhèze?

DON PÉLAGE

Pourquoi non? ne m'avez-vous pas dit vous-même
que vos devoirs vous appellent en Catalogne? Votre
chemin n'en sera pas fort allongé.

DON BALTHAZAR

Je vous prie de m'excuser. N'est-il point d'autre cavalier à qui remettre ce soin?

DON PÉLAGE

Point d'autre.

DON BALTHAZAR

Don Camille, par exemple, votre cousin et lieutenant
là-bas, qui va partir tout à l'heure?

DON PÉLAGE, *durement.*

Il partira seul.

DON BALTHAZAR

Et ne pouvez-vous laisser Doña Prouhèze à vous
attendre ici?

DON PÉLAGE

Je n'aurai pas le temps de revenir.

DON BALTHAZAR

Quel devoir impérieux vous appelle?

DON PÉLAGE

Ma cousine Doña Viriana, qui se meurt et aucun
homme auprès d'elle.

Point d'argent dans l'humble et altière demeure, à
peine de pain,

Plus six filles à marier dont l'aînée ne s'éloigne de
vingt ans que peu.

DON BALTHAZAR

N'est-ce point celle-là que nous appelions Doña Musique ? — j'ai résidé là-bas au temps que je faisais des levées pour les Flandres —

A cause de cette guitare qu'elle ne quittait pas et dont elle ne jouait jamais,

Et de ces grands yeux croyants ouverts sur vous et prêts à absorber toutes les merveilles,

Et de ces dents comme des amandes fraîches qui mordaient la lèvre écarlate, et de son rire !

DON PÉLAGE

Pourquoi ne l'avez-vous pas épousée ?

DON BALTHAZAR

Je suis plus gueux qu'un vieux loup.

DON PÉLAGE

Et tout l'argent que tu gagnes passe à ton frère, le chef de la Maison là-bas en Flandre ?

DON BALTHAZAR

Il n'y en a pas de meilleure entre l'Escaut et la Meuse.

DON PÉLAGE

Je me charge de Musique et toi je te confie Prouhèze.

DON BALTHAZAR

Comme vous-même, Seigneur, oui-da, malgré mon âge,

Je me sens plutôt fait pour être l'époux d'une jolie femme que son protecteur.

DON PÉLAGE

Ni elle ni vous, noble ami, j'en suis sûr, n'avez à redouter ces quelques jours de compagnie,

Et d'ailleurs vous trouverez toujours la servante de ma femme avec elle; gare à la noire Jobarbara! Un pêcher n'est pas mieux défendu qui pousse tout au travers d'un figuier de Barbarie.

Puis votre attente ne sera pas longue : en peu de temps j'aurai mis ordre à tout.

DON BALTHAZAR

Et marié les six filles?

DON PÉLAGE

Déjà pour chacune d'elles j'ai choisi deux maris, et le commandement est parti qui convoque mes galants; qui oserait résister à Pélage, le Terrible Juge?

Elles n'auront qu'à choisir, ou autrement j'ai choisi pour elles, moi,

Le cloître qui les attend.

L'Aragonais n'est pas plus sûr de son affaire qui arrive sur la place du marché avec six cavales neuves. Elles sont là toutes ensemble tranquilles à l'ombre d'un grand châtaignier

Et ne voient pas l'acheteur qui passe de l'une à l'autre avec tendresse et connaissance, cachant le mors derrière son dos.

DON BALTHAZAR, *avec un gros soupir.*

Adieu, Musique!

DON PÉLAGE

Et pendant qu'il me reste un peu de temps, je vais achever de vous expliquer la situation sur la côte d'Afrique. Le sultan Mouley... *(Ils s'éloignent.)*

SCÈNE III

DON CAMILLE, DOÑA PROUHÈZE.

Une autre partie du même jardin. Midi. *La longue muraille d'un côté à l'autre de la scène d'une espèce de charmille formée de plantes aux feuilles épaisses. Obscurité résultant de l'ombre d'arbres compacts. Par quelques interstices passent cependant des rayons de soleil qui font des taches ardentes sur le sol.*

> *Du côté invisible de la charmille et ne laissant paraître à travers les feuilles pendant qu'elle marche au côté de Don Camille que des éclairs de sa robe rouge, Doña Prouhèze. Du côté visible Don Camille.*

DON CAMILLE

Je suis reconnaissant à Votre Seigneurie de m'avoir permis de lui dire adieu.

DOÑA PROUHÈZE

Je ne vous ai rien permis et Don Pélage ne m'a rien défendu.

DON CAMILLE

Cette charmille entre nous prouve que vous ne voulez pas me voir.

DOÑA PROUHÈZE

N'est-ce pas assez que je vous entende ?

DON CAMILLE

Où je suis je n'importunerai plus souvent Monsieur le Capitaine général.

DOÑA PROUHÈZE

Vous retournerez là-bas à Mogador?

DON CAMILLE

C'est le bon côté du pays, loin de Ceuta et de ses bureaux, loin de cette grosse peinture bleue où la rame des galions en blanc écrit incessamment le nom du Roi d'Espagne.

Ce que j'apprécie le plus est cette barre de quarante pieds qui me coûte une barcasse ou deux de temps en temps et qui ennuie un peu les visiteurs.

Mais, comme on dit : ceux qui viennent me voir me font honneur, ceux qui ne viennent pas me voir me font plaisir.

DOÑA PROUHÈZE

Cela vous sépare aussi de tous renforts et ravitaillements.

DON CAMILLE

J'essaye de m'en passer.

DOÑA PROUHÈZE

Heureusement que le Maroc en ce moment est partagé entre trois ou quatre sultans ou prophètes qui se font la guerre; c'est vrai?

DON CAMILLE

C'est vrai, c'est ma petite chance.

DOÑA PROUHÈZE

Et personne mieux que vous, n'est-ce pas, pour en profiter?

DON CAMILLE

Oui, je parle toutes les langues. Mais je sais ce que vous pensez.

Vous pensez à ce voyage de deux ans que j'ai fait à l'intérieur du pays, déguisé en marchand juif.

Beaucoup de gens disent que cela n'est pas le fait d'un gentilhomme ni d'un chrétien.

DOÑA PROUHÈZE

Je ne l'ai pas pensé. Personne n'a jamais pensé que vous fussiez un renégat. Vous le voyez par ce poste d'honneur que le Roi vous a remis.

DON CAMILLE

Oui, un poste d'honneur comme un chien sur une barrique au milieu de l'océan. Mais je n'en veux point d'autre.

Et beaucoup de gens aussi disent qu'il y a du Maure dans mon cas, à cause de ce teint un peu sombre.

DOÑA PROUHÈZE

Je ne l'ai pas pensé. Je sais que vous êtes de fort bonne famille.

DON CAMILLE

Va pour le Maure!

Tout bon gentilhomme sait qu'il n'y a qu'à taper dessus comme à la quintaine.

Théoriquement, car en fait nous nous y frottons le moins possible.

DOÑA PROUHÈZE

Vous savez que je pense comme vous. Moi aussi j'aime cette race dangereuse.

DON CAMILLE

Est-ce que je les aime? Non, mais je n'aime pas l'Espagne.

DOÑA PROUHÈZE

Qu'entends-je, Don Camille?

DON CAMILLE

Il y a des gens qui trouvent leur place toute faite en naissant,

Serrés et encastrés comme un grain de maïs dans la quenouille compacte :

La religion, la famille, la patrie.

DOÑA PROUHÈZE

Est-ce que vous êtes dégagé de tout cela?

DON CAMILLE

N'est-ce pas, vous aimeriez que je vous rassure? C'est comme ma mère qui voulait que je lui dise constamment les choses qu'elle pensait elle-même. Ce « sourire câlin » pour toute réponse, comme elle me le reprochait!

Ah! ses autres fils et filles, je dois dire qu'elle n'y pensait guère! Elle n'avait que mon nom sur les lèvres en mourant. Et cet Enfant Prodigue, pour passer à un autre sujet, un très mauvais sujet,

Est-ce que vous croyez que c'est vrai qu'il mangeait son bien avec les gloutons et les prostituées? Ah! il s'était mis dans des affaires autrement passionnantes!

Des spéculations à faire frire les cheveux sur la tête avec les Carthaginois et les Arabes! C'est le *nom* même qui était compromis, vous sentez?

Croyez-vous que le Père pensait à autre chose qu'à ce fils chéri? Tout le long des jours. On ne lui en laissait guère le moyen.

DOÑA PROUHÈZE

Qu'entendez-vous par ce « sourire câlin »?

DON CAMILLE

Comme si nous étions d'accord en dessous, comme si tout cela était de complicité avec elle. Un petit clin d'œil, comme ça! C'est cela qui la mettait hors d'elle-même. Pauvre maman!

Et cependant qui diable m'a fait, je vous prie, si ce n'est elle seule?

DOÑA PROUHÈZE

Je ne suis pas chargée de vous refaire.

DON CAMILLE

Qu'en savez-vous? Mais c'est peut-être moi qui suis chargé de vous défaire.

DOÑA PROUHÈZE

Ce sera difficile, Don Camille.

DON CAMILLE

Ce sera difficile, et cependant vous êtes déjà là qui m'écoutez malgré la défense de votre mari, à travers ce mur de feuilles. J'aperçois votre petite oreille.

DOÑA PROUHÈZE

Je sais que vous avez besoin de moi.

DON CAMILLE

Vous entendez que je vous aime?

DOÑA PROUHÈZE

J'ai dit ce que j'ai dit.

DON CAMILLE

Et je ne vous fais point trop horreur?

DOÑA PROUHÈZE

A cela vous ne pouvez réussir ainsi tout de suite.

DON CAMILLE

Dites, personne qui m'écoutez invisible et qui cheminez d'un même pas avec moi de l'autre côté de ce branchage, ce n'est pas tentant ce que je vous offre?

D'autres à la femme qu'ils aiment montrent des perles, des châteaux, que sais-je? des forêts, cent fermes, une flotte sur la mer, des mines, un royaume,

Une vie paisible et honorée, une coupe de vin à boire ensemble.

Mais moi, ce n'est rien de tout cela que je vous propose, attends! je sais que je vais toucher la fibre la plus secrète de ton cœur,

Mais une chose si précieuse que pour l'atteindre avec moi rien ne coûte, et vous vous ennuierez de vos biens, famille, patrie, de votre nom et de votre honneur même!

Oui, que faisons-nous ici, partons, Merveille!

DOÑA PROUHÈZE

Et quelle est cette chose si précieuse que vous m'offrez?

DON CAMILLE

Une place avec moi où il n'y ait absolument plus rien! *nada!* rrac!

DOÑA PROUHÈZE

Et c'est ça ce que vous voulez me donner?

DON CAMILLE

N'est-ce rien que ce rien qui nous délivre de tout?

DOÑA PROUHÈZE

Mais moi, j'aime la vie, Seigneur Camille! J'aime le monde, j'aime l'Espagne! J'aime ce ciel bleu, j'aime le bon soleil! J'aime ce sort que le bon Dieu m'a fait.

DON CAMILLE

J'aime tout cela aussi. L'Espagne est belle. Grand Dieu, que ce serait bon si on pouvait la quitter une bonne fois et pour jamais!

DOÑA PROUHÈZE

N'est-ce pas ce que vous avez fait?

DON CAMILLE

On revient toujours.

DOÑA PROUHÈZE

Mais est-ce qu'il existe, ce lieu où il n'y a absolument plus rien?

DON CAMILLE

Il existe, Prouhèze.

DOÑA PROUHÈZE

Quel est-il?

DON CAMILLE

Un lieu où il n'y a plus rien, un cœur où il n'y a pas autre chose que toi.

DOÑA PROUHÈZE

Vous détournez la tête en disant cela afin que je ne voie pas sur vos lèvres que vous vous moquez.

DON CAMILLE

Quand je dis que l'amour est jaloux, prétendez-vous que vous ne comprenez pas?

DOÑA PROUHÈZE

Quelle femme ne le comprendrait?

DON CAMILLE

Celle qui aime, les poëtes ne disent-ils pas qu'elle gémit de n'être pas toute chose pour l'être qu'elle a choisi? Il faut qu'il n'ait plus besoin que d'elle seule.

C'est la mort et le désert qu'elle apporte avec elle.

DOÑA PROUHÈZE

Ah! ce n'est pas la mort, mais la vie que je voudrais apporter à celui que j'aime,

La vie, fût-ce au prix de la mienne!

DON CAMILLE

Mais n'êtes-vous pas vous-même plus que ces royaumes à posséder, plus que cette Amérique à faire sortir de la mer?

DOÑA PROUHÈZE

Je suis plus.

DON CAMILLE

Et qu'est-ce qu'une Amérique à créer auprès d'une âme qui s'engloutit?

DOÑA PROUHÈZE

Faut-il donner mon âme pour sauver la vôtre?

DON CAMILLE

Il n'y a pas d'autre moyen.

DOÑA PROUHÈZE

Si je vous aimais, cela me serait facile.

DON CAMILLE

Si vous ne m'aimez pas, aimez mon infortune.

DOÑA PROUHÈZE

Quelle infortune si grande?

DON CAMILLE

Empêchez-moi d'être seul!

DOÑA PROUHÈZE

Mais n'est-ce pas cela à quoi vous n'avez cessé de travailler?

Quel est l'ami que vous n'ayez découragé? le lien que vous n'ayez rompu? le devoir que vous n'ayez accueilli avec ce sourire dont vous me parliez tout à l'heure?

DON CAMILLE

Si je suis vide de tout, c'est afin de mieux vous attendre.

DOÑA PROUHÈZE

Dieu seul remplit.

DON CAMILLE

Et qui sait, ce Dieu, si vous seule n'étiez pas capable de me l'apporter?

DOÑA PROUHÈZE

Je ne vous aime pas.

DON CAMILLE

Et moi, je vais être si malheureux et si criminel, oui, je vais faire de telles choses, Doña Prouhèze,

Que je vous forcerai bien de venir à moi, vous et ce Dieu que vous gardez si jalousement pour vous, comme s'il était venu pour les justes.

DOÑA PROUHÈZE

Ne blasphémez pas!

DON CAMILLE

C'est vous qui me parlez de Dieu; je n'aime pas ce sujet.

Et croyez-vous que ce soit le Fils Prodigue qui ait demandé pardon?

DOÑA PROUHÈZE

L'Évangile le dit.

DON CAMILLE

Moi, je tiens que c'est le Père, oui, pendant qu'il lavait les pieds blessés de cet explorateur.

DOÑA PROUHÈZE

Vous reviendrez aussi.

DON CAMILLE

Alors je ne veux pas de musique ce jour-là! pas d'invités ni de veau gras! pas de cette pompe publique.

Je veux qu'il soit aveugle comme Jacob pour qu'il ne me voie pas.

Vous vous rappelez cette scène quand Joseph fait sortir tous ses frères pour être seul avec Israël?

Nul ne sait ce qui s'est passé entre eux à ce moment, il y en a pour jusqu'à la fin du monde, de quoi remplir cinq minutes d'agonie!

DOÑA PROUHÈZE

Don Camille, est-ce donc si difficile que d'être tout simplement un honnête homme? un fidèle chrétien, un fidèle soldat, un fidèle serviteur de Sa Majesté,

Un très fidèle époux de la femme qui vous aura trouvé?

DON CAMILLE

Tout cela est trop encombrant, et lent, et compliqué,

Les autres éternellement sur nous, j'étouffe! Ah! n'en

avoir jamais fini de cette prison compacte et de toute
cette pile de corps mous !

Tout cela qui nous empêche de suivre notre appel.

DOÑA PROUHÈZE

Quel est donc cet appel irrésistible ?

DON CAMILLE

Dites-moi que vous ne l'avez pas ressenti vous-même ?
Les moucherons ne sont pas plus faits pour résister à
cette extase de la lumière, quand elle pompe la nuit,

Que les cœurs humains à cet appel du feu capable de
les consumer. L'appel de l'Afrique !

La terre ne serait point ce qu'elle est si elle n'avait ce
carreau de feu sur le ventre, ce cancer rongeur, ce rayon
qui lui dévore le foie, ce trépied attisé par le souffle des
océans, cet antre fumant, ce fourneau où vient se dé-
graisser l'ordure de toutes les respirations animales !

Nous ne sommes pas toute chose entre nos quatre
murs.

Vous avez beau tout fermer, vous avez beau vous
arranger entre vous, vous ne pouvez pas exclure cette
plus grande part de l'humanité dont vous avez convenu
de vous passer et pour laquelle le Christ aussi cependant
est mort.

Ce souffle sur vous qui fait frémir vos feuillages et
battre vos jalousies, c'est l'Afrique qui l'appelle, en proie
à son éternel supplice !

D'autres explorent la mer, et moi, pourquoi ne m'en-
foncerais-je pas aussi loin qu'il est possible d'aller, vers
cette autre frontière de l'Espagne, le feu !

DOÑA PROUHÈZE

Les capitaines que le Roi envoie vers ces Indes nouvelles ne travaillent pas pour eux, mais pour leur
maître.

DON CAMILLE

Je n'ai pas besoin de penser tout le temps au Roi d'Espagne, n'est-il pas là partout où il y a un de ses sujets ? Tant mieux pour lui que je pénètre où son nom ne peut passer.

Moi, ce n'est pas un monde nouveau qu'on m'a donné pour le pétrir à ma fantaisie,

C'est un livre vivant que j'ai à étudier et le commandement que je désire ne s'acquiert que par la science.

Un Alcoran dont les lignes sont faites de ce rang de palmiers là-bas, de ces villes nacrées sur le bord de l'horizon comme un titre,

Et les lettres, de ces foules dans l'ombre des rues étroites aux yeux de braise, de ces formes empaquetées qui ne peuvent sortir une main sans qu'elle devienne de l'or.

Comme les Hollandais vivent de la mer, ainsi ces peuples à la frontière même de l'humanité (non parce que la terre cesse mais parce que le feu commence) de l'exploitation de ces rives au delà du lac ardent.

C'est là que je me taillerai un domaine pour moi, une insolente petite place pour moi seul entre les deux mondes.

DOÑA PROUHÈZE

Pour vous seul ?

DON CAMILLE

Pour moi seul. Une petite place que j'y sois plus perdu qu'une petite pièce d'or dans une cassette oubliée. Telle que nulle autre que vous jamais n'est capable de venir m'y rechercher.

DOÑA PROUHÈZE

Je ne viendrai pas vous rechercher.

DON CAMILLE

Je vous donne rendez-vous.

SCÈNE IV

DOÑA ISABEL, DON LUIS.

Une rue dans une ville d'Espagne quelconque.
Une haute fenêtre garnie de barreaux de fer.

Derrière les barreaux Doña Isabel, et dans la rue,
Don Luis.

DOÑA ISABEL

Je jure de ne pas être la femme d'un autre que Votre
Seigneurie. Demain mon frère, ce cruel tyran, m'arrache
à Ségovie. Je suis une des filles d'honneur qui accom-
pagnent Notre-Dame quand elle s'en va à la Porte de
Castille recevoir l'hommage de Santiago. Armez-vous,
emmenez quelques compagnons courageux. Il vous sera
facile dans quelque défilé de montagne de m'enlever à la
faveur de la nuit et de la forêt. Ma main.

Elle la lui donne.

SCÈNE V

DOÑA PROUHÈZE, DON BALTHAZAR.

Même lieu qu'à la scène II. Le soir. Toute une caravane
prête à partir. Mules, bagages, armes, chevaux sellés,
etc.

DON BALTHAZAR

Madame, puisqu'il a plu à votre époux par une inspiration subite de me confier le commandement de Votre Seigneurie hautement respectée,

Il m'a paru nécessaire, avant de partir, de vous donner communication des clauses qui doivent régler notre entretien.

DOÑA PROUHÈZE

Je vous écoute avec soumission.

DON BALTHAZAR

Ah! je voudrais être encore à la retraite de Bréda! Oui, plutôt que le commandement d'une jolie femme,

Je préfère celui d'une troupe débandée de mercenaires sans pain que l'on conduit à travers un pays de petits bois vers un horizon de potences!

DOÑA PROUHÈZE

Ne vous désolez pas, Seigneur, et donnez-moi ce papier que je vois tout prêt dans votre main.

DON BALTHAZAR

Lisez-le, je vous prie, et veuillez y mettre votre seing à la marque que j'ai faite.

Oui, je me suis senti tout soulagé depuis que j'ai couché ainsi mes ordres sur ce papier. C'est lui qui nous commandera à tous désormais, moi le premier.

Vous y trouverez toute chose bien indiquée, les étapes, les heures du départ et des repas,

Et ces moments aussi où vous aurez permission de m'entretenir, car je sais qu'on ne saurait condamner les femmes au silence.

Alors je vous raconterai mes campagnes, les origines de ma famille, les mœurs de la Flandre, mon pays.

DOÑA PROUHÈZE

Mais moi aussi, n'aurai-je pas licence de dire un mot parfois?

DON BALTHAZAR

<u>Sirène</u>, je ne vous ai prêté déjà les oreilles que trop!

DOÑA PROUHÈZE

Est-il si désagréable de penser que pendant quelques jours mon sort et ma vie ne seront pas moins pour vous que votre propre vie?

Et qu'étroitement associés, vous sentirez bien à chaque minute que j'ai pour défenseur vous seul!

DON BALTHAZAR

Je le jure! on ne vous tirera pas d'entre mes mains.

DOÑA PROUHÈZE

Pourquoi essayerais-je de fuir alors que vous me conduisez là précisément où je voulais aller?

DON BALTHAZAR

Et ce que j'avais refusé, c'est votre époux qui me l'enjoint!

DOÑA PROUHÈZE

Si vous m'aviez refusé, alors je serais partie seule. Oui-da, j'aurais trouvé quelque moyen.

DON BALTHAZAR

Doña Merveille, je suis fâché d'entendre ainsi parler la fille de votre père.

DOÑA PROUHÈZE

Était-ce un homme qu'on avait habitude de contrarier dans ses desseins?

DON BALTHAZAR

Non, pauvre Comte! Ah! quel ami j'ai perdu! Je me
ressens encore de ce grand coup d'épée qu'il me fournit
au travers du corps un matin de carnaval. C'est ainsi
que commença notre fraternité.

Il me semble que je le revois quand je vois vos yeux,
vous y étiez déjà.

DOÑA PROUHÈZE

Je ferais mieux de ne pas vous dire que j'ai envoyé
cette lettre.

DON BALTHAZAR

Une lettre à qui?

DOÑA PROUHÈZE

A Don Rodrigue, oui, pour qu'il vienne me retrouver
en cette auberge précisément où vous allez me conduire.

DON BALTHAZAR

Avez-vous fait cette folie?

DOÑA PROUHÈZE

Et si je n'avais pas profité de l'occasion inouïe de
cette gitane qui gagnait directement Avila où je sais
qu'est la résidence de ce cavalier,

N'aurait-ce pas été un péché, comme disent les
Italiens?

DON BALTHAZAR

Ne blasphémez pas — et veuillez ne pas me regarder
ainsi, je vous prie, fi! N'avez-vous point vergogne de
votre conduite? et aucune crainte de Don Pélage? que
ferait-il s'il venait à l'apprendre?

DOÑA PROUHÈZE

Il me tuerait, nul doute, sans hâte comme il fait tout
et après avoir pris le temps de considérer.

DON BALTHAZAR

Aucune crainte de Dieu?

DOÑA PROUHÈZE

Je jure que je ne veux point faire le mal, c'est pourquoi
je vous ai tout dit. Ah! ce fut dur de vous ouvrir mon
cœur et je crains que vous n'ayez rien compris,

Rien que ma bonne affection pour vous. Tant pis!
Maintenant c'est vous qui êtes responsable et chargé de
me défendre.

DON BALTHAZAR

Il faut m'aider, Prouhèze.

DOÑA PROUHÈZE

Ah! ce serait trop facile! Je ne cherche point d'occasion, j'attends qu'elle vienne me trouver.

Et je vous ai loyalement averti, la campagne s'ouvre.

C'est vous qui êtes mon défenseur. Tout ce que je
pourrai faire pour vous échapper et pour rejoindre
Rodrigue,

Je vous donne avertissement que je le ferai.

DON BALTHAZAR

Vous voulez cette chose détestable?

DOÑA PROUHÈZE

Ce n'est point vouloir que prévoir. Et vous voyez
que je me défie tellement de ma liberté que je l'ai remise
entre vos mains.

DON BALTHAZAR

N'aimez-vous point votre mari?

DOÑA PROUHÈZE

Je l'aime.

DON BALTHAZAR

L'abandonneriez-vous à cette heure où le Roi lui-
même l'oublie,
Tout seul sur cette côte sauvage au milieu des infidèles,
Sans troupes, sans argent, sans sécurité d'aucune sorte?

DOÑA PROUHÈZE

Ah! cela me touche plus que tout le reste. Oui, l'idée
de trahir ainsi l'Afrique et notre pavillon,
Et l'honneur du nom de mon mari, je sais qu'il ne
peut se passer de moi,
Ces tristes enfants que j'ai recueillis, à la place de ceux
que Dieu ne m'a pas donnés, ces femmes qu'on soigne
à l'infirmerie, ces partisans rares et pauvres qui se sont
donnés à nous, abandonner tout cela,
Je peux dire que cela me fait horreur.

DON BALTHAZAR

Et qu'est-ce donc qui vous appelle ainsi vers ce
cavalier?

DOÑA PROUHÈZE

Sa voix.

DON BALTHAZAR

Vous ne l'avez connu que peu de jours.

DOÑA PROUHÈZE

Sa voix! Je ne cesse de l'entendre.

DON BALTHAZAR

Et que vous dit-elle donc?

DOÑA PROUHÈZE

Ah! si vous voulez m'empêcher d'aller à lui,
Alors du moins liez-moi, ne me laissez pas cette
cruelle liberté!
Mettez-moi dans un cachot profond derrière des
barres de fer!
Mais quel cachot serait capable de me retenir quand
celui même de mon corps menace de se déchirer?
Hélas! il n'est que trop solide, et quand mon maître
m'appelle, il ne suffit que trop à retenir cette âme, contre
tout droit, qui est à lui,
Mon âme qu'il appelle et qui lui appartient!

DON BALTHAZAR

L'âme et le corps aussi?

DOÑA PROUHÈZE

Que parlez-vous de ce corps quand c'est lui qui est
mon ennemi et qui m'empêche de voler d'un trait
jusqu'à Rodrigue?

DON BALTHAZAR

Ce corps aux yeux de Rodrigue n'est-il que votre
prison?

DOÑA PROUHÈZE

Ah! c'est une dépouille que l'on jette aux pieds de
celui qu'on aime!

DON BALTHAZAR

Vous le lui donneriez donc si vous le pouviez?

DOÑA PROUHÈZE

Qu'ai-je à moi qui ne lui appartienne ? Je lui donnerais le monde entier si je le pouvais !

DON BALTHAZAR

Partez. Rejoignez-le !

DOÑA PROUHÈZE

Seigneur, je vous ai déjà dit que je me suis placée non plus en ma propre garde, mais en la vôtre.

DON BALTHAZAR

C'est Don Pélage seul qui est votre gardien.

DOÑA PROUHÈZE

Parlez. Dites-lui tout.

DON BALTHAZAR

Ah ! pourquoi vous ai-je donné si vite ma parole ?

DOÑA PROUHÈZE

Quoi, la confiance que j'ai mise en vous, n'en êtes-vous pas touché ? Ne me forcez pas à avouer qu'il y a des choses que je ne pouvais dire qu'à vous seul.

DON BALTHAZAR

Après tout je ne fais qu'obéir à Don Pélage.

DOÑA PROUHÈZE

Ah ! que vous allez bien me garder et que je vous aime ! je n'ai plus rien à faire, on peut s'en remettre à vous.

Et déjà je concerte dans mon esprit mille ruses pour vous échapper.

DON BALTHAZAR

Il y aura un autre gardien qui m'aidera et auquel vous n'échapperez pas si aisément.

DOÑA PROUHÈZE

Lequel, Seigneur?

DON BALTHAZAR

L'Ange que Dieu a placé près de vous, dès ce jour que vous étiez un petit enfant innocent.

DOÑA PROUHÈZE

Un ange contre les démons! et pour me défendre contre les hommes il me faut une tour comme mon ami Balthazar,

La Tour et l'Épée cheminant d'un seul morceau, et cette belle barbe dorée qui montre de loin où vous êtes!

DON BALTHAZAR

Vous êtes restée Française.

DOÑA PROUHÈZE

Comme vous êtes resté Flamand; n'est-ce pas joli, mon petit accent de Franche-Comté?

Ce n'est pas vrai! mais tous ces gens avaient bien besoin de nous pour apprendre à être Espagnols, ils savent si peu s'y prendre!

DON BALTHAZAR

Comment votre mari a-t-il pu vous épouser, lui vieux déjà, et vous si jeune?

DOÑA PROUHÈZE

Je m'arrangeais sans doute avec les parties de sa nature les plus sévèrement maintenues, les plus secrètement choyées.

De sorte que quand j'accompagnai mon père à Madrid
où les affaires de sa province l'appelaient,

L'accord ne fut pas long à établir entre ces deux hauts
seigneurs,

Que j'aimasse Don Pélage aussitôt qu'on me l'aurait
présenté, par-dessus toute chose et pour tous les jours
de ma vie, comme cela est légal et obligatoire entre mari
et femme.

DON BALTHAZAR

Lui, du moins, vous ne pouvez pas douter qu'il ne
remplisse pas envers vous sa part.

DOÑA PROUHÈZE

S'il m'aime, je n'étais pas sourde pour que je l'entende
me le dire.

Oui, si bas qu'il me l'aurait avoué, un seul mot, j'avais
l'oreille assez fine pour le comprendre.

Je n'étais pas sourde pour entendre ce mot auquel
mon cœur était attentif.

Bien des fois j'ai cru le saisir dans ses yeux dont le
regard changeait dès que le mien voulait y pénétrer.

J'interprétais cette main qui se posait une seconde sur
la mienne.

Hélas! je sais que je ne lui sers de rien, ce que je fais
jamais je ne suis sûre qu'il l'approuve,

Je n'ai même pas été capable de lui donner un fils.

Ou peut-être, ce qu'il éprouve pour moi, j'essaye
parfois de le croire,

C'est chose tellement sacrée peut-être qu'il faut la
laisser s'exhaler seule, il ne faut pas la déranger avec les
paroles qu'on y mettrait.

Oui, il m'a fait entendre quelque chose de ce genre une
fois, à sa manière étrange et détournée.

Ou peut-être est-il si fier que pour que je l'aime il dédaigne de faire appel à autre chose que la vérité.

Je le vois si peu souvent! et je suis si intimidée avec lui!

Et cependant longtemps je n'imaginais pas que je pouvais être ailleurs qu'à son ombre.

Et vous voyez que c'est lui-même aujourd'hui qui me congédie et non pas moi qui ai voulu le quitter.

Presque tout le jour il me laisse seule, et c'est bien lui, cette maison déserte et sombre ici, si pauvre, si fière,

Avec ce tuant soleil au dehors et cette odeur délicieuse qui la remplit!

Oui, on dirait que c'est sa mère qui l'a laissée ainsi dans un ordre sévère et qui vient de partir à l'instant,

Une grande dame infiniment noble et qu'on oserait à peine regarder.

DON BALTHAZAR

Sa mère est morte en lui donnant la vie.

DOÑA PROUHÈZE, *montrant la statue au-dessus de la porte.*

Peut-être est-ce de celle-ci que je parle.

(*Don Balthazar ôte gravement son chapeau. Tous deux regardent la statue de la Vierge en silence.* — *Doña Prouhèze, comme saisie d'une inspiration :*)

Don Balthazar, voudriez-vous me rendre le service de tenir cette mule?

Don Balthazar tient la tête de la mule.

DOÑA PROUHÈZE *monte debout sur la selle et se déchaussant elle met son soulier de satin entre les mains de la Vierge.*

Vierge, patronne et mère de cette maison,

Répondante et protectrice de cet homme dont le cœur vous est pénétrable plus qu'à moi et compagne de sa longue solitude,

Alors si ce n'est pas pour moi, que ce soit à cause de lui,

Puisque ce lien entre lui et moi n'a pas été mon fait, mais votre volonté intervenante :

Empêchez que je sois à cette maison dont vous gardez la porte, auguste tourière, une cause de corruption!

Que je manque à ce nom que vous m'avez donné à porter, et que je cesse d'être honorable aux yeux de ceux qui m'aiment.

Je ne puis dire que je comprends cet homme que vous m'avez choisi, mais vous, je comprends, qui êtes sa mère comme la mienne.

Alors, pendant qu'il est encore temps, tenant mon cœur dans une main et mon soulier dans l'autre,

Je me remets à vous! Vierge mère, je vous donne mon soulier! Vierge mère, gardez dans votre main mon malheureux petit pied!

Je vous préviens que tout à l'heure je ne vous verrai plus et que je vais tout mettre en œuvre contre vous!

Mais quand j'essayerai de m'élancer vers le mal, que ce soit avec un pied boiteux! la barrière que vous avez mise,

Quand je voudrai la franchir, que ce soit avec une aile rognée!

J'ai fini ce que je pouvais faire, et vous, gardez mon pauvre petit soulier,

Gardez-le contre votre cœur, ô grande Maman effrayante!

SCÈNE VI

LE ROI, LE CHANCELIER.

Le Roi d'Espagne entouré de sa cour dans la grande salle du palais de Belem qui domine l'estuaire du Tage.

LE ROI

Seigneur Chancelier, vous qui avez le poil blanc
alors que le mien ne fait encore que grisonner,
Ne dit-on pas que la jeunesse est le temps des illusions,
Alors que la vieillesse peu à peu
Entre dans la réalité des choses telles qu'elles sont?
Une réalité fort triste, un petit monde décoloré qui va
se rétrécissant.

LE CHANCELIER

C'est ce que les anciens moi-même m'ont toujours
instruit à répéter.

LE ROI

Ils disent que le monde est triste pour qui voit clair?

LE CHANCELIER

Je ne puis le nier contre tous.

LE ROI

C'est la vieillesse qui a l'œil clair?

LE CHANCELIER

C'est elle qui a l'œil exercé.

LE ROI

Exercé à ne plus voir que ce qui lui est utile.

LE CHANCELIER

A elle et à son petit royaume.

LE ROI

Le mien est grand! oui, et si grand qu'il soit, mon
cœur qui le réunit
Dénie à toute frontière le droit de l'arrêter, alors que
la Mer même, ce vaste Océan à mes pieds,

Loin de lui imposer des limites ne faisait que réserver
de nouveaux domaines à mon désir trop tardif!

Et je voudrais la trouver enfin, cette chose dont vous
auriez le droit de dire au Roi d'Espagne qu'elle n'était
pas pour lui.

Triste? Comment dire sans impiété que la vérité de
ces choses qui sont l'œuvre d'un Dieu excellent

Est triste? et sans absurdité que le monde qui est à sa
ressemblance et à son émulation

Est plus petit que nous-mêmes et laisse la plus grande
part de notre imagination sans support?

Et je dis en effet que la jeunesse est le temps des
illusions, mais c'est parce qu'elle imaginait les choses
infiniment moins belles et nombreuses et désirables
qu'elles ne sont et de cette déception nous sommes guéris
avec l'âge.

Ainsi cette mer où le soleil se couche, la miroitante
étendue,

Là où les poëtes voyaient se précipiter chaque soir
l'impossible attelage au milieu des sardines de je ne sais
quel dieu ridicule, l'orfèvrerie d'Apollon,

L'œil audacieux de mes prédécesseurs par-dessus elle,
leur doigt

Désignait impérieusement l'autre bord, un autre monde.

Et déjà l'un de leurs serviteurs cingle vers le Sud, il
retrouve Cham, il double le Cap détesté,

Il boit au Gange! à travers maints passages difformes
il atterrit à la Chine, c'est à lui cet immense remuement
de soies et de palmes et de corps nus,

Tous ces bancs palpitants de frai humain, plus popu-
leux que les morts et qui attendent le baptême;

L'autre...

LE CHANCELIER

Notre grand Amiral!

LE ROI

Lui, c'est quelque chose d'absolument neuf qui lui surgit à la proue de son bateau, un monde de feu et de neige à la rencontre de nos enseignes détachant une escadre de volcans!

L'Amérique, comme une immense corne d'abondance, je dis ce calice de silence, ce fragment d'étoile, cet énorme quartier du paradis, le flanc penché au travers d'un océan de délices!

Ah! que le ciel me pardonne! mais quand parfois comme aujourd'hui, des bords de cet estuaire, je vois le soleil m'inviter d'un long tapis déroulé à ces régions qui me sont éternellement disjointes,

L'Espagne, cette épouse dont je porte l'anneau, m'est peu à côté de cette esclave sombre, de cette femelle au flanc de cuivre qu'on enchaîne pour moi là-bas dans les régions de la nuit!

Grâce à toi, fils de la Colombe, mon Royaume est devenu semblable au cœur de l'homme :

Alors qu'une part ici accompagne sa présence corporelle, l'autre a trouvé sa demeure outre la mer;

Il a mouillé ses ancres pour toujours en cette part du monde qu'éclairent d'autres étoiles.

Celui-là ne pouvait se tromper qui prend le soleil pour guide!

Et cette plage du monde que les savants jadis abandonnaient à l'illusion et à la folie,

C'est d'elle maintenant que mon Échiquier tire l'or vital qui anime ici toute la machine de l'État, et qui fait pousser de toutes parts plus dru que l'herbe en mai les lances de mes escadrons!

La mer a perdu ses terreurs pour nous et ne conserve que ses merveilles;

Oui, ses flots mouvants suffisent mal à déranger la large route d'or qui relie l'une et l'autre Castille

Par où se hâtent allant et revenant la double file de
mes bateaux à la peine

Qui me portent là-bas mes prêtres et mes guerriers et
me rapportent ces trésors païens enfantés par le soleil

Qui au sommet de sa course entre les deux Océans

Se tient immobile un moment en une solennelle
hésitation!

LE CHANCELIER

Le Royaume que Ses serviteurs d'hier ont acquis à
Votre Majesté,

La tâche de ceux d'aujourd'hui est de l'ouvrir et de le
conserver.

LE ROI

Il est vrai, mais depuis quelque temps je ne reçois
de là-bas que nouvelles funestes :

Pillages, descentes de pirates, extorsions, injustices,
extermination des peuples innocents,

Et ce qui est plus grave encore, fureur de mes capitaines qui se taillent part pour eux de ma terre et se
déchirent l'un contre l'autre,

Comme si c'était pour cette nuée de moustiques san-
guinaires et non pas pour le Roi seul à l'ombre de la
Croix pacifique

Que Dieu ait fait surgir un monde du sein des Eaux!

LE CHANCELIER

Où le maître n'est pas, les muletiers se gourment.

LE ROI

Je ne puis être à la fois en Espagne et aux Indes.

LE CHANCELIER

Qu'un homme soit là-bas la personne de Votre

Majesté, au-dessus de tous Un Seul, revêtu du même pouvoir.

LE ROI

Et qui choisirons-nous pour être là-bas Nous-même ?

LE CHANCELIER

Un homme raisonnable et juste.

LE ROI

Quand les volcans de mon Amérique se seront éteints, quand ses flancs palpitants seront épuisés, quand elle se sera reposée de l'immense effort qui vient de la faire sortir du néant toute brûlante et bouillonnante,

Alors je lui donnerai pour la régir un homme raisonnable et juste !

L'homme en qui je me reconnais et qui est fait pour me représenter n'est pas un sage et un juste, qu'on me donne un homme jaloux et avide !

Qu'ai-je à faire d'un homme raisonnable et juste, est-ce pour lui que je m'arracherai cette Amérique et ces Indes prodigieuses dans le soleil couchant, s'il ne l'aime de cet amour injuste et jaloux ?

Est-ce dans la raison et la justice qu'il épousera cette terre sauvage et cruelle, et qu'il la prendra toute glissante entre ses bras, pleine de refus et de poison ?

Je dis que c'est dans la patience et la passion et la bataille et la foi pure ! car quel homme sensé ne préférerait ce qu'il connaît à ce qu'il ne connaît pas et le champ de son père à cette pépinière chaotique ?

Mais celui que je veux, quand il a passé ce seuil que nul homme avant lui n'a traversé,

D'un seul éclair il a su que c'est à lui, et cette sierra toute bleue il y a longtemps qu'elle se dressait à l'horizon de son âme ; il n'y a rien, dans cette carte sous ses

pieds qui se déploie, qu'il ne reconnaisse et que d'avance
je ne lui aie donné par écrit.

Pour lui le voyage n'a point de longueurs et le désert
point d'ennuis, il est déjà tout peuplé des villes qu'il y
établira;

Et la guerre point de hasards, et la politique est simple,
il est seulement surpris de toutes ces résistances frivoles.

Et de même quand j'ai épousé l'Espagne, ce n'était
pas pour jouir de ses fruits et de ses femmes à la manière
d'un brigand,

Et de la toison de ses brebis, et des mines dans sa
profondeur, et des sacs d'or que les marchands versent
à la douane, à la manière d'un rentier et d'un propriétaire.

Mais c'était pour lui fournir l'intelligence et l'unité, et
pour la sentir tout entière vivante et obéissante et
comprenante sous ma main, et moi à la manière de la
tête qui seule comprend ce qui fait toute la personne.

Car ce n'est pas l'esprit qui est dans le corps, c'est
l'esprit qui contient le corps, et qui l'enveloppe tout
entier.

LE CHANCELIER

Je ne connais qu'un homme qui réponde au désir
de Votre Majesté. Il s'appelle Don Rodrigue de Manacor.

LE ROI

Je ne l'aime pas.

LE CHANCELIER

Je sais que l'obéissance lui va mal. Mais l'homme
que vous me demandez ne peut être fait autrement
qu'avec de l'étoffe de Roi.

LE ROI

Il est trop jeune encore.

LE CHANCELIER

Cette Amérique que vous allez lui donner l'est moins à peine que lui.

Il était tout enfant que déjà elle était sa vision prodigieuse quand il accompagnait son père qui lui racontait Cortez et Balboa.

Et plus tard ses passages à travers les Andes, sa descente non point comme Magellan sur la mer sans obstacles,

Mais du Pérou au Para au travers d'un océan de feuillages,

Son gouvernement de Grenade ravagée par la sédition et la peste

Ont montré qui était Rodrigue, votre serviteur.

LE ROI

Je consens à Rodrigue. Qu'il vienne!

LE CHANCELIER

Sire, je ne sais où il est. Déjà je lui avais fait comprendre que l'Amérique de nouveau allait le requérir.

Il m'a écouté d'un œil sombre sans répliquer.

Et le lendemain il avait disparu.

LE ROI

Qu'on me l'amène de force!

SCÈNE VII

DON RODRIGUE, LE SERVITEUR CHINOIS.

Le désert de Castille. Un site parmi les arbustes bas d'où l'on découvre une vaste étendue. Montagnes romanesques dans l'éloignement. Une soirée d'une pureté cristalline.

Don Rodrigue et le Serviteur chinois sont allongés sur un talus à l'abri duquel paissent leurs chevaux débridés et ils inspectent l'horizon.

DON RODRIGUE

Nos cavaliers ont disparu.

LE CHINOIS

Ils sont là-bas dans le petit bois tapis, faisant coucher leurs chevaux, l'un d'eux est blanc et éclaire tout le reste.

DON RODRIGUE

Cette nuit nous leur fausserons compagnie.

LE CHINOIS

Ce n'est pas nous qu'ils cherchent. N'est-ce pas ici la grand'route de Galice à Saragosse et par où chaque année, le jour de sa fête,

Saint Jacques (c'est aujourd'hui, voyez-vous cette étoile qui file?)

Va solennellement rendre visite à Notre-Dame du Pilier?

DON RODRIGUE

Ce sont des pèlerins qui vont se joindre au cortège?

LE CHINOIS

Pèlerins, — j'ai vu des armes à la lueur de ce coup de pinceau phosphorique, —

Peu soucieux de se faire voir trop tôt.

DON RODRIGUE

Fort bien, cette affaire ne nous concerne pas.

LE CHINOIS

Cependant je garde un œil sur ce petit bois de pinasses.

DON RODRIGUE

Et moi, je garde l'œil sur toi, cher Isidore.

LE CHINOIS

Oh! ne craignez pas que je fuie,
Pour autant que vous respecterez notre pacte et ne me
ferez passer la nuit auprès d'aucun cours d'eau, source,
puits.

DON RODRIGUE

Crains-tu si fort que je te baptise subrepticement?

LE CHINOIS

Et pourquoi donc vous donnerais-je ainsi pour rien
le droit de me faire chrétien et d'entrer au Ciel avec
l'ornement que je vous aurai fourni? Et compensation
à d'autres desseins moins purs,
Il faut d'abord que vous serviez quelque peu Monsieur
votre serviteur.

DON RODRIGUE

Et que je t'accompagne là où certaine main noire
t'appelle?

LE CHINOIS

Tout près une main blanche vous fait signe.

DON RODRIGUE

Ce n'est rien de vil que je veux.

LE CHINOIS

Appelez-vous de l'or une chose vile?

DON RODRIGUE

C'est une âme en peine que je secours.

LE CHINOIS

Et moi, la mienne qui est captive.

DON RODRIGUE

Captive au fond d'une bourse?

LE CHINOIS

Tout ce qui est à moi, c'est moi.

DON RODRIGUE

Te plains-tu que je te veuille aider?

LE CHINOIS

Monsieur mon maître, plaise humblement Votre
Seigneurie accepter que je n'aie pas confiance en Votre
Seigneurie.

Oui, j'aimerais beaucoup être en d'autres mains que
les vôtres, pourquoi m'y suis-je mis?

DON RODRIGUE

C'est moi qui suis dans les tiennes.

LE CHINOIS

Nous nous sommes pris l'un par l'autre et il n'y a
plus moyen de nous dépêtrer.

Ah! j'ai eu tort de vous faire cette promesse à la hâte
dans le transport de mon tempérament!

Au fond qu'est-ce que cette eau que vous voulez me
verser sur la tête et pourquoi y tenez-vous tellement?
Qu'est-ce que vous y gagnez? qui m'assure que les
choses sont comme vous dites?

Et quant à ce changement spirituel dont vous parlez,
croyez-vous que ce soit agréable? qui aimerait qu'on lui
change ses rognons de place? mon âme est bien comme
elle est et je n'aime pas beaucoup que les autres y
regardent et me la tripotent à leur idée.

DON RODRIGUE

Si tu renies ta parole, c'est mauvais, elle se vengera
sur toi.

LE CHINOIS, *avec un soupir*.

Allons, c'est dit, je renonce à cet or là-bas, et, vous,
renoncez à cette idole bien colorée.

DON RODRIGUE

Tu t'égares, Isidore. Je répète que seul me presse
le secours que je dois à cette âme en danger.

LE CHINOIS

Et vous ne voulez pas que j'aie peur quand j'entends
un homme parler de cette façon!

Pauvre Isidore! Ah! quel maître as-tu tiré au sort! en
quelles mains par le désagrément des éléments lourds et
subtils de la matière as-tu chu?

Vous m'avez mené à la comédie à Madrid, mais je n'y
ai vu rien de pareil! Salut au sauveur de la femme des
autres!

Revenez à vous! Rapetissez votre cœur! Ouvrez-vous
à mes sages paroles raisonnables et laissez-les enduire
votre esprit malade comme le son d'un instrument.

Qu'est-ce que cette femme que vous aimez? Au dehors
cette bouche peinte comme avec un pinceau, ces yeux
plus beaux que s'ils étaient des boules de verre, ces
membres exactement cousus et ajustés?

Mais au dedans c'est le chagrin des démons; le ver, le
feu, le vampire attaché à votre substance! La matière de
l'homme qui lui est entièrement soutirée et il ne reste
plus qu'une forme brisée et détendue comme un cor-
puscule de cricri, horreur!

Ne suis-je pas dans la dépendance de Votre Seigneurie?
que de fois ne l'ai-je pas suppliée de songer au salut de
son âme et de la mienne?

Que seront dans cent ans ces cent livres de chair
femelle auxquelles votre âme s'est amalgamée comme
avec un crochet?

Un peu d'ordure et de poussière, des os!

DON RODRIGUE

Pour le moment elle vit.

LE CHINOIS

Et moi je certifie que dans une existence antérieure
cette diablesse vous a fait signer un papier et promesse
de conjonction corporelle!

Si vous le voulez, je m'engage à exhorter cette
créature disgracieuse et à lui faire rendre par le moyen
de tourments et sollicitations physiques votre chiro-
graphe prénatal.

DON RODRIGUE

Tu m'étonnes, Isidore. La Sainte Église ne reconnaît
la vie d'aucune âme antérieure à sa naissance.

LE CHINOIS, *froissé*.

J'ai cependant étudié tous les livres que vous m'avez
donnés et je pourrais les réciter d'un bout à l'autre.
Frère Léon prétend que j'en sais autant que lui.

DON RODRIGUE

Ni à ces choses qui sont derrière moi et me poursuivent,

Ni à celles qui sont devant moi, un point blanc là-bas
sur la mer entre les arbres sombres,

Je sens que je ne pourrai échapper.

LE CHINOIS

Qu'est-ce qui est derrière vous?

DON RODRIGUE

Le galop de ces chevaux qui me poursuivent, le commandement du Roi sur son trône qui m'a choisi entre tous les hommes pour me donner la moitié du monde,

Celle-là qui depuis l'éternité était inconnue de tous jusqu'à moi, ensevelie comme un enfant dans ses langes,

Cette part du monde toute nouvelle et fraîche comme une étoile qui a surgi pour moi de la mer et des ténèbres.

Et ce n'est pas moi plus tard qui aurai à m'y faire une place, à m'y tailler une courte province,

C'est moi qui la contiens tout entière alors que toute fraîche et humide encore elle s'offre à recevoir pour toujours mon empreinte et mon baiser.

LE CHINOIS

Et qu'est-ce qui est en avant de vous ?

DON RODRIGUE

Un point fulgurant là-bas pareil à la vision de la mort. Est-ce un mouchoir qu'on agite ? Est-ce un mur sur lequel frappe le soleil de midi ?

LE CHINOIS

Je sais. C'est là que se trouve un certain monstre noir à qui dans l'hilarité de mon âme, parce qu'un sage même n'est pas exempt d'incertitude, et *quasi in lubrico*, si je puis dire,

Je me suis laissé aller à prêter argent.

> *Il se tord les mains en levant les yeux au ciel.*

DON RODRIGUE

Non point sans intérêts, j'en suis sûr. Je connais ton genre de libéralité.

LE CHINOIS

Quoi, n'est-ce point vertu que de donner *illico* aux *petentibus*?

Et à quoi reconnaît-on la vertu, sinon à ce qu'elle comporte subitement sa récompense?

DON RODRIGUE

Va, nous retrouverons ton argent, puisque tu tiens à ne l'avoir que de ta négresse.

Le diable sait quel trafic vous avez manigancé!

Et je te baptiserai et je serai débarrassé de toi. Tu pourras retourner à ta Chine.

LE CHINOIS

C'est mon vœu le plus cher. Il est temps que je fructifie entre les infidèles.

Car à quoi sert le jeune vin sinon aux aubergistes pour le mettre dans de vieilles bouteilles? à quoi le boisseau sinon pour en mesurer ces perles qu'il nous est commandé de distribuer aux cochons,

Plutôt que d'y emmagasiner le vain éclat de notre lumignon personnel?

DON RODRIGUE

Tu te sers de l'Écriture comme un épicier luthérien.

LE CHINOIS

Ramenez-moi seulement à Barcelone.

DON RODRIGUE

N'est-ce point là où tu me conjurais de ne pas aller?

LE CHINOIS

Si je ne puis vous détourner de votre folie, au moins que j'en profite.

DON RODRIGUE

Folie comme chacun l'appellerait, mais j'ai follement raison!

LE CHINOIS

C'est raison que de vouloir sauver une âme en la perdant?

DON RODRIGUE

Il y a une chose que pour le moment je puis seul lui porter.

LE CHINOIS

Et quelle est cette chose unique?

DON RODRIGUE

La joie.

LE CHINOIS

Ne m'avez-vous pas fait lire cinquante fois que pour vous, chrétien, c'est le sacrifice qui sauve?

DON RODRIGUE

C'est la joie seule qui est mère du sacrifice.

LE CHINOIS

Quelle joie?

DON RODRIGUE

La vision de celle qu'elle me donne.

LE CHINOIS

Appelez-vous joie la torture du désir?

DON RODRIGUE

Ce n'est point le désir qu'elle a lu sur mes lèvres, c'est la reconnaissance.

LE CHINOIS

La connaissance? dites-moi seulement la couleur de
ses yeux.

DON RODRIGUE

Je ne sais. Ah! je l'admire tellement que j'ai oublié
de la regarder!

LE CHINOIS

Excellent. Moi, j'ai vu de grands vilains yeux bleus.

DON RODRIGUE

Ce ne sont point ses yeux, c'est elle-même tout
entière qui est une étoile pour moi!

Jadis sur la mer des Caraïbes, quand à la première
heure du matin je sortais de ma caisse étouffante pour
prendre la veille,

Et qu'une seconde on me montrait cet astre réginal,
cette splendide étoile toute seule au bandeau du ciel
transparent,

Ah! c'était le même saisissement au cœur une seconde,
la même joie immense et folle!

Aucun homme ne peut vivre sans admiration. Il y a
en nous l'âme qui a horreur de nous-mêmes,

Il y a cette prison dont nous avons assez, il y a ces yeux
qui ont le droit de voir à la fin! Il y a un cœur qui
demande à être rassasié!

Mais bientôt je ne trouvais plus au firmament que ce
feu de plomb trop connu,

L'opaque et sûr falot, triste guide du navigateur sur
les eaux inaltérées.

Or cette fois voici bien autre chose qu'une étoile pour
moi, ce point de lumière dans le sable vivant de la
nuit,

Quelqu'un d'humain comme moi dont la présence et

le visage hors la laideur et la misère de ce monde ne sont compatibles qu'avec un état bienheureux !

LE CHINOIS

Un festin pour tous les sens !

DON RODRIGUE

Les sens ! je les compare aux goujats qui suivent l'armée

Pour dépouiller les morts et profiter de la ville prise.

Je n'accepterai point si facilement cette rançon payée par le corps pour l'âme qui s'est dérobée,

Et qu'il y ait une chose en elle dont je cesse d'avoir besoin.

Mais je dis mal, je ne calomnierai pas ces sens que Dieu a faits.

Ce ne sont point de vils acolytes, ce sont nos serviteurs qui parcourent le monde tout entier,

Jusqu'à ce qu'ils aient trouvé enfin la Beauté, cette figure devant laquelle nous sommes si contents de disparaître.

Tout ce que nous lui demandons est que nous n'ayons plus pour toujours qu'à ouvrir les yeux pour la retrouver.

LE CHINOIS

Pas autre chose, vraiment? Ce n'était pas la peine de nous déranger. Je crains que notre conversation pour cette dame ne soit pas d'un grand profit.

DON RODRIGUE

Est-ce pour rien que, si bien cachée, je l'ai découverte?

LE CHINOIS

La peste soit de cette tempête qui nous jeta sur la côte d'Afrique,

Et de cette fièvre qui nous retint là-bas !

DON RODRIGUE

Ce fut son visage que je vis en me réveillant.
Dis, crois-tu que je l'aie reconnue sans qu'elle le
sache ?

LE CHINOIS

Il faudrait savoir tout ce qui s'est passé avant notre
naissance. A ce moment je ne voyais rien, oui, je me
rappelle que je n'en étais pas encore à mes yeux :
Pour que rien ne vînt déranger ma préparation du
papillon Isidore.

DON RODRIGUE

Laisse là ta vie antérieure ! à moins que dans la
pensée de Celui qui nous a faits déjà nous ne fussions
étrangement ensemble.

LE CHINOIS

C'est sûr ! nous étions déjà ensemble tous les trois.

DON RODRIGUE

Déjà elle était l'unique frontière de ce cœur qui n'en
tolère aucune.

LE CHINOIS

Déjà, mon cher parrain, vous pensiez à me la donner
pour marraine.

DON RODRIGUE

Déjà elle contenait cette joie qui m'appartient et que
je suis en route pour lui redemander !
Déjà elle me regardait avec ce visage qui détruit la
mort !
Car qu'est-ce qu'on appelle mourir, sinon de cesser
d'être nécessaire ? quand est-ce qu'elle a pu se passer de

moi? quand est-ce que je cesserai d'être cela sans quoi elle n'aurait pu être elle-même?

Tu demandes la joie qu'elle m'apporte? Ah! si tu savais les mots qu'elle me dit pendant que je dors!

Ces mots qu'elle ne sait pas qu'elle me dit, et je n'ai qu'à fermer les yeux pour les entendre.

LE CHINOIS

Des mots qui vous ferment les yeux et à moi qui me ferment la bouche.

DON RODRIGUE

Ces mots qui sont le poison de la Mort, ces mots qui arrêtent le cœur et qui empêchent le temps d'exister!

LE CHINOIS

Il n'existe plus! Regardez! déjà un de ces astres pour vous qui ne servent plus à rien, le voilà qui s'en va,

Et qui au travers de la page céleste fait une grande rature de feu!

DON RODRIGUE

Que j'aime ce million de choses qui existent ensemble! Il n'y a pas d'âme si blessée en qui la vue de cet immense concert n'éveille une faible mélodie!

Vois, pendant que la terre comme un blessé qui a cessé de combattre exhale un souffle solennel,

Le peuple des cieux sans aucun déplacement, comme employé à un calcul, tout fourmillant de sa mystérieuse besogne!

LE CHINOIS

Au milieu les trois étoiles, le bâton de cet énorme Pèlerin qui tour à tour visite les deux hémisphères.

Ce que vous appelez le Bâton de Saint Jacques.

DON RODRIGUE, *à demi-voix et comme se parlant à lui-même.*

« Regarde, mon amour! Tout cela est à toi et c'est moi qui veux te le donner. »

LE CHINOIS

Étrange lumière que ce million de gouttes de lait!

DON RODRIGUE

Là-bas, sous les feuilles, il éclaire une femme qui pleure de joie et qui baise son épaule nue.

LE CHINOIS

Qu'importe cette épaule, je vous prie, Monsieur le sauveur d'âmes?

DON RODRIGUE

Cela aussi fait partie des choses que je ne posséderai pas en cette vie.

Ai-je dit que c'était son âme seule que j'aimais? c'est elle tout entière.

Et je sais que son âme est immortelle, mais le corps ne l'est pas moins,

Et de tous deux la semence est faite qui est appelée à fleurir dans un autre jardin.

LE CHINOIS

Une épaule qui fait partie d'une âme et tout cela ensemble qui est une fleur, comprends-tu, mon pauvre Isidore? O ma tête, ma tête!

DON RODRIGUE

Isidore, ah! si tu savais comme je l'aime et comme je la désire!

LE CHINOIS

Maintenant je vous comprends et vous ne parlez plus chinois.

DON RODRIGUE

Et crois-tu donc que ce soit son corps seul qui soit capable d'allumer dans le mien un tel désir?

Ce que j'aime, ce n'est point ce qui en elle est capable de se dissoudre et de m'échapper et d'être absent, et de cesser une fois de m'aimer, c'est ce qui est la cause d'elle-même, c'est cela qui produit la vie sous mes baisers et non la mort!

Si je lui apprends qu'elle n'est pas née pour mourir, si je lui demande son immortalité, cette étoile sans le savoir au fond d'elle-même qu'elle est,

Ah! comment pourrait-elle me refuser?

Ce n'est point ce qu'il y a en elle de trouble et de mêlé et d'incertain que je lui demande, ce qu'il y a d'inerte et de neutre et de périssable,

C'est l'être tout nu, la vie pure,

C'est cet amour aussi fort que moi sous mon désir comme une grande flamme crue, comme un rire dans ma face!

Ah! me le donnât-elle (je défaille et la nuit vient sur mes yeux),

Me le donnât-elle (et il ne faut pas qu'elle me le donne),

Ce n'est point son corps chéri jamais qui réussirait à me contenter!

Jamais autrement que l'un par l'autre nous ne réussirons à nous débarrasser de la mort,

Comme le violet s'il se fond avec l'orange dégage le rouge tout pur.

LE CHINOIS

Tse gue! Tse gue! Tse gue! nous savons ce qui se cache sous ces belles paroles.

DON RODRIGUE

Je sais que cette union de mon être avec le sien est impossible en cette vie et je n'en veux aucune autre.

Seule l'étoile qu'elle est
Peut rafraîchir en moi cette soif affreuse.

LE CHINOIS

Pourquoi donc nous rendons-nous présentement à
Barcelone?

DON RODRIGUE

T'ai-je point dit que j'ai reçu d'elle une lettre?

LE CHINOIS

Les choses s'éclairent peu à peu.

DON RODRIGUE, *récitant comme s'il lisait.*

« Venez, je serai à X... Je pars pour l'Afrique. On a de
grands reproches à vous faire. »
C'est une femme gitane qui m'a apporté ce papier. Je
suis parti,
Cédant à tes sollicitations, pendant que les gens du Roi
me poursuivaient.

LE CHINOIS

Oui, c'est moi! Accusez-moi, je vous prie! Les
affaires de mon âme et de ma bourse, vous n'aviez
que cela à cœur!

DON RODRIGUE

Tout pesait dans le même sens. La goutte d'eau qui
s'accumule
Et l'Espagne tout entière pour moi comme un plateau
qu'on incline.

LE CHINOIS

Ah! cette noire statue là-bas et cet argent à moi, oïe,
oïe!

O cette bourse que je lui ai donnée dans l'impétuosité
de mon sentiment intestinal!

J'espérais qu'au-dessous de ce sein exotique elle
s'enflerait peu à peu mélodieusement comme un fruit!

DON RODRIGUE

Des reproches, a-t-elle dit! Ah! je me suis mépris!
Oui, ce sont des reproches seulement qu'elle veut me
faire entendre.

Il faut que je n'existe plus. Il faut me faire comprendre
ces choses qui font qu'elle ne m'aimera jamais.

LE CHINOIS

J'en fournirai de mon côté quelques-unes.

DON RODRIGUE

Il faut que je voie bien qu'elle a raison et que je
l'approuve! Il me faut l'entendre condamner ce cœur
qui ne bat que pour elle!

J'ai soif de ces mots destructeurs! Encore! Je suis
avide de ce néant qu'elle veut établir en moi.

Car je sais que c'est seulement dans le vide absolu de
toute chose que je la rencontrerai.

Est-ce parce que je suis beau ou noble ou vertueux
que je voudrais qu'elle m'aime? ou pour rien autre chose
que ce besoin désespéré que j'ai de son âme?

Ou quand je pense à elle, est-ce que je désire rien
d'elle autre que tout à coup vers moi ce mouvement
sacré de son cœur? est-ce que tout d'elle alors ne disparaît
pas, oui, même ces yeux si beaux!

Je veux la confronter pour témoin de cette séparation
entre nous si grande que l'autre par le fait de cet homme
avant moi qui l'a prise n'en est que l'image,

Cet abîme qui va jusqu'aux fondements de la nature,

Et que franchira seul hors de tout motif et mérite cet

acte de foi que nous ferons l'un dans l'autre, ce serment dans l'éternité.

Je sais qu'elle ne peut être à moi que par un acte gratuit.

LE CHINOIS

Rien n'est gratuit que ce précieux élixir caillé au fond de cette fiole mince que liquéfie la bénédiction de Notre-Dame de la Pitié.

Et voyez, les gouttes qui s'en échappent prennent feu dès qu'elles touchent notre air épais.

DON RODRIGUE

Ce n'est pas Notre-Dame que tu vois, mais cette idole chinoise sur un follicule que tu avais retrouvée et dont tu ne pouvais détacher tes regards.

LE CHINOIS

Une seule goutte de parfum est plus précieuse que beaucoup d'eau éparse.

DON RODRIGUE

Dis-tu cela de toi-même ou de qui cette parole est-elle prise?

LE CHINOIS

Quand je ferme les yeux par une nuit comme celle-ci bien des choses me reviennent d'on ne sait où à la pensée.

J'entends un son grave comme celui d'un tambour de bronze et cela est associé à une idée de désert et de grand soleil et d'une ville sans aucun nom derrière des murailles crénelées.

Je vois un canal où se reflète le croissant de la lune et l'on entend le froissement d'une barque invisible dans les roseaux.

DON RODRIGUE

Cependant tu étais bien petit encore, m'as-tu dit, quand tu as quitté la Chine, après que les Jésuites en t'achetant t'avaient sauvé de la mort.

LE CHINOIS

Mort du corps et celle de l'âme, grâces soient au Ciel suprême!
Dont je vois ce soir comme une coulée gagner
Sur ce pont que fait la Terre entre les deux Maisons de la Nuit.

DON RODRIGUE, *se dressant sur les coudes.*

En effet! Qu'est ceci? Du fond de l'Occident je vois s'avancer en bon ordre une quantité de petites lumières.

LE CHINOIS

Et là-bas à l'Orient à la crête de cette colline apparaît un autre cortège.

DON RODRIGUE

C'est Jacques qui chaque année au jour de sa fête s'en vient rendre visite à la Mère de son Dieu.

LE CHINOIS

Et celle-ci maternellement fait le tiers du chemin à sa rencontre,
Selon qu'il a été solennellement stipulé par-devant notaire après de longues disputes.

DON RODRIGUE

Attention! Je vois les petites lumières à l'ouest qui se dispersent, tout s'éteint! Mais c'est la flamme rouge des arquebuses! Écoute! On crie!

LE CHINOIS

Je crains que ce ne soient nos pèlerins de tout à l'heure,
ceux que nous avons vus se tapir derrière la pinède.

DON RODRIGUE

Penses-tu qu'ils vont s'en prendre à Saint Jacques?

LE CHINOIS

Ce sont sans doute des hérétiques ou des Maures
et la statue est d'argent massif.

DON RODRIGUE, *se levant.*

Mon épée! Volons au secours de Monsieur Saint
Jacques!

LE CHINOIS, *se levant aussi.*

Et quand nous l'aurons arraché aux mécréants, nous
ne le rendrons pas sans une bonne rançon.

Ils sortent.

SCÈNE VIII

LA NÉGRESSE JOBARBARA, LE SERGENT NAPOLITAIN.

L'auberge de X... au bord de la mer.

LA NÉGRESSE, *se jetant sur le Sergent.*

Traître, oh! il faut que je te tue! fi! fi! fi! dis-moi qu'as-
tu féfi de mon joli zizouilli que tu m'as pris?

LE SERGENT

Bonjour, Madame!

LA NÉGRESSE

Méchant, je te reconnais bien!

LE SERGENT

Et moi, je ne veux pas vous écouter.

Il se prend le nez avec deux doigts de la main droite en imitant avec le bras gauche le bâton de Polichinelle.

LA NÉGRESSE, *retrouvant haleine.*

... en or que je t'ai donné, mon joli bracelet tout en or que je t'ai donné, il valait plus de deux cents pistoles!

Où il y avait accrochés une main, une guitare, une clef, une goyave, un sou, un petit poisson et vingt autres jolies choses qui font bonheur ensemble!

Prends garde, j'ai prié dessus, oui, j'ai chanté dessus, j'ai dansé dessus et je l'ai arrosé avec le sang d'une poule noire!

De sorte que c'est joliment bon pour moi, mais celui qui me l'aura pris, ça le rend malade, il crève!

LE SERGENT

Je suis content d'en être débarrassé.

LA NÉGRESSE

Quoi, c'est vrai, tu l'as vendu, mauvais chien?

LE SERGENT

Ne me l'aviez-vous pas donné?

LA NÉGRESSE

Je te l'avais prêté, tu disais que ça te porterait bonheur, méchant,

Pour une certaine affaire que tu avais à faire en enfer!

Après quoi tu es parti d'ici par une fente de la muraille, retirant ta jambe,

Comme les lézards, les scorpions, les Cheval-bon-Dieu et les autres animaux secs.

LE SERGENT

Dis-moi, le capitaine qui part pour l'Inde, la première chose qu'il fait, ce n'est pas d'aller chez le banquier, qui lui procure des armes et des vivres,

De l'argent pour la paye de ses soldats et de ses marins ? Il revient l'année prochaine avec dix sacs d'or.

LA NÉGRESSE

Mais tu ne reviens pas avec un sac !

LE SERGENT

Je ne reviens pas avec un sac ? et ce ne sera pas joli si je te donne un grand morceau de soie verte et rouge de quoi faire quinze mouchoirs, et un collier en or qui te fera quatre fois le tour du cou ?

Et un bracelet en or ? et encore un bracelet en or ? et item un autre bracelet en or ? et derechef un autre troisième, quatrième et cinquième bracelet en or ?

LA NÉGRESSE, *le regardant partout.*

Où c'est que tu as mis tout cela ?

LE SERGENT

Où c'est que j'ai mis tout cela ? et où c'est qu'il l'avait mise, ta maman,

Après que s'étant caché derrière une touffe de bananiers il l'eut prise avec toutes les femmes de son village pendant qu'elles pilaient du mil au clair de lune,

Ce brave Portugais de Portugal, quand il l'amena au Brésil pour lui apprendre les bonnes manières et le goût de la canne à sucre il n'y a rien de meilleur ?

S'il n'avait eu cette inspiration, au lieu d'être aujourd'hui cette matrone respectée, oracle de la maison du Juge,

Les cheveux accommodés avec de l'huile de palme et vêtue d'un morceau de papier,

Tu serais encore à danser comme une niaise sur les bords du fleuve Zaïre, essayant d'attraper la lune avec tes dents.

LA NÉGRESSE, *éperdue.*

La matrone... le clair de lune... l'huile de canne... tu me tournes la tête, je ne sais plus où j'en suis. *(Avec un cri :)* J'en étais à mon argent que tu m'as pris, voleur !

LE SERGENT

Cet argent que je t'ai pris ? et ce n'est pas beaucoup plus que de l'argent cette étoile que j'ai été cueillir dans la montagne avec les doigts,

Cette mouche à feu que j'ai attrapée avec la main et placée dans une petite cage,

Au moment qu'avec le dessous de son cœur elle essayait d'embraser une fleur de jasmin ?

LA NÉGRESSE

Tu parles de cette pauvre jeune fille avec laquelle tu nous es arrivé l'autre jour,

Tous deux cachés dans le fond de cette charrette chargée de roseaux ?

LE SERGENT

Maintenant la barque est prête. Ce soir, si le vent l'est aussi,

Nous faisons route vers le rivage latin.

LA NÉGRESSE

Et le bracelet que tu m'as pris ? et la chaîne que tu dois me donner à la place ?

LE SERGENT

Suis-les! Attache-toi fort à moi! qui t'empêche de
nous accompagner?

LA NÉGRESSE

Que veux-tu faire de cette pauvre jeune fille?

LE SERGENT

J'ai promis de lui donner le Roi de Naples, pourquoi
pas? C'est une idée qui m'est venue tout à coup, je suis
sûr qu'il y a un Roi à Naples!

Je lui ai dit que le Roi de Naples l'avait vue en songe,
ah! quel délicieux jeune homme j'ai fabriqué aussitôt!
il m'envoie fouiller le monde pour la trouver.

Je la reconnaîtrai à ce signe d'une tache en forme de
colombe qu'elle a au-dessous de l'épaule.

LA NÉGRESSE

Et elle avait ce signe en effet?

LE SERGENT, *frappant dans ses mains.*

Voilà qui est étrange, elle l'avait! elle me l'a dit
Jamais elle n'a voulu me le montrer.

LA NÉGRESSE

Comment l'appelle-t-on?

LE SERGENT

On l'appelle Doña Musique à cause d'une guitare
dont heureusement elle ne joue jamais. Son vrai nom
est Doña Délices.

LA NÉGRESSE

Et personne ne s'est aperçu de son départ?

LE SERGENT

On voulait la marier de force à une espèce de grand
vilain toucheur de bœufs vêtu de cuir, une mâchoire
solennelle qui vous descend des Goths!

Le pauvre petit cœur a dit qu'elle voulait aller dans
un couvent du voisinage pour demander lumière et
conseil, et nous sommes partis pour demander lumière
et conseil, tous les deux sur le même cheval.

LA NÉGRESSE

On vous poursuit?

LE SERGENT

On ne nous aura pas. *(Il mouille son doigt et le lève en
l'air.)* Et déjà je sens les premières bouffées de ce béni
vent de Castille qui tout à l'heure va entraîner notre
léger esquif!

LA NÉGRESSE

Que vas-tu faire de cette pauvre jeune fille?

LE SERGENT

Crois-tu donc que je vais l'endommager? ce serait
comme un pâtissier qui consommerait ses flans.

Je m'évapore à ses pieds dans le respect et l'attendrissement!

Je souffle dessus pour enlever la poussière! J'y jette
un peu d'eau avec le bout des doigts! Je l'époussète
chaque matin avec un petit plumeau fait de duvet de
colibri!

Garde l'œil, commère, sur le chemin qui s'en va
tournillant là-bas,

Jusqu'à cette montagne qui a forme d'un lion couché,

Jusqu'à ce qu'y apparaisse cette chose qui d'avance
me fait mal au ventre,

Certain nuage de poussière où brille l'éclat des armes
et des étriers!

— Ah! quel beau métier que le mien! il ne me rap-
porterait nuls gages que je n'en voudrais point d'autre!

LA NÉGRESSE

C'est la corde qui sera ton salaire, ô grand vilain
méchant!

LE SERGENT

Jamais de corde pour moi! Je fais retraite dans le
décor! Je ferme les yeux et aussitôt il n'y a plus moyen
de me distinguer d'un pied de grenadier.

Rassurez-vous, touchantes jeunes filles! votre ami, le
Sergent doré, est encore là pour aller vous chercher au
fond des trous où vous moisissez avec une canne à pêche!

Quand se gonfle votre petit cœur innocent, quand
votre âme délicatement frémit au son de l'ami inconnu
là-bas,

Quand vous sentez que vous êtes comme ces graines
que la nature a pourvues de plumes et de duvets afin
qu'elles s'envolent au gré d'avril,

Alors j'apparais sur le rebord de votre fenêtre,
battant des ailes et peint en jaune!

SCÈNE IX

DON FERNAND, DON RODRIGUE,
DOÑA ISABEL, LE SERVITEUR CHINOIS.

*Une autre partie du désert de Castille. Un chemin creux
parmi les roseaux et les chênes verts. Il vient d'y avoir une
bataille. On voit par terre des cadavres parmi lesquels celui*

de Don Luis, *masqué. Çà et là des carrosses et voitures de charge, des chevaux que les valets tiennent par la bride.*

Don Rodrigue blessé adossé contre le tronc d'un arbre.

DON FERNAND, *à Don Rodrigue.*

Seigneur cavalier, je vous remercie.

DON RODRIGUE

Je suis heureux d'avoir pu sauver Monsieur Saint Jacques.

DON FERNAND, *montrant Don Luis.*

Ce n'est nullement à Saint Jacques qu'en voulait Monsieur.

DON RODRIGUE

Il s'est battu comme un gentilhomme et j'ai cru que je n'en viendrais pas à bout.

LE SERVITEUR CHINOIS

Oui, mais notre pourpoint a souffert.

DON FERNAND

Vous sentez-vous sérieusement blessé?

DON RODRIGUE

Peu de chose. Donnez-moi l'une de ces voitures. Mon serviteur prendra soin de moi.

DON FERNAND, *à Doña Isabel.*

Et vous, ma chère sœur, reprenez vos sens. Ne restez pas ainsi toute blanche et interdite. Et remerciez ce cavalier qui nous a sauvés tous.

DOÑA ISABEL

Je vous remercie.

SCÈNE X

DOÑA PROUHÈZE, DOÑA MUSIQUE.

Le jardin de l'auberge de X...

DOÑA MUSIQUE

Vous qui savez tant de choses, comme je suis contente de causer avec vous!

DOÑA PROUHÈZE

Prenons garde seulement, petite sœur, que Don Balthazar ne nous voie.

DOÑA MUSIQUE

Le jour tombe. C'est l'heure où le bon Seigneur relève ses sentinelles
De peur que sa captive ne s'envole.

DOÑA PROUHÈZE

Je suis contente d'être si bien gardée. J'ai vérifié toutes les sorties. Il n'y a pas moyen d'échapper quand je le voudrais. Quel bonheur!

DOÑA MUSIQUE

Et cependant je suis entrée sans nulle permission ici.

DOÑA PROUHÈZE

Qui aurait été vous chercher, mélangée comme une couleuvre à ce grand tas de roseaux?
Maintenant c'est moi qui vous tiens et qui vous empêcherai de fuir.

DOÑA MUSIQUE

Est-ce vous qui m'empêchez de fuir, ou bien est-ce moi au contraire qui me suis prise à vous d'une manière si gentille

Que vous ne savez plus comment vous dépêtrer? Oh! comme vous êtes belle et comme je vous aime! Si j'étais votre mari, je voudrais toujours vous tenir dans un sac, je serais terrible avec vous!

DOÑA PROUHÈZE

Dès qu'il sera de retour j'arrangerai cette affaire.

DOÑA MUSIQUE

Vous n'arrangerez rien du tout! car il s'est mis dans la tête de me marier avec le toucheur de bœufs, et moi je m'envole sur le rebord du toit et je me moque de lui!

C'est le gentil Roi de Naples qui sera mon mari!

DOÑA PROUHÈZE

Il n'y a pas de Roi à Naples.

DOÑA MUSIQUE

Il y a un Roi de Naples pour Musique! N'essayez pas de me faire de la peine ou je vous casserai le petit doigt.

Et ce n'est pas vrai non plus, peut-être, que j'ai cette tache sur l'épaule comme une colombe? je vous l'ai montrée.

DOÑA PROUHÈZE

C'est toi qui es la colombe.

DOÑA MUSIQUE

Mon Dieu, comme il sera content quand il me tiendra dans ses bras!

« Ah que le temps m'a duré!
« Fallait-il donc m'obliger à te chercher si loin,
« Musique », dira-t-il. Il me semble que je l'entends.
Oh! comme je serai contente de l'entendre me dire
mon nom!
Lui seul le sait désormais.

DOÑA PROUHÈZE

Folle, tu ne l'as jamais vu!

DOÑA MUSIQUE

Je n'ai pas besoin de le voir pour connaître son cœur!
Qui donc m'appelait si fort? Croyez-vous que ce n'était
pas dur de partir ainsi et de fouler aux pieds tous les
miens?
Il m'appelle et je lui réponds aussitôt.

DOÑA PROUHÈZE

Oui, Musique, je le sais, celui que ton cœur attend,
je suis sûre qu'il ne peut pas te faire défaut.

DOÑA MUSIQUE

Le vôtre n'attend-il plus personne? Mais qui oserait
en menacer la paix quand il est sous le protection d'une
telle beauté?
Ah! vous étiez faits pour marcher de compagnie, vous
et cet homme terrible qui essayait de m'attraper tout à
l'heure et dont la charge est de donner la mort!

DOÑA PROUHÈZE

Cependant vous voyez que le Seigneur Balthazar
ne se fie pas à ma beauté seule pour me défendre et qu'il
a multiplié les gardes autour de ce vieux château.
C'est moi-même qui le lui ai demandé.

DOÑA MUSIQUE

Aimez-vous tellement votre prison que vous vous plaisiez ainsi à la rendre plus sûre?

DOÑA PROUHÈZE

Il y faut des barreaux bien forts.

DOÑA MUSIQUE

Que peut le monde contre vous?

DOÑA PROUHÈZE

C'est moi sans doute qui peux beaucoup contre lui.

DOÑA MUSIQUE

Je ne veux d'aucune prison!

DOÑA PROUHÈZE

La prison pour quelqu'un, il dit qu'elle est là où je ne suis pas.

DOÑA MUSIQUE

Il y a une prison pour moi et nul ne pourra m'en arracher.

DOÑA PROUHÈZE

Quelle, Musique?

DOÑA MUSIQUE

Les bras de celui que j'aime, elle est prise, la folle Musique!

DOÑA PROUHÈZE

Elle échappe!
Elle n'est là que pour un moment; qui pourrait la retenir pour toujours avec son cœur?

DOÑA MUSIQUE

Déjà je suis avec lui sans qu'il le sache. C'est à cause de moi avant qu'il m'ait connue

Qu'il affronte à la tête de ses soldats tant de fatigues, c'est pour moi qu'il nourrit les pauvres et pardonne à ses ennemis.

Ah! ce ne sera pas long à comprendre que je suis la joie, et que c'est la joie seule et non point l'acceptation de la tristesse qui apporte la paix.

Oui, je veux me mêler à chacun de ses sentiments comme un sel étincelant et délectable qui les transforme et les rince! Je veux savoir comment il s'y prendra désormais pour être triste et pour faire le mal quand il le voudrait.

Je veux être rare et commune pour lui comme l'eau, comme le soleil, l'eau pour la bouche altérée qui n'est jamais la même quand on y fait attention. Je veux le remplir tout à coup et le quitter instantanément, et je veux qu'il n'ait alors aucun moyen de me retrouver, et pas les yeux ni les mains, mais le centre seul et ce sens en nous de l'ouïe qui s'ouvre,

Rare et commune pour lui comme la rose qu'on respire tous les jours tant que dure l'été et une fois seulement!

Ce cœur qui m'attendait, ah! quelle joie pour moi de le remplir!

Et si parfois le matin le chant d'un seul oiseau suffit à éteindre en nous les feux de la vengeance et de la jalousie,

Que sera-ce de mon âme dans mon corps, mon âme à ces cordes ineffables unie en un concert que nul autre que lui n'a respiré? Il lui suffit de se taire pour que je chante!

Où il est je ne cesse d'être avec lui. C'est moi pendant qu'il travaille, le murmure de cette pieuse fontaine!

C'est moi le paisible tumulte du grand port dans la
lumière de midi,

C'est moi mille villages de toutes parts dans les fruits
qui n'ont plus rien à redouter du brigand et de l'exacteur,

C'est moi, petite, oui, cette joie stupide sur son vilain
visage,

La justice dans son cœur, ce réjouissement sur sa face!

DOÑA PROUHÈZE

Il n'y a rien pour quoi l'homme soit moins fait que
le bonheur et dont il se lasse aussi vite.

DOÑA MUSIQUE

Est-il fait pour la souffrance?

DOÑA PROUHÈZE

S'il la demande, pourquoi la lui refuser?

DOÑA MUSIQUE

Comment souffrir quand vous êtes là? Qui vous
regarde oublie de vivre et de mourir.

DOÑA PROUHÈZE

Il n'est pas là.

DOÑA MUSIQUE

Donc il y a quelqu'un, sœur chérie, dont l'absence
ne cesse de vous accompagner?

DOÑA PROUHÈZE

Petite sœur, vous êtes trop hardie, silence! Qui oserait lever les yeux sur Prouhèze?

DOÑA MUSIQUE

Qui saurait les en arracher?

DOÑA PROUHÈZE

Qui troublerait son cœur?

DOÑA MUSIQUE

Une voix seule au monde, une voix seule et qui parle tout bas.

DOÑA PROUHÈZE, *comme se parlant à elle-même.*

... intérieure à ce sacrement indissoluble.

DOÑA MUSIQUE

Voudriez-vous qu'elle se tût?

DOÑA PROUHÈZE

Ah! je ne vis que par elle!

DOÑA MUSIQUE

L'aimez-vous à ce point?

DOÑA PROUHÈZE

Qu'oses-tu dire? non, je ne l'aime aucunement.

DOÑA MUSIQUE

Regrettez-vous ce temps où vous ne le connaissiez point?

DOÑA PROUHÈZE

Maintenant je vis pour lui!

DOÑA MUSIQUE

Comment, quand votre visage lui est pour toujours interdit?

DOÑA PROUHÈZE

Ma souffrance ne l'est pas.

DOÑA MUSIQUE

Ne voulez-vous pas son bonheur?

DOÑA PROUHÈZE

Je veux qu'il souffre aussi.

DOÑA MUSIQUE

Il souffre en effet.

DOÑA PROUHÈZE

Jamais assez.

DOÑA MUSIQUE

Il appelle, ne lui répondrez-vous pas?

DOÑA PROUHÈZE

Je ne suis pas une voix pour lui.

DOÑA MUSIQUE

Qu'êtes-vous donc?

DOÑA PROUHÈZE

Une Épée au travers de son cœur.

SCÈNE XI

LA NÉGRESSE, PUIS LE CHINOIS.

Près de l'auberge. Une région de rochers fantastiques et de sable blanc.

La Négresse nue danse et tourne dans le clair de lune.

LA NÉGRESSE

Vive Maman jolie qui m'a faite si noire et si polie!

C'est moi le petit poisson de la nuit, c'est moi le petit toton qui tourne, c'est moi le chaudron qui ballotte et qui bondit dans l'eau froide qui bouge et qui bout.

(Se dressant violemment sur la pointe des pieds.)

Hi pour toi, papa maman codile! — hi pour toi papa cheval potame!

Pendant que tout le fleuve tourne vers moi, pendant que la forêt tourne vers moi, pendant que tous les villages tournent, tournent, tournent vers moi, pendant que tous les bateaux tournent vers moi,

A cause du trou que je fais, à cause du bouillon que je fais,

A cause du nœud que je fais dans cette eau qui mousse et qui remue!

J'ai de l'eau pour me rincer, j'ai de l'huile pour me graisser, j'ai de l'herbe pour me frotter!

Je ne suis pas noire, je brille comme un miroir, je bondis comme un cochon, je claque comme un poisson, je tourne comme un petit canon!

Hi! hi! hi! je suis ici! je suis ici!

Viens! viens! viens! viens! mon petit Monsiou Italien!

Oui! oui! oui! oui! mon petit canari jaune!

J'ai mis un sou dans ta poche.

Tout ce qui t'empêchait de m'aimer, je l'ai tué, je l'ai cassé avec le sang d'une poule coupée!

Je n'ai qu'à tourner, tourner! viens vers moi, tu ne peux me résister!

(Entre le Chinois.)

Tous les fils qui me rattachent à toi, je les enroule en tournant sur moi comme sur une bobine, tu viens, je te rapproche, je te raccourcis en tournant sur moi comme

un petit canon, en tournant comme la corde sur le treuil qui arrache l'ancre d'entre les racines;
Hi! hi! hi! hi! ici! ici! ici! ici!

> *Elle tombe pâmée entre les bras du Chinois qui l'a saisie par derrière. Elle regarde d'un œil blanc, puis poussant un cri, elle bondit et se roule dans ses vêtements.*

LE CHINOIS

Imberbe créature, tu as beau ajouter à ta couenne noire ce tégument varié, je te perce jusqu'à l'âme.

LA NÉGRESSE

Hé!

LE CHINOIS

Je vois le cœur tout étouffé par le téton comme une pelote sombre, jetant un rayon maléfique.

LA NÉGRESSE

Hi!

LE CHINOIS

Je vois le foie comme une enclume où les démons viennent forger le mensonge et les deux poumons au-dessus comme d'affreux soufflets.

LA NÉGRESSE

Ho!

LE CHINOIS

Je vois les entrailles comme un paquet de reptiles d'où s'échappe une vapeur infecte et balsamique!

LA NÉGRESSE

Et que vois-tu encore?

LE CHINOIS, *grinçant des dents.*

Je vois mon argent tout empilé de chaque côté de la colonne vertébrale, comme les grains dans un épi de maïs ! Je m'en vais le reprendre sur-le-champ !

Il tire son couteau.

LA NÉGRESSE, *poussant un cri aigu.*

Arrête, mon amour chéri ! si tu me tues, je ne pourrai pas te faire voir le diable !

LE CHINOIS

Tu me l'avais déjà promis et c'est ainsi que tu m'as extorqué cet argent.

LA NÉGRESSE

Et jamais plus ton maître ne remettra les yeux sur Doña Prouhèze.

LE CHINOIS

Impur alligator ! enfant musqué de la boue et gros ver de marée basse !

Nous reprendrons adultérieurement cette conversation, je te tiens !

LA NÉGRESSE

Doña Merveille est dans cette forteresse et Don Balthazar la défend et Don Pélage revient demain ou après-demain et il enlève Doña Merveille en Afrique et Don Rodrigue ne la reverra plus, tu tu tu ! Il ne la reverra pas, tralala !

LE CHINOIS

Écoute ! le Seigneur Rodrigue a été navré et jeté par terre cependant que l'épée au poing il s'efforçait de défendre Jacques contre les brigands.

LA NÉGRESSE

Quel Jacques?

LE CHINOIS

Saint Jacques en argent. Nous l'avons transporté ici
(Rodrigue je dis) dans le château de Madame sa mère
qui est à quatre lieues de cette auberge.

LA NÉGRESSE

Madone!

LE CHINOIS

Dis-lui qu'il va crever, dis-lui qu'il veut la voir, dis-
lui qu'elle aille le rejoindre aussitôt, foulant aux pieds
le bon usage.

Quant à moi, puisque mes exhortations accompa-
gnées de profonds soupirs n'ont pu le réincorporer,

Il ne me reste plus qu'à me retirer en silence, après
l'avoir installé au sein de son vomissement, donnant
libre cours à la pudeur.

Quant à toi je ne te lâcherai pas jusqu'à ce que tu
m'aies montré le diable.

LA NÉGRESSE

Et pourquoi tiens-tu tellement à voir le maudit?

LE CHINOIS

Plus j'aurai de belles relations de ce côté et plus
mon âme aura de prix aux yeux de ceux qui veulent
m'arroser.

LA NÉGRESSE

Mais comment veux-tu que Doña Prouhèze quitte
cette auberge qui est de toutes parts gardée?

LE CHINOIS

Écoute, j'ai rencontré ce matin une bande de cavaliers. Ils cherchent une demoiselle appelée Musique
qu'un certain sacripant de Naples a enlevée.

LA NÉGRESSE

Musique? Ciel!

LE CHINOIS

Tu la connais?

LA NÉGRESSE

Poursuis.

LE CHINOIS

Aussitôt par force et par menace ils m'ont arraché
l'aveu que ladite Musique se trouve dans cette auberge
au bord de la mer qu'occupent d'affreux pirates.

LA NÉGRESSE

Mais ce n'est pas vrai!

LE CHINOIS

Je le sais, qu'importe!
Demain soir on attaque Balthazar et ses troupes.

LA NÉGRESSE

Mais ils ne trouveront rien.

LE CHINOIS

Ils trouveront du moins une certaine sorcière que
j'ai dépeinte
Qui est la plus dangereuse complice du voleur aux
yeux de velours.

LA NÉGRESSE

Je ne rentre pas à l'auberge!

LE CHINOIS

Alors, je te tue sur la place.

LA NÉGRESSE

Doña Prouhèze est là qui saura tout arranger.

LE CHINOIS

Dis-lui que, profitant du tumulte, elle fuie, avec toi.

LA NÉGRESSE

Comment?

LE CHINOIS

A cent pas de l'auberge là-bas derrière les figuiers de Barbarie, je l'attends avec mon valet et des chevaux pour elle et pour toi.

SCÈNE XII

L'ANGE GARDIEN, DOÑA PROUHÈZE.

Le ravin profond qui entoure l'auberge, plein de ronces, de lianes et d'arbustes entremêlés.

> *Sur le bord se tient l'Ange Gardien en costume de l'époque avec la fraise et l'épée au côté.*

L'ANGE GARDIEN

Regardez-la qui se démène au milieu des épines et des lianes entremêlées, glissant, rampant, se rattrapant, des ongles et des genoux essayant de gravir cette pente abrupte! et ce qu'il y a dans ce cœur désespéré!

Qui prétend que les Anges ne peuvent pas pleurer?

Est-ce que je ne suis pas une créature comme elle ?
est-ce que les créatures de Dieu ne sont rattachées par
aucun lien ?

Ce qu'ils appellent la souffrance, est-ce que cela se
passe dans un monde à part et de tout le reste exclu !
est-ce qu'elle échappe à notre vision ? est-ce qu'elle est
une chose agréable à contenir pour cet être qui embrasse
son objet ?

Est-ce qu'elle est étrangère à cet amour et à cette
justice dont nous sommes les ministres ? A quoi servi-
rait-il d'être un Ange Gardien si nous ne la comprenions
pas ?

Qui pleinement voit le bien, celui-là seul pleinement
comprend ce qu'est le mal. Eux ne savent ce qu'ils
font.

— Et moi, est-ce que j'aurais été choisi pour la garder
sans une secrète parenté avec elle ?

— Enfin ! elle est tout de même venue à bout de ces
ronces et de ces épines charitables qui voulaient la retenir.
La voici qui apparaît sur le rebord du fossé.

> (*Prouhèze sort du fossé. Elle est en vêtements
> d'homme, tout déchirés, les mains et la figure meurtries.*)

Oui, tu es belle, ma pauvre enfant, avec ces cheveux
défaits, dans ce costume indécent,

Ces joues couvertes de terre et de sang, et ce regard
dans tes yeux qui me fait mal de résolution et de folie !

Ah ! tu me fais honneur et j'ai plaisir à montrer ainsi
ma pauvre petite sœur. Si seulement il n'y avait personne
pour nous voir !

DOÑA PROUHÈZE, *regardant autour d'elle comme éperdue.*

Je suis seule !

L'ANGE GARDIEN

Elle dit qu'elle est seule !

DOÑA PROUHÈZE

Je suis libre!

L'ANGE GARDIEN

Hélas!

DOÑA PROUHÈZE

Rien ne m'a retenue.

L'ANGE GARDIEN

Nous ne voulions d'autre prison pour toi que l'honneur.

DOÑA PROUHÈZE

Il fallait mieux me garder. J'ai été loyale. J'ai donné avertissement à Don Balthazar.

L'ANGE GARDIEN

Il va payer ta fuite de sa vie.

DOÑA PROUHÈZE

Rodrigue va mourir!

L'ANGE GARDIEN

Il est encore temps de perdre son âme.

DOÑA PROUHÈZE

Rodrigue va mourir!

L'ANGE GARDIEN

Il vit.

DOÑA PROUHÈZE

Il vit! quelqu'un me dit qu'il vit encore! Il est encore temps que je l'empêche de mourir avec mon visage!

L'ANGE GARDIEN

Ce n'est point l'amour de Prouhèze qui l'empêchera
de mourir.

DOÑA PROUHÈZE

Du moins je puis mourir avec lui.

L'ANGE GARDIEN

Écoutez avec quelle horrible facilité elle parle de
déposer cette âme qui ne lui appartient pas et qu'il a
coûté tant de peine à faire et à racheter.

DOÑA PROUHÈZE

Il n'y a que Rodrigue au monde.

L'ANGE GARDIEN

Essaye donc de le rejoindre.

> *Elle tombe sur le sol comme défaillante.*

DOÑA PROUHÈZE, *haletante.*

Ah! l'effort a été trop grand! Je meurs! Ah! j'ai cru
que je ne réussirais jamais à sortir de cet horrible fossé!

L'ANGE GARDIEN. *Il lui pose le pied sur le cœur.*

Il me serait facile de te maintenir ici si je le voulais.

DOÑA PROUHÈZE, *à voix basse.*

Rodrigue m'appelle.

L'ANGE GARDIEN

Porte-lui donc ce cœur où mon pied s'est posé.

DOÑA PROUHÈZE, *de même.*

Il le faut!

L'ANGE GARDIEN. *Il ôte son pied.*

Vois où tu vas m'amener.

DOÑA PROUHÈZE, *à voix basse.*

Debout Prouhèze!

Elle se lève en chancelant.

L'ANGE GARDIEN

Je regarde Dieu.

DOÑA PROUHÈZE

Rodrigue!

L'ANGE GARDIEN

Hélas! j'entends une autre voix dans le feu qui dit :
Prouhèze!

DOÑA PROUHÈZE

Ah! que le chemin est long jusqu'au buisson là-bas!

L'ANGE GARDIEN

Il était plus long encore jusqu'au Calvaire!

DOÑA PROUHÈZE

Rodrigue, je suis à toi!

L'ANGE GARDIEN

Tu es à lui? c'est toi qui le rempliras avec ton corps
d'excommuniée?

DOÑA PROUHÈZE

Je sais que je suis un trésor pour lui.

L'ANGE GARDIEN

On ne lui ôtera pas cette idée de sa petite tête stupide.

DOÑA PROUHÈZE, *faisant un pas.*

En marche!

L'ANGE GARDIEN, *faisant un pas de son côté.*

En marche!

DOÑA PROUHÈZE, *faisant quelques pas en chancelant.*

Rodrigue, je suis à toi! Tu vois que j'ai rompu ce lien si dur!

Rodrigue, je suis à toi! Rodrigue, je vais à toi!

L'ANGE GARDIEN

Et moi, je t'accompagne.

Ils sortent.

SCÈNE XIII

DON BALTHAZAR, L'ALFÉRÈS.

L'auberge. Dans un coin le porche fortifié avec une lourde porte garnie de clous et de verrous et fermée de barres de fer. Au fond de la scène, encadrée par des pins, la ligne de la mer. Le soir.

DON BALTHAZAR

C'est entendu. Dès que ces canailles attaqueront, ordre à tous de rallier aussitôt et de garnir les tambours et chemins couverts que j'ai fait préparer des deux côtés de la porte. Et défense absolue de tirer avant que j'aie levé mon chapeau.

L'ALFÉRÈS

Laisserai-je pas quelques sentinelles du côté du ravin?

DON BALTHAZAR, *tirant sur sa barbe.*

Ne divisons pas nos forces.

De ce côté l'auberge est défendue assez par ce fossé parfaitement impraticable.

Je m'en suis rendu compte moi-même.

L'ALFÉRÈS, *jaugeant de l'œil la corpulence de son chef.*

Hum!

DON BALTHAZAR

Que dites-vous, Monsieur l'Alférès?

L'ALFÉRÈS

Je dis : croyez-vous tout ce que raconte ce Chinois?

DON BALTHAZAR

Sa présence suffit, je le connais.

Une chance que je faisais ma ronde cette nuit et que j'ai entendu les cris de notre pauvre Jobarbara!

Elle se cramponnait à lui des ongles et des dents, mais si je n'étais pas arrivé, je crois qu'il la fendait comme une figue.

L'ALFÉRÈS

Comptez sur moi pour défendre l'argent du Roi contre ces brigands.

DON BALTHAZAR

Nous avons plus que de l'argent à défendre.

L'ALFÉRÈS

Doña Prouhèze...

DON BALTHAZAR

Je n'ai rien dit. Mais le Chinois prétend que c'est le dieu des amours et non celui des voleurs que vous verrez

voltiger tout à l'heure à travers la fumée de vos arquebuses.

L'ALFÉRÈS, *faisant le geste d'ajuster.*

Que ce soit une plume ou l'autre, pan!

DON BALTHAZAR

C'est cela, descendez-le, seigneur Alférès, c'est un
service que vous nous rendrez à nous tous.

Je ne parle pas pour moi, mais pourquoi faut-il toujours
que je sois mêlé aux affaires d'amour des autres quand
personne jamais ne s'intéresserait aux miennes?

Supposons qu'on vous ait chargé de garder quelqu'un,
oui, disons un grand criminel.

Et celui qu'elle aime, elle apprend qu'il se meurt et
qu'il demande à la voir,

Est-ce que cela vous amuserait d'entendre ses larmes
et ses supplications? à quoi cela sert-il?

Est-ce que c'est honnête de me tourmenter ainsi?
comme si j'étais libre moi-même de ne pas faire ce qui
est écrit et que l'on m'a commandé!

L'ALFÉRÈS

Est-ce que vous parlez d'un homme ou d'une
femme?

DON BALTHAZAR

D'un homme naturellement. Qu'avez-vous en tête,
je vous prie? Un certain prisonnier, vous dis-je, qu'on
m'avait remis en garde.

L'ALFÉRÈS

Vous êtes rouge et troublé comme si vous sortiez à
l'instant d'une terrible dispute.

DON BALTHAZAR

Il y a vingt ans de cela, Monsieur l'Alférès! Il y a vingt ans de cela, c'est comme si c'était tout à l'heure!

Me baiser les mains comme si cela pouvait servir à quelque chose!

— « Quel mal y a-t-il à ce que j'aille le voir », la voir veux-je dire, — « maintenant qu'il va mourir? » — « Pas un autre si ce n'est que c'est défendu, quoi? »

— « Mais je vous dis qu'il m'appelle! » — « Je n'entends pas. »

— « Par la Madone, je jure de revenir! » — « Non! » Qu'auriez-vous fait à ma place?

L'ALFÉRÈS

Pas autre chose que Votre Seigneurie.

DON BALTHAZAR

Je sais que vous êtes un homme discret et de bon jugement. Vous avez tort seulement de porter la moustache de cette façon qui n'est pas à l'ordonnance.

Celui qui à ma place aurait agi autrement, celui qui par une faiblesse de cœur idiote se serait laissé fléchir, ou qui aurait rusé sournoisement avec le devoir,

Je dis que ce serait un homme sans honneur. Il n'a plus qu'à se faire tuer, la vie n'est plus si agréable pour un vieil homme, quoi?

L'ALFÉRÈS

Je dis que vous n'êtes pas un vieil homme.

DON BALTHAZAR

Ce qui m'a fait mal surtout, ce ne sont pas ces plaintes et ces prières, il n'y avait pas de cris,

Mais ces mots qu'on vous dit d'une voix basse et mesurée et qui vous percent le cœur.

— Non! quand on vit que tout était inutile, ce fut ce silence ensuite et cette espèce de sourire.

Vous connaissez cette espèce d'allégement, quand nous savons qu'il n'y a plus rien à faire, il y a des mères alors qui se mettent à chanter près du corps de leur enfant.

Toutefois je ne me serais pas attendu à cette bouche sur ma main et cette voix qui me remerciait.

Entre un Soldat.

LE SOLDAT

Capitaine, il y a un groupe de cavaliers là-bas qui s'est arrêté près de la grosse pierre. L'un d'eux s'est détaché et se dirige vers nous, agitant un mouchoir.

DON BALTHAZAR

Très bien, faites rallier tout le monde sur le pont.

L'ALFÉRÈS

Même la sentinelle qui garde le ravin?

DON BALTHAZAR

Aussi. Et qu'on aille me chercher le Chinois

SCÈNE XIV

DON BALTHAZAR, L'ALFÉRÈS, LE CHINOIS,
UN SERGENT, SOLDATS, SERVITEURS.

Le même lieu.

UN SOLDAT, *amenant le Chinois avec lui.*

Voici l'homme.

DON BALTHAZAR

Bonjour, Monsieur le Chinois, je suis fâché des nouvelles que vous nous apportez de Don Rodrigue!

LE CHINOIS

Il n'y a rien à faire ici de Don Rodrigue!

DON BALTHAZAR

N'étiez-vous pas Monsieur son serviteur?

LE CHINOIS

Je suis l'homme que la Providence a placé près de lui pour lui donner l'occasion de faire son salut.

DON BALTHAZAR

Comment?

LE CHINOIS

S'il me procure le saint baptême, ne sera-ce pas une joie immense au Ciel, à qui un Chinois catéchisé

Fait plus d'honneur que quatre-vingt-dix-neuf Espagnols qui persévèrent?

DON BALTHAZAR

Sans doute.

LE CHINOIS

Un tel mérite qu'il ne dépend que de moi de lui acquérir quand il me plaira

Vaut beaucoup de soin et sédulosité de sa part, je ne lui céderai pas mon âme si facilement et pour une chanson.

De sorte qu'à proprement parler, c'est plutôt lui mon serviteur que moi le sien.

DON BALTHAZAR

Il me semble cependant, mon fils, que vous lui rendez de fort bons services.

Mais il ne s'agit pas de cela pour le moment, et puisque vous parlez de chanson, précisément tout mon désir est de savoir si vous savez chanter.

LE CHINOIS, *éperdu.*

Chanter? comment! chanter?

DON BALTHAZAR

Eh bien, oui. *(Il module d'un air engageant.)* Ah! ah! ah! Chanter, quoi! Je n'ai pas de guitare. Mais vous n'avez qu'à prendre cette assiette et à taper dessus en mesure avec un couteau, ce que vous voudrez. Quelque chose de joli!

LE CHINOIS, *tout tremblant.*

Et vous ne voulez pas savoir ce que je faisais la nuit dernière à causer avec cette négresse du diable?

DON BALTHAZAR

Je n'ai qu'un désir au monde qui est d'entendre ta jolie voix.

LE CHINOIS, *se jetant à genoux.*

Seigneur, épargnez-moi! je vous dirai tout!

DON BALTHAZAR, *à l'Alférès.*

Il n'y a rien qui effraye plus les gens que les choses qu'ils ne comprennent pas. *(Au Chinois :)* Allons!

> Un chant qui monte à la bouche
> Est comme une goutte de miel
> Qui déborde du cœur.

LE CHINOIS

La vérité est que circonvolant autour de ce château
dans l'intérêt de Don Rodrigue,

Je suis tombé sur un parti de cavaliers en armes qui
m'ont demandé si j'avais entendu parler d'une certaine
Doña Musique...

DON BALTHAZAR

Musique, dis-tu?

LE CHINOIS

Ils m'ont dit que vous la connaissiez.

... D'une certaine Doña Musique qui se serait enfuie
avec un sergent italien et qu'ils recherchent.

C'est alors que j'ai eu l'idée de leur indiquer ce château
rempli de pirates, pour, à la faveur de l'attaque et du
bruit, moi-même

Enlever les personnes que vous gardez.

DON BALTHAZAR

Tu ferais mieux de ne pas parler de Musique et de
chanter comme je te le demande!

Il tire son épée.

LE CHINOIS

Pitié, Seigneur!

Entre un Sergent.

LE SERGENT

Seigneur, il y a à la porte un homme qui sans ôter
son chapeau et en termes fort courts demande que nous
lui laissions rechercher incontinent Doña Musique que
nous gardons en ces lieux.

DON BALTHAZAR

Dis-lui sans ôter ton chapeau et en termes fort courts
que nous gardons notre musique pour nous.

LE CHINOIS

Vous voyez que je n'ai pas menti.

DON BALTHAZAR

Doña Musique n'aura jamais été si bien gardée, où
elle est, que Doña Prouhèze le sera par moi aujour-
d'hui.

LE CHINOIS

Je le vois! vous croyez que nous sommes tous d'accord
et que c'est à Doña Prouhèze que nous en voulons. Oh!
oh!

DON BALTHAZAR, *chantant.*

Oh! oh!

> J'ai rêvé que j'étais au ciel,
> Et en m'éveillant dans tes bras...

(Il pique le Chinois qui se lève en criant.)

Allons, je t'en prie, continue!

*Entrent les serviteurs qui apportent des plateaux
couverts de tout ce qu'il faut pour la collation.*

DON BALTHAZAR

Qu'est-ce que cela?

LES SERVITEURS

C'est votre collation que nous vous apportons ici
comme vous l'avez commandé.

DON BALTHAZAR

Fort bien, nous allons être fort bien ici pour goûter à l'ombre, tandis que ces messieurs pourvoiront à nous fournir spectacle.

L'ALFÉRÈS

Vous serez fort mal. Tous les coups de feu qu'on tirera à travers cette porte seront pour vous.

DON BALTHAZAR

Point, c'est le Chinois qui les empochera. Regarde, Chinois, si tes amis tirent c'est toi qui seras tué.

LE CHINOIS

Je ne crains rien du tout. Tant que je ne suis pas baptisé une balle ne peut pas me faire de mal.

DON BALTHAZAR

En attendant regarde cette table qu'on a recouverte pour nous des plus beaux fruits de la terre et des flots,

Le doux et le salé, ces coquillages bleus comme la nuit, cette belle truite rose sous sa peau d'argent comme une nymphe comestible, cette langouste écarlate,

Ce rayon de miel, ces grappes translucides, ces figues trop sucrées qui s'entr'ouvrent, ces pêches comme des globes de nectar...

Entre un Soldat.

LE SOLDAT

Capitaine, il y a un groupe d'hommes armés qui se dirigent vers la porte avec une échelle et des haches. Que faut-il faire?

DON BALTHAZAR

Eh bien, laissez-les s'approcher. J'ai donné mes ordres.

(Sort le Soldat.)

Où en étais-je... ces pêches comme des globes de nectar...

> *(Apparaît au-dessus de la porte un homme en cape noire et grand chapeau de feutre à plume qui couche en joue Don Balthazar avec une escopette. Don Balthazar lui lance une pêche qui l'atteint en pleine figure, il dégringole.)*

... ce jambon tout coupé, ce vin à l'arome délicieux, dans une étincelante carafe, ce pâté comme un sépulcre de chairs embaumées sous de puissantes épices pour ressusciter dans l'estomac avec une chaleur bienfaisante!

La terre sur cette nappe ne pouvait réunir pour nous rien de plus agréable.

Promenons-y une dernière fois les yeux, car nous ne goûterons plus jamais à tout cela, mon camarade!

(On frappe violemment à la porte.)

Que voulez-vous?

VOIX AU DEHORS

Nous demandons Doña Musique!

DON BALTHAZAR

Vous voulez de la musique? Chante, Chinois!

LE CHINOIS

Je ne sais pas chanter.

DON BALTHAZAR, *le menaçant.*

Chante, te dis-je!

LE CHINOIS, *chantant :*

Celui qui m'entendrait chanter,
Penserait que je suis joyeux!
Je suis comme le petit oiseau
Qui chante lorsqu'il se meurt.

VOIX AU DEHORS

Nous demandons Doña Musique!

DON BALTHAZAR

Pas moyen! Elle vient de s'embarquer pour la Barbarie. Chante, Chinois, cela les consolera!

LE CHINOIS, *chantant :*

J'ai monté dans une noisette
Pour aller en Barbarie-i-i
Chercher du poil de grenouille
Parce qu'il n'y en a pas en Espagne.

VOIX AU DEHORS

Si vous ne nous ouvrez pas, nous allons tirer.

DON BALTHAZAR

Chante, Chinois!

LE CHINOIS, *chantant :*

Je suis allé aux champs
Demander à la violette
Si pour le mal d'amour
Il y avait un remède
Elle m'a répondu...

(*Par une fissure de la porte, on voit passer un canon de mousquet qui se promène à droite et à gauche.*

Le chinois, sautant à droite et à gauche pour éviter le mousquet :)

> Elle m'a répondu...
> Elle m'a répondu...

DON BALTHAZAR

Eh bien, qu'est-ce qu'elle a répondu?

Apparaît en mer sur le derrière de la scène une barque à voile rouge où se trouvent Musique, la Négresse et le Sergent napolitain; le mousquet s'est retiré.

LA NÉGRESSE, *chantant d'une voix aiguë :*

> Que pour le mal d'amour
> N'y en a jamais eu!

LE CHINOIS, *regardant vers la mer.*

Ciel! Que vois-je?

DON BALTHAZAR

Que vois-tu?

LE CHINOIS

Regardez vous-même!

DON BALTHAZAR, *chantant :*

> Ne me regarde pas! On regarde
> Que nous nous regardons!

> *Coups de hache sur la porte*

UN SOLDAT

Capitaine! Capitaine! faut-il tirer?

DON BALTHAZAR

Pas avant que je l'aie commandé! Que vois-tu, Chinois?

LE CHINOIS

Je vois un bateau qui prend la mer.
Et dedans, il y a cette négresse de malheur avec son diable jaune! Mais regardez vous-même!

DON BALTHAZAR

C'est trop fatigant de se retourner.

LE CHINOIS

Seigneur, retirez-vous! ces gens se préparent à tirer.

DON BALTHAZAR

Non.

> *Le canon d'un mousquet passe de nouveau par le trou de la porte, dirigé vers Don Balthazar. La barque a disparu.*

VOIX DE MUSIQUE, *au dehors :*

> Une larme de tes yeux,
> Une larme de tes yeux...

DON BALTHAZAR

Ah! quelle voix charmante! Je n'en ai jamais entendu de plus belle.

LA VOIX, *soutenue par celles de la Négresse et du Sergent en parties :*

> Et courir sur ton visage
> Et tomber au fond de ton cœur!
> Et tomber au fond de ton cœur!

Coups de feu. — Don Balthazar tombe mort,
la face au milieu des fruits, tenant la table dans ses
bras.

LA VOIX, *de plus en plus lointaine :*

> Une larme de tes yeux,
> Une larme de tes yeux...

FIN DE LA PREMIÈRE JOURNÉE.

+ Balthazar.

DEUXIÈME JOURNÉE

PERSONNAGES
DE LA DEUXIÈME JOURNÉE :

DON GIL.
L'IRRÉPRESSIBLE.
DOÑA PROUHÈZE.
DOÑA HONORIA.
DON PÉLAGE.
LE VICE-ROI.
L'ARCHÉOLOGUE.
LE CHAPELAIN.
SAINT JACQUES.
LE ROI.
DON RODRIGUE.
LE CAPITAINE.

DON CAMILLE.
DOÑA MUSIQUE.
DON GUSMAN.
RUIS PERALDO.
OZORIO.
REMEDIOS.
L'OMBRE DOUBLE.
LA LUNE.
COMMIS.
CAVALIERS.
MAITRE DRAPIER.
SEIGNEURS.

SCÈNE PREMIÈRE

DON GIL, LE MAITRE DRAPIER,
CAVALIERS.

La boutique d'un tailleur-drapier à Cadix. Le comptoir et les rayons sont recouverts et débordent d'étoffes rouges de toutes nuances empilées et déployées. Par la porte on voit un atelier de brodeuses. La pièce est remplie d'employés affairés, de valets venant chercher des paquets, de cavaliers causant ou venant faire des commandes. L'un d'eux fait de l'escrime contre le mur avec l'aune du drapier. Un autre croque des olives. Un troisième se fait couler dans la gorge l'eau d'une jarre.

Un cavalier fort gros est au milieu de la pièce en manches de chemise pendant qu'un employé lui prend mesure.

LE COMMIS, *prenant mesure de la bedaine et criant.*

Trente-cinq!

Éclats de rire de l'assistance.

UN MATELOT, *entrant.*

Les pavillons sont-ils prêts?

LE MAITRE DRAPIER

Il y en a deux d'achevés. Vous pouvez les prendre. Quel travail! Les autres seront prêts dans huit jours. Les brodeuses sont dessus en ce moment.

PREMIER CAVALIER, *au gros homme.*

La Flandre vous a profité, Don Gill

DEUXIÈME CAVALIER

La traversée du Panama vous fera fondre.

DON GIL

Bah! il faut de la place dans mon ventre que j'y
mette toute l'Amérique!

TROISIÈME CAVALIER

Que fait le vent aujourd'hui?

UN AUTRE

Toujours le même depuis ce siècle et demi que nous
sommes ici, en pâture aux usuriers :
Neptune sans relâche d'un inépuisable poumon
soufflant sur ce petit bassin où l'Europe se lave les pieds
Et poussant son peuple à flots pressés à travers le
guichet d'Hercule.
Mais quelle reprise d'haleine, Messeigneurs, pour nous
ingurgiter au moment que le démesuré soufflet se
regonfle!
Notre escadre en moins d'un mois, je le jure, va se
trouver raflée dans cette poche et havre du monde là-bas
tout garni d'îles à l'ancre comme de bouées toutes prêtes,
Ce fumant réchaud de la Mer que Dieu avec des mains
dorées a construit entre les deux Amériques.

PREMIER CAVALIER

Et toujours point de nouvelles de notre Achille?

DEUXIÈME CAVALIER

C'est Achille à Scyros, non point caché entre les
genoux d'une femme, mais la pourchassant, à ce

qu'on nous dit, l'épée au poing! Aucune nouvelle de
l'homme.

DON GIL

Je jure que je ne pars point sans le Seigneur Rodrigue.

PREMIER CAVALIER

Et moi pareillement.

DON GIL

Dût ma pension ici pendant un an encore coûter
plus que l'héritage d'un rabbin!

PREMIER CAVALIER

Rodrigue est un homme juste envers tous.

DEUXIÈME CAVALIER

... Qui a les yeux ouverts quand il faut.

TROISIÈME CAVALIER

... Et fermés quand il est nécessaire. Il connaît le
soldat, Messieurs!

DON GIL

Il suffit! c'est mon ami personnel.

QUATRIÈME CAVALIER, *au Maître Drapier.*

Point de ce rouge tirant sur le violet! Point de ce
jus d'arbouses! Point de ce vin tourné qui me fait mal
au ventre!

Je veux un rouge franc comme celui qui coule dans
les veines d'un gentilhomme.

LE MAITRE DRAPIER

J'ai embauché toutes les punaises qui broutent l'arbre
à scies des Iles Hespérides!

Mes ouvriers du matin jusqu'au soir barbotent dans une lessive de feu et de massacre! ils retirent de leurs cuves des drapeaux tout dégouttants d'une sauce plus vermeille que la mer qui a englouti Pharaon!

Et cela ne suffit pas! on me pille, Messieurs! Tous ces gentilshommes qui des quatre coins de l'Espagne viennent prendre les couleurs de notre croisade.

PREMIER CAVALIER

Jusqu'à notre notaire modestement qui ne trouvant plus de rouge s'est contenté d'un complet de satin feuille de rose!

DEUXIÈME CAVALIER

Moi, je veux qu'on me fasse trois gros points noirs sur le dos comme le pou des lys!

TROISIÈME CAVALIER

Et tout un grand Saint-Sacrement chamarré sur le milieu de la poitrine!

DON GIL

Car c'est nous en rouge qui portons la foi, la nourriture et le soleil à ces vers humains, à toutes ces gueules de lézards, à ces simulacres décolorés qui grouillent dans l'ombre humide ou qui errent sur les tables désolées de l'altitude.

PREMIER CAVALIER

C'est comme à la Corrida. Il y a sur notre boule terrestre un côté au soleil et un côté à l'ombre.

DEUXIÈME CAVALIER

J'achèverai votre pensée : une partie réelle et une qui ne réussit pas à l'être tout à fait. Oui, c'est bien là l'idée que je rapporte de mes expéditions.

QUATRIÈME CAVALIER, *entre ses dents.*

Écoutez-les, tous ces anciens ramoitis! L'or qu'on trouve là-bas est vrai.

DEUXIÈME CAVALIER

Je n'en suis pas sûr. Celui qui était dans ma poche a fondu vite.

DON GIL, *componctueux.*

Ce ne sont pas des ombres d'âmes que nous allons sauver.

PREMIER CAVALIER

Ni pas des ombres de corps qui travaillent à nos plantations!

DEUXIÈME CAVALIER

Ni pas une ombre de rotin pour chauffer leur ombre de derrière s'ils ne vont pas à la besogne fort!

DON GIL

Il faut bien réveiller tous ces dormants. Tant pis si la peau leur cuit un peu! est-ce que nous avons ménagé la nôtre?

La vie vaut tout de même mieux que les limbes!

Voici que nous avons passé la mer; cette terre qui n'avait pas le droit d'être privée de nous, nous lui avons ouvert les portes du matin.

Il nous a fallu tous les siècles depuis la création du monde pour parvenir jusqu'à eux par des chemins garnis de braise ardente et de verre cassé. C'est bien leur tour de souffrir un petit peu.

Attention, on arrive!

PREMIER CAVALIER

En rouge!

DEUXIÈME CAVALIER

C'est la couleur de Notre-Seigneur sur la croix.

PREMIER CAVALIER

Il y a des gens à qui nous allons porter la croix de toutes les façons.

DEUXIÈME CAVALIER

Ne l'avons-nous pas sur notre dos nous-mêmes, pauvres aventuriers?

Solidement fixée avec une sangle de cuir parmi le reste du fourniment?

DON GIL

En rouge! en rouge! nous ne partirons qu'en rouge! C'est un vœu que nous avons fait entre les mains de Frère Lopez.

En rouge! sous le commandement de Monsieur Don Rodrigue! Nous attendrons ce qu'il faut. Il y a encore cinq mois avant celui du Précieux Sang.

SCÈNE II

L'IRRÉPRESSIBLE, DOÑA HONORIA,
DOÑA PROUHÈZE

Déménagement général. La musique imite le bruit d'un tapis qu'on bat et qui fait une poussière énorme.

Pendant qu'on trimbale le matériel de la scène précédente, apparaît, parmi les machinistes, l'Irrépressible qui les dirige et les bouscule à la manière d'un clown de cirque.

L'IRRÉPRESSIBLE, *faisant des moulinets avec l'aune du tailleur et agitant l'étoffe rouge comme un toréador.*

Allons, manants, le public s'impatiente! plus vite, je vous prie! hou! sus! prst! presto! enlevez-moi ça! débarrassez le plancher!

— *Manants* est bien théâtre, j'aurais dû attendre mon costume. Mais je n'ai pas eu la patience de moisir dans cette loge où l'auteur me tient calfeutré. Vingt fois l'habilleuse a paru à la porte et c'est toujours pour un autre que moi et je reste là à galoper sur place ma chaise devant la glace!

On se défie de mon ardeur, je mène les choses trop vite, en deux foulées nous serions au but et le public serait trop content!

C'est pourquoi l'auteur me tient en réserve, un en-cas si je puis dire, avec tout un peuple de figurants qui font un grand bruit de pieds dans les greniers de son imagination et dont vous ne verrez jamais la figure.

Mais moi on ne me contient pas si facilement, je fuis comme un gaz par-dessous la porte et je détone au milieu de la pièce!

Attention, ça va marcher! je m'envole sur mon bidet magique!

(*Il fait le geste de pédaler à toute vitesse sur une bicyclette invisible.*)

Nous ne sommes plus à Cadix, nous sommes dans la Sierra Quelquechose, au milieu d'une de ces belles forêts qui ont fait la célébrité de la Catalogne.

Un pic, c'est là qu'est le château de Don Rodrigue; Don Rodrigue est ici, fort mal en point, sa blessure le chatouille, je crois bien qu'il va crever... Je me trompe, il guérira ou la pièce serait finie. Je vous présente la maman de Don Rodrigue.

(*Entre Doña Honoria. L'Irrépressible, rugissant.*)

Restez où vous êtes! attendez que j'aille vous chercher.
Sacrebleu! qui vous a dit de venir? Sortez! sortez!

(Sort Doña Honoria.)

La maman de Don Rodrigue, Doña Quelquechose...
Honoria vous va-t-il?

— Elle avait bien besoin d'entrer! j'allais justement
vous faire son portrait.

C'est vexant, ce qui m'arrive. C'est pour cela que je
n'ai pas pu être peintre. Mes personnages commençaient
à exister tout à coup avant que je leur aie fendu l'œil.
Regardez! je dessine Doña Honoria.

*(Il dessine avec un bout de craie sur le dos du
Régisseur.)*

Eh bien, je ne lui aurai pas mis ses boucles d'oreilles
qu'elle commencera à me tirer la langue et qu'elle se
décollera du dos de cet employé comme Marguerite du
crâne de Jupiter.

Quand je fais un chien, je n'ai pas achevé le derrière
qu'il commence à remuer la queue et qu'il se sauve sur
trois pattes sans attendre la tête.

Enfin! quoi! vous la verrez bien vous-mêmes, tout à
l'heure.

(Il jette la craie au milieu du public.)

Maintenant ce n'est plus le soleil du matin, il fait tard,
il y a un beau clair de lune.

(Il fredonne le commencement de la sonate.)

Attention, là-haut! descendez les bandes d'air! la herse
sur résistance, le projecteur d'avant-scène côté jardin!

Maintenant que nous avons l'atmosphère voulue, je
vous demande la permission de vous amener Doña
Prouhèze. Quel nom! comme ça lui donne un petit air
vraisemblable!

Doña Prouhèze est arrivée ici dans le costume que vous

avez vu, il y a quelques jours, le temps que vous voudrez,
— car vous savez qu'au théâtre nous manipulons le temps
comme un accordéon, à notre plaisir, les heures durent
et les jours sont escamotés. Rien de plus facile que de
faire marcher plusieurs temps à la fois dans toutes les
directions.

A vrai dire je crains que les nerfs de Madame n'aient
succombé à tant d'émotions. Ce n'est pas qu'elle soit
précisément dérangée, mais elle a reçu un coup, elle est
fixée, ses idées ne bougent plus.

Et est-ce qu'elle a réussi à voir son amant ? Pas du tout.
Rodrigue est à sa mère qui en prend soin, elle prend soin
de tous les deux.

Tous deux séparés par d'épais murs parcourent en vain
pour essayer de se rejoindre les escaliers du délire.

Je vais les chercher.

> *(Il sort et rentre avec Doña Prouhèze dont la main
> est posée sur son poing, avec l'air d'un magnétiseur
> qui amène son numéro. Elle a repris ses vêtements de
> femme.)*

Parlez, Prouhèze! que cette foule à votre insu qui
nous entoure vous entende! parlez et dites-nous ce qui
charge votre cœur coupable!

DOÑA PROUHÈZE

Rodrigue!

L'IRRÉPRESSIBLE

Rodrigue? Il est à la chasse. Je veux dire que son
corps est bien là de l'autre côté de ces carreaux rou-
geoyants que vous surveillez à travers la cour,

Mais voilà bien des heures qu'en rêve il essaye de sortir
de ce taillis inextricable qu'il entend se rompre et se
froisser devant lui sous le poids d'une présence invisible :

« Est-ce vous ? » C'est en vain qu'il essaye votre nom à

voix basse comme vous le sien tout à l'heure, rien ne
répond.

Et tout à l'heure il débouchera dans cette clairière
chenue d'arbres morts revêtus d'une mousse immémo-
riale.

Tout y est étrangement blanc sur le fond noir des
sapins jusqu'à ce papillon qui s'est ouvert un moment
dans un rayon de jour livide; il n'y a personne.

DOÑA PROUHÈZE

Rodrigue!

L'IRRÉPRESSIBLE, *allant à reculons vers la coulisse tout en*
maintenant les yeux sur Doña Prouhèze.

Approchez, maintenant, Honoria! C'est le moment
de vous montrer.

(Entre Doña Honoria.)

Que cette personne en peine sente son amour souf-
frant repris et enveloppé par votre amour maternel

Et votre cœur de mère qui s'explique avec son cœur
d'amante.

(Les deux femmes s'enlacent.)

L'heure de l'épreuve approche! Je n'ai qu'à dresser
devant vous le cadre d'une fenêtre...

(Il fait signe aux machinistes qui dressent un cadre
de fenêtre sur lequel les deux femmes viennent s'accouder
un moment.)

... Et voyez aussitôt quel fatal morceau d'Espagne
vient le remplir.

Ces montagnes couvertes d'une rude forêt, plus
crasseuse que la laine d'un bison, la nuit lumineuse, les
ailes de ce grand moulin à notre droite qui d'un coup à
chaque seconde interrompent les rayons de la lune,

Et là-bas, par les chemins couverts, Don Pélage précédé de son valet monte pesamment vers vous.

*(Pendant ce temps on a complété l'aménagement
de la scène III.)*

Tout est en ordre, venez.

*Il sort emmenant Doña Prouhèze. Doña Honoria
reste en scène près de Don Pélage qui est déjà entré.*

SCÈNE III

DOÑA HONORIA, DON PÉLAGE.

Une salle dans le château de X...

*Don Pélage et Doña Honoria. Tous deux debout.
On a l'impression que l'Angélus de midi vient de sonner.
Ils se signent et s'assoient. C'est une journée de l'automne
commençant. Long silence.*
*Don Pélage levant le doigt fait le signe d'écouter.
Silence.*

DOÑA HONORIA

C'est une cigale attardée. Ce soleil la trompe. Elle
commence avec la foi ardente d'autrefois. Mais bientôt
elle s'aperçoit qu'elle est seule. Rien ne répond. Elle se
tait avec cette longue tenue d'archet que vous avez
remarquée, *diminuendo,*

Pour laisser au silence général le temps de se rétablir.

DON PÉLAGE

C'est si triste, si sacré, si solennel! Vous comprenez
ce que cette faible voix nous dit, Doña Honoria,

À vous et à moi et à tous les êtres vivants?

DOÑA HONORIA, *comme si elle n'avait pas entendu, à demi-voix.*

Les abeilles bourdonnent tout près du trou de la ruche. Il y a encore des roses.

DON PÉLAGE

J'ai tâché de ne causer ici aucun mouvement. Il n'y a que vos chevaux à l'écurie qui ne s'entendent pas avec les miens.

DOÑA HONORIA

Vous n'avez pas eu besoin de parler haut. Tout ce qui vit dans ce château a su incontinent que vous étiez là.

DON PÉLAGE

Dites que j'étais attendu.

DOÑA HONORIA

Il est vrai. A ce festin de douleurs votre place était marquée.

Pause.

DON PÉLAGE

Comment va-t-elle?

DOÑA HONORIA

Cela va mal. Le médecin était bien sombre ce matin.

Ce n'est pas tant ce coup d'épée qu'il a reçu au côté de la poitrine... Ne faites pas attention si je pleure, c'est mon fils, vous savez!

... Mais cette espèce d'inflammation affreuse de tout l'intérieur... Voici quinze jours qu'il n'a repris connaissance.

Cette nuit tout sera décidé.

DON PÉLAGE

Mais c'est d'elle que je vous parle.

DOÑA HONORIA

Et comment voulez-vous que nous allions quand il
se meurt?

DON PÉLAGE

Dois-je comprendre qu'elle vous relève au chevet
de ce cavalier?

*Il n'a pas
vu R.*

DOÑA HONORIA

Non. Elle ne l'a pas vu. Elle ne l'a pas demandé. Sa
chambre est dans la cour juste en face des nôtres.

DON PÉLAGE

Autrefois on eût mis Madame un peu plus bas.
— Une très bonne et forte prison que votre père m'a
montrée.

DOÑA HONORIA

Le devoir est que mon fils vive.

DON PÉLAGE

Est-ce cet amour criminel qui fera son salut?

DOÑA HONORIA

Tant qu'elle est là il ne peut pas mourir.

DON PÉLAGE

Peut-être ni guérir.

DOÑA HONORIA

Je ne sais. C'est son nom, non pas le mien, qu'il ne
cesse de grommeler dans son rêve. C'est elle qu'il était
en route pour rejoindre. Je n'ai nullement été surprise
de la voir arriver.

DON PÉLAGE

Et moi, je n'ai plus qu'à repartir?

DOÑA HONORIA

Peut-être que votre arrivée aussi était nécessaire.

DON PÉLAGE

Toutefois il y aurait une circonstance préférable
encore, c'est que mon cheval bronchât tout à l'heure
sur le chemin qui me menait ici et précipitât le Juge de
Sa Majesté dans un de ces ravins qui lui faisaient signe.

DOÑA HONORIA

Il y a des choses que le hasard n'est pas propre à ter-
miner.

DON PÉLAGE

« Rodrigue! » eût-elle dit. Cette fois vous l'auriez
laissée approcher? Je la vois qui lui met la main sur le
front :
« Vivez! le vieillard est mort. »

DOÑA HONORIA

Cette pensée un seul moment n'a pas souillé notre
cœur.

DON PÉLAGE

Croyez-vous que je n'aie pas l'âme assez grande pour
l'affranchir, s'il eût dépendu de moi sans crime?
Oui, mais ce que Dieu a joint, l'homme ne peut le
séparer.

(Silence.)

Ce n'est pas l'amour qui fait le mariage mais le consentement.

Ni l'enfant que je n'ai pas eu, ni le bien de la société,
mais le consentement en présence de Dieu dans la
foi :

Jusqu'à la fin de moi-même, jusqu'à la dernière parcelle
de ce consentement que deux êtres sont capables de se
donner l'un à l'autre,

Bon gré, mal gré,

Cela qu'elle m'a donné, je ne pourrais le lui rendre,
quand je le voudrais.

DOÑA HONORIA

Elle ne demande rien, elle ne se plaint pas, elle ne m'a
rien expliqué, elle se tait, elle est ici avec moi loin de la
vue de tous les hommes.

DON PÉLAGE

[annotation manuscrite : Pas de consentement de la part de l'état ? Pélage]

C'est ma faute. Oui, vous dites naturellement que c'est
moi qui ai mal fait

De l'épouser, vieux déjà, elle si jeune, et ne sachant
pas à quoi elle consentait.

DOÑA HONORIA

Je ne pense pas à vous.

DON PÉLAGE

Mais moi, je pense à elle, et chaque parole que je vous
dis, il me semble qu'elle l'entend dans le silence où elle
est, l'une après l'autre.

Je l'aimais. Quand je l'ai vue, j'ai été comme inondé
de soleil, toute mon âme en peu de temps est sortie du
brouillard à sa rencontre comme un palais qu'on ne
soupçonnait pas.

Et pourquoi n'aurais-je pas attendu que mon palais
fût terminé pour que l'amour y entre ?

J'étais plein d'œuvres et de desseins. Tout cela l'atten-

dait. Où aurait-elle trouvé une telle demeure pour
l'accueillir ?

Le fronton était mis sur la colonne.

DOÑA HONORIA

Si beau que soit le toit d'un autre, on aime mieux
celui qu'on a aidé soi-même à faire.

DON PÉLAGE

Il y a du sens dans ce que vous dites. Mais ne savais-je
pas mieux qu'elle ce qui la rendrait heureuse ? étais-je
un tel ignorant de cette vie qu'elle ne connaissait pas ?

Qui connaît le mieux une plante ? elle-même qui a
poussé au hasard ou le jardinier qui saura la mettre où il
faut ?

Je la voyais si jeune en ce Madrid étranger, sans
mère, un père chimérique, au milieu des croqueurs de dots.

Pour l'épouser est-ce l'amour ou l'intelligence qui
me faisait faute ?

Et de plus j'ai prié, j'ai reçu conseil.

Vous savez que dès mon enfance je me suis mis sous
la protection de la Mère de Dieu, lui livrant les clefs de
mon âme et de ma maison.

C'est elle qui m'a instruit « en toutes choses de chercher
la paix ».

Et moi, c'est cette paix que je voulais lui donner, à
cette jeune créature qui semblait faite pour elle, si
seulement elle avait voulu lui ouvrir ses pétales.

L'entraîner un peu avec moi sous cette surface grossière et brutale et meurtrissante des choses, qui n'est pas
la vérité.

Qu'importe qu'elle m'aime ? Ce que j'avais dans le
cœur, il n'était pas de ma dignité de le lui dire, c'est ce
monde de la sagesse de Dieu à ma place qui parlerait
pour moi.

Qu'importe qu'elle m'aime si je réussis à lui faire du bien, si je réussis à apprendre à un seul être ce que je sais, et à remplir un seul cœur de joie et de connaissance!

DOÑA HONORIA

Tout cela aboutit à cette créature éperdue qui se sauve de sa prison à quatre pattes comme une bête, à travers le fossé et les broussailles.

DON PÉLAGE

Pourquoi fuit-elle ainsi? N'était-ce pas le paradis où je l'avais mise au milieu de choses excellentes?

DOÑA HONORIA

Le paradis n'est pas fait pour les pécheurs.

DON PÉLAGE

Le fait est que le seul temps où je l'aie vue franchement sourire, ce sont ces durs mois d'Afrique qu'elle a passés avec moi.

DOÑA HONORIA

Vous ne lui avez pas donné des enfants?

DON PÉLAGE

Dieu me les a refusés.

DOÑA HONORIA

Du moins ne pouviez-vous pas lui refuser la souffrance.

DON PÉLAGE

La mienne ne suffisait-elle pas?

DOÑA HONORIA

Vous n'êtes pas dans sa peau. Il fallait que quelque chose lui ouvrît son âme et ce corps dans quoi nous étouffons.

Vous me disiez que vous vouliez lui enseigner à entendre, mais comment faire pour entendre sous cette enveloppe qui chaque jour durcit et s'épaissit?

Cette forêt qui m'entoure, il n'y a que maintenant que j'ai commencé à l'entendre,

Depuis que je veille cet enfant qui meurt;

Une branche qui tombe, cette cloche de l'autre côté de la montagne que le vent nous apporte une fois par an,

Cet oiseau qui s'envole soudain, comme ils retentissent longuement dans mon cœur!

DON PÉLAGE

Et moi, cette pensée, que je forme en ce moment, croyez-vous qu'elle l'entende?

DOÑA HONORIA

Oui, je sais que pour la première fois votre âme a réussi à passer jusqu'à la sienne.

DON PÉLAGE

Quelle pensée peut-elle avoir autre que cette fenêtre en face d'elle qu'elle regarde?

DOÑA HONORIA

Vous n'êtes pas absent, elle reste votre captive.

DON PÉLAGE

Est-ce moi qui fais mourir celui qu'elle aime?

DOÑA HONORIA

C'est vous qui liez les mains de sa prière. C'est vous qui la retranchez de Dieu et qui lui bouchez la bouche et qui l'enfermez comme une damnée dans une prison d'impuissance et de désespoir.

DON PÉLAGE

Il était grandement temps que j'arrive.

DOÑA HONORIA

Que voulez-vous faire?

DON PÉLAGE

Ne savez-vous pas que je suis un juge, obligé de donner à tout litige qu'on lui adresse une solution?

DOÑA HONORIA

Seigneur, ne nous faites pas de mal!

DON PÉLAGE

Sentez-vous que je veuille lui faire du mal?

DOÑA HONORIA

C'est de votre *bien* que j'ai peur.

DON PÉLAGE

Croyez-moi, le meilleur ami du coupable, ce n'est aucun de vos consolateurs, ni ses complices, ni le confesseur lui-même,

C'est le Juge seul qui a pouvoir de lui apporter quittance et libération.

DOÑA HONORIA

Avec pas d'autres moyens que la mort, la mutilation, l'esclavage, l'exil?

DON PÉLAGE

De tout cela un peu. Ce n'est pas avec du miel et des caresses qu'on guérit une âme blessée. Mêlés à tous ces moyens, j'en connais de plus forts et de plus subtils.

DOÑA HONORIA

Ce sont ceux-là que vous êtes venu nous apporter?

DON PÉLAGE

Ne suis-je point son mari? n'ai-je point de mission de l'assister? l'abandonnerai-je dans son agonie?

Je sais ce qui convient à cette âme généreuse.

Tout ce que vous me disiez tout à l'heure je voulais vous le faire dire et je l'ai bien compris.

Ce ne sont point des fleurs et des fruits qu'elle attendait de moi, c'est un fardeau.

DOÑA HONORIA

Que lui apportez-vous?

DON PÉLAGE

A la place d'une tentation une tentation plus grande. Menez-moi à sa chambre.

Hésitation de Doña Honoria.

Menez-moi à sa chambre.

SCÈNE IV

DON PÉLAGE, DOÑA PROUHÈZE.

Une autre pièce dans le château de X...
(En réalité, il n'y a pas de changement de scène.)

Doña Honoria est sortie. Don Pélage est passé derrière un rideau, puis est revenu se placer debout au fond de la scène. Les machinistes sont venus apporter sur le devant de la scène un métier à tapisserie où se

*trouve tendue une chasuble, une partie roulée, une partie
visible montrant la tête du Crucifix. Doña Prouhèze
est entrée par le côté de la scène et travaille à la tapisserie, tournant le dos à Don Pélage.*

DON PÉLAGE

Quoi de plus naturel? ce malentendu lamentable,
Cette attaque stupide de l'auberge où mon pauvre
Balthazar, en vous défendant, car il croyait vous défen-
dre,
A trouvé le trépas...

> *(Elle tressaille et semble vouloir parler, mais ne
> dit rien et retombe dans son apathie.)*

Je vous loue de vous être échappée.
Appelons providentielle également la rencontre
de ces secourables cavaliers qui vous ont permis de fuir
jusqu'à cette sûre demeure,
Où sous l'aile de notre respectée parente, Doña
Honoria... — Oui, elle est un peu notre alliée par les
anciens souverains de Léon d'où je descends, vous vous
en êtes souvenue à propos.

DOÑA PROUHÈZE, *à voix basse.*

Je vous attendais.

DON PÉLAGE

Il y a cela.
— De plus, à la pensée de cette Afrique de nouveau où
jadis vous avez goûté avec moi...
Comment s'étonner que votre cœur ait défailli?

> *(Court mouvement de Prouhèze.)*

La guerre continuelle et sans espoir, l'Islam, comme
une entreprise dans un pays maudit contre des peuples
fascinés, l'eau par mesure;

Sous nous la trahison, sur nous la calomnie, avec nous la disgrâce de ceux qui demandent toujours de l'argent, le moyen pour tout qui manque;

Jalousie de la Cour, haine du peuple à qui nous coûtons cher, ennui du Roi,

Tout cela, vous et moi, nous l'avons savouré goutte à goutte.

DOÑA PROUHÈZE

Je me souviens de ce bateau avec mille peines que nous avons réussi à faire entrer pendant le siège.

DON PÉLAGE

... Et qui au lieu de farine ou de douros ne nous apportait que des réprimandes. J'étais un voleur qu'on somme de se justifier.

DOÑA PROUHÈZE

Le lendemain les tribus attaquées par derrière, grâce à ce marabout que nous avions gagné, se dispersaient. J'ai chargé à côté de vous, l'épée nue.

DON PÉLAGE

De tout cela vous aviez assez.

DOÑA PROUHÈZE

Pourquoi me dire cette chose que vous savez injuste?

DON PÉLAGE

Cependant je vais retourner seul là-bas.

DOÑA PROUHÈZE

Y a-t-il telle urgence que vous partiez?

DON PÉLAGE

Les nouvelles qui nous avaient rappelés d'Espagne ne sont pas meilleures. Je n'ai déjà perdu que trop mon temps.

Et l'honneur me commande de poursuivre jusqu'à la mort une œuvre à laquelle je ne crois plus.

DOÑA PROUHÈZE

Quoi, vous ne croyez plus à l'Afrique?

DON PÉLAGE

J'ai vu la vérité tout à coup. L'Afrique aussi fait partie de ces choses auxquelles je ne crois plus.

Silence.

DOÑA PROUHÈZE

Pourtant, moins perfide que d'autres, elle ne vous avait pas déçu. Vous saviez quels rivages vous abordiez.

DON PÉLAGE

Oui, je l'ai aimée. J'ai désiré sa face sans espoir. C'est pour elle, dès que le Roi l'a permis, que j'ai quitté mon cheval de Juge errant.

Comme mes aïeux regardaient Grenade... *(plus bas)* comme mes aïeux regardaient Grenade...

(Il se tait longuement et pense.)

Comme mes aïeux regardaient Grenade, c'est ainsi que je regarde les remparts de fer de cette autre Arabie fermée et vide que les Légions de Satan essayent de nous interdire, comme si les damnés seuls étaient capables d'habiter la flamme!

Là, dans la plus grande lumière que cette chair puisse tolérer, proclamer qu'il y a un autre Dieu qu'Allah et que Mahomet n'est pas son prophète!

La croisade n'a pas cessé pour moi. Dieu n'a pas fait l'homme pour vivre seul.

A défaut de cette femme, il ne faut pas lâcher cet ennemi qu'il m'a donné. Il ne faut pas que le Maure et l'Espagnol oublient qu'ils ont été faits l'un pour l'autre;

Pas que l'étreinte cesse de ces deux cœurs qui dans une lutte farouche ont battu si longtemps l'un contre l'autre.

Le vent !

(Silence. Coup de vent qui fait battre la fenêtre. A demi-voix, levant le doigt :)

Mais j'entends le vent d'automne à grand bruit qui balaye la terre et la mer.

Il se tait tout à coup. Et alors, oui ? ce faible grillon qui essaye de reprendre sa chanson des jours d'été...

On sent bien que ce ne sera pas pour longtemps.

DOÑA PROUHÈZE

Vous ne croyez plus à votre vocation ?

DON PÉLAGE

J'ai été l'ouvrier d'un rêve.

DOÑA PROUHÈZE

Il n'y a que la femme qui ne soit pas un rêve ? Toujours ça ! Qu'est-ce que la femme, faible créature ? ce n'est pas à cause d'une femme que la vie perd son goût.

Ah ! si j'étais un homme, ce n'est pas une femme qui me ferait renoncer à l'Afrique ! Voilà une chose qui résiste ! Il y en a pour toute la vie !

DON PÉLAGE

Est-ce que vous espérez la vaincre ?

DOÑA PROUHÈZE

C'est de ne rien espérer qui est beau ! c'est de savoir qu'on en a pour toujours !

Rien que tenir son ennemi à la gorge, ce n'est pas assez ! Il est arrêté ! Et non seulement il nous oblige à donner tout ce qu'il y a de force en nous,

Mais nous sentons que lui-même en a assez pour en

demander trois ou quatre fois plus. Toujours quelque chose de nouveau à attendre.

DON PÉLAGE

A quoi bon tout ce labeur inutile ? m'a dit le Seigneur Chancelier.

L'Espagne est pauvre. Tout cet argent que vous me faites répandre sur un sable stérile,

Il fleurirait ici même en routes, en canaux, en troupes d'enfants joyeux.

DOÑA PROUHÈZE

Ainsi parlent les protestants dont l'affaire est de se nourrir et de s'enrichir et qui veulent tout de suite leur récompense.

Mais vous m'avez appris à penser : Malheur à celui qui se regarde lui-même !

DON PÉLAGE

Qu'est-ce donc qu'il faut regarder ?

DOÑA PROUHÈZE

Dites-le vous-même.

DON PÉLAGE

Cet ennemi que Dieu m'a donné.

DOÑA PROUHÈZE

Telle est votre part sur la terre.

DON PÉLAGE

Ce n'est pas mon ennemi que je regarde en ce moment.

Silence.

DOÑA PROUHÈZE, *se retournant lentement vers lui.*

Regardez-moi donc. Pourquoi vos yeux aussi ne seraient-ils pas faits pour voir des choses impossibles ?

Est-ce bien toujours moi? Regardez! Il n'y a pas un mouvement de mon corps qui ne vous dise que je ne suis plus à vous.

DON PÉLAGE

Vous êtes à moi tant que vous êtes capable de me rendre service.

DOÑA PROUHÈZE

Quel service? Quand celui-ci même

(Elle élève la main vers la fenêtre.)

Je le vois mourir sous mes yeux!

DON PÉLAGE

Estimez-vous que ce serait un service de l'empêcher de mourir?

DOÑA PROUHÈZE

Je ne veux pas qu'il meure!

DON PÉLAGE

Quelle alternative avez-vous à proposer? Quel genre de bonheur seriez-vous capable de lui apporter s'il vivait?

DOÑA PROUHÈZE

Je n'apporte qu'une seule parole...

DON PÉLAGE

Quelle parole?

DOÑA PROUHÈZE

... Telle qu'elle l'empêchera d'en entendre désormais toute autre.

DON PÉLAGE

La mort n'en fera-t-elle pas autant?

DOÑA PROUHÈZE

Mon âme, s'il la possédait, je sais qu'elle l'empêcherait de mourir. Car quand est-ce que je cesserai d'avoir besoin de lui?

DON PÉLAGE

Ton âme, pour qu'il la possède, il faudrait que tu fusses capable de la donner.

DOÑA PROUHÈZE

Si je me donne, est-ce autrement que tout entière?

DON PÉLAGE

Non pas entière.

DOÑA PROUHÈZE, *lentement.*

Non pas entière, non pas entière!
Ah! parole trop vraie! dure et véridique parole!

DON PÉLAGE

Vous ne pouvez donner à un autre ce que vous avez remis une fois pour toutes
A Dieu de qui j'ai reçu mandat en ce qui concerne votre personne.

DOÑA PROUHÈZE, *à voix basse.*

Dieu... Dieu... Une fois pour toutes... une fois pour toutes...

DON PÉLAGE

Ce que vous lui remettrez, ce n'est plus vous-même,
Ce n'est plus l'enfant de Dieu, ce n'est plus la créature de Dieu.

A la place du salut vous ne pouvez lui donner que le plaisir.

Ce n'est plus vous-même, c'est cette chose à la place qui est l'œuvre de vous-même, cette idole de chair vivante.

Vous ne lui suffirez pas. Vous ne pouvez lui donner que des choses limitées.

DOÑA PROUHÈZE

Le désir que j'ai de lui ne l'est pas.

DON PÉLAGE

Vous-même, que lui demandez-vous? et qu'êtes-vous capable de lui donner en retour?

DOÑA PROUHÈZE

Rien qui puisse lui suffire, afin qu'il ne cesse pas de me désirer!

DON PÉLAGE

C'est le désir des damnés.

DOÑA PROUHÈZE

Un tel désir m'a-t-il été donné pour le mal? Une chose si fondamentale, comment peut-elle être mauvaise?

DON PÉLAGE

Ce qui ne fait aucun bien ne peut être que mauvais.

DOÑA PROUHÈZE

Il est vrai que je n'ai été faite que pour sa perte?

DON PÉLAGE

Non, Prouhèze. Pourquoi ne seriez-vous pas capable de lui faire du bien?

DOÑA PROUHÈZE

Quel bien?

DON PÉLAGE

Ce qui est bien, c'est cela qui lui fera du bien.

DOÑA PROUHÈZE

Il vaut mieux faire du mal que d'être inutile
Dans ce jardin où vous m'avez enfermée.

DON PÉLAGE

C'est vrai.
Il n'y a qu'un certain château, que je connais, où il fait
bon d'être enfermée.

DOÑA PROUHÈZE

Quel château?

DON PÉLAGE

Un château que le Roi vous a donné à tenir jusqu'à
la mort.
C'est cela que je suis venu vous annoncer, Prouhèze,
un devoir à la mesure de votre âme :
Il faut plutôt mourir que d'en rendre les clefs.

DOÑA PROUHÈZE

Mourir, dites-vous, Seigneur?

DON PÉLAGE

Je savais avec ce mot que je trouverais l'oreille de
votre cœur. — Mais vivre sera plus dur.

DOÑA PROUHÈZE

C'est à moi que le Roi donne ce château?

DON PÉLAGE

C'est moi qui vous le donne en son nom.

DOÑA PROUHÈZE

Quel est-il?

DON PÉLAGE

C'est Mogador en Afrique.

DOÑA PROUHÈZE

Cette place que Don Camille a conquise et qu'il tient actuellement?

DON PÉLAGE

Oui, je me méfie de cet officier. Vous aurez à prendre sa place et le ferez votre lieutenant.

DOÑA PROUHÈZE

Vous ne viendrez pas avec moi?

DON PÉLAGE

Je ne puis. Il me faut garder les places du Nord.

DOÑA PROUHÈZE

Que me donnerez-vous pour m'aider dans la tâche?

DON PÉLAGE

Pas un homme et pas un sou.

DOÑA PROUHÈZE

Savez-vous ces choses que Don Camille m'a dites et que j'ai écoutées, la veille de son départ?

DON PÉLAGE

Je puis les imaginer.

DOÑA PROUHÈZE

Combien de temps devrai-je garder votre château?

DON PÉLAGE

Tout le temps qu'il faudra.

DOÑA PROUHÈZE

Avez-vous une telle confiance en moi?

DON PÉLAGE

Oui.

DOÑA PROUHÈZE

Je suis une femme. C'est moi qui devrai garder cette place perdue entre la mer et le sable?
Et cela aux côtés d'un traître qui n'a désir que de vous outrager?

DON PÉLAGE

Je n'ai personne d'autre.

DOÑA PROUHÈZE

Je ne puis accepter cette tâche.

DON PÉLAGE

Je sais que vous l'avez déjà acceptée.

DOÑA PROUHÈZE

Laissez-moi le temps de réfléchir.

DON PÉLAGE

Les chevaux sont prêts. Debout! Allez mettre un autre costume.

SCÈNE V

*La Campagne romaine. Sur la Voie Appienne. Un groupe
de gentilshommes parmi lesquels le Vice-Roi de Naples. Ils
sont assis sur les débris dispersés d'un temple dont seules
restent debout quelques colonnes. On distingue parmi l'herbe
haute des bas-reliefs et des inscriptions. C'est le coucher du
soleil, tout l'air est rempli d'une lumière dorée. Dans le loin-
tain on voit la basilique de Saint-Pierre qui est en construction,
tout entourée d'échafaudages. Chevaux et bagages çà et là
entre les mains des valets.*

PREMIER SEIGNEUR

Cependant Monsieur le Chancelier de France avec
sa troupe s'en revient tout petitpatapant le long de la
Voie Nomentane.

DEUXIÈME SEIGNEUR

... Ayant fait juste vers le Nord la longueur du chemin
que nous-mêmes avons mesurée vers le Sud.

LE VICE-ROI

Je lui ai dit de penser à nous la dernière fois qu'il
verrait Saint-Pierre, nos regards y rejoindront les
siens.

PREMIER SEIGNEUR

Il n'a pas besoin de Saint-Pierre pour se souvenir
toujours de Votre Altesse.

LE VICE-ROI

Pensez-vous que j'aie eu le meilleur sur lui? Bah!
c'est un de ces petits traités qui laissent les deux parties
chaudes et mécontentes,

Comme il faut en refaire un tous les quarante-six mois
parmi les ferraillements de nos gendarmeries

Afin de remettre un peu d'ordre au travers de nos
héritages entremêlés.

PREMIER SEIGNEUR

L'héritage du Téméraire!

DEUXIÈME SEIGNEUR

N'y avons-nous pas ajouté quelques petits morceaux?

LE VICE-ROI

Les tailleurs qui nous les ont arrangés se disputent.
J'ai de mauvaises nouvelles des Indes.

PREMIER SEIGNEUR

Hélas! Que ne pouvait-on envoyer là-bas Votre
Altesse? au lieu de cet insaisissable Rodrigue que le
Roi s'obstine à pourchasser.

LE VICE-ROI

Ma place est ici, au pied de cette colonne dans la
mer qui soutient toute l'Europe et qui est le milieu
de tout.

Ni l'Islam ne réussira à l'ébranler, ni le mouvement
des peuples furieux du Nord à s'arracher cette Italie où
toutes les routes à travers la couronne des Alpes abou-
tissent et qui réunit en un seul manche tous les fils
et toutes les fibres.

Celui-là qui est le plus fort en Europe, c'est lui qui a le
plus besoin de l'Italie et de qui l'Italie a besoin.

DEUXIÈME SEIGNEUR

Une fois de plus, grâce à Votre Altesse, la paix va revenir à Rome;

Le Français en grondant a retiré son opposition, et pendant que sur les marches du Vatican les ambassadeurs fourrés de la Russie se croisent avec ceux des Indes et du Japon,

Les légats du nouveau Pontife s'apprêtent à partir pour Trente.

PREMIER SEIGNEUR

Et bientôt le dôme nouveau de Saint-Pierre comme une grande meule de blé trônera au-dessus de l'Europe invisible.

L'ARCHÉOLOGUE

Rome est bien où elle est. Quant à moi je suis heureux de revoir Naples

Et ce peuple sonore qu'Apollon et Neptune ne cessent de brasser et de remuer comme un richard qui fouille à deux mains dans un sac de pistoles.

DEUXIÈME SEIGNEUR

Mais votre affaire, Monsieur le Savant, n'est-elle pas plus avec les morts qu'avec ceux qui vivent?

L'ARCHÉOLOGUE

Appelez-vous morts ces vivants de marbre et de métal que j'ai fait sortir des laves, plus que vivants, immortels!

Nos titres à l'image de Dieu confiés depuis des siècles aux archives d'un volcan, ces superbes Idées dont nous ne sommes que la spongieuse traduction!

Ah! ce sont ces morts-là qui m'ont appris à regarder les vivants marcher!

LE VICE-ROI

Il est vrai. Dans cette éruption humaine de Naples aussi notre ami a su découvrir quelques statues.

L'ARCHÉOLOGUE

La plus belle, ah! quel regret pour moi, Monseigneur, que vous n'ayez pas voulu la garder pour vous!

LE CHAPELAIN

Je me boucherai les oreilles!

LE VICE-ROI

Une splendide femelle, je ne puis le nier.

L'ARCHÉOLOGUE

Fille de pêcheur, direz-vous? Moi, je l'appelle une fille de la mer, digne d'un dieu et d'un roi!

LE VICE-ROI

C'est pourquoi j'en ai fait cadeau à mon ami Pierre-Paul Rubens.

DEUXIÈME SEIGNEUR

C'est elle que nous avons vue partir sur ce bateau chargé de statues, de tableaux et de curiosités de toutes sortes que vous envoyiez au Duc d'Albe?

LE VICE-ROI

Précisément. Accompagnée de sa mère, comme une plante avec ses racines.

DEUXIÈME SEIGNEUR

Tant de belles choses pour le Nord! Autant verser du vin dans de la bière! Ce que j'aime, moi, je voudrais tout garder.

LE VICE-ROI

Et qu'aurais-je tiré de cette belle jeune fille? un peu de plaisir égoïste, une petite joie d'amateur. La beauté est faite pour autre chose que le plaisir.

DEUXIÈME SEIGNEUR

Pierre-Paul Rubens n'a d'yeux que pour ses grosses blondes nacrées.

LE VICE-ROI

Messieurs, me prenez-vous pour un sot? Notre ami Rubens est trop fier. Ce n'est pas comme un modèle que je lui envoie cette fille du soleil, c'est comme un défi!

Il y a autre chose à faire d'une belle œuvre que de la copier, c'est de rivaliser avec elle. Ce n'est pas ses résultats qu'elle nous enseigne, ce sont ses moyens. Elle nous verse la joie, l'attendrissement et la colère! Elle met au cœur de l'artiste une fureur sacrée!

Ainsi je ne veux pas laisser ce prince des peintres tranquille au milieu de ses lys et de ses roses. Voici cette Italie vivante entre ses sœurs de marbre que je lui envoie pour le terrasser.

PREMIER SEIGNEUR

J'aimerais mieux envoyer de la poudre et des canons au Duc d'Albe. Ce n'est pas Rubens qui conservera la Flandre au Roi d'Espagne.

LE VICE-ROI

C'est Rubens qui conservera la Flandre à la chrétienté contre l'hérésie! Ce qui est beau réunit, ce qui est beau vient de Dieu, je ne puis l'appeler autrement que catholique.

N'est-ce point là de bonne théologie, Monsieur le Chapelain ?

LE CHAPELAIN

Monseigneur, vous êtes théologien comme ce gentilhomme à barbe grise, qui nous parlait tout à l'heure,
Est un archéologue parmi les filles de Naples.

LE VICE-ROI

Qu'ont voulu ces tristes réformateurs sinon faire
la part de Dieu, réduisant la chimie du salut entre
Dieu et l'homme à ce mouvement de foi...

LE CHAPELAIN

Dites plutôt conscience ou illusion de la foi.

LE VICE-ROI

... à cette transaction personnelle et clandestine dans
un étroit cabinet,
Blasphémant que les œuvres ne servent pas, celles de
Dieu sans doute pas plus que celles de l'homme.
Séparant le croyant de son corps sécularisé,
Séparant du ciel la terre désormais mercenaire, laïcisée,
asservie, limitée à la fabrication de l'utile !
Et l'Église ne se défend pas seulement par ses docteurs,
par ses saints, par ses martyrs, par le glorieux Ignace, par
l'épée de ses enfants fidèles,
Elle en appelle à l'univers ! Attaquée par les brigands
dans un coin, l'Église catholique se défend avec l'univers !
Ce monde est devenu trop court pour elle. Elle en a
fait sortir un autre du sein des Eaux. D'un bout à
l'autre de la création, tout ce qu'il y a d'enfants de
Dieu, elle les a cités en témoignage ; toutes les races
et tous les temps !
Elle a fait sortir du sol les antiques pierres, et sur les

Sept Collines, sur le soubassement des Cinq Empires, voici qu'elle élève pour toujours le dôme de la foi nouvelle.

LE CHAPELAIN

Je n'aurais jamais cru que Rubens fût un prédicateur de l'Évangile.

LE VICE-ROI

Et qui donc mieux que Rubens a glorifié la Chair et le Sang; cette chair et ce sang mêmes qu'un Dieu a désiré revêtir et qui sont l'instrument de notre rédemption?

On dit que les pierres mêmes crieront! Est-ce au corps humain seulement que vous refuserez son langage?

C'est Rubens qui change l'eau insipide et fuyante en un vin éternel et généreux.

Est-ce que toute cette beauté sera inutile? venue de Dieu, est-ce qu'elle n'est pas faite pour y revenir? Il faut le poëte et le peintre pour l'offrir à Dieu, pour réunir un mot à l'autre mot et de tout ensemble faire action de grâces et reconnaissance et prière soustraite au temps.

Comme le sens a besoin de mots, ainsi les mots ont besoin de notre voix.

C'est avec son œuvre tout entière que nous prierons Dieu! rien de ce qu'il a fait n'est vain, rien qui soit étranger à notre salut. C'est elle, sans en oublier aucune part, que nous élèverons dans nos mains connaissantes et humbles.

Car le protestant prie seul, mais le catholique prie dans la communion de l'Église.

Cloches de Rome au loin.

PREMIER SEIGNEUR, *au Chapelain.*

Es-tu convaincu, hérétique?

LE CHAPELAIN

J'entends les cloches de Rome qui m'empêchent de répondre, et parmi elles celles de mon couvent de Sainte-Sabine qui me dit *Adieu* et *Alleluia !*

LE VICE-ROI, *au Deuxième Seigneur.*

Et toi, Lucio, me crois-tu ?

DEUXIÈME SEIGNEUR, *le regardant avec tendresse.*

Tout ce que vous dites est vrai.

TROISIÈME SEIGNEUR

Nous sommes fiers de notre Capitaine.

LE VICE-ROI

Ce n'est pas parce que vous m'aimez que j'ai raison.

PREMIER SEIGNEUR

C'est parce que vous dites la vérité que nous vous aimons.

Et c'est en vous aimant que nous avons appris à nous apercevoir les uns des autres.

DEUXIÈME SEIGNEUR

Et à former cette bande de petits frères à vos côtés.

LE VICE-ROI

Comment voulez-vous que je prenne femme, ayant autour de moi de tels amis ?

L'ARCHÉOLOGUE

Pour toutes choses vous n'avez que des louanges, mais cela me fâche de voir que vous n'usez d'aucune et vous passez de tout si facilement.

LE VICE-ROI

Si j'en usais, je serais forcé de la détruire et alors vous et moi serions bien avancés!

Je ne suis pas fait pour détruire; tout ce que je touche, je voudrais le rendre immortel! un trésor inépuisable!

Mais venez! je n'ai besoin que de vous! la joie de ces yeux d'hommes qui me disent qu'ils sont contents que j'existe! A cheval! il nous faut faire l'étape avant la nuit.

SCÈNE VI

SAINT JACQUES.

La nuit. La scène est occupée dans toute sa hauteur par une figure, gigantesque et toute parsemée de feux de Saint Jacques (Santiago), avec les coquilles de pèlerin et le bâton diagonal. (On sait que le nom de Saint Jacques a été parfois donné à la constellation d'Orion qui visite tour à tour l'un et l'autre hémisphère.)

SAINT JACQUES

Pèlerin de l'Occident, longtemps la mer plus profonde que mon bâton m'a arrêté sur ce donjon à quatre pans de terre massive,

Sur cette rose Atlantique qui à l'extrémité du continent primitif ferme le vase intérieur de l'Europe et chaque soir, suprême vestale, se baigne dans le sang du soleil immolé.

Et c'est là, sur ce môle à demi englouti, que j'ai dormi quatorze siècles avec le Christ,

Jusqu'au jour où je me suis remis en marche au-devant de la caravelle de Colomb.

C'est moi qui le tirais avec un fil de lumière pendant qu'un vent mystérieux soufflait jour et nuit dans ses voiles,

Jusqu'à ce que dans le flot noir il vît les longues tresses rubigineuses de ces nymphes cachées que le matelot appelle *raisin-des-tropiques*.

Et maintenant au ciel, sans jamais sortir de l'Espagne, je monte ma garde circulaire,

Soit que le pâtre sur le plateau de Castille me vérifie dans la Bible de la Nuit entre la Vierge et le Dragon,

Soit que la vigie me retrouve derrière Ténérife déjà enfoncé dans la mer jusqu'aux épaules.

Moi, phare entre les deux mondes, ceux que l'abîme sépare n'ont qu'à me regarder pour se trouver ensemble.

Je tiens trop de place dans le ciel pour qu'aucun œil puisse se méprendre,

Et cependant aussi nulle que le cœur qui bat, que la pensée dans les ténèbres qui reparaît et disparaît.

Au sein de la Grande Eau à mes pieds où se reflètent mes coquilles et dont le sommeil sans heures se sent heurter à la fois à l'Afrique et à l'Amérique,

Je vois les sillons que font deux âmes qui se fuient à la fois et se poursuivent :

L'un des bateaux file en droite ligne vers le Maroc;

L'autre au rebours de courants inconnus et de remous adverses ne réussit qu'avec peine à maintenir sa direction.

Un homme, une femme, tous deux me regardent et pleurent.

Je ne vous ferai point défaut.

Les heureux et les assouvis ne me regardent pas. C'est la douleur qui fait dans le monde ce grand trou au travers duquel est planté mon sémaphore.

Quand la terre ne sert qu'à vous séparer, c'est au ciel que vous retrouverez vos racines.

Tous les murs qui séparent vos cœurs n'empêchent pas que vous existiez en <u>un même temps</u>.

Vous me retrouverez comme un point de repère. En moi vos deux mouvements s'unissent au mien qui est éternel.

Quand je disparaîtrai à vos yeux, c'est pour aller de l'autre côté du monde pour vous en rapporter les nouvelles, et bientôt je suis de nouveau avec vous pour tout l'hiver.

Car bien que j'aie l'air immobile, je n'échappe pas un moment à cette <u>extase circulaire</u> en quoi je suis abîmé.

Levez vers moi les yeux, mes enfants, vers moi, le <u>Grand Apôtre du Firmament,</u> qui existe dans cet état de transport.

SCÈNE VII

LE ROI, DON PÉLAGE.

Une salle dans le Palais de l'Escurial.

LE ROI

Señor, votre proposition que vous m'avez fait à grand'peine accepter a cessé de me plaire.

Je ne puis laisser ainsi une femme à la tête d'une bande de brigands sur ce château à moitié submergé entre le sable et la mer, entre la <u>trahison et l'Islam</u>.

DON PÉLAGE

<u>L'alternative est</u> d'envoyer des troupes et de l'argent.

LE ROI

Je n'ai point de troupes et d'argent pour l'Afrique.

DON PÉLAGE

Alors que Votre Majesté se résigne à perdre Mogador.

LE ROI

J'aime mieux perdre Mogador que l'âme d'une de
mes filles.

DON PÉLAGE

Vive Dieu! l'âme de Doña Prouhèze ne sera pas
perdue! Elle est en sûreté. A jamais l'âme de Doña
Prouhèze ne sera pas perdue!

LE ROI

Qu'est-ce que Mogador après tout?

DON PÉLAGE

Une grande chose pour moi et pour tant de vos
ancêtres qui l'ont convoitée.

LE ROI

Un coin de terre calcinée!

DON PÉLAGE

Juste ce qu'il faut pour que les chrétiens y fassent
leur purgatoire.

LE ROI

Entre l'Amérique et ça je ne puis pas hésiter.

DON PÉLAGE

Vous avez vu Don Rodrigue?

LE ROI

Je l'ai vu.

DON PÉLAGE

Prêt enfin à partir pour l'Amérique?

LE ROI

Il est prêt si je donne l'ordre à Doña Prouhèze de revenir.

DON PÉLAGE

Le conseil suffit. Laissez à Doña Prouhèze le mérite de décider.

LE ROI

Je le veux. Et ce sera Rodrigue lui-même en route pour son Gouvernement qui sera chargé de porter ma lettre et celle que vous y joindrez.

DON PÉLAGE

Pourquoi Rodrigue?

LE ROI

Craignez-vous pour la vertu de votre femme?

DON PÉLAGE

Pourquoi cette torture inutile?

LE ROI

Pourquoi inutile? pourquoi essayerais-je de la lui épargner?

Je veux qu'il revoie le visage de la femme qu'il aime une fois encore en cette vie! qu'il la regarde et qu'il s'en soûle et qu'il l'emporte avec lui!

Qu'ils se regardent une bonne fois face à face!

Qu'il la sache qui l'aime, et qu'il l'ait à sa seule volonté et qu'il s'en sépare par sa propre et pure volonté,

Pour toujours et ne plus la revoir jamais!

DON PÉLAGE

Si vous le plongez en enfer, ne craignez-vous pas qu'il y reste?

LE ROI

Tant pis! Lui-même l'a voulu, je ne vois aucun moyen de l'épargner.

Je veux lui fourrer d'un seul coup dans le cœur tant de combustible qu'il en ait pour toute la vie!

Au-dessus de ce monde là-bas qui est en proie à l'autre, d'un monde à l'état de bouillonnement et de chaos, au milieu de cet énorme tas de matière toute croulante et incertaine,

Il me faut une âme absolument incapable d'être étouffée, il me faut un tel feu qu'il consume en un instant toutes les tentations comme de la paille,

Nettoyé pour toujours de la cupidité et de la luxure.

Je me plais à ce cœur qui brûle et à cet esprit dévorant, à ce grief éternel qui ne laisse à l'esprit point de repos.

Oui, s'il n'y avait pas eu cet amour, il m'aurait fallu y suppléer moi-même par quelque grande injustice.

DON PÉLAGE

Un autre que moi pourrait vous dire : Mais quoi, s'il succombe?

LE ROI

S'il succombe, eh bien! décidément, ce n'était pas l'homme qu'il me fallait et j'en trouverai un autre.

DON PÉLAGE

Pour tant de travail et de souffrance, quelle sera la récompense que vous lui réservez?

LE ROI

Mon fils, ce sera la seule qu'il attende et qui soit digne de lui : l'ingratitude.

DON PÉLAGE

Que Rodrigue parte donc et comme Votre Majesté
m'y invite j'oserai joindre ma lettre à la sienne.

LE ROI

Pardonnez-moi cette épreuve à laquelle je suis forcé
de mettre Doña Prouhèze.

DON PÉLAGE

Sire, je ne crains rien pour elle.

LE ROI

Du moins vous allez revoir votre épouse

DON PÉLAGE

Je ne reverrai plus Doña Prouhèze en cette vie.

LE ROI

Quoi! Pensez-vous qu'elle n'obéisse pas à ce conseil
que Nous-Même et vous avec moi lui donnons et
que Rodrigue lui porte?

DON PÉLAGE

Oui, je le pense.

LE ROI

Cet exil a-t-il pour elle tant de charmes?

DON PÉLAGE

Un exil du moins qui l'éloigne de moi.

LE ROI

Mais Rodrigue s'en va de son côté.

DON PÉLAGE

Tant pis! elle a trouvé son destin et son destin l'a
trouvée;

Qui l'a une fois connue ne s'en sépare pas aisément,
Cette adjonction à notre vœu secret des ailes de la
Destinée.

SCÈNE VIII

DON RODRIGUE, LE CAPITAINE.

*La nuit. Le bateau de Don Rodrigue, immobile en pleine
mer. L'un de ses mâts est coupé par le milieu.*

DON RODRIGUE

Il vaut mieux conduire dans le sable un char attelé
de vaches déferrées, il vaut mieux pousser un troupeau
d'ânes à travers les éboulements d'une montagne
démolie,
    Que d'être le passager de cette baille à merde et d'avoir
besoin, pour avancer la longueur de son ombre, de la
conspiration des quatre points cardinaux!
    Faire dix lieues par jour avec mes propres jambes,
    Que de marcher ainsi par zigzag, essai, stratagème,
inspiration,
    Et de se mettre enfin à cuire sur place tout à coup en
attendant le réveil d'un Ange assoupi!

LE CAPITAINE

Monseigneur, on voit que vous n'êtes pas marin.
    Pour nous autres le plaisir, ce n'est pas de filer bête-
ment vent arrière,
    C'est de lutter au plus fin contre les souffles adverses,
par le moyen de cette voile auxiliaire du gouvernail,
    Jusqu'à ce que finalement ils nous mènent malgré
eux où nous voulons.

C'est pour cela qu'on dit de notre père Ulysse qu'il était le plus rusé des mortels.

DON RODRIGUE

Vous appelez ça fin, de sempiternellement offrir un bord, puis l'autre bord?

Tout cela pour empocher de temps en temps une espèce de molle flatuosité qui nous fait couvrir deux encablures!

Et chaque nuit, bâbord, tribord,

Ce feu rouge pour nous narguer qui marque l'entrée du royaume de Don Camille!

LE CAPITAINE

De votre ami Don Camille à qui vous apportez de si bonnes nouvelles.

DON RODRIGUE

Je tiens à m'acquitter envers lui. C'est moi qui lui rends son commandement, mais c'est à ce digne seigneur que je dois la vie.

LE CAPITAINE

Comment cela, s'il vous plaît?

DON RODRIGUE

Ni les prières de ma mère n'auraient suffi à me ramener. Déjà je touchais le sombre bord.

C'est le nom de Don Camille tout à coup qui m'a traversé comme une pointe. *(Déclamant :)* « Et m'a rendu d'un coup la souffrance et la vie. ».

LE CAPITAINE, *frappant dans ses mains.*

Je vous comprends! Le nom de son rival, cela vaut mieux qu'un moxa sur la plante des pieds.

La même chose quasi m'est arrivée il y a dix ans à Valence avec une certaine Dolorès que me disputait un marchand de viande salée.

DON RODRIGUE

C'est cela, camarade, tu m'as compris parfaitement; raconte-moi encore ton histoire avec le marchand de porc salé. Cela me fait du bien de causer et de m'avilir avec toi.

Monsieur Camille pour *rival*, comme tu dis, et pour rival heureux, selon apparence.

Et pour confrères toutes les victimes mal salées qu'a pu faire la scélératesse d'une tripière, me voilà tout frétillant dans la saumure générale!

Comme ce qui m'arrive est simple! tu me vois rafraîchi, allégé et raisonnable.

Vraiment tu n'aurais pas agi autrement et je suis sûr que tu me donnes raison. L'important est qu'ils ne soient pas ensemble. Quand on n'a pas su se faire aimer par ses propres qualités, il n'y a plus qu'à appeler les gendarmes.

J'ai un ordre du Roi qui lui enjoint de revenir. Oui, je la ramènerai avec moi sur ce bateau.

Et ensuite j'ai promis de partir pour toujours. Mais je serai seul avec elle sur ce bateau.

Elle s'est donnée à ce Camille, pourquoi ne se donnerait-elle pas à moi?

Je me moque de son âme! C'est son corps qu'il me faut, pas autre chose que son corps, la scélérate complicité de son corps!

En jouir et m'en débarrasser! Je n'en serai pas débarrassé autrement.

Ensuite la rejeter. Elle se traînera à mes pieds et moi je la foulerai sous mes bottes.

Que dis-tu de l'infâme mari qui l'a livrée ainsi à ce Camille?

LE CAPITAINE

On pense qu'il n'a pas trouvé d'autre personne mieux qu'elle qui le gardât contre ce demi-Maure.

DON RODRIGUE

Ah! c'est un grand politique! Sa femme l'assure contre Don Camille et Don Camille l'assure contre moi. Lui-même est parti pour les Présides.

J'ai déjoué ses calculs.

LE CAPITAINE

Laissez donc là tout ce vieux monde qui ne veut pas de vous, l'Europe, l'Afrique, alors qu'un autre vous appelle.

DON RODRIGUE

Non, non, je ne la laisserai point ainsi, tout s'expliquera. Il suffira que je la voie une minute, je ne puis croire qu'elle aime ce fils de chien! Ah! je sais que c'est moi qu'elle aime et qu'elle fuit! Que je puisse lui parler et je sais que tout sera expliqué en une seconde et il n'y aura pas besoin d'explication!

LE CAPITAINE

Pourtant, si elle avait voulu, il ne tenait qu'à elle l'autre jour de se laisser capturer.

DON RODRIGUE

Dis-tu que tu lui as vu lever le bras?

LE CAPITAINE

Vous l'avez vue comme moi, nos bateaux gagnant contre le vent sur des courses opposées n'étaient pas à plus d'une encablure.

DON RODRIGUE

C'était elle! Oui, je lui ai vu lever le bras. Je la regardais et elle me regardait.

LE CAPITAINE

Aussitôt une flamme rouge, pan! et ce boulet qui nous fauche notre grand mât.

DON RODRIGUE

Feu! Feu! Tirez! tirez! tirez! Pourquoi ne m'avez-vous pas obéi?

Il fallait l'envoyer par le fond! Il fallait lui lâcher toute votre bordée comme je vous le commandais.

LE CAPITAINE

J'avais assez à faire d'empêcher notre propre bateau de couler. Ce n'est pas une plaisanterie que de recevoir son grand mât par le travers.

DON RODRIGUE

Et pendant que vous vous dépêtriez, elle nous échappait. Le lendemain le vent avait changé.

Et depuis trois jours nous nous promenons ainsi sous le balcon de Don Camille. Tous deux sont là qui nous regardent en riant!

LE CAPITAINE

Bah! les courants ont repris et demain même peut-être avec un peu de chance nous mouillerons sous Mogador.

DON RODRIGUE

Vous dites que les courants ont repris?

LE CAPITAINE

Oui, et vous pouvez voir dans le ciel que les étoiles ne clignent plus de la même façon. N'avez-vous point remarqué au coucher du soleil ces longs filaments pareils à une poignée de verges?

C'est le vent du Sud peu à peu qui vient à bout de l'exhalaison de l'Afrique.

Demain vous entendrez vos voiles tirer et travailler parmi la grande émigration de la mer et la volonté de Dieu soufflera sur nous.

De quoi sans doute est le signe avant-coureur cette vieille épave que nous avons repêchée aujourd'hui même.

DON RODRIGUE

Une épave? où est-elle?

LE CAPITAINE, *levant le falot.*

Ici. C'est le tableau d'arrière d'une barque qui a péri.

DON RODRIGUE

Je ne puis pas lire.

LE CAPITAINE, *approchant et épelant.*

... T-I-A... Tiago.

DON RODRIGUE

Santiago?

LE CAPITAINE

Santiago. Vous paraissez étonné.

DON RODRIGUE

C'est le nom d'un bateau qui allait au Brésil et sur lequel mon frère, un père jésuite, s'était embarqué.

Il ôte son chapeau.

SCÈNE IX

DON CAMILLE, DOÑA PROUHÈZE.

L'intérieur d'une batterie dans la forteresse de Mogador.

DON CAMILLE

J'ai achevé de vous montrer ma petite installation.
Ceci est une batterie que j'ai construite et qui commande
la barre. Armée de quelques bons gros pères que je me
suis permis d'emprunter à un bâtiment de Monsieur le Roi,
Malheureusement perdu à la côte. Il s'était mépris sur
la signification de mes feux
Par un hasard funeste changés depuis deux jours sans
qu'il en fût averti.

DOÑA PROUHÈZE

Je vous ai écouté avec intérêt. J'aime mon nouveau
ménage. Mais je dois dire que j'ai déjà tout vu.

DON CAMILLE

Et qui s'est permis de vous montrer la maison avant
moi?

DOÑA PROUHÈZE

Votre lieutenant, Don Sébastien, sur mon ordre.

DON CAMILLE

Fort bien. Excellente discipline que de s'adresser au
lieutenant par-dessus la tête du capitaine.

DOÑA PROUHÈZE

De par le Roi il n'y a céans d'autre capitaine et gouverneur que moi.

DON CAMILLE

Cela me chatouille de vous entendre parler ainsi,
Monsieur le Gouverneur,

Quand je pense que vous êtes dans le creux de ma
main.

DOÑA PROUHÈZE

M'y suis-je pas mise moi-même? Ai-je montré que
j'avais peur de vous? ai-je amené avec moi un seul
mousquet, un seul homme d'armes? rien que ma
camériste.

DON CAMILLE

C'est vrai, vous avez été fidèle à notre rendez-vous.

DOÑA PROUHÈZE

Don Pélage et Sa Majesté ont bien montré que pour
venir à bout de Don Camille il n'y avait besoin que d'une
femme.

DON CAMILLE

Toutefois je refermerai ma main quand je voudrai.

DOÑA PROUHÈZE

Vous ne voudrez pas avant que je ne veuille.

DON CAMILLE

Je puis vous rembarquer sur votre petit bateau.

DOÑA PROUHÈZE

Et montrer que vous avez peur de moi?

Vous déclarer contre votre souverain? Montrer vos
cartes et vous priver de tout atout dans les petits trafics
et négociations que je connais?

Me livrer à Don Rodrigue là-bas en mer qui m'attend?

DON CAMILLE

Je puis vous mettre en prison.

DOÑA PROUHÈZE

Vous ne pouvez pas.

DON CAMILLE, *violemment.*

N'êtes-vous pas en mon pouvoir?

DOÑA PROUHÈZE

C'est vous qui êtes dans le mien.

DON CAMILLE

Quelle est cette plaisanterie?

DOÑA PROUHÈZE

Je dis qu'il ne tient qu'à moi de vous faire passer la nuit au fond de votre plus profonde citerne.

DON CAMILLE

Vous avez acquis ce pouvoir en deux jours?

DOÑA PROUHÈZE

Deux jours sont beaucoup pour une femme au milieu de tous ces hommes simples.

DON CAMILLE

Je vous livrerai à eux.

DOÑA PROUHÈZE

Chacun d'eux me défend contre tous les autres

DON CAMILLE

J'ai des amis hors de cette forteresse.

DOÑA PROUHÈZE

En me livrant c'est vous que vous livreriez.

DON CAMILLE

Où est ma citerne?

DOÑA PROUHÈZE

Patientez. J'ai besoin de vous pour l'instant. Et cela
m'amuse de faire de vous ce que je veux.

DON CAMILLE, *regardant par une ouverture.*

Cela m'amuse aussi. Et pour compléter mon bonheur,
je n'ai qu'à regarder le fidèle Rodrigue qui monte sa
faction au milieu de la mer.

DOÑA PROUHÈZE, *regardant aussi.*

Comme son bateau paraît petit! Un tout petit point
blanc.

DON CAMILLE, *la tirant en arrière.*

Venez. On ne peut regarder longtemps sans danger
ce gouffre de feu.

DOÑA PROUHÈZE

Un tout petit point blanc!

SCÈNE X

LE VICE-ROI DE NAPLES, DOÑA MUSIQUE.

*Une forêt vierge en Sicile. Une grotte haute et profonde
par-devant laquelle tombe une épaisse brassée de lianes vertes
à fleurs roses. Un ruisseau s'en échappe à travers les pierres.
Bruit innombrable d'eaux courantes. Un éclatant clair de
lune. A travers les feuilles étincelantes, on devine au loin la
mer. Comme ces indications sont impossibles à réaliser,*

elles seront avantageusement remplacées par Doña Musique
qui en donnera connaissance au public.

DOÑA MUSIQUE, *qui est censée revenir du ruisseau*
avec un seau plein.

Voilà l'eau! Vous avez mis toute une brassée de bois
vert sur le feu, vous allez complètement le tuer! Sans
parler de la fumée noire que ça fait, on la verra à dix
lieues par ce clair de lune!

Moi, je ne fais jamais qu'un tout petit feu. Vous
n'avez pas envie qu'on vous retrouve, je suppose?

Elle arrange le feu et met une marmite dessus.

LE VICE-ROI

Il n'y a pas besoin de feu du tout.

DOÑA MUSIQUE

Nous ne pouvons pas rester ainsi tous les deux dans
la nuit comme des bêtes.

Et vous verrez la tisane que je sais faire avec certaines
herbes que je connais et les fleurs de citronnier.

LE VICE-ROI

C'est de tisane que vous vivez?

DOÑA MUSIQUE

Moi? je ne manque de rien.

LE VICE-ROI

Qui donc vous approvisionne?

DOÑA MUSIQUE

Il y a là-bas sur cette espèce de pointe dans la mer où
cette espèce de forêt finit,

Une espèce de toit ou de chapelle à moitié fondue,

comme celles dont se servaient jadis les païens, je suppose, avec des colonnes par-devant,

Et dedans, une vieille statue de pierre sans tête, si indécente que j'ose à peine regarder.

C'est là que les gens du pays apportent toute espèce de nourriture en manière d'offrande... vous comprenez, mon petit Roi?... il ne faut pas me regarder de cette façon...

Des fruits, du pain, des gâteaux, du miel, des œufs, et je ne sais quoi encore, jusqu'à des morceaux de chèvre rôtie

Et tout cela, je le prends sans me gêner.

LE VICE-ROI

Personne ne vous empêche?

DOÑA MUSIQUE

Ils ont bien trop peur! Aucun d'eux ne voudrait entrer dans cette forêt pour un empire.

C'est la bonne femme sans tête qui boustife la boustifaille, vous comprenez? Quoi de plus naturel? Elle a un rude appétit!

LE VICE-ROI

J'enverrai un missionnaire à ces pauvres gens.

DOÑA MUSIQUE

Et des gendarmes pour me fourrer en prison?

LE VICE-ROI

Qu'est-ce que c'est que de pénétrer ainsi sur mes terres sans papiers?

DOÑA MUSIQUE

Ce n'est pas ma faute! C'est le bateau qui n'a plus voulu avancer.

Je vous l'ai déjà raconté! Il n'y avait pas un souffle

d'air et le bateau est allé tout à coup par le fond comme
s'il était arrivé où il voulait.

Quelque chose sans doute s'est ouvert, je n'ai eu que
le temps de sauter à l'eau —

Il n'y avait que moi qui savais nager —, avec la
marmite et ces autres objets utiles.

Mon pauvre sergent a flotté un petit peu, pas longtemps, de quoi me dire adieu avec la main.

Heureusement que la terre n'était pas loin et le courant me poussait.

Son d'une trompe au loin.

LE VICE-ROI

Encore ces imbéciles qui me cherchent! C'est mon
cheval sans doute qui leur aura parlé de moi!

Quelle bonne idée j'ai eue tout à coup de les quitter
tous! Je ne savais pas ce que je trouverais au bout de ce
petit chemin engageant.

Encore la trompe.

DOÑA MUSIQUE

Silence, Monsieur le Roi!... C'est cela, prenez ma main
et pensez si fort à moi que personne ne saura plus vous
retrouver.

LE VICE-ROI

Comment vous permettez-vous de savoir que je suis
le Roi, ou le Vice-Roi à sa place?

DOÑA MUSIQUE

N'aviez-vous pas envoyé vos serviteurs pour me
chercher? ce sergent qui était votre sergent? Et moi,
puisque j'étais arrivée, je n'avais plus qu'à vous attendre
Ici. Pourquoi vous étonner que je vous aie reconnu
aussitôt?

LE VICE-ROI

Tout cela est vrai. Je l'avais oublié. A force de l'avoir
oublié, je m'aperçois que je n'ai jamais cessé de le savoir.

DOÑA MUSIQUE

Avez-vous oublié aussi cette tache sur mon épaule
en forme de colombe — je vous la montrerai une autre
fois — à quoi vous deviez me reconnaître?

LE VICE-ROI

Je n'ai jamais pensé à autre chose.

DOÑA MUSIQUE

C'est un mensonge que vous dites. Je sens tout ce
qui se passe dans votre esprit, oui, je remue avec lui,

Et je sais que mon visage ne fait qu'y paraître un
moment comme une vague petite lune au creux d'une
mer agitée.

Tenez, précisément, maintenant, à quoi pensez-vous?
Feu! répondez-moi sans réfléchir.

LE VICE-ROI

Je pense à ce feu qui brûle, à ce ruisseau intarissable
qui fuit,

Se répondant plus loin et encore plus loin, avec trois
ou quatre voix, à lui-même.

Ce ne serait pas difficile de savoir ce qu'il raconte, de
mettre des mots sur ce long récit. Ah! que d'amers
souvenirs!

DOÑA MUSIQUE, *lui serrant la main.*

Où sont-ils, ces amers souvenirs?

LE VICE-ROI

J'essaye en vain de me les rappeler, c'est comme le
ruisseau, je ne sais plus s'ils sont en avant ou en arrière.

DOÑA MUSIQUE

Et qui donc vous empêche de vous les rappeler, Monsieur le Roi?

LE VICE-ROI

Cette petite main dans la mienne.

DOÑA MUSIQUE

Ce n'est pas vrai, car à l'instant je sens de nouveau quelqu'un qui plonge et qui s'échappe. Où êtes-vous? et à quoi pensez-vous?

LE VICE-ROI

A ce vent qui souffle,
A tous ces solliciteurs qui m'assiègent, la justice à rendre contre des femmes qui pleurent,
Tout le mal que j'ai fait sans le vouloir ou le voulant à moitié.

DOÑA MUSIQUE

A quoi encore?

LE VICE-ROI

A cette expédition qu'on m'a dit de préparer contre les Turcs.

DOÑA MUSIQUE

A quoi encore?

LE VICE-ROI

Les Français, les pirates, le Pape à Rome, ces galons qu'on n'a jamais pu me trouver pour mon habit de cérémonie,
Ces mesures de bienfaisance pour la famine en Calabre qui ont si mal tourné, les usuriers à qui j'ai dû emprunter, mes ennemis à Madrid.

DOÑA MUSIQUE

Et tout cela, est-ce que cela vous fait de la peine à
présent?

LE VICE-ROI

Aucune. Du bruit seulement.

DOÑA MUSIQUE

Cela vous empêche-t-il de faire attention à autre chose?

LE VICE-ROI

En effet il y a autre chose...

DOÑA MUSIQUE

Quelle chose?

LE VICE-ROI

Autre chose au-dessous par moments que je voudrais
entendre.

DOÑA MUSIQUE

Quand je vous ordonne de faire silence, qu'est-ce
qui arrive? alors vous entendez.

Je ne parle pas du vent, ni de la mer, ni de ce ruisseau
qui fuit. Qu'est-ce que vous entendez?

LE VICE-ROI

Une faible musique.

DOÑA MUSIQUE

Chante un peu cette musique, mon cœur, pour voir
si je la reconnaîtrai!

LE VICE-ROI

Je ne puis quand je voudrais.

DOÑA MUSIQUE

Et moi, veux-tu que je chante ?
J'ai pu sauver ma guitare, mais elle n'a plus de cordes.

LE VICE-ROI

Il n'y a pas besoin de cordes.

DOÑA MUSIQUE

Alors regarde-moi un peu pour que je sache à quel endroit je dois prendre. *(Avec un faible cri :)* Ah !

LE VICE-ROI

Vous ai-je fait mal ?

DOÑA MUSIQUE

Mon cœur s'arrête !

LE VICE-ROI

C'est défendu de regarder où tu es ?

DOÑA MUSIQUE

Fais-moi le même mal encore !

LE VICE-ROI

Quel est ce visage effrayé que je vois dans la lumière de la lune ?

DOÑA MUSIQUE

C'est mon âme qui essaie de se défendre et qui fuit en poussant des cris entrecoupés !

LE VICE-ROI

Est-ce là tout ce chant où tu te disais prête ?

DOÑA MUSIQUE

Mon chant est celui que je fais naître.

LE VICE-ROI

Ce n'est pas un chant, c'est une tempête qui prend
avec elle et le ciel et les eaux et les bois et toute la terre!

DOÑA MUSIQUE

De tout cela est-ce que la musique est absente?

LE VICE-ROI

Regarde-moi avant que je ne réponde.

DOÑA MUSIQUE

Je suis absente!

LE VICE-ROI

La divine musique est en moi.

DOÑA MUSIQUE

Promets qu'elle ne cessera plus!

LE VICE-ROI

Que puis-je promettre? ce n'est pas moi qui chante,
ce sont mes oreilles tout à coup qui se sont ouvertes!
Et qui sait si demain je ne serai pas redevenu sourd?

DOÑA MUSIQUE

Il est vrai. Pauvre Musique!
Demain ce ne sera plus la forêt et le clair de lune.
Demain ce sera ce terrible procès à juger, ce solliciteur
à remplir, ces méchants à Madrid qui te calomnient,
Ces troupes à réunir, cet argent à rendre, cet habit qui
ne va pas.

LE VICE-ROI

Écoute, Musique, je suis en train de comprendre
quelque chose.
Sais-tu?

Oui, si je n'étais pas sourd, même ces choses que tu dis,
Cela serait capable de s'arranger avec cette poussée
divine de paroles composées que j'entends un moment
et puis un autre moment, par intervalles ;
Non point paroles, mais leur pulpe délicieuse !
C'est cet ordre ineffable qui est la vérité, c'est ce flot
tout-puissant contre quoi rien ne saurait prévaloir,
Et je sais que tous ces grincements affreux, tout ce
désordre discordant, c'est ma faute parce que je n'ai point
l'oreille docile.

DOÑA MUSIQUE

Et si j'existe avec toi, quoi, est-ce que tu seras jamais
assez sourd pour ne point m'ouïr ?

LE VICE-ROI

Tu chantais sous une pierre en Espagne et déjà je
t'écoutais du fond de mon jardin de Palerme.
Oui, c'est toi que j'écoutais et non pas une autre,
Pas ce jet d'eau, pas cet oiseau qu'on entend quand il
s'est tu !

DOÑA MUSIQUE

Dis-moi cela encore ! Ce vaste concert qui te donne
tant de joie, dis que c'est tout de même moi qui le commence.
C'est moi au fond de ton cœur cette note unique, si
pure, si touchante.

LE VICE-ROI

Toi.

DOÑA MUSIQUE

Dis que tu y seras toujours attentif. Ne mets pas entre
toi et moi quelque chose. N'empêche pas que j'existe.

LE VICE-ROI

Dis plutôt, comment faisais-tu pour exister avant que je ne t'aie connue?

DOÑA MUSIQUE

Peut-être que tu me connaissais déjà sans le savoir.

LE VICE-ROI

Non, je sais que ce n'est pas pour moi que tu existes, pas plus que cet oiseau que je surprends, le cœur battant, dans la nuit,

Pour moi et non pas pour moi.

DOÑA MUSIQUE

Sans toi, l'oiseau serait mort, la tête sous l'aile, dans sa cage.

LE VICE-ROI

Penses-tu que c'est moi seul qui étais capable de t'entendre et de t'absorber?

DOÑA MUSIQUE

Sans toi je n'aurais pas commencé à chanter.

LE VICE-ROI

Est-ce vrai que j'ai donné le bonheur à quelqu'un?

DOÑA MUSIQUE

Ce bonheur qui te fait tant aimer

Ma voix quand elle te parle, cette joie, ô mon ami, que je suis confuse de te donner.

LE VICE-ROI

Et crois-tu que la joie soit une chose qu'on donne et qu'on retrouve telle quelle?

Celle que tu me donnes, c'est sur le visage des autres que tu la verras.

A toi seule, Musique, mon exigence et ma sévérité. Oui, je ne veux cesser de t'apprendre ta place qui est toute petite.

DOÑA MUSIQUE

Fais le fier comme si tu savais tout! cette place que j'ai trouvée pour moi au-dessous de ton cœur, tu la connais?

C'est la mienne et si tu m'y pouvais découvrir, je ne m'y sentirais pas aussi bien.

LE VICE-ROI

Tu m'expliqueras cela tout à l'heure. Viens, nous ne sommes pas bien ainsi. Cédons à ce conseil de la nuit et de toute la terre. Viens avec moi sur ce lit profond de roseaux et de fougères que tu as préparé.

DOÑA MUSIQUE

Si vous essayez de m'embrasser, alors vous n'entendrez plus la musique!

LE VICE-ROI

Je ne veux que dormir près de toi en te donnant la main,

Écoutant la forêt, la mer, l'eau qui fuit, et l'autre qui revient toujours,

Cette joie sacrée, cette tristesse immense, mélangée à ce bonheur ineffable.

Plus tard quand Dieu nous aura unis, d'autres mystères nous sont réservés.

SCÈNE XI

DON CAMILLE, DON RODRIGUE.

Dans la forteresse de Mogador. Une salle étroite et voûtée éclairée par une fenêtre qu'on ne voit pas. Dans le fond un

*grand rideau d'étoffe noire, comme ceux qui voilent la grille
au parloir des couvents de recluses. Au plafond est suspendue
une poulie avec un bout de corde. Tas de ferrailles rouillées
dans un coin.*

> *Don Rodrigue se tient debout immobile au milieu
> de la pièce, regardant le carré d'étoffe noire. L'ombre de
> Don Camille derrière lui vient se dessiner sur le mur à
> côté de la sienne.*

DON CAMILLE

Je dis, qui vous empêche de tirer ce rideau et d'en avoir
le cœur net ?

DON RODRIGUE

Don Camille, je suis heureux enfin de vous avoir
trouvé. Je vous croyais caché au fond de quelque trou.

DON CAMILLE

J'ai cru discret de ne pas me montrer tout d'abord et
de vous laisser librement usage de ces lieux.

Ordre que toutes les portes s'ouvrent et que nulle
présence inutile vous importune.

Rien ne s'est montré que cet officier noir à qui vous
avez remis votre lettre. Je suppose que vous attendez la
réponse avec quelque impatience.

Vos pas n'ont rencontré partout que le silence et le vide.

C'est comme dans cette belle histoire persane que vous
connaissez : « Le Château-du-Roi-de-pierre ».

Rien que parfois cette imperceptible odeur féminine
peut-être, le souffle léger d'une robe.

Et il a fallu que ce soit ici où vous aboutissiez, précisément où je voulais vous conduire, ce petit cabinet de
torture, ce boudoir réservé à de pressants tête-à-tête, ce
qu'on appelle une conversation serrée.

Derrière ce rideau que vous regardez, se tenait le Juge, le spectateur inconnu curieux de surveiller à la fois la victime et le bon fonctionnaire chargé de travailler icelle...

Qu'y a-t-il? vous n'êtes pas pressé de me voir.

DON RODRIGUE

Je regarde mon ombre sur le mur.

DON CAMILLE, *mêlant son ombre à celle de Don Rodrigue.*

Permettez-moi de m'y associer.

Voyez, nous ne formons plus à nous deux qu'un seul personnage avec plusieurs têtes et trois bras.

Où que vous alliez désormais, vous ne pourrez plus empêcher que mon souvenir ne soit allié à votre réflexion.

DON RODRIGUE

Vous êtes habitué aux mélanges.

Mon ombre ajoutée à celle d'un chien Maure ne fait que d'en accroître la noirceur.

DON CAMILLE

Quand votre ombre gentille aura passé, fantôme désormais d'une autre rive,

Celle du Maure habitera encore ce château,

Familière d'une autre, couvrant, protégeant de sa noirceur une autre;

Oui, elle n'aura qu'à s'écarter quelque peu pour en découvrir une autre.

DON RODRIGUE

Je me demande pourquoi je ne ferais point de vous une ombre tout à fait.

DON CAMILLE

Soit, je n'ai point d'armes. Vous n'avez qu'à me tuer si vous jugez qu'il n'y a pas d'autre moyen de venir à bout de moi.

Toutefois je vous demanderai au préalable de prendre connaissance de ce pli que Madame a bien voulu me charger de vous remettre.

DON RODRIGUE

C'est elle qui vous l'a remis pour moi ?

DON CAMILLE

Elle-même à moi-même pour vous-même. Son Excellence était à sa table de toilette (vous savez que mes hautes fonctions auprès de Son Excellence me donnent accès à tout moment chez Son Excellence).

Mon collègue (je veux dire la femme de chambre) s'empressait dans un coin à la guimpe de Son Excellence.

J'ai lu vos lettres et c'est à moi qu'on a confié la réponse,

Requis de vous la remettre sans retard en mains propres.

Il lui remet une lettre.

DON RODRIGUE

Mais ce pli n'est autre que celui-là même que j'avais mission de lui faire tenir.

DON CAMILLE

Il me semble qu'au dos il y a quelque chose d'écrit.

DON RODRIGUE, *lisant.*

« Je reste. Partez. » *(Il répète à mi-voix :)* « Je reste. Partez. »

DON CAMILLE

C'est clair. Elle reste et vous n'avez qu'à partir.

DON RODRIGUE

Veuillez dire à Doña Prouhèze que je désire l'entretenir sur-le-champ.

DON CAMILLE

Pour me donner ainsi des ordres il faut que vous me croyiez plus noir de peau que je ne suis. Et ce camarade tout à l'heure, à la demande d'audience que vous aviez formulée ne vous a-t-il pas apporté un refus qui est fait pour vous suffire ?

Qui sait d'ailleurs ? cette pièce n'est pas si écartée que votre voix peut-être n'aille directement aux oreilles de Son Excellence.

DON RODRIGUE

Désobéira-t-elle à ces ordres que le Roi même m'a chargé de lui porter ?

DON CAMILLE

Non pas ordre, si j'ai bien lu, conseil.

DON RODRIGUE

A celui-là même qu'avec le Roi, son époux de par Dieu lui donne ?

DON CAMILLE

Elle choisit de rester ici.

DON RODRIGUE, *criant.*

Prouhèze, m'entendez-vous ?

> *(Silence.*
> *Don Rodrigue, criant de nouveau.)*

Prouhèze, Prouhèze, m'entendez-vous ?

> *Silence.*

DON CAMILLE

Peut-être n'est-elle pas là après tout. Impossible de le savoir.

> *(Pause.)*

Singulière mission que celle dont vous vous êtes fait
charger.

(Pause.)

Vous ne répondez rien, mais votre ombre sur le mur
est là qui me dit qu'elle est de mon avis.

Vous l'aimez et tout ce que vous avez à offrir, c'est
cette lettre du barbon, lui offrant de revenir. Comme
c'est tentant!

Quant à vous (oui, j'ai lu votre lettre aussi, on me l'a
donnée avec le reste du paquet),

Vous proposez de disparaître pour toujours; eh bien!
vous n'avez qu'à commencer sur-le-champ.

(Pause.)

Ce qu'on attendait, c'est toute une flotte empanachée
foudroyant notre petit Mogador, et nous, répondant de
notre mieux.

C'est vous-même, une plume rouge à votre chapeau,
à la tête de cinquante bonshommes pique au poing,
donnant l'assaut.

Don Camille navré et occis, et Madame qu'on emporte
palpitante. Que faire contre la violence?

Au lieu de cela vous voulez faire travailler sa petite
tête. Il n'y a rien qu'une femme déteste comme de décider
seule quelque chose.

« Allons, Madame, dites-moi s'il est bien vrai que vous
m'aimez, et puis revenez à Monsieur votre mari pour
l'amour de moi! N'admirez-vous pas la magnifique
immolation que je suis prêt à faire

De vous? »

(Pause.)

Votre ombre ne bouge pas. Elle est là, affichée sur ce
criste mur,

Où, plus d'une fois, une autre ombre plus solitaire
encore

S'est balancée doucement, — au bout d'une corde, —
à la lueur d'un petit feu de braise qui s'éteint.

(Pause.)

Moi, même avec ce bateau éclopé, j'aurais essayé de
faire quelque chose. Même estropié comme vous l'êtes,
je dis votre bateau,

Par la main d'une femme.

Je m'empresse de vous dire que j'ai pris mes pré-
cautions.

*(Pause. Marchant sur Don Rodrigue et élevant
la voix :)*

Vous n'en avez pas assez ? vous voulez en entendre
encore plus ?

Je pense que du moins ceci vous prouvera que vous
vous êtes leurrés tous les deux.

Elle ne vous aime pas, dites-vous,

Elle ne vous aime pas et je vous en vois tout étonné,
mais est-ce que vous l'aimiez ? Il ne tenait qu'à vous de la
prendre.

Vous vouliez satisfaire à la fois votre âme et votre
chair, votre conscience et votre penchant, votre amour,
comme vous dites, et votre ambition.

Car il y a tout de même cette Amérique au fond de
vous, plus ancienne que ce visage de femme qui vous
travaille et à quoi ce serait tellement dommage de
renoncer. Comme je vous comprends !

Vous vouliez sournoisement vous placer dans un tel
état de tentation qu'il n'y aurait presque plus eu de faute
à y céder ! Rien qu'une petite faute rafraîchissante !

Et d'ailleurs si grande magnanimité mérite bien
quelque compensation.

Quoi de plus vertueux que d'obéir au Roi ? de rendre
une dame à son époux et de la dérober à un ruffian ? et
tout cela en se sacrifiant soi-même !

L'amour, l'honneur, la vanité, l'intérêt, l'ambition, la jalousie, la paillardise, le Roi, le mari, Pierre, Paul, Jacques, et le diable,

Tout le monde aurait eu sa part, tout cela était satisfait d'un seul coup.

DON RODRIGUE, *à mi-voix.*

Toutes ces choses il était bon et salutaire que je les entende.

DON CAMILLE

Ai-je dit la vérité?

DON RODRIGUE

Il n'y manque que l'essentiel.

DON CAMILLE

Répondez-moi donc. On vous écoute. Par ma foi, il me semble avoir vu remuer ce rideau!

DON RODRIGUE

Où qu'elle soit je sais qu'elle ne peut pas s'empêcher d'entendre les mots que je lui dis,

Et moi, je sais qu'elle est là au son que fait mon âme en lui parlant,

Comme un aveugle en chantant sait qu'il est devant un mur ou des buissons ou le vide.

DON CAMILLE

Je suis sûr que la vertu à la voix de Votre Seigneurie empruntera des accents irrésistibles.

DON RODRIGUE

Pour un saint ou pour un homme de l'espèce que vous décriviez,

Tout est simple. L'esprit parle, le désir parle, c'est bien.
En avant! il n'y a plus qu'à lui obéir aussitôt.

DON CAMILLE

Il n'y a pas d'autre moyen de conquérir le salut dans
l'autre monde et les femmes dans celui-ci.

DON RODRIGUE

Le choix est fait et je ne demande pas mieux que de
vous laisser les femmes.

DON CAMILLE

Que faites-vous donc ici?

DON RODRIGUE

Il ne dépend pas d'un homme sain que la peste
s'attaque à lui, ou la colique, ou la lèpre, ou toute autre
maladie dévorante.

DON CAMILLE

C'est à ces aimables accidents que vous comparez
notre Prouhèze?

Pause.

DON RODRIGUE

Je n'aime pas vous entendre dire ce nom.

DON CAMILLE

Pardonnez-moi, je vous prie!

DON RODRIGUE

Mon âme est atteinte.

DON CAMILLE

On essaye céans de la guérir.

DON RODRIGUE

Elle est comme ce grain de blé que l'épi seul guérit.

DON CAMILLE

L'épi, il vous attend dans cet autre monde là-bas que le Roi vous livre.

DON RODRIGUE

Mais d'abord j'attendais d'elle cette chose qu'elle seule peut me donner.

DON CAMILLE

Quelle chose?

DON RODRIGUE

Comment la connaîtrai-je autrement qu'en la recevant?

DON CAMILLE

Cette chose mystérieuse, pourquoi ne pas dire qu'elle ne fait qu'un avec son corps?

DON RODRIGUE

Il est vrai. Comment comprendre?
Le bien que désire mon âme est mêlé à ce corps interdit.

DON CAMILLE

Parlez! vous n'avez qu'un mot à dire.
Deux fois déjà vous l'avez appelée. Je sens qu'elle n'attend que votre troisième appel : « Prouhèze, viens ! »; elle est là, vous n'avez que son nom à prononcer.
Et elle sera devant vous aussitôt.

DON RODRIGUE

Bientôt quand j'aurai pris la mer, c'est alors que je l'appellerai.

DON CAMILLE

Ne dites pas que c'est elle qui vous chasse.

DON RODRIGUE

Est-ce moi qui ai écrit sur la pierre cette grande Loi
qui nous sépare?

DON CAMILLE

L'amour se rit des lois.

DON RODRIGUE

Cela ne les empêche pas d'exister.
Quand je fermerais les yeux cela ne détruit pas le soleil.

DON CAMILLE

L'amour se suffit à lui-même!

DON RODRIGUE

Et moi, je pense que rien ne suffit à l'amour! Ah! j'ai
trouvé une chose si grande! C'est l'amour qui doit me
donner les clefs du monde et non pas me les retirer!

DON CAMILLE

N'est-ce pas une chose risible de vous voir demander
à la fois et d'un seul coup
L'assouvissement du corps et celui de l'âme?

DON RODRIGUE

Est-ce ma faute si en moi les deux natures sont rejoin-
tes si fortement qu'elles ne font qu'un?

DON CAMILLE

Que peut cette pauvre femme?

DON RODRIGUE

Tout ce que j'avais, ah! — et le poids est tellement
lourd qu'il me semble que c'est le monde entier —

Je le lui ai apporté ici avec moi. N'a-t-elle rien à me donner en échange ?

DON CAMILLE

Que peut-elle vous donner en échange ?

DON RODRIGUE

Si je le savais, je ne le lui demanderais pas.

DON CAMILLE

Eh bien, il n'y a pas d'autre réponse pour vous que ce refus et cet ordre de partir.

DON RODRIGUE

Je l'accepte.

DON CAMILLE

Moi, je reste.

DON RODRIGUE, *à demi-voix.*

« Je reste. »

(Il regarde le papier.)

Oui, ce sont bien les deux mots qu'elle m'a donnés à lire sur ce papier.

C'est écrit. Il n'y a pas à douter. Oui, c'est exactement vous qu'elle a choisi.

DON CAMILLE

Je la comprends mieux que vous, il y a de la femme en moi, je saurai mieux que vous m'arranger avec elle, quoi que vous en pensiez.

Elle peut me faire du bien et à vous elle ne peut que faire du mal.

DON RODRIGUE

Déjà elle vous a dépossédé de votre commandement.

DON CAMILLE

Je lui ai cédé ma place. Oui, c'est déjà une chose de moi que je lui ai donnée et qu'elle a prise.

DON RODRIGUE

Le reste viendra peu à peu.

DON CAMILLE

Je l'ai appelée, elle est venue. Mais je ne vous le cacherai pas, le bien qu'elle peut me faire me paraît plus redoutable que le mal.

DON RODRIGUE

Renvoyez-la donc.

DON CAMILLE

Votre Seigneurie veut se moquer, mais que vous me croyiez ou non, oui, je l'aurais déjà renvoyée si j'avais pu.

DON RODRIGUE

Je puis vous prêter main-forte.

DON CAMILLE

La raison et le hasard, l'ambition et l'aventure, je ne voulais point d'autres maîtres.

La voici qui intervient contre moi comme la destinée, sur laquelle je n'ai aucune prise.

DON RODRIGUE

Telle jadis Hélène.

DON CAMILLE

A peine vous parti, à peine votre voile disparue,
Vous pensez sans doute qu'elle tombera dans mes bras?

DON RODRIGUE

Je ne dis pas aussitôt. Mais comptez sur le temps et sur cet enfer qui vous entoure,

Elle ne vivra pas longtemps impunément toute seule sur le bord de votre désir...

Je vous demanderai, Monsieur, de me conduire à cette chambre que vous m'avez réservée.

DON CAMILLE

Mes services déjà s'occupent à réparer votre bateau.

SCÈNE XII

DON GUSMAN, RUIS PERALDO, OZORIO, REMEDIOS, PORTEURS INDIENS.

Une clairière dans une forêt vierge en Amérique, au bord d'une rivière encombrée d'îles et de troncs d'arbres. Un campement de bandeirantes *parmi des taillis de cannes jaunes à raies vertes.*

DON GUSMAN

Et vous dites que sur un de ces blocs vous avez reconnu le dessin de la Sainte Croix?

RUIS PERALDO

Non pas sur l'un seulement, mais sur bien d'autres encore, une croix aux branches égales tout entourée de volutes qui ressemblent à des serpents.

DON GUSMAN

Ainsi sur le tombeau de ce peuple mort et dont le nom même a péri il y a la croix! ils tendent du fond de leur

tombeau la croix à ces vivants qui du bout du monde se
sont mis en marche pour les retrouver.

RUIS PERALDO

Il n'y a pas seulement la croix, il y a ces monstres ou
bouteilles que je vous ai décrits,

Ces géants pareils aux Chérubins précipités de l'Écriture qui à travers les lianes, tout mangés par les arbres
maudits, tournent vers les quatre coins de l'horizon
leurs faces éthiopiennes.

L'un d'eux plus haut que les autres et tout blanchi par
la fiente des perroquets était tout enveloppé, quand je
l'ai vu, des replis d'un énorme serpent.

DON GUSMAN

Ces paroles redoublent mon désir! je veux, l'épée au
poing, me mesurer avec ces portiers de l'Enfer!

RUIS PERALDO

Quant à moi, je fuis, j'ai mon compte, j'ai senti la corruption de ce lieu empesté qui me saisissait aux entrailles.

Que Dieu me pardonne pour avoir pénétré en ce lieu
qui à tous les yeux humains était fait pour rester caché,
cimetière exécrable!

Je n'ai plus qu'une pensée qui est de retrouver la mer
avant de mourir, que j'entende le bruit du ressac sur le
sable blanc!

Tous mes compagnons sont morts, il ne me reste plus
que ces Indiens affamés.

DON GUSMAN

Ozorio, donne-leur quelques poignées de maïs.

OZORIO

Et nous-mêmes, Seigneur Capitaine, avec quoi
achèverons-nous le voyage?

DON GUSMAN

Tu peux revenir, si tu le veux, avec le Seigneur Peraldo.

OZORIO

Et retrouver à Santarem les créanciers qui m'attendent et se préparent à me jeter dans la fosse-aux-poux!

Non, j'irai jusqu'au bout qui est à l'extrémité! je mettrai la main sur ces sacrées émeraudes!

Ces croix dont parlait le Senhor à l'instant, je les ai reconnues, ce sont bien celles dont le sergent Castro m'a parlé, je sais ce qu'elles veulent dire, tout cela est marqué sur mon papier.

DON GUSMAN

Et toi, Remedios?

REMEDIOS

Si je reviens à Santarem ma femme numéro un m'y guette. Votre Excellence sait fort bien que mon cas est d'être pendu et peut-être brûlé.

DON GUSMAN

En avant par la grâce de Dieu!

RUIS PERALDO

Vous même, Senhor Gusman, ce ne sont pas les émeraudes qui vous attirent en ce lieu détestable, ni le bourreau en arrière qui vous barre la route.

DON GUSMAN

Je veux rendre à l'humanité ce peuple deux fois mort, je veux élever la Croix sur leur tombe, je veux chasser le Diable de son repaire empesté, qu'il n'y ait pas un endroit au monde où il soit sûr!

Colomb a découvert les vivants, et moi je veux posséder tous ces peuples que la mort a soustraits au roi d'Espagne.

Je veux apaiser avec la Vraie Croix les anciens maîtres. Qui était notre conquête, je veux que cet ancien monde devienne notre héritage!

OZORIO

En avant!

RUIS PERALDO

Adieu! Ni pour vous, ni pour moi, il n'y a aucune chance de retour.

SCÈNE XIII

L'OMBRE DOUBLE.

L'ombre Double d'un homme avec une femme, debout, que l'on voit projetée sur un écran au fond de la scène.

Je porte accusation contre cet homme et cette femme qui dans le pays des Ombres ont fait de moi une ombre sans maître.

Car de toutes ces effigies qui défilent sur la paroi qu'illumine le soleil du jour ou celui de la nuit,

Il n'en est pas une qui ne connaisse son auteur et ne retrace fidèlement son contour.

Mais moi, de qui dira-t-on que je suis l'ombre? non pas de cet homme ou de cette femme séparés,

Mais de tous les deux à la fois qui l'un dans l'autre en moi se sont submergés

En cet être nouveau fait de noirceur informe.

Car comme ce support et racine de moi-même, le long de ce mur violemment frappé par la lune,

Comme cet homme passait sur le chemin de garde, se rendant à la demeure qu'on lui avait assignée,

L'autre partie de moi-même et son étroit vêtement,

Cette femme, tout à coup commença à le précéder sans qu'il s'en aperçût.

Et la reconnaissance de lui avec elle ne fut pas plus prompte que le choc et la soudure aussitôt de leurs âmes et de leurs corps sans une parole et que mon existence sur le mur.

Maintenant je porte accusation contre cet homme et cette femme par qui j'ai existé une seconde seule pour ne plus finir et par qui j'ai été imprimée sur la page de l'éternité!

Car ce qui a existé une fois fait partie pour toujours des archives indestructibles.

Et maintenant pourquoi ont-ils inscrit sur le mur, à leurs risques et périls, ce signe que Dieu leur avait défendu?

Et pourquoi m'ayant créée, m'ont-ils ainsi cruellement séparée, moi qui ne suis qu'un? pourquoi ont-ils porté aux extrémités de ce monde mes deux moitiés palpitantes,

Comme si en moi par un côté d'eux-mêmes ils n'avaient pas cessé de connaître leurs limites?

Comme si ce n'était pas moi seule qui existe et ce mot un instant hors de la terre lisible parmi ce battement d'ailes éperdues.

SCÈNE XIV

LA LUNE.

L'Ombre disparaît et l'écran n'est plus occupé pendant toute la durée de cette scène que par une palme de plus en plus indistincte et qui remue faiblement.

LA LUNE

L'Ombre Double s'est disjointe sur le mur qui au
fond de cette prison correspond à ma présence en haut
du ciel,

Et à la place de ce rameau unique qui s'en détachait,
de ce bras nu d'une femme avec la main au bout qui
remuait lentement et faiblement,

Il n'y a plus que cette palme que le vent de la mer par
reprises après de longs suspens fait remuer et qui tremble,

Libre et cependant captive, réelle sans poids.

Pauvre plante! N'en a-t-elle pas eu assez tout le jou
à se défendre contre le soleil?

Il était temps que j'arrive. C'est bon! Ah! qu'il est
doux de dormir avec moi!

Je suis là de toutes parts en elle, hors d'elle, mais la
créature que j'aime, comme elle sait que ma lumière n'est
propre qu'à son obscurité!

Elle n'a plus rien à faire, elle n'est pas sans cesse
occupée à remplacer ce que la vie lui ôte,

Elle cède, elle veut bien, c'est moi qui suis là pour la
soutenir, elle sait, elle croit, elle est close,

Elle est pleine, elle flotte, elle dort.

Toutes les créatures à la fois, tous les êtres bons et
mauvais sont engloutis dans la miséricorde d'Adonaï!

Ignoreraient-elles cette lumière qui n'est pas faite pour
les yeux du corps?

Une lumière non pas pour être vue mais pour être
bue, pour que l'âme vivante y boive, toute âme à l'heure
de son repos pour qu'elle y baigne et boive.

Quel silence! à peine un faible cri par instants, cet
oiseau impuissant à se réveiller.

L'heure de la Mer de Lait est à nous; si l'on me voit si
blanche, c'est parce que c'est moi Minuit, le Lac de Lait,
les Eaux.

Je touche ceux qui pleurent avec des mains ineffables.

Sœur, pourquoi pleures-tu ? n'est-ce point ta nuit nuptiale aujourd'hui ? regarde le ciel et la terre illuminés ! et où donc pensais-tu la passer avec Rodrigue autre part que sur la croix ?

Voyez-la, vous qui m'écoutez, non pas telle que sur cet écran elle interromprait ma lumière avec son corps,

Ni selon l'épreuve morte que par moments je pourrais tirer de son âme sur cette surface magique,

Il ne s'agit pas de son corps ! mais ce battement sacré par lequel les âmes l'une dans l'autre se connaissent sans intermédiaire, comme le père avec la mère dans la seconde de la conception : c'est ce que je sers à manifester.

Je la dessine avec mes eaux où elle baigne.

Cette crise, cette sortie désespérée tout à coup,

Et tout à coup ce relâchement affreux, cet abîme, ce vide où elle était qu'elle me laisse !

Regardez-la à genoux, cette douleur de femme ensevelie dans la lumière ! Cela n'aurait pas commencé si je ne l'avais baisée dans le milieu du cœur.

Cela a commencé par ces grandes larmes, pareilles aux nausées de l'agonie, qui naissent au-dessous de la pensée, au fond de l'être profondément entaillé,

L'âme qui veut vomir et que le fer pénètre !

Et peut-être qu'elle aurait expiré à ce premier assaut entre mes bras, si pendant l'arrêt de son cœur

(Cependant qu'un grand morceau de mer brille là-bas et qu'une petite voile blanche cingle vers cet Étang de la Mort),

Je ne lui avais présenté ce mot : « Jamais !

« Jamais, Prouhèze ! »

« Jamais ! » crie-t-elle, « c'est là du moins lui et moi une chose que nous pouvons partager, c'est « jamais » qu'il a appris de ma bouche dans ce baiser tout à l'heure en qui nous avons été faits un seul !

« Jamais ! c'est là du moins une espèce d'éternité avec nous qui peut tout de suite commencer.

« Jamais je ne pourrai plus cesser d'être sans lui et jamais il ne pourra plus cesser d'être sans moi.

« Il y a quelqu'un pour toujours de la part de Dieu qui lui interdit la présence de mon corps

« Parce qu'il l'aurait trop aimé. Ah ! je veux lui donner beaucoup plus !

« Que tiendrait-il si je le lui donnais ? comme si ce que je lis dans ses yeux qu'il me demande pouvait avoir une fin !

« Ah ! j'ai de quoi lui fournir ce qu'il me demande !

« Oui, ce n'est pas assez de lui manquer, je veux le trahir,

« C'est cela qu'il a appris de moi dans ce baiser où nos âmes se sont jointes.

« Pourquoi lui refuserais-je ce que son cœur désire ? pourquoi manquerait-il quelque chose à cette mort du moins que je puis lui donner, puisqu'il n'attend point de moi la joie ? Est-ce qu'il m'a épargnée ? pourquoi épargnerais-je ce qu'il y a en lui de plus profond ? pourquoi lui refuserais-je ce coup que je vois dans ses yeux qu'il attend et que je lis déjà au fond de ses yeux sans espoir ?

« Oui, je sais qu'il ne m'épousera que sur la croix et nos âmes l'une à l'autre dans la mort et dans la nuit hors de tout motif humain !

« Si je ne puis être son paradis, du moins je puis être sa croix ! Pour que son âme avec son corps y soit écartelée je vaux bien ces deux morceaux de bois qui se traversent !

« Puisque je ne puis lui donner le ciel, du moins je puis l'arracher à la terre. Moi seule puis lui fournir une insuffisance à la mesure de son désir !

« Moi seule étais capable de le priver de lui-même.

« Il n'y a pas une région de son âme et pas une fibre de son corps dont je ne sente qu'elle est faite pour être fixée à moi, il n'y a rien dans son corps et dans cette âme qui a fait son corps que je ne sois capable de tenir avec moi pour toujours dans le sommeil de la douleur,

« Comme Adam, quand il dormit, la première femme.

« Quand je le tiendrai ainsi par tous les bouts de son corps et par toute la texture de sa chair et de sa personne par le moyen de ces clous en moi profondément enfoncés,

« Quand il n'y aura plus aucun moyen de s'échapper, quand il sera fixé à moi pour toujours dans cet impossible hymen, quand il n'y aura plus moyen de s'arracher à ce cric de ma chair puissante et à ce vide impitoyable, quand je lui aurai prouvé son néant avec le mien, quand il n'y aura plus dans son néant de secret que le mien ne soit capable de vérifier,

« C'est alors que je le donnerai à Dieu découvert et déchiré pour qu'il le remplisse dans un coup de tonnerre, c'est alors que j'aurai un époux et que je tiendrai un dieu entre mes bras!

« Mon Dieu, je verrai sa joie! je le verrai avec Vous et c'est moi qui en serai la cause!

« Il a demandé Dieu à une femme et elle était capable de le lui donner, car il n'y a rien au ciel et sur la terre que l'amour ne soit capable de donner! »

Telles sont les choses dans son délire qu'elle dit et elle ne s'aperçoit pas qu'elles sont déjà passées et qu'elle-même pour toujours en un moment

Passe en ce lieu où elles sont passées, —

Il n'y a plus que la paix,

L'heure est minuit, — et que cette coupe de délices est pleine jusqu'aux bords que Dieu présente à toutes ses créatures.

Elle parle et je lui baise le cœur!

Et quant à ce navigateur dont tant de fois l'ouvrage confus de l'ouragan n'a pu retenir l'ardente navette empressée à mettre un fil entre les deux mondes,

Il dort les voiles repliées, il roule au fond de mon gisement le plus perdu,

Le sommeil sans bords d'Adam et de Noé.

Car comme Adam dormait quand la femme lui fut enlevée du cœur, n'est-il pas juste que de nouveau il

Dorme en ce jour de ses noces où elle lui est rendue et succombe à la plénitude?

Pourquoi être ailleurs désormais?

Non point sommeil, ce qu'il dort est la prélibation d'un autre système.

Lorsque sa coupe est pleine, — et ne l'ai-je point remplie? — ne serait-il pas ivre? Il n'en faut pas une seconde, elle a suffi!

On ne peut mourir sans toucher au-delà de la vie.

Et lorsque son âme s'est séparée de lui dans ce baiser, lorsque sans corps elle en rejoignait une autre, qui pouvait dire qu'il restait vivant?

A quelle époque et comment la chose s'est-elle passée, il ne sait plus; en avant et derrière, le passé et l'avenir ont été également détruits. Tout ce qui pouvait être donné, c'est fait. Un des côtés par où l'être est limité a disparu. En un lieu où il n'y avait plus de retour.

Rodrigue, et cependant entends-tu cette voix qui te dit : « Rodrigue »?

Le connais-tu à présent que l'homme et la femme ne pouvaient s'aimer ailleurs que dans le paradis?

« Ce paradis que Dieu ne m'a pas ouvert et que tes bras pour moi ont refait un court moment, ah! femme, tu ne me le donnes que pour me communiquer que j'en suis exclu.

« Chacun de tes baisers me donne un paradis dont je sais qu'il m'est interdit.

« Où tu es il y a l'impuissance désormais pour moi d'échapper à ce paradis de torture, à cette patrie de toutes parts, à chaque coup, qui me pénètre et dont je suis forclos.

« O femme, tu l'as découverte, cette place que tu ne pouvais en moi atteindre que les yeux fermés! La voilà donc au fond de moi, cette blessure que tu ne pouvais me faire que les yeux fermés!

« C'est toi qui m'ouvres le paradis et c'est toi qui m'empêches d'y rester. Comment serais-je avec tout quand tu me refuses d'être autre part qu'avec toi?

« Chaque pulsation de ton cœur avec moi me rend le supplice, cette impuissance à échapper au paradis dont tu fais que je suis exclu.

« Ah! c'est en cette blessure que je te retrouve! C'est par elle que je me nourris de toi comme la lampe fait de l'huile,

« De cette huile dont brûlera éternellement cette lampe qui ne réussit pas à en faire de la lumière. »

Il parle et je lui baise le cœur.

FIN DE LA DEUXIÈME JOURNÉE.

TROISIÈME JOURNÉE

SAINT NICOLAS.

DOÑA MUSIQUE.

SAINT BONIFACE.

SAINT DENYS D'ATHÈNES.

SAINT ADLIBITUM.

ACOLYTES.

DON LÉOPOLD AUGUSTE.

DON FERNAND.

LE VICE-ROI.

ALMAGRO.

SOLDATS.

LA LOGEUSE.

DON RAMIRE.

DOÑA ISABEL.

DON CAMILLE.

LA SERVANTE.

DOÑA PROUHÈZE.

L'ANGE GARDIEN.

LE SECRÉTAIRE (Don Rodilard).

LE CAPITAINE.

OFFICIERS.

SCÈNE PREMIÈRE

L'église de Saint-Nicolas de la Mala Strana à Prague en Bohême, quelque temps après la bataille de la Montagne-Blanche. Le soleil d'un soir d'hiver entre par la verrière au-dessus de la porte qu'encadrent les faisceaux mêlés d'anges et de guirlandes de tuyaux d'orgues, pareils aux fuseaux prismatiques de la Grotte de Fingal. Doña Musique dans un grand manteau de fourrure prie au milieu de l'église. Le chœur très sombre où brûle une lampe et sur lequel s'ouvrent des loges vides est orné de quatre piédestaux encore inhabités mais destinés à recevoir les Évêques illustres qui vont se présenter à l'instant*.

Entre d'abord Saint Nicolas précédé par les trois petits enfants.

SAINT NICOLAS

C'est demain le jour de ma fête.

Et déjà par le commandement de Dieu, sur la campagne piétinée par la guerre, sur les châteaux, sur les églises et monastères en ruine, sur les villages effondrés,

---

* Rien n'empêche qu'il y ait un peu de musique indistincte pendant cette scène. Supposons l'organiste qui arrange son instrument, d'une manière pas trop désagréable.

Les Anges pour le passage de l'Évêque violet ont déroulé une grande nappe de neige.

Tout ne fait plus qu'un là-dessous, les catholiques et les tristes protestants, tout est réuni, tout est resserré, les fleuves mêmes se sont arrêtés de séparer et d'emporter, on ne bouge plus.

Il fait trop froid dehors pour les gens de guerre, les seigneurs se chauffent à leur cheminée que remplissent les meubles en bottes des sacristies et les saints sciés ; les théologiens discutent dans les auberges,

Et les pauvres gens, comme un oiseau transi entre trois feuilles de houx,

Recommencent tout doucement à espérer et à vivre. « Ce n'est mie pour toujours » peut-être.

Réveillez-vous, bonnes gens ! ce n'est pas moi sur qui il faut compter pour pleurer dans votre soupe ! Regardez ce petit soleil piquant !

Je ne m'entends qu'avec les petits garçons et ma journée n'est pas perdue quand j'ai mis dans leur cœur un peu de joie rude, un bon coup de rire grossier !

Je ressuscite les morfondus en leur frottant le museau avec de la neige.

Et comme le soleil d'hiver d'un seul coup remplit cent mille chaumières,

Si du bout de mon gant je gratte le givre de vos carreaux, en une seconde ce sera Saint Nicolas partout en Allemagne !

Il prend place sur son piédestal.

DOÑA MUSIQUE, *avec un grand soupir.*

O mon Dieu, qu'il fait bon ici et que je suis contente avec vous ! on ne peut plus être ailleurs.

Il n'y a pas besoin de rien dire, il n'y a qu'à vous apporter ma lourde personne et à rester en silence à vos pieds.

Ce secret qu'il y a dans mon cœur, il n'y a que vous

qui le connaissiez. Il n'y a que vous avec moi qui com-
preniez ce que c'est que donner la vie. Il n'y a que vous
avec moi qui partagiez ce secret de ma maternité :

Une âme qui en fait une autre, un corps qui nourrit un
autre corps en lui de sa substance.

Mon enfant est en moi et nous sommes ensemble avec
vous.

Et nous prions tous à la fois pour ce pauvre peuple
effaré et blessé et effacé qui m'entoure, afin qu'il se laisse
panser et comprenne les conseils de l'hiver et de la neige
et de la nuit,

Choses que je n'aurais pas entendues autrefois, avant
qu'il y eût cet enfant en moi, alors que ma joie était au
dehors.

Que la colère et la peur, la douleur, et la vengeance,

Cèdent aux mains enveloppantes de la neige et de la
nuit.

— Ah! je revois ces têtes sanglantes entre lesquelles
j'ai dû passer et qui furent plantées de chaque côté du
Pont Charles par l'ordre de mon mari!

> *Entre Saint Boniface, précédé par un Frison
> trapu à la tête énorme comme d'un bœuf; il y a deux
> petites cornes qui poussent parmi ses cheveux roux
> tout bouclés.*

SAINT BONIFACE

Et quel autre moyen y avait-il d'empêcher ce sot
peuple de se donner à mes Saxons? Fallait-il laisser le
Moine-Noir s'installer au cœur de l'Europe pour y
empoisonner les sources? Qu'il demeure avec les
feux follets au milieu de ses marécages et de ses tour-
bières!

Gloire à Dieu! ce que Poitiers fut contre Mahomet,
la Montagne-Blanche le fut contre les hérétiques!

Honneur à tous ces bons capitaines recrutés de tous les

coins de la chrétienté qui ont maintenu à Prague l'image
de la Vierge Immaculée!

Leur tâche est faite, et moi, Saint Boniface, je reste
avec la mienne qui est lourde. Ah! ce n'est pas peu de
chose d'être l'apôtre des Saxons et l'évêque de ce troupeau intérieur et enfermé, de ce peuple bouché et qui
fermente!

Dieu ne les a pas faits pour être ses bras, ou sa rame
sur la mer, ou cette aile à ses épaules,

Mais pour être foulés et comprimés sous ses pieds,
pour être de toutes parts pressés et gênés et empêchés,
mélangés à des peuples disparates et à des croyances irré-
ductibles, pour être éternellement en travail, la matière
éternellement à la recherche de sa forme, la poussée éternellement mécontente de l'équilibre, et comme ils
aiment ce qu'on peut mettre dans son ventre!

Entre ces deux grands fleuves, l'un qui va comme sans
le voir vers la mer et l'autre qui s'en retourne vers
l'origine et l'Asie,

Il y avait une masse hésitante et spongieuse, sans
forme, sans appel du dehors, sans vocation, sans destin
que ce brassage et que cette lente et sourde dilatation,

Un peuple habitué à ne pas voir autour de lui à ses
désirs opposées ces frontières que nature a faites mais
seulement la différence d'autres hommes et ces langues
qui ne se mêlent pas à la sienne.

Il faudra pour le connaître regarder son cœur car il
n'a point reçu de visage.

C'est moi qui ai apporté le Christ aux Saxons, et ce que
j'ai fait, c'est Luther qui l'a achevé en le défaisant.

Car d'aucun Saint il n'est écrit qu'il était nécessaire,
mais de Luther il fallait qu'il fût.

Et d'ailleurs comment auraient-ils vu longtemps tout
le Christ dans le brouillard? et comment la chair touchée
n'importe où guiderait-elle comme font les yeux?

Aux uns la vérité et pour les autres le remords et l'inquiétude, et le mécontentement et le désir.

Je veux qu'il y ait un peuple plus rapproché de la matière, et plus rabattu sur elle, et plus mélangé à elle, et plus fait qu'aucun autre pour la pénétrer et pour en être pénétré,

Un peuple hors de tous les cadres secs et de toutes les nations rigides, qui soit à l'égard de toute chose à l'état de désir, une grande réserve au centre de l'Europe, semi-fluide, une négation confirmatrice, une poussée qui bourre et remplisse tout et qui maintienne tout ensemble, un homme intérieur et enveloppé en qui la parole de Dieu ne devienne pas aussitôt action, mais cuisson, fermentation profonde.

C'est pourquoi à ce moment où l'Europe conquiert la terre, et pour que son cœur suffise à tout ce corps nouveau, Dieu a mis cette contradiction au milieu d'elle.

Il prend place sur son piédestal.

DOÑA MUSIQUE

L'ombre s'accroît, la lampe brûle, et j'entends autour de moi le gémissement de tous ces peuples qui cherchent arrangement entre eux dans la nuit.

Il fallait la nuit pour que cette lampe apparaisse, il fallait tout ce bouleversement autour de moi, ce monde autour de Prague où il n'y a plus rien à regarder,

Pour que, fermant les yeux, je trouve en moi mon enfant, cette simple petite vie qui commence!

Par la volonté de mon époux et par sa puissante épée l'avalanche de l'Europe qui s'effondre

A été arrêtée à moitié route, elle s'est divisée autour de cette mince colonne où se dresse l'image de Marie, et l'hiver étend son manteau sur les morceaux enchevêtrés de cette chrétienté en débâcle!

Mon Roi est venu, il est là qui a obligé tout ce chaos à s'arrêter.

Il faudra bon gré mal gré que ces gens acceptent la tyrannie, comme ils disent, mais moi qui l'ai connue avant eux, je sais qu'elle est bonne, et c'est entre ses bras que cette vie nouvelle en moi prend origine.

Maintenant que le pouvoir en eux de faire le mal est restreint, c'est alors que le bien captif est délivré.

Au lieu de tout ce mal qu'ils essayaient de se faire à grand labeur, mon Dieu, quelle surprise ce sera pour eux, toute cette joie qu'on n'avait qu'à leur demander pour qu'ils la donnent!

Voyez ce que les yeux d'une femme obtiennent ou rien que cette voix qui chante!

Mon Dieu, vous m'avez donné ce pouvoir que tous ceux qui me regardent aient envie de chanter; c'est comme si je leur communiquais la mesure tout bas.

Je leur donne rendez-vous sur un lac d'or!

Quand on ne peut faire un pas sans trouver de toutes parts des barrières et des coupures, quand on ne peut plus se servir de la parole que pour se disputer, alors pourquoi ne pas s'apercevoir qu'à travers le chaos il y a une mer invisible à notre disposition?

Celui qui ne sait plus parler, qu'il chante!

Il suffit qu'une petite âme ait la simplicité de commencer et voici que toutes sans qu'elles le veuillent se mettent à l'écouter et répondent, elles sont d'accord.

Par-dessus les frontières nous établirons cette république enchantée où les âmes se rendent visite sur ces nacelles qu'une seule larme suffit à lester.

Ce n'est pas nous qui faisons la musique, elle est là, rien n'y échappe, il n'y a qu'à s'adapter, il n'y a qu'à nous y enfoncer jusque par-dessus les oreilles.

Plutôt que de nous opposer aux choses il n'y a qu'à

nous embarquer adroitement sur leur mouvement bienheureux!

Le Roi, mon maître, a apporté à ce pays l'immobilité et la paix, mais il a apporté aussi avec lui son épouse bienaimée, et c'est ici sans visage que je veux m'arrêter toujours, moi, la Musique, lourde du fruit que je porte.

> *Entre Saint Denys d'Athènes précédé d'un ange pareil à ceux du Bernin qui porte une grande palme verte sur l'épaule.*

SAINT DENYS D'ATHÈNES

Oui, qu'il fait bon dans cette église solitaire
— Vide de toute assistance autre que l'invisible officiellement suggérée par ces loges à droite et à gauche au-dessus de nous —
Écouter ce petit être qui prie de tout son cœur, les mains jointes et les pieds de son esprit déchaussés.

On ne voit que la lampe, un point de feu sur une goutte d'huile, mais pour elle la cavité de ce lieu est aussi redoutable.

Que si, l'obscure fumée de ce monde entr'ouverte, elle
Envisageait le buisson ardent, ou le propitiatoire dans le tonnerre, ou l'Agneau sur son livre scellé.

Il fait bon l'entendre qui dit merci à Dieu, au milieu de ce monde à moitié chemin de la dissolution qui, pour un moment, de mauvaise humeur se résigne à la paix; il lui semble qu'il n'y a qu'à laisser parler son cœur pour inviter tous les êtres à ce cercle bienheureux!

Mais l'homme sait bien qu'il n'a pas été fait pour être heureux.

Il n'y a pas d'ordre au monde qui soit capable de l'emprisonner, il n'y a pas de roi que toutes ses puissances acceptent, il n'y a pas de mécanique adaptée à sa manière de bouger.

Cependant que l'Occident concerte quelqu'une de ses

belles géométries, quelque loi, quelque système, quelque
parlement, un roi si lourd qu'aucune pierre de l'édifice
ne puisse lui échapper,

Tout à coup l'humanité est devenue distraite, à travers
les saisons recommençantes elle a perçu la flûte neuve,

Elle ressent que la mélodie de ce monde qui jamais ne
revient en arrière a changé, que la mesure n'est plus ça,
un mot d'ordre différent lui est communiqué chez ces
Anges les uns par-dessus les autres que j'ai décrits,

Car il n'y a d'ordre qu'au ciel, il n'y a de musique sinon
là que celle de ce monde empêche d'entendre,

Il n'y a rien sur la terre qui soit fait pour le bonheur
de l'homme, et tout l'acharnement de tes Saxons, ô
Boniface, ne suffira pas à le trouver, cette tenace exploitation de la matière qui pour mieux la pénétrer se fait
informe comme elle.

Et c'est pourquoi existe pour tout savoir la mer des
Slaves, cet abîme sans aucun plan où l'Europe a ses
racines et qui toujours lui fournira son approvisionne-
ment de douleurs si elle en venait à manquer,

C'est là, loin de l'Océan qui ne parvient jusqu'à elle
que par de minces sondes, que par d'étroits guichets
fermés de serrures et de cadenas compliqués

Qu'entrechoque ses flots une humanité qui n'a pas
plus de rivages que le purgatoire,

Dans le froid, dans la nuit, dans le vent, dans la neige
et la boue qui empêtrent les âmes et les pieds, dans
l'absence de toute direction autre que ce fleuve rétrograde
vers une Caspienne morte et de tout autre but au-dessus
de soi visible.

Ainsi à quoi est consacrée la plus grande partie de
l'humanité, sinon à constater autour d'elle son incom-
patibilité avec tout? et c'est là ce qui fait son tourment
et sa gloire.

Il n'y a rien à voir. Elle n'échappe à la torture que pour

subir l'ennui. Elle n'a qu'à regarder autour d'elle pour
avérer que rien de ce qui est présent ne lui suffit.

A l'orient de tout voilà le véritable niveau humain!
navigateurs des cieux, voilà l'horizon de lourd mercure
qu'il me fallait trouver pour y construire par-dessus mes
observations.

Voilà pourquoi à la voix de Saint Paul j'ai quitté
Athènes, oh! quel dégoût j'avais de toutes ces académies
et de Madame Sainte Minerve, déesse des professeurs!

Je ne suis pas allé vers l'Est. J'ai compris que pour
sauver l'Europe, pour fondre en un seul corps ce grand
vaisseau qui battant les flots de ses ailes informes essaye
de s'arracher à la terre, pour échapper à cette masse de
boue, pour trouver la direction,

C'est la proue qu'il fallait, c'est à la pointe qu'il fallait
me placer là où il n'y avait plus devant moi que les étoiles,
c'est le monde entier qu'il fallait mettre derrière mon dos.

Et pour guider les hommes à travers les flots et la
nuit quelle meilleure lanterne y avait-il que celle que
fait à mon poing ma tête coupée?

Il prend place sur le piédestal.

DOÑA MUSIQUE

Mon Dieu, qui êtes aujourd'hui!

Mon Dieu, qui serez demain, je vous donne mon
enfant, ô mon Dieu, il frappe en moi et je sais qu'il existe.

Qu'importe le présent quand déjà mon enfant en moi
est tout formé?

C'est en lui que je me multiplie comme un grain de
froment qui nourrira des peuples entiers, c'est en lui que
je me réunis et que je tends les mains de toutes parts à ces
peuples qui ne sont pas encore,

Qu'ils sentent ma chair avec leur chair et dans leur
âme mon âme qui ne fait aucun reproche à Dieu mais
qui dit violemment *Alleluia* et merci!

Qu'importe le désordre, et la douleur d'aujourd'hui puisqu'elle est le commencement d'autre chose, puisque

Demain existe, puisque la vie continue, cette démolition avec nous des immenses réserves de la création,

Puisque la main de Dieu n'a pas cessé son mouvement qui écrit avec nous sur l'éternité en lignes courtes ou longues,

Jusqu'aux virgules, jusqu'au point le plus imperceptible,

Ce livre qui n'aura son sens que quand il sera fini.

C'est ainsi que par l'art du poëte une image aux dernières lignes vient réveiller l'idée qui sommeillait aux premières, revivifier maintes figures à moitié faites qui attendaient l'appel.

De tous ces mouvements épars je sais bien qu'il se prépare un accord, puisque déjà ils sont assez unis pour discorder.

Mon Dieu, faites que cet enfant en moi que je vais planter en ce centre de l'Europe soit un créateur de musique et que sa joie à toutes les âmes qui l'écoutent serve de rendez-vous.

> *Entre Saint Adlibitum précédé d'une sorte de Nymphe aux cheveux verts entremêlés de roseaux et tenant une rame dorée.*

SAINT ADLIBITUM

L'Europe dort sous la neige, ah! elle a bien gagné ce petit moment de repos.

Mais bientôt voici que de nouveau ses forces redeviennent disponibles et que dans un recommencement inépuisable elle ressent de toutes parts l'intérêt inépuisable de la mer.

J'aime cette région des sources où chaque goutte d'eau qui tombe hésite entre les pentes qui lui sont offertes, mais il en est une que je préfère.

Tous les fleuves vont vers la mer qui est semblable au chaos, mais le Danube coule vers le Paradis.

C'est en vain qu'on nous dit qu'il n'y a plus de ce côté que le désert, des empilements de montagnes si hauts qu'on voit bien que ce n'est plus la mesure humaine.

Sans doute il fallait que le Jardin primitif soit effacé, comme une ville condamnée dont on retourne le sol et dont on encombre les abords avec des pierres, comme un cœur ravagé par la pénitence.

L'Espace du moins est resté libre et vacant, le Vent de Dieu y souffle et jamais rien d'humain n'a pu s'y établir.

C'est là qu'est la Patrie, ah! de t'avoir quittée quelle est notre infortune! c'est de là chaque année que revient le soleil et le printemps!

C'est là que fleurit la rose! c'est là que tend mon cœur avec des délices inexprimables, c'est de ce côté qu'il écoute avec d'immenses désirs quand chantent le rossignol et le coucou!

Ah! c'est là que je voudrais vivre! c'est là que va mon cœur!

Il se dirige vers le piédestal.

SCÈNE II

DON FERNAND, DON LÉOPOLD AUGUSTE.

En mer. 10° Lat. N. × 30° Long. O. Le fond de la scène est formé par une carte bleue et quadrillée de lignes indiquant les longitudes et les latitudes.

Don Fernand, Don Léopold Auguste. Tous les deux en vêtements noirs, petits mantelets, petites fraises et grands chapeaux pointus. Ils sont accoudés à la rambarde et regardent la mer.

DON FERNAND

La mer est toute parsemée de petites îles dont chacune est décorée d'un plumet blanc.

DON LÉOPOLD AUGUSTE

Nous sommes tombés, paraît-il, au milieu d'une migration de baleines. Baleines, m'a dit le commandant, est le terme vulgaire dont on désigne ces animaux, — *cetus magna.*

Leur tête qui est comme une montagne creuse toute remplie de sperme liquide montre dans le coin de la mâchoire un petit œil pas plus gros qu'un bouton de gilet et le pertuis de l'oreille est si étroit qu'on n'y fourrerait pas un crayon.

Vous trouvez ça convenable ? C'est simplement révoltant ! j'appelle ça de la bouffonnerie ! Et penser que la nature est toute remplie de ces choses absurdes, révoltantes, exagérées !

Nul bon sens ! nul sentiment de la proportion, de la mesure et de l'honnêteté ! On ne sait où mettre les yeux.

DON FERNAND

Et tenez ! en voici une qui s'est mise tout debout comme une tour et qui d'un tour de queue pivote pour embrasser l'horizon. Ce n'est pas plus difficile que ça !

Les jardins de Thétis sont tout remplis de cloches, bouillons, fontaines jaillissantes et fantaisies hydrauliques.

Comme ceux d'Aranjuez pendant les quinze jours par an où la pluie permet à l'imagination de l'architecte de fonctionner !

Dieu me pardonne ! je vois un de ces monstres qui s'est mis sur le flan et un baleineau qui s'est accroché à son pis,

Comme une île qui se consacrerait à l'exploitation d'une montagne !

DON LÉOPOLD AUGUSTE

Révoltant! dégoûtant! scandaleux! Là, là, sous mes
yeux un poisson qui tette!

DON FERNAND

C'est un grand mérite à Votre Magnificence que de vous
exposer à toutes ces rencontres incongrues,

Quittant cette chaire sublime à Salamanque d'où vous
faisiez la loi à tout un peuple d'étudiants.

DON LÉOPOLD AUGUSTE

C'est l'amour de la grammaire, Monsieur, qui m'a
comme ravi et transporté!

« Mais peut-on aimer trop la grammaire? » dit Quintilien.

DON FERNAND

Quintilien dit ça?

DON LÉOPOLD AUGUSTE

Chère grammaire, belle grammaire, délicieuse grammaire, fille, épouse, mère, maîtresse et gagne-pain des
professeurs!

Tous les jours je te trouve des charmes nouveaux! Il
n'y a rien dont je ne sois capable pour toi!

La volonté de tous les écolâtres d'Espagne m'a porté!
Le scandale était trop grand! Je me suis jeté aux pieds
du Roi.

Qu'est-ce qui se passe là-bas? qu'est-ce qui arrive au
castillan? Tous ces soldats à la brigande lâchés tout nus
dans ce détestable Nouveau-Monde,

Est-ce qu'ils vont nous faire une langue à leur usage
et commodité sans l'aveu de ceux qui ont reçu patente et
privilège de fournir à tout jamais les moyens d'expression?

Une langue sans professeurs, c'est comme une justice sans juges, comme un contrat sans notaire! Une licence épouvantable!

On m'a donné à lire leurs copies, je veux dire leurs mémoires, dépêches, relations comme ils disent. Je n'arrêtais pas de marquer des fautes!

Les plus nobles mots de notre idiome employés à des usages autant nouveaux que grossiers!

Ces vocables qu'on ne trouve dans aucun lexique, est-ce du toupi? de l'aztèque? de l'argot de banquier ou de militaire?

Et qui s'exhibent partout sans pudeur comme des Caraïbes emplumés au milieu de notre jury d'agrégation!

Et cette manière de joindre les idées! la syntaxe pour les réunir a combiné maint noble détour qui leur permet peu à peu de se rapprocher et de faire connaissance.

Mais ces méchants poussent tout droit devant eux et quand ils ne peuvent plus passer, ils sautent!

Vous trouvez que c'est permis?

Le noble jardin de notre langage est en train de devenir un parc à brebis, un champ de foire, on le piétine dans tous les sens.

Ils disent que c'est plus commode. Commode! Commode! ils n'ont que ce mot-là à la bouche, ils verront le zéro que je vais leur flanquer pour leur commode!

DON FERNAND

Voilà ce que c'est pour un pays que de sortir de ses traditions!

DON LÉOPOLD AUGUSTE

La tradition, vous avez dit le mot.

Comme on voit que vous avez fréquenté les livres de notre solide Pedro, comme nous l'appelons, le rempart de Salamanque, le professeur Pedro de las Vegas, plus compact que le mortier!

« La tradition, tout est là! » dit ce sage Galicien. Nous vivons sur un héritage. Quelque chose dure avec nous que nous devons continuer.

Or quelle est la tradition de l'Espagne, je vous prie? Elle se résume en deux noms, le Cid Campeador et Saint Isidore le Laboureur, la guerre et l'agriculture.

Dehors les Infidèles et dedans notre petit champ de pois secs.

Qu'est-ce que nous allions faire sur la mer? qu'est-ce que nous sommes allés trafiquer sur ces terres aux noms épouvantables que les anciens n'ont pas connus et où nos hidalgos n'ont fait que gagner les sobriquets de racleurs de cuir et de mâcheurs de cachou?

Est-ce un bon et authentique Castillan qui nous a ainsi pris par la main pour nous mener au delà de la mer vers notre Couchant?

C'est un Génois, un métèque, un aventurier, un fou, un romantique, un illuminé plein de prophètes, un menteur, un intrigant, un spéculateur, un ignorant qui ne savait pas regarder une carte, bâtard d'un Turc et d'une Juive!

Et cet autre, qui non content de découvrir une autre terre s'est mis en tête de nous apporter un autre Océan, comme si un seul déjà ne suffisait pas à nos pauvres mariniers,

Quel est son nom, je vous prie? *Magalianhiche! Magellanus quidam.*

Un Portugais renégat, sans nul doute pour nous égarer soudoyé par le souverain de ce peuple perfide.

Tout cela pour ôter le respect de ses supérieurs au vulgaire grossier en ne laissant ignorer à personne que la terre est ronde et que moi,

Le Roi d'Espagne, les dames, les professeurs de Sala-

manque, nous cheminons la tête en bas comme mouches
au plafond !

DON FERNAND

Encore si l'audace de ces malfaiteurs s'arrêtait là !
Mais n'avez-vous pas ouï parler récemment des idées
de ce prestolet esclavon ou tartare, un certain Bernique
ou Bornique, chanoine de Thorn...

DON LÉOPOLD AUGUSTE

Arrêtez. Ne serait-ce pas plutôt Tours en France ou
Turonibus dont Saint Martin fut évêque et où la maison
Mame fabrique des paroissiens ?

DON FERNAND

Non, il s'agit de Thorn en Suisse où les gens parlent
polonais.

DON LÉOPOLD AUGUSTE

C'est la même chose pour moi. Ce sont toujours ces
régions barbares d'Outre-Pyrénées dont un bon Espagnol
rougirait de savoir même le nom.

La France, l'Allemagne, la Pologne, ce sont toujours
ces brumes d'outre-monts qui de temps en temps viennent offusquer notre clair génie espagnol.

Que dit Borniche ? Parlez sans peur, gentilhomme, je
suis prêt à tout. Allez, je vous donne audience.

DON FERNAND

Il dit — j'ose à peine répéter une idée si ridicule —

La Terre, — il dit que ce n'est pas le Soleil qui tourne
autour de la Terre, mais la Terre...

Il rit modestement derrière son gant.

DON LÉOPOLD AUGUSTE

Achevez, la Terre qui tourne autour du Soleil. Il n'y a qu'à prendre le contrepied de ce que pensent tous les braves gens, ce n'est pas plus difficile que ça !

C'est ainsi qu'on s'acquiert pas cher un triste renom d'originalité.

Heureusement que de temps en temps on pousse la farce trop loin. Pour voir que c'est bien le soleil qui tourne autour de la terre, il suffit tout de même d'ouvrir les yeux. Il n'y a pas besoin de calculs, il suffit de notre gros bon sens espagnol !

DON FERNAND

Je hais ces fabricateurs de théories. Ce sont des choses qu'on n'aurait pas permises autrefois.

DON LÉOPOLD AUGUSTE

Vous l'avez dit, cavalier ! Il devrait y avoir des lois pour protéger les connaissances acquises.

Prenez un de nos bons élèves par exemple, modeste, diligent, qui dès ses classes de grammaire a commencé à tenir son petit cahier d'expressions,

Qui pendant vingt années suspendu aux lèvres de ses professeurs a fini par se composer une espèce de petit pécule intellectuel : est-ce qu'il ne lui appartient pas comme si c'était une maison ou de l'argent ?

Et au moment qu'il se prépare à jouir en paix des fruits de son travail, où il va monter en chaire à son tour,

Voilà un Borniche ou un Christoufle quelconque, un amateur, un ignorant, un tisserand qui fait le marin, un chanoine frotté de mathématiques, qui vient foutre tout en l'air,

Et qui vous dit que la terre est ronde, que ce qui ne

bouge pas bouge et que ce qui bouge est ce qui ne bouge pas, que votre science n'est que paille et que vous n'avez qu'à retourner à l'école!

Et alors toutes les années que j'ai passées à apprendre le système de Ptolémée, à quoi est-ce qu'elles m'ont servi, s'il vous plaît?

Je dis que ces gens sont des malfaiteurs, des brigands, des ennemis de l'État, de véritables voleurs!

DON FERNAND

Peut-être des fous simplement.

DON LÉOPOLD AUGUSTE

S'il sont fous, qu'on les enferme! s'ils sont sincères, qu'on les fusille! Voilà mon opinion.

DON FERNAND

J'ai toujours entendu mon feu père me recommander de craindre les nouveautés.

« Et d'abord », ajoutait-il aussitôt, « il n'y a rien de nouveau, qu'est-ce qu'il peut y avoir de nouveau? »

Je serais encore plus fort de cet avis si je n'y sentais je ne sais quoi de malpropre et qui ne s'ajuste pas.

DON LÉOPOLD AUGUSTE

C'est que vous allez trop loin et que vous n'avez pas bien lu le solide Pedro.

Non, non, que diable, on ne peut pas rester éternellement confit dans la même confiture!

« J'aime les choses nouvelles », dit le vertueux Pedro. « Je ne suis pas un pédant, Je ne suis pas un rétrograde.

« Qu'on me donne du nouveau. Je l'aime. Je le réclame Il me faut du nouveau à tout prix. »

DON FERNAND

Vous me faites peur!

DON LÉOPOLD AUGUSTE

« Mais quel nouveau? » ajoute t-il. « Du nouveau, mais qui soit la suite légitime de notre passé. Du nouveau et non pas de l'étranger. Du nouveau qui soit le développement de notre site naturel.

« Du nouveau encore un coup, mais qui soit exactement semblable à l'ancien! »

DON FERNAND

O sublime Guipuzcoan! ô parole vraiment dorée! je veux l'inscrire sur mes tablettes.

« Du nouveau encore un coup, mais qui soit exactement semblable à l'ancien. »

Heureuse opposition de termes qui se contrepèsent! Condiment de notre sagesse castillane! Fruit d'un sol profondément pénétré de la culture classique! Grappe de nos petits coteaux modérés!

DON LÉOPOLD AUGUSTE

Voilà ce que c'est qu'un esprit imprégné des moelleuses disciplines de notre Université!

Je veux des hommes comme lui, résolument arrêté à ses frontières naturelles, aux frontières de notre Espagne dieudonnée!

Vous dirai-je toute ma pensée? l'Espagne se suffit à elle-même, l'Espagne n'a rien à attendre du dehors.

Qu'ajouter à nos vertus espagnoles? à notre pur génie espagnol? à la beauté de nos femmes, aux productions de notre sol, au charme de notre commerce?

Hélas! si nos compatriotes seulement se connaissaient, s'ils se faisaient justice, s'ils se rendaient compte des bienfaits qu'ils ont reçus du ciel!

Mais ils ont un grand, un impardonnable défaut,
Ce damnable penchant à toujours se rabaisser et à dire
du mal d'eux-mêmes !

DON FERNAND

Que de fois n'ai-je pas gémi de ce funeste don de la
critique ! Elle n'épargne même pas mon illustre parent,
le Vice-Roi des Indes, que je vais présentement rejoindre.

DON LÉOPOLD AUGUSTE

Je ne savais pas que Don Rodrigue fût votre parent.

DON FERNAND

Il n'est pas, si vous voulez, mon parent, mais mon
allié plutôt,
Un allié, si je peux dire, par le sang.

(Il rit modestement.)

Nul n'ignore qu'en effet il fit jadis au fiancé de ma
sœur, cavalier plein de promesses, Don Luis, un trou,
Je veux dire l'honneur d'un excellent coup de pointe,
au cours d'une bagarre obscure qui lui-même au Styx
faillit le faire boire beaucoup.
Plus tard Doña Isabel épousa Don Ramire que la
faveur du Vice-Roi promptement éleva aux premières
places,
A tel point que d'en faire son autre, si je peux dire, Ego.

DON LÉOPOLD AUGUSTE

Ce n'est pas un moyen sûr de lui succéder.

DON FERNAND

Il ne pense pas à lui succéder. Nous ne pensons pas
encore à lui succéder.
Mais il peut lui faire entendre de sages conseils. Il a le
devoir de s'affirmer.

J'apporte l'air de Madrid. Le Vice-Roi n'est pas aimé
à Madrid. Il y a si longtemps qu'il est parti! Il est devenu
cet homme d'outre-monde dont personne n'a entendu
la voix ni regardé la figure.

DON LÉOPOLD AUGUSTE

Cette idée de relier les deux mers par un canal, je vous
prie, qu'en disent les ingénieurs et les financiers?

DON FERNAND

Ce n'est pas tout à fait aussi ridicule. Il s'agit seulement, si j'ai compris, d'une espèce de chemin

Par lequel au moyen de câbles et de je ne sais quelles
manigances hydrauliques

On ferait passer les navires, assujettis sur des espèces
de chars, d'un hémisphère à l'autre.

DON LÉOPOLD AUGUSTE

Et voilà où va l'argent de l'Espagne dont nous aurions
tant besoin pour l'Enseignement supérieur!

Des navires ou des chars cavalcadant par-dessus les
montagnes, fort bien!

C'est dans l'ordre! c'est dans l'ordre! Quand un tisserand fait le marin, un Vice-Roi peut bien faire l'ingénieur.

DON FERNAND

Comme vous dites, c'est autant d'argent de moins
pour Madrid. Les remises des Indes ont faibli.

Et les plaintes de rapine et de violence que nous rece-
vons de tous les coins de l'Amérique! Ces exactions
épouvantables! Tous ces peuples qu'on ramasse à la
manière de Pharaon pour les jeter dans la tranchée de la
Culebra!

DON LÉOPOLD AUGUSTE

Cela fait frémir.

DON FERNAND

Tout cela au lieu de marcher dans la voie sûre de ses prédécesseurs. Un enfant comprendrait qu'on ne peut rien faire de nouveau sans mettre contre soi ce qui existe.

DON LÉOPOLD AUGUSTE, *avec emphase.*

Nemo impune contra orbem !

DON FERNAND

Toutefois il a pour lui le Roi qui l'aime et qui ne le renverra jamais. Une erreur trop longue ne peut plus s'avouer.

DON LÉOPOLD AUGUSTE

Je sens que vous voulez ajouter quelque chose.

DON FERNAND

Que diriez-vous si notre Vice-Roi se donnait à lui-même congé?

DON LÉOPOLD AUGUSTE

Lui-même à lui-même?

DON FERNAND

Lui-même de lui-même à lui-même.

Il sort un papier de sa poche.

DON LÉOPOLD AUGUSTE

Qu'est-ce que c'est que ce papier?

DON FERNAND

N'avez-vous jamais ouï parler de la fameuse *lettre à Rodrigue ?*

DON LÉOPOLD AUGUSTE

Si fait. Mais j'ai toujours cru que c'était une espèce de proverbe ou paradigme pour les écoliers,

Comme l'épée de Damoclès et la Maison que Pierre a bâtie.

DON FERNAND

La voici. Vous pouvez lire l'adresse.

DON LÉOPOLD AUGUSTE

Mais elle est cachetée.

DON FERNAND

Si on l'ouvrait, elle perdrait toute sa puissance.

DON LÉOPOLD AUGUSTE

Qui vous l'a procurée ?

DON FERNAND

Un moine qui la tenait d'un client le matin pendu.

Son histoire est singulière depuis le jour qu'à Mogador la personne que vous savez

L'a remise à certain galérien fugitif qui un mois plus tard à Palos

Ayant perdu jusqu'à sa chemise, eut l'idée de la fournir comme enjeu,

Pour, l'argent de toute la compagnie raflé, périr deux heures après d'un coup de couteau.

Et depuis dix ans la lettre passe ainsi de main à l'autre,

De Barcelone à Macao, d'Anvers à Naples,

Apportant à celui qui comme ressource dernière l'abat sur la table,

Le succès, du trépas incontinent suivi.

Il n'est que temps de la faire enfin parvenir à son destinataire.

DON LÉOPOLD AUGUSTE

Mais que savez-vous de l'effet qu'elle fera?

DON FERNAND

Eh bien! je risque ma chance.

DON LÉOPOLD AUGUSTE

Cette lettre qui peut décider de son départ,
Croyez-vous que le Vice-Roi la recevra de vos mains
sans soupçon?

DON FERNAND

Eh, c'est là ce qui me gratte un peu!

DON LÉOPOLD AUGUSTE

Donnez-la-moi. Si le Vice-Roi part, tant mieux.
S'il reste, ce sera pour moi une bonne introduction
dans l'esprit de Son Altesse.

DON FERNAND

Il fera de vous son directeur de l'Enseignement.
L'ancien vient juste de crever.

DON LÉOPOLD AUGUSTE

Je sens en moi l'étoffe d'un véritable Empereur de
l'Instruction publique.

DON FERNAND

Vous pouvez compter sur moi pour vous soutenir. En
ce qui me concerne,
— Vous savez que j'ai composé quelques petits
ouvrages dont je me suis permis de porter dans votre
chambre la pile —

Quand il y aura une place à l'Académie, puis-je espérer
d'y occuper un pupitre à l'ombre de Votre Magnificence ?

DON LÉOPOLD AUGUSTE

Parlons de Don Ramire.

SCÈNE III

LE VICE-ROI, ALMAGRO.

En mer au large de l'Orénoque. Le pont du vaisseau-amiral.
Au loin une terre couverte de riches plantations d'où s'élèvent
des colonnes de fumée, un fort avec la factorerie qu'il domine
et toute une série de villages, qui brûlent. Un ciel bas et chargé
de pluie. On voit sur la mer plusieurs bateaux à l'ancre ou
déjà appareillant pour partir. Des chaloupes surchargées leur
amènent toute la population des villages razziés.

LE VICE-ROI

Almagro, vous serez pendu.

ALMAGRO

Je demande d'abord à être jugé, et ensuite, si l'on me
reconnaît coupable,
    Décollé comme il convient à un homme noble.

LE VICE-ROI

Pendu, comme il convient à un traître.

ALMAGRO

Je ne suis pas un traître. J'ai défendu contre vous le
bien du Roi, cette terre que j'ai faite et qui lui appartient.

LE VICE-ROI

Le bien du Roi est l'obéissance de ses fils.

ALMAGRO

Ce n'est pas avec l'obéissance que j'ai fait cette nouvelle Carthage!

Ce n'est pas votre argent que j'avais dans la poche pour commencer, mais le mien, celui de mes amis!

Et celui que j'ai été chercher loyalement l'épée au poing et qui m'appartenait dans la poche de mes ennemis.

Quand j'ai débarqué le premier sur ces rivages au milieu des moustiques et des caïmans, ce n'était pas pour vous faire plaisir.

Ce besoin furieux à travers le chaud, la faim, la maladie, le supplice des insectes, ce n'était pas un autre qui me l'avait donné. C'était mon idée que je poursuivais.

Quand je creusais les canaux, quand je tapais sur les pilotis, quand je construisais des ponts, des chantiers et des moulins, quand je remontais les fleuves, quand je traversais les forêts, — oui, ces jours où j'allais tout seul en avant, comme un maniaque, comme un idiot, sans pain, sans eau, tout le monde mort derrière moi,

Quand je faisais des traités avec les sauvages, quand je déchargeais sur mes plantations les cargaisons de noirs que j'avais été écumer sur la mer, quand je divisais la terre entre mes fils,

Ce n'était pas un autre qui m'avait donné des ordres sur un papier, c'est le secret entre moi et Dieu, c'était ce besoin sacré qu'il avait mis dans mon cœur.

LE VICE-ROI

Alors explique-moi un peu, Almagro. Qui te poussait? Toutes ces choses que tu as faites, quel avantage et quel bien espérais-tu en retirer?

ALMAGRO

Je ne sais. Je n'y ai jamais réfléchi. C'est comme l'instinct qui vous jette sur une femme.

Non pas poussé, plutôt c'était quelque chose en avant qui me tirait.

Il me fallait posséder cette terre, entrer dedans. C'était le commencement indispensable de quelque chose.

LE VICE-ROI, *montrant la terre.*

Regarde. Elle est détruite.

ALMAGRO, *la contemplant longuement.*

Elle est détruite.

LE VICE-ROI

La vase comblera tes canaux. Les bêtes ravageront tes plantations. La brousse repoussera vite. C'est fini.

En deux ans, de l'œuvre et du nom d'Almagro il ne restera plus trace.

ALMAGRO

C'est déjà triste de voir une chose vieille qui s'écroule.

Mais quelle joie avez-vous de détruire cette créature nouvelle et qui commençait?

LE VICE-ROI

C'est vrai, j'ai de la joie de voir ce feu qui dévore ton œuvre. Elle aurait été plus mince encore que j'aurais été la rechercher. Oui, j'ai de la joie de détruire cette œuvre qui s'était permis d'exister sans moi.

ALMAGRO

Vous ne m'avez jamais compris.

LE VICE-ROI

Et qui donc aurait été mieux capable de te comprendre? Qui t'a plus regardé depuis dix ans et avec de meilleurs yeux? J'ai essayé quelque chose de ce genre une fois en Floride.

Je me faisais instruire de toi. Oui, je t'ai même aidé parfois sans que tu le saches.

Je connais ton courage, ton jugement, ton profond sérieux, ta justice pour les Indiens et les nègres,

— Ton damnable orgueil, ta haine pour moi, ton injustice pour moi, oui, c'était peut-être cela en toi que j'aimais le plus.

ALMAGRO

Vous aviez toute l'Amérique pour vous, ne pouviez-vous me laisser ce coin de l'Orénoque?

LE VICE-ROI

L'Orénoque aussi est à moi et il s'est trouvé tout à coup que j'en ai eu besoin.

Il me fallait absolument des travailleurs, Almagro, je n'avais pas le choix.

ALMAGRO

Pour le chemin chimérique entre les deux Mers?

LE VICE-ROI

Ne juge pas ce que tu ne peux comprendre.

Tu n'avais qu'un domaine à créer et j'ai à faire un monde.

ALMAGRO

Et moi, je crois que vous étiez jaloux du pauvre Almagro.

LE VICE-ROI

Il est vrai.

Et tu me disais tout à l'heure que je ne t'avais pas compris!

Si je n'avais pas compris ton œuvre, comment en aurais-je été jaloux?

ALMAGRO

Comment comprendre ce qu'on n'aime pas?

LE VICE-ROI

Et comment aurais-je aimé cette œuvre stupide qui était là pour nous interdire la seule chose que je désirais?

ALMAGRO

Quelle est cette chose?

Silence.

LE VICE-ROI

Ton amitié, Almagro.

ALMAGRO

L'amitié d'un homme que vous allez pendre?

LE VICE-ROI

Mon fils, as-tu pu prendre au sérieux cette plaisanterie?

Eh quoi! tuer mon Almagro? Retrancher mon bras droit! détruire un tel rival quand je ne veux cesser chaque jour de triompher de lui,

Lui faisant à mon côté une part presque semblable à la mienne!

ALMAGRO

Je ne veux pas vous servir.

LE VICE-ROI

Le malheur est que je n'ai pas d'autre choix sinon que tu me serves.

ALMAGRO

Je n'ai jamais su ce que c'est que de servir un autre.

LE VICE-ROI

Tu verras comme c'est intéressant de l'apprendre.

ALMAGRO

J'aime mieux être pendu.

LE VICE-ROI

Est-ce ainsi que tu apprécies l'honneur que je t'ai fait de m'occuper de toi ?

ALMAGRO

Je ne vous demandais que de me laisser tranquille où j'étais.

LE VICE-ROI

Pourquoi parler ainsi quand chacune de tes actions n'avait pour but que de me défier et de me provoquer ?

ALMAGRO

Certainement j'aurais fait plus que vous si j'avais eu les mêmes chances.

LE VICE-ROI

Et tu veux que je laisse un homme pareil sur les rives de cette Orénoque ?

ALMAGRO

S'il ne vous faut que ma haine, je suis à vous.

LE VICE-ROI

La haine peut te mener loin, Almagro.

Combien de gens sont morts à mon service, regrettant le jour où ils ont commencé à me détester!

ALMAGRO

Vous êtes un homme injuste et cruel.

LE VICE-ROI

Si je n'étais injuste et cruel, tu ne m'aimerais pas autant.

ALMAGRO

Ah! que n'ai-je une arme à la main pour vous faire payer cette dérision!

LE VICE-ROI

Je ne demande qu'à te donner cette arme.

Regardez ce mauvais enfant qui voudrait me mordre parce que j'ai donné un coup de pied dans ses soldats de plomb,

Quand il devrait me remercier que je sois allé le rechercher au bord de sa sale Orénoque.

Almagro, tu t'es trompé de cent ans. Dans cent ans il sera temps de prendre la charrue, maintenant c'est avec le glaive que nous devons labourer.

Laisserai-je mon lion plus longtemps brouter l'herbe comme une bête à cornes?

Là où mon Amérique finit, là où, se dirigeant vers le Pôle, elle s'effile comme une aiguille toute parcourue de tremblements magnétiques,

Là est la part que je t'ai réservée. Ceins la cuirasse, Almagro! boucle l'épée sur ta cuisse! Est-ce qu'il s'agit de cultiver tandis qu'il y a devant toi cet Empire tout en

or qui t'attend et dans la nuit antarctique ces défenses
monstrueuses à escalader?

Là où le monde s'arrête, c'est là que toi-même tu
t'arrêteras.

C'est à toi qu'il est réservé de fermer les portes de
l'Inconnu et dans la tempête et le tremblement de terre
de poser le mot Fin à l'aventure de Colomb.

Au-dessous de la ligne que je te montrerai sur la carte,
prends tout et tâche de le garder si tu peux.

A Panama il y a tout un parti de jeunes furieux et de
vieux désespérés qui t'attend. Je les ai choisis pour
toi.

Quand tu en auras fait tuer la moitié, avec l'autre tu
entreras dans le temple maudit du démon,

Tu fouleras sous tes pieds les os secs des peuples per-
dus, tu arracheras ses plaques d'or à la statue de Vitzli-
putzli.

Et ne crains pas que jamais les adversaires te man-
quent. Dans le brouillard, dans la forêt, dans le repli des
montagnes affreuses, je t'en ai ménagé de tels qu'ils
suffiront.

Je ne veux pas que tu meures dans un lit, mais navré
de quelque bon coup, seul, au sommet du monde, sur
quelque cime inhumaine, sous le ciel noir plein d'étoiles,
sur le grand Plateau d'où tous les fleuves descendent, au
centre de l'épouvantable Plateau que jour et nuit ravage
le Vent planétaire!

Et nul jamais ne saura où le corps d'Almagro est
couché.

ALMAGRO

C'est toute l'Inde au Sud de Lima que vous m'offrez?

LE VICE-ROI

Elle est là qui ne fait que t'attendre.

ALMAGRO

J'accepte. Tant pis pour vous.

LE VICE-ROI

Prends ce bout de mon Amérique. Attrape-la par la queue. Je fais attention à toi.

Pour toi, si tu ne veux pas m'aimer, travaille à me haïr davantage. Je ferai que tu n'en manques pas de sujets.

SCÈNE IV

TROIS SENTINELLES.

Le chemin de ronde sur les remparts de Mogador. Entre les créneaux la mer illuminée par le clair de lune.

PREMIER SOLDAT

Écoute! ça recommence!

DEUXIÈME SOLDAT

Je n'entends rien.

TROISIÈME SOLDAT

Y a pas de danger que nous entendions encore quelque chose. Bon Dieu! j'en ai plein la malle. Oh là là! mais quel cri qu'il a poussé!

DEUXIÈME SOLDAT

Un cri comme ça, c'est quand on touche la fibre.

PREMIER SOLDAT

Quelle fibre?

DEUXIÈME SOLDAT

Ct'affaire que cherchent les bourreaux. Chez les uns, elle est ici, chez les autres pas. La fibre, quoi.

TROISIÈME SOLDAT

Maintenant c'est fini pour Don Sébastien. I s'en fout.

PREMIER SOLDAT

De profundis.

DEUXIÈME SOLDAT

Saint Jacques qu'il avait toujours sur lui dans sa poche lui fera passer la douane.

TROISIÈME SOLDAT

Pauvre Don Sébastien!

PREMIER SOLDAT

Dis pas les noms.

TROISIÈME SOLDAT

C'est vrai qu'i nous avait salement trahis.

DEUXIÈME SOLDAT

Quoi faire autre chose? Du moment où c'te foutue chienne de Prouhèze...

PREMIER SOLDAT

Dis pas les noms.

DEUXIÈME SOLDAT

... du moment où notre vieille épousait notre vieux, i n'avait plus qu'à se sauver. Et où c'est qu'i se serait sauvé autre part que chez les Turcs?

TROISIÈME SOLDAT

J'en ferais sacré bien autant si je pouvais.

PREMIER SOLDAT

Parle pas si fort! Tu sais que notre vieux se promène souvent la nuit. Il a beau se mettre en blanc avec un manteau noir, on le voit tout de même. Il a ses deux yeux qui brillent comme ceux d'un chat.

TROISIÈME SOLDAT

Espère un peu que je l'attrape dans un bon coin! Que je sois petit poisson si je ne lui flanque pas un coup de fusil!

DEUXIÈME SOLDAT, *sautant sur son fusil.*

Qui va là?

SCÈNE V

LA LOGEUSE, DON LÉOPOLD AUGUSTE.

Mais il est bien clair que nous ne pouvions refuser plus longtemps à l'imagination de nos spectateurs, là-haut, tout près des cintres, cette rangée de fenêtres dans un platras agréablement rose ou bleu d'une maison de Gênes transportée pour les besoins de la couleur locale à Panama. Chacune est décorée d'une ficelle où pendent des piments et des aulx. Au milieu un petit balcon.

L'apparence corporelle de Don Léopold Auguste est réduite à son pourpoint rattaché par des aiguillettes au haut-de-chausses. Cela ne l'empêche pas, tout gonflé d'air et suspendu au bout d'une canne à pêche, d'exécuter dans la bonne brise de

*l'après-midi une espèce de danse personnelle autant majes-
tueuse que gaillarde.*

LA LOGEUSE, *tapant sur Don Léopold Auguste avec une canne.*

Pan! pan! pan!

DON LÉOPOLD AUGUSTE, *émettant un petit jet de poussière
à chaque coup.*

Pouf! pouf! pouf!

LA LOGEUSE, *tapant et retapant.*

Pan! pan! Je n'aurais jamais cru qu'il tienne autant de
poussière dans un savant. Pan! attrape ça, mon vieux
Philippe Auguste!

Ce n'est pas de chance tout de même! A peine arrivé
depuis deux jours à Panama et couic! le temps d'enlever
son chapeau pour se torcher la tête,

Un trait de l'archer Apollon, comme disait Monsieur
le Greffier de la Justice de paix,

Vous l'a couché tout noir sur le pavé. Encore un à qui
la lettre à Rodrigue n'a pas porté la chance! Alors pourquoi tiens-tu tellement à la garder? Donne-la-moi,
Léopold, laisse-la tomber!

Tu ne veux pas? Je t'en prie! (*Elle tape.*) Je t'en
supplie! (*Elle tape.*) Il me faut absolument cette lettre
pour que la pièce continue et qu'elle ne reste pas bête-
ment suspendue entre ciel et terre.

Tu vois bien là-dessous ce monsieur et cette dame tristement qui nous attendent.

Je soumets humblement ma requête à la bienveillante
attention de Votre Magnificence.

(*Elle tape.*)

Vous direz que je n'aurais qu'à mettre la main dans
Philippe Auguste pour prendre la lettre.

Mais je n'ose pas, cela me porterait malheur.
J'aime mieux qu'il s'en défasse naturellement et de
lui-même, comme prunier de sa prune.

(Elle tape.)

Pan, pan et pan! Pan, pan et pan! Pan, pan et pan!

DON LÉOPOLD AUGUSTE, *agité, mais toujours important.*

Pouf! pouf! pouf! pouf! pouf! pouf!

La lettre tombe.

LA LOGEUSE

Ça y est! Encore un petit coup pour finir! Pan! pan!

DON LÉOPOLD AUGUSTE

Pouf!

*La toile du fond avec la Logeuse d'abord et Don Léopold
Auguste ensuite est entraînée vers les cintres. On voit apparaître les cimes d'une vague verdouillade tropicale. Puis mon-
tent en commençant par les chapeaux auxquels succèdent
les figures et les corps, enfin les images peintes dans la toile de*

SCÈNE VI

DON RAMIRE, DOÑA ISABEL.

*assis sur un banc, tous deux en noir et absolument
de l'époque, pareils à des figures de tarots. Leurs
visages au-dessus des corps peints passent à travers
des trous.*

DON RAMIRE, *d'une voix caverneuse.*

Le Vice-Roi ne m'aime plus.

DOÑA ISABEL

Eh quoi! c'est au moment qu'il vient de vous donner
le gouvernement du Mexique,

Un royaume dix fois plus grand et plus beau que
l'Espagne, avec ses mines et ses plantations et le
pétrole, et cette ouverture au Nord sur l'Infini,

Que je vous entends vous plaindre : le Vice-Roi ne
m'aime plus?

DON RAMIRE

S'il m'aimait, il ne m'éloignerait pas ainsi de sa personne.

DOÑA ISABEL

N'est-ce pas vous-même qui avez demandé le
Mexique?

DON RAMIRE

Je vous l'ai laissé demander.

DOÑA ISABEL

Pourquoi me l'avez-vous laissé demander?

DON RAMIRE

Je vous l'ai laissé demander pour voir.

DOÑA ISABEL

Pour voir quoi?

DON RAMIRE

Le crédit dont vous jouissiez dans l'esprit de Son
Altesse.

DOÑA ISABEL

Accusez bien plutôt votre disposition jalouse et tour-
mentée,

Cette mélancolie qui vous fait taquiner et provoquer la chose même que vous redoutez le plus.

DON RAMIRE

Vous lui plaisez plus que moi.

DOÑA ISABEL

L'ai-je voulu? Et croyez-vous que j'aie une raison si forte de l'aimer quand c'est à lui que je dois d'être votre femme?

DON RAMIRE

Il est vrai. Laissez-moi méditer sur ce texte un petit moment.

DOÑA ISABEL

Il ne m'aime pas.

DON RAMIRE

Nous voyons cependant qu'à toute heure vous avez accès près de lui.

DOÑA ISABEL

Ses chiens de même. Que de fois suis-je entrée et sortie sans qu'il s'en aperçût! Il n'y a que quand je chante qu'il m'écoute.

DON RAMIRE

Vous n'avez eu qu'à lui parler de votre santé qui exigeait le climat de l'altitude, et le lendemain il me faisait proposer le Mexique.

DOÑA ISABEL

Oui, c'est bien là son étrange indifférence! Penser que la veille même il m'avait montré tant de confiance et d'abandon! Un Rodrigue presque caressant! Et puis je n'ai eu qu'à dire un seul mot!

Il est vrai, je n'aurais pas cru qu'il me congédierait s aisément.

DON RAMIRE

Ce n'est pas à vous qu'il en veut. C'est moi qui l'ai offensé.

DOÑA ISABEL

Toujours cette anxiété maladive!

DON RAMIRE

Ah! je ne puis supporter l'idée de son mépris!

DOÑA ISABEL

Combien de fois vous ai-je entendu l'accuser et le maudire!

DON RAMIRE

Un regard, un sourire de lui me faisaient tout oublier.

DOÑA ISABEL

Croyez-vous qu'il ait aucun souci de vous ou de moi?

DON RAMIRE

Je sais seulement que la vie sans lui est une chose impossible!

Quand il arrête sur moi son œil profond, quand je vois qu'il me voit, il y a quelque chose en moi qui se met au port d'armes.

Dieu lui a donné sur moi une espèce de droit et d'autorité en sorte que ce qu'il demande a cessé de m'appartenir.

DOÑA ISABEL

Que deviez-vous donc faire?

DON RAMIRE

C'est cette place de Directeur des Travaux du Chemin Royal que j'aurais dû demander. C'est cela qui touche à son cœur.

DOÑA ISABEL

Que ne vous l'a-t-il proposée?

DON RAMIRE

C'était à moi de proposer. Il m'attendait.

DOÑA ISABEL

Eh quoi! cette place où l'on est sûr de mourir en quelques mois, il fallait que vous la sollicitiez comme une faveur?

DON RAMIRE

Ah! je lui reproche d'avoir pris trop au sérieux ce moment de faiblesse!

DOÑA ISABEL

Quelle faiblesse?

DON RAMIRE

Un moment, un seul moment de faiblesse! Ah! je me reproche de vous avoir laissé lui demander le Mexique!
Pourquoi se montre-t-il si soudain et inexorable? Déjà il aura donné cette place de Panama à un autre.
Pourquoi me méprise-t-il ainsi? qu'ai-je fait pour qu'il m'ait cru incapable de donner ma vie pour lui?

DOÑA ISABEL

Devais-je mourir également?

DON RAMIRE

Vous n'aviez qu'à repartir avec les enfants en Espagne.

DOÑA ISABEL

Je vois que je suis peu, auprès de lui, pour vous.

DON RAMIRE

J'ai droit sur vous, mais il a droit sur moi.

DOÑA ISABEL

Eh bien, je m'en vais de ce pas lui dire que vous ne voulez pas du Mexique.

DON RAMIRE

Cela ne servira de rien. Il ne pardonne pas dans les gens qui le servent l'hésitation.

Les gens qui comme moi ont eu le temps de le connaître. Il m'a rejeté, c'est fini. Il n'aime pas les gens qui se repentent.

DOÑA ISABEL

Il t'a rejeté? Nous le rejetterons aussi.

Il est temps de vivre par toi-même. Il y a assez longtemps que tu as été fasciné et capté par cet astre malfaisant.

Ramire, je ne vous aime pas, mais je vous suis profondément associée. Nous n'irons pas au Mexique.

Il ne s'agit pas de s'en aller, il faut que lui s'en aille. Il faut que Rodrigue disparaisse, qu'il cesse absolument d'être là.

La place qu'il occupait, il faut que tu la prennes.

DON RAMIRE

Eh quoi, lui prendre l'Amérique? ce serait lui enlever plus que sa femme.

DOÑA ISABEL

Que diriez-vous si lui-même l'abandonnait?

DON RAMIRE

Il ne nous abandonnera pas. Il est avec nous pour toujours. Je crois en lui.

DOÑA ISABEL

Grand Dieu! que n'ai-je la lettre à Rodrigue!

DON RAMIRE

Cette lettre que votre frère avait apportée d'Espagne?

DOÑA ISABEL

Et qu'il a remise par superstition à cet imbécile
Qu'un rayon de soleil a ce matin éteint.

DON RAMIRE

Il vaut mieux que cette lettre soit perdue.

DOÑA ISABEL

Vous redoutez l'épreuve pour votre idole?

DON RAMIRE

Je ne crains rien!

DOÑA ISABEL

Donnez-moi seulement la lettre à Rodrigue.

> *La lettre tombe. Un machiniste la ramasse et la place devant les yeux de Don Ramire.*

DON RAMIRE

Prenez-la, Madame. La voici.

SCÈNE VII

DON CAMILLE, UNE SERVANTE.

Mogador. Une tente sur le sable au bord de l'Océan. A l'intérieur une chambre qu'éclaire faiblement une lampe suspendue. Des tapis par terre. Dans le fond une tenture formée d'un voile très léger.

DON CAMILLE, *à demi-voix.*
Doña Prouhèze est là?

LA SERVANTE
Elle repose et m'a défendu de la réveiller.

DON CAMILLE

Ouvrez cette tenture.

Je veux lui rendre ce grain de son chapelet qu'elle avait perdu et que j'ai passé toute la journée à chercher. Le voici.

> *(La Servante ouvre la tenture. On voit Doña Prouhèze étendue sur une couche basse. La lampe éclaire faiblement le bras allongé et la main ouverte.)*

Elle tend la main comme pour recevoir cette goutte d'eau que je lui rapporte.

> *(Il lui remet le grain de cristal dans la main.)*

Comme c'est étrange! Nous sommes seuls sous cette tente et cependant il me semble qu'elle est remplie d'une assistance innombrable.

Ainsi ce marabout que jadis je suis allé voir dans l'Atlas et qui m'avait reçu dans une chambre sans lumière

Je croyais être seul avec lui et tout à coup pendant que

je parlais je m'aperçus que la pièce était remplie d'une
foule invisible et serrée qui m'écoutait sans un son.

Il sort.

SCÈNE VIII

DOÑA PROUHÈZE, *dormant;* L'ANGE GARDIEN.

DOÑA PROUHÈZE

J'ai retrouvé le grain perdu! Un seul grain. Mais
pour un grain qui manque le lien de la prière est défait.

J'ai retrouvé mon numéro perdu. Ce petit caillou
transparent. Je le tiens fort dans ma main. Cette larme
thésaurisée. Ce diamant inaltérable. Cette perle unique.
L'eau retrouvée.

Cette goutte d'eau que convoitait le Mauvais Riche
au bout du doigt de Lazare et qui est de tout le centuple.
Cette espérance avec moi. La semence du jour futur.

*Sur l'écran au fond de la scène apparaît, d'abord vague,
puis plus précise, l'image bleuâtre du Globe terrestre.*

Mais ai-je dit que je tenais cette goutte d'eau? C'est
moi qui tiens en elle.

Quelqu'un l'a mise dans ma main, cette perle unique,
ce grain essentiel sans quoi tout le chapelet des cieux
serait défait!

La Terre qui dit *Ave Maria.*

Comme elle est petite entre toutes les Cités de Juda!
Si petite, minime. Si petite entre tant de lumières.

Si petite qu'aucun œil sans guide ne saurait trouver
Bethléem. Et cependant le Fils de Dieu n'a point désiré

d'autre femme pour y naître et c'est à cause d'elle que tout le reste a été fait.

Le Globe tourne lentement et l'on ne voit plus que l'Océan.

J'ai soif!
Je sais que mon bien-aimé est au-delà de la mer. Rodrigue!
Je sais que nous buvons à la même coupe tous les deux. Elle est cet horizon commun de notre exil.
C'est elle que je vois chaque matin apparaître étincelante dans le Soleil levant,
Et quand je l'ai épuisée, c'est de moi dans les ténèbres qu'il la reçoit à son tour.

Le Globe tourne encore et l'on voit à l'horizon sur l'extrême courbure apparaître la longue ligne sinueuse de l'Isthme de Panama derrière lequel commencent à briller les eaux d'un autre Océan.

Entre les deux Mers, à l'horizon de l'Ouest,
Là où la barrière est plus mince entre ces deux masses d'un Continent par le milieu qui se sépare,
C'est là que tu t'es établi, là est la Porte qu'on t'a donné à ouvrir.

De nouveau il n'y a plus que l'Océan.

La Mer! La Mer libre!

On voit l'ombre d'une main derrière l'écran lumineux qui balaye toute l'étendue.

VOIX DE RODRIGUE, *derrière l'écran.*

Prouhèze!

DOÑA PROUHÈZE

Rodrigue! c'est moi! je suis là! j'entends! j'ai entendu!

VOIX DE RODRIGUE, *plus basse, presque imperceptible.*

Prouhèze!

DOÑA PROUHÈZE

Pourquoi me retenir sur ce seuil à demi rompu?
Pourquoi vouloir m'interdire cette porte que tu as
toi-même ouverte?

Comment empêcher qu'on vienne me prendre de
l'autre côté de cette barrière enfoncée! ce n'est pas la
mer dans le brouillard, ce sont les armées de Dieu d'un
mouvement innombrable qui s'avancent à ma rencontre!

La limite qui sépare cette mer de l'autre, ces deux Mers
qui par delà le rempart interposé demandent à confondre
leurs eaux, la croyais-tu donc si forte?

Pas plus que celle que ce cœur de femme jadis t'a
opposée!

Laisse-moi commencer ma pénitence au sein de ces
délices éternelles! Laisse-moi être la goutte d'eau qui les
réunit à ton cœur! laisse-moi n'avoir plus de corps afin
que je n'aie plus pour ton désir de paroi! laisse-moi
n'avoir plus de visage pour que je pénètre jusqu'à ton
cœur!

Ne retiens plus sur ce seuil entr'ouvert cette femme à
demi rompue!

(Elle prête l'oreille.)

Je n'entends plus rien.

*Le Globe sur l'écran tourne encore. On voit apparaître
à l'horizon le groupe des Iles du Japon.*

Quelles sont ces Iles là-bas pareilles à des nuages
immobiles et que leur forme, leurs clefs, leurs entailles,

leurs gorges, rendent pareilles à des instruments de musique pour un mystérieux concert à la fois assemblés et disjoints?

J'entends la Mer sans fin qui brise sur ces rivages éternels!

Près d'un poteau planté dans la grève je vois un escalier de pierre qui monte.

Les nuages lents à s'écarter, le rideau des pluies,

Permettent à peine de distinguer de temps en temps des montagnes atramenteuses, une cascade aux arbres mélancoliques, le repli de noires forêts sur lesquelles tout à coup s'arrête un rayon accusateur!

A la torche de la lune répond le reflet des feux souterrains et le tambour sous un toit de paille s'unit à la flûte perçante.

Que signifient aussi par moments ces nuages de fleurs où tout disparaît? l'or inouï de cette consommation annuelle avant que la neige descende?

Par-dessus les montagnes et les forêts il y a un grand Ange blanc qui regarde la mer.

La grande Ile du Japon peu à peu s'anime et prend la forme d'un de ces Gardiens en armure sombre que l'on voit à Nara.

L'ANGE GARDIEN

Ne me reconnais-tu pas?

DOÑA PROUHÈZE

Je ne sais. Je ne vois qu'une forme incertaine comme une ombre dans le brouillard.

L'ANGE GARDIEN

C'est moi. J'étais là. Je ne t'ai jamais quittée.
Ton Ange Gardien.
Crois-tu pour de bon que tu étais sans moi jusqu'à

présent? il y avait une continuité entre nous. Tu me touchais.

Ainsi quand vient l'automne comme il fait chaud encore! l'air est bleu, l'hirondelle partout trouve une pâture abondante,

Et cependant, comment le sait-elle? le temps est venu, rien ne l'empêchera de partir, il le faut, elle part, bravant la mer.

Elle n'est pas embarrassée de la direction.

Et de même dans la conversation quelqu'un qui est tout entraîné et saisi par la conversation,

S'il entend un violon quelque part ou simplement deux ou trois fois de suite ces coups qu'on tape sur un morceau de bois,

Peu à peu il se tait, il est interrompu, il est ailleurs comme on dit, il prête l'oreille.

Et toi-même, dis-moi s'il est bien vrai que tu ne l'aies jamais ressenti au fond de toi-même entre le cœur et le foie, ce coup sourd, cet arrêt net, cette touchée urgente?

DOÑA PROUHÈZE

Je ne les connais que trop.

L'ANGE GARDIEN

C'était mon hameçon au fond de tes entrailles et moi je réglais le fil comme un pêcheur longanime. Vois-le autour de mon poignet enroulé. Il n'en reste plus que quelques brasses.

DOÑA PROUHÈZE

Il est donc vrai que je vais mourir?

L'ANGE GARDIEN

Et qui sait si tu n'es pas morte déjà? D'où te viendraient autrement cette indifférence au lieu, cette impuissance au poids?

Si près de la frontière, qui sait de quel côté il est en mon pouvoir de te faire à mon gré par jeu passer et repasser?

DOÑA PROUHÈZE

Où suis-je et où es-tu?

L'ANGE GARDIEN

Ensemble et séparés. Loin de toi avec toi.

Mais pour te faire pénétrer cette union du temps avec ce qui n'est pas le temps, de la distance avec ce qui n'est pas l'espace, d'un mouvement avec un autre mouvement, il me faudrait cette musique que tes oreilles encore ne sont pas capables de supporter.

Où dis-tu qu'est le parfum? *où* diras-tu qu'est le son? Entre le parfum et le son quelle est la frontière commune? Ils existent en même temps. Et moi j'existe avec toi.

Écoute-moi qui existe. Laisse-toi persuader par ces eaux peu à peu qui te délient. Abandonne cette terre que tu crois solide et qui n'est que captive.

Un mélange fragile à chaque seconde palpité de l'être avec le néant.

DOÑA PROUHÈZE

Ah! quand tu parles, de nouveau je ressens au fond de moi le fil! la traction de ce désir rectiligne au rebours du flot dont j'ai tant de fois éprouvé la reprise et la détente.

L'ANGE GARDIEN

Le pêcheur amène sa prise du fleuve vers la terre. Mais moi, c'est vers ces eaux que j'habite que métier m'est de ramener ce poisson qui leur appartient.

DONA PROUHÈZE

Comment y passerai-je avec ce corps pesant épais?

L'ANGE GARDIEN

Il te faudra le laisser par derrière un peu.

DOÑA PROUHÈZE

Ou comment me passerai-je de lui?

L'ANGE GARDIEN

N'est-il pas déjà un peu tard pour me le demander?

DOÑA PROUHÈZE

Moi-même, cette dépouille que je vois là-bas abandonnée sur le sable, c'est ça?

L'ANGE GARDIEN

Essaye si tu pourrais encore t'y accommoder.

DOÑA PROUHÈZE

La cire ne prend pas plus exactement une empreinte, l'eau un vase,

Que je ne remplis ce corps dans toutes ses parties; est-ce remplir ou comprendre? Veuve désormais,

Cette société qui l'animerait impuissante à y prêter mes lèvres.

Le corps, suis-je dehors ou dedans ce corps? Je le vis en même temps je le vois. Tous les moments de sa vie je les vis ensemble d'un seul coup.

Ah! pauvre Doña Prouhèze, quelle pitié tu m'inspires! je vois, je comprends tout!

L'ANGE GARDIEN

Est-ce qu'elle est seule?

DOÑA PROUHÈZE

Non. A travers elle j'aperçois une autre ombre, un homme dans la nuit qui marche.

L'ANGE GARDIEN

Regarde mieux. Que vois-tu?

DOÑA PROUHÈZE

Rodrigue, je suis à toi!

L'ANGE GARDIEN

De nouveau le fil à mon poignet s'est déroulé.

DOÑA PROUHÈZE

Rodrigue, je suis à toi!

L'ANGE GARDIEN

Il entend, il s'arrête, il écoute. Il y a ce silence, il y a ce faible passage dans les palmes, il y a une âme du Purgatoire qui monte au Ciel.

Il y a cet énorme nuage au milieu de l'air arrêté, il y a ce soleil incertain qui éclaire les flots sans nombre, ce soleil dont on voit bien que ce n'est pas celui du jour, la lune sur l'Océanie!

Et de nouveau comme une bête captive par le taon pourchassée, je le vois entre les deux murs qui reprend sa course furieuse, son amère faction.

Ne s'arrêtera-t-il jamais? Ah quelle route désespérée il a déjà piétinée entre ces deux murs!

DOÑA PROUHÈZE

Je le sais. Nuit et jour je ne cesse d'entendre ce pas.

L'ANGE GARDIEN

Es-tu contente qu'il souffre?

DOÑA PROUHÈZE

Arrête, dur pêcheur! Ne tire pas ainsi ce fil! Oui, je suis contente qu'il souffre pour moi.

L'ANGE GARDIEN

Crois-tu que c'est pour toi qu'il a été créé et mis au monde?

DOÑA PROUHÈZE

Oui, oui! Oui, je crois du fond de mon cœur que c'est pour moi qu'il a été créé et mis au monde.

L'ANGE GARDIEN

Es-tu pour une âme d'homme assez grande?

DOÑA PROUHÈZE

Oui, je suis assez grande pour lui.

L'ANGE GARDIEN

Est-ce ainsi que tu me réponds au seuil de la mort?

DOÑA PROUHÈZE

Frère, il faut faire mourir cette pauvre créature vite et ne pas souffrir qu'elle soit si bête davantage.

L'ANGE GARDIEN

Qui te retient d'aller vers lui?

DOÑA PROUHÈZE

C'est ce fil qui me retient.

L'ANGE GARDIEN

De sorte que si je te lâchais...

DOÑA PROUHÈZE

Ah! ce n'est plus un poisson, c'est un oiseau que tu verrais à tire-d'aile! La pensée n'est pas si prompte, la flèche ne fend pas l'air si vite,
Que de l'autre côté de la mer je ne serais cette épouse riante et sanglotante entre ses bras!

L'ANGE GARDIEN

N'as-tu point appris que c'est le cœur qui doit obéir et non pas matériellement la volonté par un obstacle astreinte?

DOÑA PROUHÈZE

J'obéis comme je peux.

L'ANGE GARDIEN

Il est donc temps que je tire sur le fil.

DOÑA PROUHÈZE

Mais moi je peux tirer si fort en arrière qu'il rompe!

L'ANGE GARDIEN

Que dirais-tu si je te demandais entre Dieu et Rodrigue de choisir?

DOÑA PROUHÈZE

Tu es, tu es un pêcheur trop habile.

L'ANGE GARDIEN

Trop habile pourquoi?

DOÑA PROUHÈZE

Pour faire sentir la question avant que la réponse soit prête. Où serait l'art de la pêche?

L'ANGE GARDIEN

Si je la posais cependant?

DOÑA PROUHÈZE

Je suis sourde! je suis sourde! Un poisson sourd! Je suis sourde et n'ai point entendu!

L'ANGE GARDIEN

Mais quoi, ce Rodrigue, mon ennemi, qui me retient

que je ne le frappe? Ce n'est point le fil seulement que
ma main sait manier, mais le trident.

DOÑA PROUHÈZE

Et moi je le cacherai si fort entre mes bras que tu ne
le verras plus.

L'ANGE GARDIEN

Tu ne lui fais que du mal.

DOÑA PROUHÈZE

Mais lui me dit chaque nuit autre chose.

L'ANGE GARDIEN

Qu'est-ce qu'il dit?

DOÑA PROUHÈZE

C'est un secret entre nous.

L'ANGE GARDIEN

Tes larmes suffisent à le révéler.

DOÑA PROUHÈZE

Je suis Agar dans le désert! Sans mains, sans yeux,
il y a quelqu'un qui m'a rejointe amèrement dans le
désert!

C'est le désir qui étreint le désespoir! C'est l'Afrique
par-dessus la mer qui épouse les terres empoisonnées du
Mexique!

L'ANGE GARDIEN

Sœur, il nous faut apprendre passage vers des climats
plus heureux.

DOÑA PROUHÈZE

Ce que ma main chaque nuit lui jure, il n'est pas en
mon pouvoir de le démentir.

L'ANGE GARDIEN

C'est ainsi que le poisson se croit plus sage que le
pêcheur.

Il se mutine et se débat sur place, ignorant que chacun
de ses soubresauts

Réjouit le vieillard dans les roseaux embusqué

Qui le tient et ne le laissera pas s'enfuir.

DOÑA PROUHÈZE

Pourquoi te joues-tu de lui cruellement et si tu ne
l'amènes au bord ne lui rends-tu pas liberté?

L'ANGE GARDIEN

Mais quoi, si tu n'étais pas seulement une prise
pour moi, mais une amorce?

DOÑA PROUHÈZE

Rodrigue, c'est avec moi que tu veux le capturer?

L'ANGE GARDIEN

Cet orgueilleux, il n'y avait pas d'autre moyen de lui
faire comprendre le prochain, de le lui entrer dans la
chair;

Il n'y avait pas d'autre moyen de lui faire comprendre
la dépendance, la nécessité et le besoin, un autre sur lui,

La loi sur lui de cet être différent pour aucune autre
raison si ce n'est qu'il existe.

DOÑA PROUHÈZE

Eh quoi! Ainsi c'était permis? cet amour des créatures
l'une pour l'autre, il est donc vrai que Dieu n'en est
pas jaloux? l'homme entre les bras de la femme...

L'ANGE GARDIEN

Comment serait-Il jaloux de ce qu'Il a fait? et comment aurait-Il rien fait qui ne Lui serve?

DOÑA PROUHÈZE

L'homme entre les bras de la femme oublie Dieu.

L'ANGE GARDIEN

Est-ce oublier que d'être avec Lui? est-ce ailleurs
qu'avec Lui d'être associé au mystère de Sa création,
Franchissant de nouveau pour un instant l'Éden par
la porte de l'humiliation et de la mort?

DOÑA PROUHÈZE

L'amour hors du sacrement n'est-il pas le péché?

L'ANGE GARDIEN

Même le péché! Le péché aussi sert.

DOÑA PROUHÈZE

Ainsi il était bon qu'il m'aime?

L'ANGE GARDIEN

Il était bon que tu lui apprennes le désir.

DOÑA PROUHÈZE

Le désir d'une illusion? d'une ombre qui pour toujours lui échappe?

L'ANGE GARDIEN

Le désir est de ce qui est, l'illusion est ce qui n'est pas.
Le désir au travers de l'illusion
Est de ce qui est au travers de ce qui n'est pas.

DOÑA PROUHÈZE

Mais je ne suis pas une illusion, j'existe! Le bien
que je puis seule lui donner existe.

L'ANGE GARDIEN

C'est pourquoi il faut lui donner le bien et aucunement
le mal.

DOÑA PROUHÈZE

Mais cruellement entraînée par toi je ne puis lui donner rien du tout.

L'ANGE GARDIEN

Voudrais-tu lui donner le mal?

DOÑA PROUHÈZE

Oui, plutôt que de rester ainsi stérile et inféconde, ce que tu appelles le mal.

L'ANGE GARDIEN

Le mal est ce qui n'existe pas.

DOÑA PROUHÈZE

Unissons donc notre double néant!

L'ANGE GARDIEN

Prouhèze, ma sœur, l'enfant de Dieu existe.

DOÑA PROUHÈZE

Mais à quoi sert-il d'exister si je n'existe pour Rodrigue?

L'ANGE GARDIEN

Comment Prouhèze existerait-elle jamais autrement que pour Rodrigue, quand c'est par lui qu'elle existe?

DOÑA PROUHÈZE

Frère, je ne t'entends pas!

L'ANGE GARDIEN

C'est en lui que tu étais nécessaire.

DOÑA PROUHÈZE

O parole bien douce à entendre! laisse-moi la répéter après toi! eh quoi! je lui étais nécessaire.

L'ANGE GARDIEN

Non point cette vilaine et disgracieuse créature au bout de ma ligne, non point ce triste poisson.

DOÑA PROUHÈZE

Laquelle alors?

L'ANGE GARDIEN

Prouhèze, ma sœur, cette enfant de Dieu dans la lumière que je salue.

Cette Prouhèze que voient les Anges, c'est celle-là sans le savoir qu'il regarde, c'est celle-là que tu as à faire afin de la lui donner.

DOÑA PROUHÈZE

Et ce sera la même Prouhèze?

L'ANGE GARDIEN

Une Prouhèze pour toujours que ne détruit pas la mort.

DOÑA PROUHÈZE

Toujours belle?

L'ANGE GARDIEN

Une Prouhèze toujours belle.

DOÑA PROUHÈZE

Il m'aimera toujours?

L'ANGE GARDIEN

Ce qui te rend si belle ne peut mourir. Ce qui fait qu'il t'aime ne peut mourir.

DOÑA PROUHÈZE

Je serai à lui pour toujours dans mon âme et dans mon corps?

L'ANGE GARDIEN

Il nous faut laisser le corps en arrière quelque peu.

DOÑA PROUHÈZE

Eh quoi! il ne connaîtra point ce goût que j'ai?

L'ANGE GARDIEN

C'est l'âme qui fait le corps.

DOÑA PROUHÈZE

Comment donc l'a-t-elle fait mortel?

L'ANGE GARDIEN

C'est le péché qui l'a fait mortel.

DOÑA PROUHÈZE

C'était beau d'être pour lui une femme.

L'ANGE GARDIEN

Et moi je ferai de toi une étoile.

DONA PROUHÈZE

Une étoile! c'est le nom dont il m'appelle toujours
dans la nuit.
Et mon cœur tressaillait profondément de l'entendre.

L'ANGE GARDIEN

N'as-tu donc pas toujours été comme une étoile pour
lui?

DOÑA PROUHÈZE

Séparée!

L'ANGE GARDIEN

Conductrice.

DOÑA PROUHÈZE

La voici qui s'éteint sur terre.

L'ANGE GARDIEN

Je la rallumerai dans le ciel.

DOÑA PROUHÈZE

Comment brillerai-je qui suis aveugle?

L'ANGE GARDIEN

Dieu soufflera sur toi.

DOÑA PROUHÈZE

Je ne suis qu'un tison sous la cendre.

L'ANGE GARDIEN

Mais moi je ferai de toi une étoile flamboyante dans le souffle du Saint-Esprit!

DOÑA PROUHÈZE

Adieu donc ici-bas! adieu, adieu, mon bien-aimé! Rodrigue, Rodrigue là-bas, adieu pour toujours!

L'ANGE GARDIEN

Pourquoi adieu? pourquoi là-bas, quand tu seras plus près de lui que tu ne l'es à présent? Associée de l'autre côté du voile à cette cause qui le fait vivre.

DOÑA PROUHÈZE

Il cherche et ne me trouvera plus.

L'ANGE GARDIEN

Comment te trouverait-il au dehors alors que tu n'es plus autre part que dedans son cœur, lui-même?

DOÑA PROUHÈZE

Tu dis vrai, c'est bien là que je serai ?

L'ANGE GARDIEN

Cet hameçon dans son cœur profondément enfoncé.

DOÑA PROUHÈZE

Il me désirera toujours ?

L'ANGE GARDIEN

Pour les uns l'intelligence suffit. C'est l'esprit qui parle purement à l'esprit.

Mais pour les autres il faut que la chair aussi peu à peu soit évangélisée et convertie. Et quelle chair pour parler à l'homme plus puissante que celle de la femme ?

Maintenant il ne pourra plus te désirer sans désirer en même temps où tu es.

DOÑA PROUHÈZE

Mais est-ce que le ciel jamais lui sera aussi désirable que moi ?

L'ANGE GARDIEN, *comme s'il tirait sur le fil.*

D'une pareille sottise tu seras punie à l'instant.

DOÑA PROUHÈZE, *criant.*

Ah ! frère, fais-moi durer encore cette seconde !

L'ANGE GARDIEN

Salut, ma sœur bien-aimée ! Bienvenue, Prouhèze, dans la flamme !

Les connais-tu à présent, ces eaux où je voulais te conduire ?

DOÑA PROUHÈZE

Ah! je n'en ai pas assez! encore! Rends-la-moi donc
enfin, cette eau où je fus baptisée!

L'ANGE GARDIEN

La voici de toutes parts qui te baigne et te pénètre.

DOÑA PROUHÈZE

Elle me baigne et je n'y puis goûter! c'est un rayon
qui me perce, c'est un glaive qui me divise, c'est le fer
rouge effroyablement appliqué sur le nerf même de la
vie, c'est l'effervescence de la source qui s'empare de
tous mes éléments pour les dissoudre et les recomposer,
c'est le néant à chaque moment où je sombre et Dieu
sur ma bouche qui me ressuscite, et supérieure à toutes
les délices, ah! c'est la traction impitoyable de la soif,
l'abomination de cette soif affreuse qui m'ouvre et me
crucifie!

L'ANGE GARDIEN

Demandes-tu que je te rende à l'ancienne vie?

DOÑA PROUHÈZE

Non, non, ne me sépare plus à jamais de ces flammes
désirées! Il faut que je leur donne à fondre et à dévorer
cette carapace affreuse, il faut que mes liens brûlent, il
faut que je leur tienne à détruire toute mon affreuse
cuirasse, tout cela que Dieu n'a pas fait, tout ce roide
bois d'illusion et de péché, cette idole, cette abominable
poupée que j'ai fabriquée à la place de l'image vivante
de Dieu dont ma chair portait le sceau empreint!

L'ANGE GARDIEN

Et ce Rodrigue, où crois-tu que tu lui sois le plus
utile, ici-bas
Ou dans ce lieu maintenant que tu connais?

DOÑA PROUHÈZE

Ah! laisse-moi ici! ah! ne me retire pas encore!
pendant qu'il achève en ce lieu obscur sa course laisse-
moi me consumer pour lui comme une cire aux pieds
de la Vierge!

Et qu'il sente sur son front de temps en temps tomber
une goutte de cette huile ardente!

L'ANGE GARDIEN

C'est assez. Le temps n'est pas encore venu tout à fait
pour toi de franchir la Sainte Frontière.

DOÑA PROUHÈZE

Ah! c'est comme un cercueil où tu me remets! Voici
de nouveau que mes membres reprennent la gaine de
l'étroitesse et du poids. De nouveau la tyrannie sur moi
du fini et de l'accidentel!

L'ANGE GARDIEN

Ce n'est plus que pour un peu de temps.

DOÑA PROUHÈZE

Ces deux êtres qui de loin sans jamais se toucher se
font équilibre comme sur les plateaux opposés d'une
balance,

Maintenant que l'un a changé de place, est-ce que la
position de l'autre n'en sera pas altérée?

L'ANGE GARDIEN

Il est vrai. Ce que tu pèses au Ciel, il faut pour qu'il
l'éprouve que nous le placions sur un autre plateau.

Il faut que sur ce petit globe il achève son étroite
orbite à l'imitation de ces distances énormes dans le Ciel
qu'immobile nous allons te donner à dévorer.

DOÑA PROUHÈZE

Il ne demandait qu'une goutte d'eau et toi, frère,
aide-moi à lui donner l'Océan.

L'ANGE GARDIEN

N'est-ce pas lui qui l'attend de l'autre côté de cet
horizon mystique si longtemps

Qui fut celui de la vieille humanité ? ces eaux que tu
as tellement désirées, ne sont-ce pas elles qui sont en
train de le guérir de la terre ?

Ce passage qu'il a ouvert, ne sera-t-il pas le premier
à le franchir ?

Au travers de cette suprême barrière d'un pôle à
l'autre déjà

Par le soleil couchant en son milieu à demi dévorée,

A-travers le nouveau il est en marche pour retrouver
l'éternel.

DOÑA PROUHÈZE

A l'autre bout de l'Océan il est des Iles qui l'attendent,

Ces Iles mystérieuses au bout du monde dont je t'ai
vu surgir.

Pour l'y tirer, comment faire, maintenant que tu n'as
plus mon corps comme amorce ?

L'ANGE GARDIEN

Non plus ton corps, mais ton reflet sur les Eaux
amères de l'exil,

Ton reflet sur les eaux mouvantes de l'exil sans cesse
évanoui et reformé.

DOÑA PROUHÈZE

Maintenant je vois ton visage. Ah ! qu'il est sévère et
menaçant !

L'ANGE GARDIEN

Tu en connaîtras un autre plus tard. Celui-ci convient à ce lieu de justice et de pénitence.

DOÑA PROUHÈZE

C'est pénitence qu'il va faire, lui aussi?

L'ANGE GARDIEN

Les voies directes de Dieu, le temps est venu pour lui qu'il commence à les fouler.

DOÑA PROUHÈZE

C'est moi qui dois lui en ouvrir le seuil?

L'ANGE GARDIEN

Ce qu'il désire ne peut être à la fois au Ciel et sur la terre.

DOÑA PROUHÈZE

Qu'attends-tu pour me faire mourir?

L'ANGE GARDIEN

J'attends que tu consentes.

DOÑA PROUHÈZE

Je consens, j'ai consenti!

L'ANGE GARDIEN

Mais comment peux-tu consentir à me donner ce qui n'est pas à toi?

DOÑA PROUHÈZE

Mon âme n'est plus à moi?

L'ANGE GARDIEN

Ne l'as-tu pas donnée à Rodrigue dans la nuit?

DOÑA PROUHÈZE

Il faut donc lui dire de me la rapporter.

L'ANGE GARDIEN

C'est de lui que tu dois recevoir permission.

DOÑA PROUHÈZE

Laisse-moi, mon bien-aimé! laisse-moi partir!
Laisse-moi devenir une étoile!

L'ANGE GARDIEN

Cette mort qui fera de toi une étoile, consens-tu à la
recevoir de sa main?

DOÑA PROUHÈZE

Ah! je remercie Dieu! Viens, cher Rodrigue, je suis
prête! sur cette chose qui est à toi lève ta main meur-
trière! sacrifie cette chose qui est à toi! Mourir, mourir
par toi m'est doux!

L'ANGE GARDIEN

Maintenant je n'ai plus rien à te dire sinon au revoir
à Dieu. J'ai fini ma tâche avec toi. Au revoir, sœur
chérie, dans la lumière éternelle!

DOÑA PROUHÈZE

Ne me laisse pas encore! Aigle divin, prends-moi
pour un moment dans tes serres. Élève-moi le temps de
compter un! Le rond complet autour de nos deux
existences laisse-moi le voir!
Le chemin qu'il a à suivre, laisse-moi le rouler autour
de mon bras afin qu'il n'y fasse pas un pas auquel je ne
sois attachée,
Et que je ne sois au bout, et qu'il ne le conduise vers
moi.

— Quelle est cette pierre que tu me montres dans ta main?

L'ANGE GARDIEN

La pierre sur laquelle tout à l'heure son bateau va s'ouvrir, il échappe seul, la tête blanche d'écume il aborde à cette terre inconnue.

Mais qu'importe le naufrage, il est arrivé! ce n'est pas un monde nouveau qu'il s'agissait de découvrir, c'est l'ancien qui était perdu qu'il s'agissait de retrouver.

Il a mis dessus l'empreinte de son pied et de sa main, il a achevé l'entreprise de Colomb, il a exécuté la grande promesse de Colomb.

Car ce que Colomb avait promis au Roi d'Espagne, ce n'est pas un quartier nouveau de l'Univers, c'est la réunion de la terre, c'est l'ambassade vers ces peuples que vous sentiez dans votre dos, c'est le bruit des pieds de l'homme dans la région antérieure au matin, ce sont les passages du Soleil!

Il a rejoint le Commencement de tout par la route du Soleil levant.

Le voici qui rejoint ces peuples obscurs et attendants, ces compartiments en deçà de l'aurore où piétinent des multitudes enfermées!

Le Globe a tourné, montrant tout le continent d'Asie, depuis l'Inde jusqu'à la Chine.

Crois-tu que Dieu ait abandonné Sa création au hasard? Crois-tu que la forme de cette terre qu'Il a faite soit privée de signification?

Pendant que tu vas au Purgatoire, lui aussi sur terre va reconnaître cette image du Purgatoire.

Lui aussi, la barrière traversée,

Cette double bourse de l'Amérique après qu'il l'a prise

dans sa main et rejetée, cette double mamelle à l'heure
de votre après-midi présentée à votre convoitise maté-
rielle,

Il rejoint l'autre monde, le même, l'ayant pris à revers.
Ici l'on souffre et attend. Et derrière cette paroi aussi
haute que le ciel, là-haut, là-bas, commence l'autre
versant, le monde d'où il vient, l'Église militante.

Il va reconnaître ces populations agenouillées, ces
portions cloisonnées et comprimées qui recherchent non
pas une issue mais leur centre.

L'une a la forme d'un triangle et l'autre d'un cercle,

Et l'autre, ce sont ces îles déchirées que tourmentent
sans fin la tempête et le feu.

L'Inde pendue cuit sur place dans une vapeur brûlante,
la Chine éternellement dans ce laboratoire intérieur où
l'eau devient de la boue piétine ce limon mélangé à sa
propre ordure.

Et le troisième se déchire lui-même avec rage.

Tels sont ces peuples qui gémissent et attendent, le
visage tourné vers le Soleil levant.

C'est à eux qu'il est envoyé comme ambassadeur.

Il apporte avec lui assez de péché pour comprendre
leurs ténèbres.

Dieu lui a montré assez de joie pour qu'il comprenne
leur désespoir.

Ce Néant au bord duquel ils sont depuis si longtemps
assis, ce Vide laissé par l'absence de l'Être, où se joue le
reflet du Ciel, il fallait leur apporter Dieu pour qu'ils le
comprennent tout à fait.

Ce n'est pas Rodrigue qui apporte Dieu, mais il faut
qu'il vienne pour que le manque de Dieu où sont assises
ces multitudes soit regardé.

— O Marie, Reine du Ciel, autour de qui s'enroule
tout le chapelet des Cieux, ayez pitié de ces peuples qui
attendent!

Il rentre dans la Terre qui se rétrécit et devient pas plus grosse qu'une tête d'épingle.

Tout l'écran est rempli par le Ciel fourmillant au travers duquel se dessine l'image gigantesque de l'Immaculée Conception.

SCÈNE IX

LE VICE-ROI, LE SECRÉTAIRE, DOÑA ISABEL.

Une chambre dans le palais du Vice-Roi à Panama. C'est une vaste pièce aux murs un peu moisis. Une partie du plafond est tombée et laisse voir les lattes, il y a encore du plâtre par terre. Meubles en désordre, les uns magnifiques, les autres d'un luxe criard ou tout éclopés. Par une porte ouverte dans un angle on voit une chapelle garnie de porcelaine bleue et de bois doré et sculpté dans le goût emphatique et chargé de l'époque. Une lampe brûle. L'après-midi. Il fait humide et chaud. Ciel pluvieux. Par les fenêtres on voit le Pacifique couleur d'écaille de moule.

> *Le Vice-Roi dans un fauteuil. Le Secrétaire près de lui devant une table chargée de papiers, minutant avec application. Sur un tabouret Doña Isabel en costume assez négligé, tenant une guitare et assise sur son pied. Derrière la scène un petit orchestre, assez mauvais, exécute une espèce d'allemande ou de pavane.*

> LE SECRÉTAIRE, *sans lever la tête.*

Cet orchestre est bien mauvais. Je ne comprends pas que Votre Altesse puisse le tolérer.

LE VICE-ROI

S'il était meilleur j'entendrais ce qu'il joue et ce serait tellement ennuyeux.

LE SECRÉTAIRE

Quant à moi en toute chose je ne prise que la perfection.

DOÑA ISABEL, *accompagnant chaque syllabe d'une note sur la guitare en forme de gamme ascendante qui se termine par une altération.*

Don Rodilard!...

LE SECRÉTAIRE

Madame?

DOÑA ISABEL

Ah! que vous seriez gentil de nous donner connaissance de ces poésies de votre façon dont vous faites quelquefois, m'a-t-on dit, lecture à vos amis!

LE SECRÉTAIRE, *modeste et résolu, continuant à écrire.*

« ... six vingts fardes de quinquina, deux cents de bois de campêche ».

DOÑA ISABEL, *à moitié chantant.*

Les syllabes en sont comptées si juste, les rimes si exactement pesées, mesurées et ajustées, qu'un seul grain de tabac ferait chavirer la fragile merveille.

LE VICE-ROI

Pour moi une poëme parfait est comme un vase bouché.

LE SECRÉTAIRE, *lui tendant une lettre à signer.*

Je sais que Votre Altesse adore les comparaisons.

LE VICE-ROI. *(Il signe en bâillant.)*

Qui me suggère cette autre? Un morceau de jade cassé vaut mieux qu'une tuile entière.

LE SECRÉTAIRE

C'est une sentence chinoise.

DOÑA ISABEL

Je suppose que ce sont ces pêcheurs que notre galère de police a ramassés l'autre jour près de l'Ile aux Tortues qui vous l'ont apportée.

LE VICE-ROI

Non pas Chinois, ce sont des Japonais.

Rappelez-moi donc cette chanson qu'ils chantaient tous ensemble et que j'aimais tant.

DOÑA ISABEL, *chantant :*

Sur la plaine de l'Océan
Vers les Quatre-vingts I-les
Je m'avance en ramant
Ta ra ra ta ta ta! Ta ra ta ra ta ta ta!

Frappant sur le bois de la guitare avec le poing. L'orchestre qui s'était mis à accompagner en sourdine continue tout seul quelques moments puis s'arrête tout à coup.

LE VICE-ROI

Ah! moi aussi sur la plaine de l'Océan vers les Quatre-vingts Iles

Quand est-ce que je me mettrai en route?

DOÑA ISABEL

Quoi, Monseigneur, seriez-vous las de votre Amérique?

LE SECRÉTAIRE

Voilà plus d'un jour déjà que Son Altesse et moi nous sommes un peu las de notre Amérique, comme vous dites.

DOÑA ISABEL

Vous ai-je pas entendu répéter souvent, alors que vous bâtissiez ce palais, maintenant si tristement endommagé, Qu'elle était comme votre propre corps ?

LE SECRÉTAIRE

On se lasse de son propre corps.

DOÑA ISABEL

En tout ce que vous entreprenez n'avez-vous pas réussi ?

LE SECRÉTAIRE

Nous n'avons que trop réussi. Cet Almagro par exemple sur qui nous fondions tant d'espoir, un vrai mouton bêlant !

DOÑA ISABEL

Cette Amérique que vous avez faite, est-ce qu'elle se passera de vous ?

LE SECRÉTAIRE

Fort bien. Elle ne s'en passe que trop.

DOÑA ISABEL

Seigneur, pourquoi vous taisez-vous ainsi sans parler et laissez-vous ce valet répondre à votre place ?

LE VICE-ROI

Est-ce que ses réponses n'en valent pas une autre ? J'aime écouter Rodilard.

Tout le jour pendant que je fais le Vice-Roi il se tient à son bureau, écrivant, copiant, reportant d'un papier sur l'autre

Ma destinée sans doute.

Et de temps en temps il me favorise de quelque réflexion et annotation marginale.

DOÑA ISABEL

Vous ne m'aimez pas.

LE SECRÉTAIRE, *avec un cri aigu.*

Hi! ma parole, vous allez me faire faire des fautes! J'allais écrire : Vous ne m'aimez pas, sur l'enveloppe.

*Monsieur le Corregidor Ruiz Zeballos,
à Vounememépaz.*

Ce n'est pas un pays pour un corregidor.

Je ne sais si Votre Altesse s'est aperçue à quel point cette dame ici présente est éprise de nous. Une complaisance de cœur. Un tendre sentiment.

Est-ce Don Rodrigue qu'elle aime? est-ce le Vice-Roi? pas moyen de le savoir.

On intéresse facilement ces dames un peu fortes qui commencent à prendre de l'âge.

Un peu forte, mais encore jolie.

DOÑA ISABEL, *chantant à voix très basse :*

Oubliée...

Continué par une flûte aiguë sur une seule note decrescendo ppp.

LE VICE-ROI, *les yeux baissés, presque indistinct.*

Non, non, mon cher amour, je ne vous ai pas oubliée!

DOÑA ISABEL

Ah! je savais bien que je saurais trouver le mot qui
fait que votre cœur tressaille!

LE SECRÉTAIRE

Vous ne trouverez son cœur que par la porte du souvenir.

DOÑA ISABEL

Pour me faire entendre il suffit que je prenne la voix
d'une autre.

LE VICE-ROI

Achevez. Je veux entendre la suite.

DOÑA ISABEL

J'ai oublié.

> *(Quelques notes sur la guitare. Elle chante :)*

> J'ai oublié.

> *(Elle parle :)*

Je ne sais plus. J'ai oublié. Je me suis oubliée moi-
même.

> *(Elle chante :)*

Depuis que tu n'es plus avec moi je me suis oubliée moi-même!

> *Musique dans le mur* pianissimo *et tout à fait
cacophonique. Elle se tait, un instrument après l'autre.*

LE VICE-ROI

J'aime la manière dont chante notre Isabel, ce ne sont
pas des notes sur des lignes, ainsi dans la forêt chante
cet oiseau qu'on appelle *rialejo !*

Et j'aime aussi ce petit tapage dans le mur qui continue une fois qu'elle a fini.

Ainsi quand on lance une pierre dans un fourré on entend les autres pierres qui se mettent en branle et toutes sortes de choses ailées qui s'envolent.

Parfois même quelque animal bien loin qui se sauve en bondissant.

DOÑA ISABEL

Quand je suis avec d'autres, je ne chante pas de la même manière.

Pourquoi me forcer, Monseigneur, à trébucher sur ces chemins obscurs?

Quand je suis seule, j'aime plutôt à me répéter un de ces chants de notre vieille Espagne.

Un de ces airs qu'on entend le soir autour de la fontaine sous les grands châtaigniers :

« *Muy mas clara que la luna...* » « *Desde aquel doloroso momento...* »

Cette Espagne que ni vous ni moi nous ne reverrons plus.

LE VICE-ROI

Ça m'est égal. Qui me parlait de souvenir tout à l'heure?

J'ai horreur du passé! J'ai horreur du souvenir! Cette voix que je croyais entendre tout à l'heure au fond de moi derrière moi,

Elle n'est pas en arrière, c'est en avant qu'elle m'appelle; si elle était en arrière elle n'aurait pas une telle amertume et une telle douceur!

Perce mon cœur avec cette voix inconnue, avec ce chant qui n'a jamais existé!

J'aime ce rythme blessé et cette note qui s'altère!

Avec ce chant qui dit le contraire des paroles, la même chose et le contraire!

Avec cette voix qui essaye de me faire entendre l'inconnu et qui ne réussit pas à dire en ordre ce qu'elle veut, mais ce qu'elle ne veut pas me plaît aussi!

LE SECRÉTAIRE

Je ne saurais exprimer le scandale et la réprobation que me font éprouver les paroles de Votre Altesse.

La musique dans le mur à petit bruit cherchant un air qui se forme peu à peu.

DOÑA ISABEL, *écoutant la musique :*

Oubliée,
Je me suis oubliée moi-même,
Mais qui prendra soin de ton âme...

La chanteuse et la musique s'interrompent en même temps.

LE SECRÉTAIRE

Il faudrait quelque chose comme : *Maintenant que tu m'as laissée sortir.* Mais c'est de la fichue prosodie.

DOÑA ISABEL, *chantant seule, la musique se tait :*

Mais qui prendra soin de ton âme
Maintenant que je n'y suis plus,
Maintenant que je ne suis plus avec toi!
Mais qui prendra soin de ton âme
Maintenant que je ne suis plus avec toi!

(Parlé :)

Pour toujours.

(Elle chante :)

Pour toujours! pour toujours! maintenant que je ne suis plus avec toi pour toujours!

LE VICE-ROI, *les yeux baissés.*

Il n'y avait qu'un mot à dire pour que je reste pour toujours avec toi.

DOÑA ISABEL, *chantant :*

Pour toujours avec toi! pour toujours avec toi!

(Elle parle :)

Mais ce mot, qui sait si elle ne l'a pas dit?

LE SECRÉTAIRE

Son Altesse probablement n'a jamais entendu parler de la lettre à Rodrigue?

LE VICE-ROI

Il n'y a pas de lettre à Rodrigue.

DOÑA ISABEL

Il y a une lettre à Rodrigue.
Et là-bas derrière nous de l'autre côté de la mer,
Il y a une femme qui attend depuis dix ans la réponse.

(Elle chante, contrariée par l'orchestre dans le mur :)

De la nuit où je repose solitaire
Jusqu'au lever du jour,
Combien le temps est long,
Combien les heures sont longues!
Le sais-tu? le sais-tu, dis-moi?

LE SECRÉTAIRE

Son Altesse me permettra peut-être de répondre à sa place qu'Elle le sait.

La nuit survient. On a apporté sur la table un candélabre allumé.

LE VICE-ROI

Isabel, où est cette lettre?

DOÑA ISABEL

Là sur cette table, je l'ai remise à votre Secrétaire.

LE SECRÉTAIRE

Votre Altesse m'excusera. Je pensais la lui remettre dans un moment, une fois la signature terminée.

LE VICE-ROI

Donne-moi la lettre.

(Il regarde la suscription.)

C'est bien mon nom. C'est bien son écriture. Prouhèze il y a dix ans. *(Il ouvre la lettre et essaye de lire. Ses mains tremblent.)* Je ne peux pas lire.

SCÈNE X

DON CAMILLE, DOÑA PROUHÈZE.

A Mogador une tente au bord de la mer. Tapis l'un sur l'autre étendus. Impression d'une grande lumière et d'une grande chaleur au dehors.

Don Camille en grand burnous arabe tenant à la main le petit chapelet mahométan. Doña Prouhèze à demi couchée sur un divan, aussi en vêtements arabes.

DON CAMILLE, *les yeux baissés, à demi-voix.*

Il ne tiendrait qu'à moi de prendre ce petit pied nu.

DOÑA PROUHÈZE

Il est à vous, comme le reste. N'ai-je pas l'honneur d'être votre épouse?

DON CAMILLE

J'ai juré de ne plus vous toucher. J'ai cédé à votre indifférence insultante.

Il ne manque pas de femmes pour moi là-haut dans ce poulailler que l'Afrique et la mer approvisionnent.

DOÑA PROUHÈZE

Je suis flattée de la préférence pour le moment que vous m'accordez.

DON CAMILLE

Avouez que si je n'étais pas là qui vous regarde il vous manquerait quelque chose.

DOÑA PROUHÈZE

Il est vrai que je suis habituée à ces yeux moqueurs et douloureux qui passent de mon visage à mes mains, et à cette question dévorante.

Que d'agréables après-midi nous avons passées ainsi ensemble,

Sans aucune parole!

DON CAMILLE

Pourquoi m'avoir épousé?

DOÑA PROUHÈZE

Les troupes m'avaient trahie, n'étais-je pas en votre pouvoir?

Mon mari était mort. Comment n'aurions-nous pas profité de l'occasion de ce brave petit Franciscain que nous venions de capturer?

DON CAMILLE, *souriant à son chapelet.*

C'est moi qui suis en votre pouvoir.

DOÑA PROUHÈZE

Encore ce sourire câlin et faux sur votre visage brun,
Ce sourire que Madame votre mère aimait et détestait,
et qui, moi aussi, oui, me fait un peu mal au cœur.

DON CAMILLE

Mais c'est vrai que je suis en votre pouvoir.

DOÑA PROUHÈZE

C'est vrai à moitié. Naturellement si je n'avais pas
été sûre d'un certain pouvoir sur vous, pourquoi vous
aurais-je épousé?

Le Roi ne m'a pas relevée de cette charge qu'il m'a
confiée, Don Camille, sur la côte d'Afrique.

C'est moi ici qui vous empêche de faire tout le mal que
vous voudriez.

DON CAMILLE

Est-il vrai? m'arrive-t-il souvent de demander votre
précieux conseil, Madame?

DOÑA PROUHÈZE

Vous l'aurais-je accordé? Il n'y a pas besoin de paroles
entre nous. Vous devinez tout.

Il n'y a pas une de vos actions où je sois absente et qui
ne soit faite à dessein

Ou de me plaire à votre manière sournoise, ou de me
faire de la peine, et alors comme je suis sûre de vous voir
accourir aussitôt et quel regard avide!

Dites si vous me trouvâtes jamais en défaut.

Je lis en vous et vous n'obtenez rien de moi.

DON CAMILLE

Il y a une chose du moins que je puis faire qui est de
vous faire fouetter.

DOÑA PROUHÈZE

Mon corps est en votre pouvoir, mais votre âme est dans le mien!

DON CAMILLE

Quand vous me tordez l'âme, n'ai-je pas le droit de torturer un peu votre corps?

DOÑA PROUHÈZE

L'important est que vous fassiez ce que je veux et depuis dix ans, oui, mis à part de temps en temps ces mouvements ridicules de votre humeur sauvage,

En gros je n'ai pas de reproches à vous faire et je crois que le Roi est content.

DON CAMILLE

Quel bonheur! Ainsi pour lui rendre service il a suffi que je cesse de lui obéir!

DOÑA PROUHÈZE

Moi, il n'était pas aussi facile de cesser de m'obéir. Quelqu'un toujours présent, il n'est pas si facile de l'oublier.

DON CAMILLE, *avec douceur.*

Mais qui sait si bientôt cette grossière présence corporelle vous sera encore possible?

DOÑA PROUHÈZE

Si c'est la mort que vous m'annoncez en ces termes élégants, il n'y a pas besoin de périphrases. Je suis prête.

L'idée, grâce à vous, n'est jamais tant éloignée de mon esprit qu'un cri d'oiseau, le bruit d'une pièce d'argenterie qui tombe, un mot blanc que l'on écrit par terre avec le doigt, un grain d'encens qui se consume

Ne suffisent à me donner avertissement.

DON CAMILLE

Recevez-le de ma bouche.

DOÑA PROUHÈZE

Je l'ai reçu déjà cette nuit d'un autre.

DON CAMILLE

Votre visiteur habituel sans doute et le père de mon
enfant?

DOÑA PROUHÈZE

Qui viendrait me visiter solitaire au fond de ma prison?

DON CAMILLE

Rodrigue la nuit, chaque nuit, que ni les murs ni la
mer ne suffisent à empêcher.

DOÑA PROUHÈZE

Vous seul, Ochiali, vous le savez, m'avez infligé
votre grossière présence corporelle.

DON CAMILLE

Mais je sais que lui seul est le père de cette fille que
je vous ai faite et qui ne ressemble qu'à lui.

DOÑA PROUHÈZE

Est-il vrai? que sur ta tête, enfant chérie, descende
donc notre triple héritage!

DON CAMILLE

Le mien également? Vous ne doutez pas, Prouhèze,
que je ne vous accompagne où vous allez?

DOÑA PROUHÈZE

Que pensez-vous, vous-même?

DON CAMILLE

Je pense que la lettre à Rodrigue ne va pas errer éternellement sans qu'un jour elle touche son destinataire.

DOÑA PROUHÈZE

Cet appel, qu'en un moment de désespoir j'ai jeté les yeux fermés dans la mer?

DON CAMILLE

Il y a dix ans qu'elle court des Flandres à la Chine et de la Pologne à l'Éthiopie.

Plusieurs fois même je sais qu'elle est repassée à Mogador.

Mais à la fin j'ai lieu de croire que Rodrigue enfin l'a reçue et qu'il se prépare à y répondre.

DOÑA PROUHÈZE

Fin de Cacha-diablo et de son petit royaume en Afrique!

DON CAMILLE

Fin de Prouhèze et de sa petite capitainerie en enfer!

DOÑA PROUHÈZE

C'est fini de cet arbitrage subtil et de cet équilibre délicat

Entre le Roi et le Sultan, entre la chrétienté et l'Afrique,

Et en Afrique même tous ces princes, caïds, marabouts, roguis, bâtards et renégats,

Vous au milieu faisant la banque et vendant de la

poudre, ressource à tous les partis aléatoire et commune,
de tous crainte et ménagée,

Et tout à coup au point choisi intervenant comme la
foudre,

Ces grands plans que vous m'expliquiez.

DON CAMILLE

Déjà avant que vous m'ayez accordé l'honneur de cet
entretien ils commençaient à perdre leur intérêt.

Et que je ne reçoive des nouvelles de cette ligne de
cocotiers, de sable blanc et d'écume qui au delà de la mer
fait à l'Espagne une frontière invisible,

Déjà cette sensibilité à l'équilibre qui toujours fit ma
petite spécialité,

Cette espèce de compensation à la Cardan comme
pour les compas de navires qui est une tête bien faite,

L'œil qui voit de haut en bas et les oreilles qui à droite
et à gauche entendent,

Elle ne sert plus à la seconde critique en moi à déclen-
cher l'imperceptible dent de l'acte, cette décision entre des
forces opposées où la rapidité doit suppléer à la masse.

Le désir en moi peu à peu cède la place à la curiosité,

Et cette curiosité elle-même est sourdement compro-
mise. Les gens se défient de moi. Ils ont cessé de me
comprendre.

Il y a même un tas d'imbéciles qui ont commencé à
comploter grossièrement contre moi,

Ici même et hors des portes. On m'en donne des nouvelles de temps en temps.

Mais rien ne peut rompre le charme de cette demi-
heure d'attente. Tous ces Turcs le sabre levé et moi à vos
pieds égrenant mon chapelet sous les palmes,

Cela constitue une espèce de tableau vivant pour le
plaisir des spectateurs arrêté par la baguette d'un magi-
cien.

DOÑA PROUHÈZE

Ainsi toutes ces choses autour de nous qui font semblant d'être présentes, à dire vrai elles sont passées?

DON CAMILLE

Ne sens-tu pas à quel point toi et moi déjà nous en sommes mystérieusement disjoints?

DOÑA PROUHÈZE

Je n'aime pas beaucoup *toi* et *moi*.

DON CAMILLE

Une ride nous est communiquée sur la mer qui bientôt va me guérir de ce « toi, ma rose! » pour toujours.

DOÑA PROUHÈZE

Si vous leviez les yeux sur moi, j'y lirais d'autres paroles.

DON CAMILLE

Pourquoi lever les yeux quand je sais d'avance ce que je lirai dans les vôtres?

DOÑA PROUHÈZE

Cela vaut la peine de regarder cette unique portion de l'univers encore qui soit capable de vous intéresser.

DON CAMILLE

Ce petit pied nu me suffit.

DOÑA PROUHÈZE

Adieu, Señor! je retire mon pied, quelqu'un est venu me chercher et je suis libre.

DON CAMILLE

Moi, je suis libre aussi.

DOÑA PROUHÈZE

Je suis contente d'être libre mais je n'aime pas cette idée que vous le soyez également. Tant que j'étais vivante, j'ai toujours senti que vous n'aviez pas le droit d'être libre.

DON CAMILLE

La mort est venue vous relever.

DOÑA PROUHÈZE

Je ne sais pas. Je suis inquiète de vous laisser. Et qui sait si mon corps ne vous a pas communiqué de moi tel secret que mon âme elle-même ignore?

DON CAMILLE

Il est vrai. Vous n'avez pas pu empêcher que nous fassions une certaine alliance ensemble

Et que nous continuions malgré vous sourdement à correspondre.

DOÑA PROUHÈZE

Bientôt je n'aurai plus de corps.

DON CAMILLE

Mais votre religion dit que vous conservez avec vous tout ce qu'il faut pour le revégéter.

DOÑA PROUHÈZE

Là votre pouvoir s'arrête.

DON CAMILLE

En êtes-vous si sûre? est-ce en vain que depuis dix ans je vous oblige à vivre dans l'habitude que mon opposition vous imposait?

DOÑA PROUHÈZE

Avez-vous l'impertinence de penser qu'il y avait en moi quelque chose qui fût fait spécialement pour vous?

DON CAMILLE

Où serait autrement le pouvoir qui me retient à vos pieds
Et qui depuis dix ans m'oblige à écouter ce cœur en vous qui bat?

DOÑA PROUHÈZE

Un autre l'occupe.

DON CAMILLE

Il occupe votre pensée, mais non point ce cœur occupé à chaque seconde à vous faire.
Ce cœur qui vous fait, ce n'est point Rodrigue qui l'a fait.

DOÑA PROUHÈZE

Il était fait pour lui.

DON CAMILLE

J'écoute bien, mais ce n'est point ce que me dit cette chose en vous plus ancienne que vous qui bat, ce battement depuis la création du monde que vous avez hérité d'un autre.
Il ne prononce aucun nom mortel.

DOÑA PROUHÈZE

Je sais qu'il commence en moi un Nom
Que Rodrigue avec moi de l'autre côté de la mer achève.

DON CAMILLE

Je dis plutôt qu'il vous aide à étouffer cet esprit en vous qui soupire.

DOÑA PROUHÈZE

N'est-ce pas Rodrigue par qui je suis ici avec vous et qui m'a appris à sacrifier le monde entier?

DON CAMILLE

Il suffit à le remplacer.

DOÑA PROUHÈZE

Lui-même, n'ai-je pas renoncé à lui en ce monde?

DON CAMILLE

Afin de mieux dans l'autre le posséder.

DOÑA PROUHÈZE

Resterai-je sans récompense?

DON CAMILLE

Ah! j'attendais ce mot! Les chrétiens n'en ont pas d'autre à la bouche!

DOÑA PROUHÈZE

Tant mieux s'il me sert à écraser celle d'un renégat.

DON CAMILLE, *confidentiellement.*

Dites-moi, vous qui êtes restée à la maison, j'ai toujours été curieux de savoir l'effet qu'a produit ma brillante sortie
Et si j'ai vraiment réussi à faire de la peine au vieux propriétaire.

DOÑA PROUHÈZE

Celui qui est la cause de toute joie on ne peut lui infliger aucune peine.

DON CAMILLE

Ta ta ta! Vous parlez comme un petit sansonnet qui répète l'air qu'on lui siffle!

Moi, je crois autre chose. Tâchez de suivre mon raisonnement. Au secours, mes souvenirs d'école! l'agissant — oui, c'est là le mot que je cherchais.

(Pédantesquement :)

Tout ce qui est contre le vœu de l'agissant inflige à cet agissant une souffrance conforme à sa nature.

Si je tape un mur je me fais mal et si je tape avec une grande force je me fais un grand mal.

DOÑA PROUHÈZE

Il est vrai.

DON CAMILLE, *heurtant l'un contre l'autre ses deux poings.*

Et si je tape avec une force infinie, je me fais un mal infini.

Ainsi, moi fini, si je tiens bon, j'arrête la Toute-Puissance, l'Infini souffre en moi limite et résistance, je lui impose ça contre sa nature, je puis être la cause en lui d'un mal et d'une souffrance infinie!

Une passion telle qu'elle a pu arracher le Fils du sein du Père! selon ce que vous autres chrétiens nous dites.

DOÑA PROUHÈZE

Nous disons grâce gratuite et non point arrachée, bonté et non point souffrance.

DON CAMILLE

Dites ce que vous voudrez. Que fera-t-Il si moi je ne veux point de cette bonté?

DOÑA PROUHÈZE

Dieu ne se soucie point de l'apostat. Il est perdu. Il est comme s'il n'était pas.

DON CAMILLE

Et moi je dis que le Créateur ne peut lâcher sa créature. Si elle souffre Il souffre en même temps. C'est Lui qui fait en elle ce qui souffre.

Il est en mon pouvoir d'empêcher cette figure qu'Il voulait faire de moi.

En qui je sais que je ne puis être remplacé. Si vous pensez que toute créature est à jamais irremplaçable par une autre,

Vous comprendrez qu'en nous il est en notre pouvoir de priver le sympathique Artiste d'une œuvre irremplaçable, une parcelle de Lui-même.

Ah! je sais qu'il y aura toujours cette épine dans son cœur! J'ai trouvé ce passage jusqu'au plus profond de son Être. Je suis la brebis bien perdue que les cent autres à jamais ne suffisent pas à compenser.

Je souffre de Lui dans le fini, mais Lui souffre de moi dans l'infini et pour l'éternité.

Cette pensée me console en cette Afrique à quoi je suis condamné.

DOÑA PROUHÈZE

Quelle affreuse méchanceté!

DON CAMILLE

Méchanceté ou non,
J'ai affaire à quelqu'un de difficile et de moins simple que vous pensez. Je n'ai pas d'avantage à perdre.

J'occupe une forte position. Je détiens quelque chose d'essentiel. On a besoin de moi. Je suis ici.

Je suis en position de Le priver de quelque chose d'essentiel.

(Ricanant :)

Beaucoup d'admirateurs ignorants qui ne savent que dire *amen* à tout ne valent pas un critique éclairé.

DOÑA PROUHÈZE

Si Dieu a besoin de vous, ne croyez-vous pas que vous aussi de votre côté ayez de Lui besoin?

DON CAMILLE

J'ai nourri quelque temps en effet cette prudente et salutaire pensée. Le Vieillard dangereux que nous racontent les prêtres, pourquoi ne pas nous mettre bien avec Lui?

Cela ne coûte pas grand'chose. Il est si peu gênant et Il tient si peu de place!

Un coup de chapeau, et Le voilà content. Quelques égards extérieurs, quelques cajoleries qui ne trouvent jamais les vieillards insensibles. Au fond nous savons qu'Il est aveugle et un peu gâteux.

Il est plus facile de Le mettre de notre côté et de nous servir de Lui pour soutenir nos petits arrangements confortables,

Patrie, famille, propriété, la richesse pour les riches, la gale pour les galeux, peu pour les gens de peu et rien du tout pour les hommes de rien. A nous le profit, à Lui l'honneur, un honneur que nous partageons.

DOÑA PROUHÈZE

J'ai horreur de vous entendre blasphémer.

DON CAMILLE

J'oubliais. Un bel amant pour les femmes amoureuses en ce monde, ou dans l'autre.

L'éternité bienheureuse dont nous parlent les curés,

N'étant là que pour donner aux femmes vertueuses dans l'autre monde les plaisirs que les autres s'adjugent en celui-ci.

Est-ce encore moi qui blasphème?

DOÑA PROUHÈZE

Toutes ces choses grossières dont vous vous moquez, tout de même cela est capable de brûler sur le cœur de l'homme et de devenir de la prière.

Avec quoi voulez-vous que je prie?

Tout ce qui nous manque, c'est cela qui nous sert à demander.

Le saint prie avec son espérance et le pécheur avec son péché.

DON CAMILLE

Et moi je n'ai absolument rien à demander. Je crois avec l'Afrique et Mahomet que Dieu existe.

Le Prophète Mahomet est venu pour nous dire qu'il suffit pour l'éternité que Dieu existe.

Je désire qu'Il reste Dieu. Je ne désire pas qu'Il prenne aucun déguisement.

Pourquoi a-t-Il si mauvaise opinion de nous? Pourquoi croit-Il qu'Il ne peut nous gagner que par des cadeaux?

Et qu'Il a besoin de changer son visage afin de se faire reconnaître de nous?

Cela me fait de la peine de Le voir ainsi s'abaisser et nous faire des avances.

Vous vous rappelez cette histoire du Ministre qui se met en tête d'assister à la noce de son garçon de bureau et qui ne réussit qu'à causer la consternation générale?

Qu'Il reste Dieu et qu'Il nous laisse à nous notre néant. Car si nous cessons d'être intégralement le Néant,

Qui est-ce qui prendra notre place pour attester intégralement que Dieu existe?

Lui à sa place et nous à la nôtre pour toujours!

DOÑA PROUHÈZE

L'amour veut qu'il n'y ait pas deux places mais une seule.

DON CAMILLE

La chose par quoi Il est ce qu'Il est puisqu'Il ne peut nous la donner, qu'Il nous laisse donc où nous sommes. Je n'ai pas besoin du reste.

Je ne peux pas devenir Dieu et Il ne peut pas devenir un homme. Je n'ai pas plaisir à Le voir sous notre apparence corporelle.

Notre corps est ce qu'il est. Mais qui ne serait froissé de voir notre honnête vêtement de travail

Devenir sur le dos d'un autre un déguisement?

DOÑA PROUHÈZE

Ce qui a été cloué sur la croix n'était pas un déguisement.

Cette union qu'Il a contractée avec la femme était vraie, ce néant qu'Il est allé rechercher jusque dans le sein de la femme.

DON CAMILLE

Ainsi c'est le néant que Dieu a désiré au sein de la femme?

DOÑA PROUHÈZE

De quoi d'autre manquait-Il?

DON CAMILLE

Et ce néant même depuis lors ainsi vous dites qu'il n'est pas à nous et qu'il ne nous appartient pas?

DOÑA PROUHÈZE

Il ne nous appartient que pour faire exister par l'aveu que nous en faisons

Davantage Celui qui est.

DON CAMILLE

La prière n'est donc pas autre chose qu'un aveu de notre néant?

DOÑA PROUHÈZE

Non pas un aveu seulement mais un état de néant.

DON CAMILLE

Quand je disais tout à l'heure : Je suis le néant, je faisais donc une prière?

DOÑA PROUHÈZE

Vous faisiez le contraire, puisque la seule chose dont Dieu manque
Vous vouliez la garder pour vous, la préférant à ce qui est,
Vous reposant sur votre différence essentielle.

DON CAMILLE

Ainsi peu à peu, comme un habile pêcheur,
Je vous ai amenée où je voulais.

DOÑA PROUHÈZE, *troublée comme si elle se souvenait.*

Pourquoi parlez-vous de pêcheur?
Un pêcheur... un pêcheur d'hommes... il me semble qu'on m'en a montré un déjà.

DON CAMILLE

Prouhèze, quand vous priez, êtes-vous toute à Dieu? et quand vous Lui offrez ce cœur tout rempli de Rodrigue, quelle place Lui reste-t-il?

DOÑA PROUHÈZE, *sourdement.*

Il suffit de ne point faire le mal. Dieu demande-t-Il que pour Lui nous renoncions à toutes nos affections?

DON CAMILLE

Faible réponse! Il y a les affections que Dieu a permises et qui sont une part de Sa Volonté.

Mais Rodrigue dans votre cœur n'est aucunement effet de Sa Volonté mais de la vôtre. Cette passion en vous.

DOÑA PROUHÈZE

La passion est unie à la croix.

DON CAMILLE

Quelle croix?

DOÑA PROUHÈZE

Rodrigue est pour toujours cette croix à laquelle je suis attachée.

DON CAMILLE

Pourquoi donc ne lui laissez-vous pas achever son œuvre?

DOÑA PROUHÈZE

Ne revient-il pas du bout du monde pour l'achever?

DON CAMILLE

Mais vous n'acceptez la mort de sa main que pour rendre par là votre âme de lui plus proche.

DOÑA PROUHÈZE

Tout ce qui en moi est capable de souffrir la croix, ne le lui ai-je pas abandonné?

DON CAMILLE

Mais la croix ne sera satisfaite que quand elle aura tout ce qui en vous n'est pas la volonté de Dieu détruit.

DOÑA PROUHÈZE

O parole effrayante !
Non, je ne renoncerai pas à Rodrigue !

DON CAMILLE

Mais alors je suis damné, car mon âme ne peut être rachetée que par la vôtre, et c'est à cette condition seulement que je vous la donnerai.

DOÑA PROUHÈZE

Non, je ne renoncerai pas à Rodrigue !

DON CAMILLE

Mourez donc par ce Christ en vous étouffé
Qui m'appelle avec un cri terrible et que vous refusez de me donner !

DOÑA PROUHÈZE

Non, je ne renoncerai pas à Rodrigue !

DON CAMILLE

Prouhèze, je crois en vous ! Prouhèze, je meurs de soif ! Ah ! cessez d'être une femme et laissez-moi voir sur votre visage enfin ce Dieu que vous êtes impuissante à contenir,
Et atteindre au fond de votre cœur cette eau dont Dieu vous a faite le vase !

DOÑA PROUHÈZE

Non, je ne renoncerai pas à Rodrigue !

DON CAMILLE

Mais d'où viendrait autrement cette lumière sur votre visage ?

SCÈNE XI

LE VICE-ROI, DON RAMIRE, DOÑA ISABEL, DON RODILARD.

La flotte espagnole au large de Darien dans le Golfe du Mexique, prête à appareiller pour l'Europe. La dunette du bâtiment-amiral.

LE VICE-ROI

Seigneur lieutenant, je suis vraiment fâché de vous priver de la flotte en ce moment critique.

Je sais en effet que les boucaniers préparent une expédition contre Carthagène.

Et si vous me demandez comment vous vous y prendrez pour résister à ces messieurs, sans bateaux, sans munitions, dont j'ai dû me pourvoir à vos dépens,

Privé de vos meilleures troupes que je me suis permis de vous emprunter, sans argent,

Je vous réponds, que vous ferez comme vous pourrez.

DON RAMIRE

Je tâcherai de pouvoir.

DON RODILARD

Et d'ailleurs, une fois Son Altesse partie, il serait immoral et choquant que tout allât bien.

LE VICE-ROI, *vague et léger.*

Le Roi m'appelle.

DON RODILARD

Un de ces appels silencieux dans le secret de la chapelle

intérieure que le devoir d'un sujet est non seulement de deviner mais de prévenir.

LE VICE-ROI

J'ai une grande masse d'argent et d'or à apporter en Espagne et je ne veux laisser à nul autre le soin de l'accompagner.

Il faut que l'on me voie à Madrid.

Et je profiterai de mon passage pour en finir avec ces pillards africains qui me coupent chaque année mes convois.

Il faut qu'il y ait entre les deux Espagnes un fil sûr.

DON RODILARD

Le même, comme disait l'autre jour cet orateur municipal,

Qui par-dessus les Andes et ce membre monstrueux entre les Amériques par quoi le monde est verrouillé,

Vient de tirer votre bateau comme le char même de Jupiter

Des étendues Pacifiques jusqu'au domaine de ces Eaux impatientes et toujours agitées.

LE VICE-ROI, *frappant le pont du pied.*

C'est fait, Monsieur le Bel-Esprit! J'ai réussi! Cette grande machine que mon esprit par-dessus les montagnes avait conçue, ça a marché!

Cette chose que tous les esprits raisonnables refusaient avec fureur, elle vit, elle marche! Tout ce grand corps de cordes, de poulies et de contre-poids, cela grince d'une rive à l'autre dans sa triomphale absurdité! Les Grecs et les Romains n'ont jamais vu rien de pareil!

Que parle-t-on dans les classes d'Annibal et de ses éléphants? Moi, à la tête de douze vaisseaux, j'ai gravi les monts et des volées de perroquets se sont mélangées

à mes cordages! J'ai ouvert sous mon étrave une houle
de montagnes et de forêts!

Et cent mille hommes sous la terre couchés de l'un et
l'autre côté de ce chemin que j'ai établi témoignent que
grâce à moi ils n'ont pas vécu en vain.

Ce n'est pas en ingénieur que j'ai travaillé, c'est en
homme d'État.

J'ai créé le passage central, l'organe commun qui fait
de ces Amériques éparses un seul corps.

Je tiens la position médiane, en travers des deux
continents, à cheval sur les deux versants,

Cette barre qui ne permet à aucun de mes ennemis de
joindre l'autre, le trajet vers tous les points le plus court,
cette clef qui donne à tout moment raison à l'ensemble
contre chacune de ses parties.

C'est cette clef que je m'en vais remettre entre les
mains du Roi d'Espagne.

Il était temps que pour lui apporter des nouvelles de
l'autre Océan que j'ai trouvé de l'autre côté de cette
barrière d'or, d'argent et d'aromates, je retourne la tête
de mon cheval,

Et que lui faisant sauter comme une barre de manège
cette limite où le temps s'arrête,

Je voie de nouveau son poitrail écumant sous moi
s'enfoncer dans les eaux de cette Mer séquestrée!

> *Don Rodilard tient devant lui sa main étendue
> comme s'il lisait dedans.*

Que lisez-vous dans votre main, Monsieur le Secrétaire?

DON RODILARD

L'histoire de Charlemagne, Monseigneur.

LE VICE-ROI

Et qu'est-ce qu'il y a d'intéressant dans la vie de
Charlemagne?

DON RODILARD

Charlemagne chaque printemps quand ses piqueurs avaient tout préparé

Avait l'habitude de monter à cheval et d'aller à la chasse.

On baptisait les Saxons à tas, on amenait à Marseille par longs chapelets enfilés les adorateurs de Mahomet pour en garnir les galères de Sa Majesté.

Fanfares, discours, feux d'artifice, arcs de triomphe, communiqués aux journaux. En automne l'Empereur rentrait à Arcueil-Cachan.

Roland restait en arrière :

On le voit dans les livres des enfants qui souffle tant qu'il peut dans sa petite trompette.

— De là cette expression bien connue : faire Charlemagne.

LE VICE-ROI

Si je fais Charlemagne, le féal Ramire fera Roland et gare aux Sarrazins qui le viendront chatouiller !

Prends l'Amérique, mon Roland, chevalier sans peur et sans sourire, et tâche de la garder comme il faut.

Quand tu seras embarrassé, je t'ai laissé un petit livre tout entier recopié de la main de Rodilard. Tu n'auras qu'à t'y reporter.

Il y a un index alphabétique à la fin.

DON RAMIRE

Je supplie Votre Altesse de ne pas partir.

Au nom de tous ceux qui d'un pôle à l'autre de ce monde nouveau croient en vous et vous ont pris pour chef, je prie sérieusement et solennellement Votre Altesse de ne pas partir.

LE VICE-ROI

Et pourquoi ne partirais-je pas, Monsieur de l'Intérim ?

DON RAMIRE

Vous avez engagé votre foi à l'Amérique jusqu'à la mort.

LE VICE-ROI

Grand Dieu, si cela était vrai, quelle envie tu me donnerais de la trahir!

DON RAMIRE

Ne détruisez pas dans l'esprit de ceux qui vous aiment cette image qu'ils se sont faite de vous.

LE VICE-ROI

Elle n'est pas intéressante.

DON RAMIRE

Ne quittez pas à cause d'une femme le poste qu'on vous a confié.

LE VICE-ROI

Une femme? Quelle femme? Ce n'est pas une femme qui me fait partir.

DON RAMIRE

Prétendez-vous, Monseigneur, que ce n'est pas à cause d'une certaine femme que vous partez?

LE VICE-ROI, *léger et ricanant.*

Non pas, Monsieur le Questionneur. Le devoir seul *(presque chantonnant)* le devoir le devoir seul m'appelle.

DON RAMIRE, *s'inclinant profondément.*

Il ne me reste plus qu'à prendre congé de Votre Altesse. Je souhaite à Votre Altesse un bon voyage.

LE VICE-ROI

Adieu, Monsieur.

Sort Don Ramire.

DON RODILARD, *s'inclinant à son tour et remettant au Vice-
Roi un petit volume.*

Je me permets de remettre à Votre Altesse mes *Obras
completes.* C'est un témoignage de l'estime que j'ai pour
Elle.

LE VICE-ROI

Adieu, cher Rodilard. — Toi seul m'as compris.

Sort Don Rodilard.

DOÑA ISABEL

Il n'y a que Rodilard qui vous ait compris, Monsei
gneur?

LE VICE-ROI

Il n'y a que Rodilard qui m'ait compris.

DOÑA ISABEL

Pourquoi avez-vous menti ainsi à Don Ramire?

LE VICE-ROI

Cela m'amuse de mentir quelquefois et de vaquer
à mes affaires à l'abri de ce Rodrigue faux que j'ai planté
sur un bâton.

DOÑA ISABEL

Il vous aime.

LE VICE-ROI

Je déteste la familiarité.

DOÑA ISABEL

Et moi, ne me direz-vous pas une parole aimable avant de partir?

LE VICE-ROI

Adieu, je penserai à vous quelquefois.

DOÑA ISABEL

Je vous déteste.

LE VICE-ROI

Tant mieux. J'ai le caractère ainsi fait que la haine et le mépris des gens me sont plus faciles à supporter que leur admiration.

Et là-dessus :

SCÈNE XII

Deux mois plus tard, la flotte espagnole au large de Mogador, une sombre après-midi sans un souffle de vent.

Entre le Capitaine tenant une longue-vue qu'il remet au Vice-Roi.

LE VICE-ROI, *regardant la terre.*

C'est fini. Les Mores se sauvent à toutes jambes. Morbleu, ils ont eu leur compte. Ils ne recommenceront plus l'attaque aujourd'hui.

LA CAPITAINE

Ochiali, ma foi, est un raide bonhomme. Il serait dommage qu'il finisse sa carrière autrement qu'au bout d'une corde chrétienne.

LE VICE-ROI

Peut-être vous auriez voulu que nous lui prêtassions main-forte contre les Infidèles ?

LE CAPITAINE

Oui, ma foi, toute l'armée avec plaisir se serait portée au secours de Cacha-diablo.

LE VICE-ROI

C'est bien plus amusant de le voir périr ainsi sous mes yeux sans tirer un coup de canon.

Je l'imagine chaque matin regardant la mer et cette morne présence de nos bateaux jour et nuit qui ferme l'horizon.

Je n'avais pas besoin de prendre toutes ces troupes à Don Ramire. Il y avait à prévoir que dès que nos intentions seraient connues les Mores ne voudraient pas nous laisser une proie si riche et Mogador de nouveau à l'Espagne.

LE CAPITAINE

Mais les Mores à Mogador, est-ce que cela vaut beaucoup mieux pour nous que Camille ?

LE VICE-ROI

C'est une tentation que je supprime, cette vieille vérole africaine que nous avons dans le sang.

Je coupe court à tous ces malsains tripotages, nous préparant de nouveau quelque expédition à la Don Sébastienne.

Il n'entre pas dans mes vues que l'Espagne de nouveau s'intéresse à l'Afrique. Le Nouveau-Monde suffit.

LE CAPITAINE

Mais que dira le Roi d'Espagne ?

LE VICE-ROI, *avec un rire sec.*

Je n'ai rien fait, Monsieur. Je n'ai pas tiré un coup de canon.

Est-ce ma faute si ce calme intempestif nous retient depuis quinze jours devant Mogador?

Suis-je responsable de l'explication que ces sauvages imbéciles ont donné à notre présence?

Et pouvais-je deviner que les forces de notre renégat étaient prêtes à se mutiner?

LE CAPITAINE

Mais ne ferez-vous rien du moins pour la veuve de Don Pélage que ce brigand retient captive?

LE VICE-ROI

Non point captive, Monsieur, pour autant que je puisse savoir, mais son épouse honorée.

LE CAPITAINE

Peut-être la relâcherait-il, si nous lui faisions quelque promesse.

LE VICE-ROI

Je n'ai pas de promesse à faire. J'attends ses propositions.

LE CAPITAINE, *saisissant la longue-vue et la braquant vers la terre.*

Un signal! Je vois un drapeau blanc qui monte et descend au mât de la citadelle. On demande à nous envoyer un parlementaire.

(Silence.)

Que dois-je répondre?

LE VICE-ROI

Je n'ai pas envie de répondre.

LE CAPITAINE

Monseigneur, je vous supplie d'entendre ce que ces malheureux Espagnols ont à dire.

LE VICE-ROI

C'est bien. Qu'ils envoient leur parlementaire.

Un officier va porter l'ordre. Silence.

LE CAPITAINE

Je vois un bateau qui quitte le port.
Il y a une femme dedans! c'est une femme. Oui, il y a une femme et un enfant dans le bateau.

LE VICE-ROI

Donnez-moi la longue-vue. Non, vous pouvez mieux voir que moi. Vous êtes absolument sûr qu'il y a une femme?

SCÈNE XIII

LE VICE-ROI, DOÑA PROUHÈZE,
OFFICIERS.

Le pont du vaisseau-amiral fermé par des toiles de manière à constituer une espèce de grande tente. Une grosse lanterne allumée devant la peinture de Saint Jacques au mur du château d'arrière.

Le Vice-Roi est assis sur un grand fauteuil doré. Autour de lui par derrière debout les Commandants des bateaux et les principaux officiers.

UN OFFICIER, *entrant.*

L'envoyé du commandant de Mogador est là.

LE VICE-ROI

Qu'on le fasse entrer.
> (*Entre Doña Prouhèze tenant par la main une petite fille. Silence.*)

Vous l'êtes l'envoyée du sieur Ochiali?

DOÑA PROUHÈZE

Sa femme et son envoyée. Voici mes pouvoirs.
> *Elle lui remet un papier qu'il passe sans le lire à un officier derrière lui.*

LE VICE-ROI

Je vous écoute.

DOÑA PROUHÈZE

Dois-je parler ainsi devant toute cette assemblée?

LE VICE-ROI

Je veux que toute la flotte entende.

DOÑA PROUHÈZE

Allez-vous-en et Don Camille conserve Mogador.

Vous avez pu voir tout à l'heure comment nous sommes encore capables de nous défendre. Et nous avons parmi les assaillants des intelligences.

LE VICE-ROI

Il m'importe fort peu que Don Camille, comme vous l'appelez, Ochiali, ou quel que soit son nom de renégat,
Conserve Mogador.

DOÑA PROUHÈZE

Gentilshommes, je vous prie d'écouter ce que va répondre votre général. Je vous demande : est-ce par la volonté du Roi d'Espagne que vous êtes ici ?

LE VICE-ROI, *avec un sourire sardonique*.

Une lettre m'a fait venir, un appel, une volonté à laquelle je n'avais rien à contreposer.

DOÑA PROUHÈZE

Vous l'avez entendu tard.

LE VICE-ROI

Dès qu'il m'a eu atteint j'ai tout quitté et je suis là.

DOÑA PROUHÈZE

Ainsi vous préférez l'appel d'une femme au service de votre souverain ?

LE VICE-ROI

Pourquoi ne ferais-je pas la guerre à mes propres enseignes quelque peu ?

Tel cet autre Rodrigue, mon patron, qu'on appelait le Cid.

DOÑA PROUHÈZE

Ainsi c'est pour nous faire cette guerre particulière que vous avez lâché les Indes ?

LE VICE-ROI

Pourquoi n'aurais-je pas fait rentrer le Maroc dans cette nouvelle figure des événements que votre appel,

Achevant l'aspect et moment général de l'univers comme une figure horoscopique,

M'invitait par mon départ à déterminer ?

DOÑA PROUHÈZE

Il n'y a plus personne qui vous appelle, partez.

LE VICE-ROI

Il n'y a plus d'appel, dites-vous? ce n'est pas ce que dit le cœur en moi qui écoute.

Une mer figée devant Mogador retient ma nef appesantie.

DOÑA PROUHÈZE

Gentilshommes, si le Roi d'Espagne avait voulu détruire Ochiali, croyez-vous pas qu'il avait moyen à lui de le faire?

Et nous ayant aussi longtemps tolérés, qu'il avait quelque raison pourquoi?

Cette Afrique à la porte du Royaume, cet immense grenier à sauterelles qui trois fois nous a recouverts du temps de Tarif et de Yousouf et des Almohades,

Croyez-vous qu'on pouvait le laisser sans surveillance? et qu'il ne faisait pas bon se réserver quelque moyen intérieur de savoir et d'intervenir?

Ochiali le Renégat a rendu plus de services au Roi d'Espagne que Don Camille le bailli.

LE VICE-ROI

Je ne laisserai jamais dire que le Roi d'Espagne ait besoin des services d'un renégat.

DOÑA PROUHÈZE

Et moi, qui sais que contre le mal il y a toujours humblement quelque chose à faire,

Je dis que si le royal berger n'avait pas fait confiance à ce chien que je fus ici dix ans,

Le loup lui aurait dévoré beaucoup plus de moutons.

LE VICE-ROI

Non pas un chien, mais une épouse fidèle que nous admirons.

DOÑA PROUHÈZE

Son épouse, il est vrai, j'ai accepté d'être son épouse!
Puisque je n'avais plus de troupes et qu'il n'y avait plus d'autre moyen pour moi de continuer à Mogador
Cette capitainerie que le Roi m'avait confiée, la contrainte et commandement pendant dix ans de cette bête féroce.

UN OFFICIER

Il est vrai et je dois rendre témoignage. Maint captif délivré, maint bateau par son ordre secouru contre les pirates, maints naufragés sans rançon,
Affirment ce que Doña Prouhèze ici a fait dix ans, pour le Royaume.

LE VICE-ROI

La liste des méfaits d'Ochiali serait plus longue encore; tout ce qui venait de par chez moi était son butin préféré.

DOÑA PROUHÈZE

Je ne pouvais tout empêcher, cependant j'étais la plus forte.
Plusieurs fois il m'a fouettée et torturée. Mais il avait obéi.

LE VICE-ROI

Vous dites qu'il vous a fouettée et torturée?

DOÑA PROUHÈZE

La première fois, c'est alors que je vous ai écrit cette lettre, la lettre à Rodrigue.

LE VICE-ROI

Ah! je n'aurais jamais dû vous laisser avec lui!

DOÑA PROUHÈZE

Pourquoi? les coups d'un vaincu ne font pas mal.
Et vous, vous le torturiez aussi.

LE VICE-ROI

Dois-je penser que votre corps seulement était avec
cet homme?

DOÑA PROUHÈZE

Rodrigue, ce que je vous ai juré chaque nuit est vrai.
Delà la mer j'étais avec vous et rien ne nous séparait.

LE VICE-ROI

Amère union!

DOÑA PROUHÈZE

Amère, dites-vous? ah! si vous aviez mieux écouté
et si votre âme au sortir de mes bras n'avait pas bu
aux eaux de l'Oubli,
Que de choses elle eût pu vous raconter!

LE VICE-ROI

Le corps est puissant sur l'âme.

DOÑA PROUHÈZE

Mais l'âme sur le corps l'est plus,
Ainsi que le prouve cet enfant que mon cœur tout
rempli de vous a fait.

LE VICE-ROI

C'est pour m'amener cette enfant que vous êtes
venue?

DOÑA PROUHÈZE

Rodrigue, je te donne ma fille. Garde-la quand elle n'aura plus de mère avec toi.

LE VICE-ROI

Ainsi, je l'avais deviné, vous voulez retourner à Ochiali?

DOÑA PROUHÈZE

Il me reste à vous entendre refuser cette dernière proposition que je suis chargée de vous faire.

LE VICE-ROI

Parlez.

DOÑA PROUHÈZE

Si vous retirez votre flotte, il propose de me laisser partir avec vous.

Silence.

LE VICE-ROI

Qu'en dites-vous, Messieurs?

UN OFFICIER

Je ne vois pas ce qui nous empêcherait de dire oui. Et de sauver cette femme qui, après tout, fut l'épouse du noble Pélage.

UN AUTRE OFFICIER

Et moi je suis d'avis qu'il faut finir ce que nous avons commencé et ne pas conclure avec ce renégat pacte.

DOÑA PROUHÈZE

Avant tout il veut se débarrasser de moi, il veut essayer de vivre de nouveau, c'est moi qui l'empêche de continuer.

Dirai-je ce qu'il a ajouté, Monseigneur?

LE VICE-ROI

Eh bien?

DOÑA PROUHÈZE

Qu'il était bien heureux de créer de vous à lui cette
petite obligation.

Il me donne à vous, dit-il. Il me remet entre vos mains.
Il me confie à votre honneur.

Sa pensée est de nous humilier l'un par l'autre.

LE VICE-ROI

Je suis venu ici pour répondre à votre appel qui
était de vous délivrer de cet homme.

Et je vous délivrerai.

Je ne veux plus de lien entre cet infâme et vous.

DOÑA PROUHÈZE

Cher Rodrigue, il n'y a pas d'autre moyen de me
délivrer que par la mort.

LE VICE-ROI

Eh quoi! qui m'empêchera de vous garder à mon
bord cependant que les Mores là-bas me débarrasseront
de Camille?

DOÑA PROUHÈZE

L'honneur empêche. J'ai juré à l'homme de revenir
si ses conditions ne sont pas acceptées.

LE VICE-ROI

Je ne suis pas partie à cette promesse.

DOÑA PROUHÈZE

Vous ne me ferez pas manquer à ma parole. Vous ne
lui donnerez pas cet avantage sur vous et sur moi.

LE VICE-ROI

Dois-je vous livrer aux mains des Mores?

DOÑA PROUHÈZE

Tout est prêt pour faire sauter la citadelle ce soir.
A minuit il y aura une grande flamme et, quand elle se
sera éteinte, un coup.
Partez alors. Quelque chose sera fini.

LE VICE-ROI

Qu'est-ce qui sera fini, Prouhèze?

DOÑA PROUHÈZE

Tout est fini pour Prouhèze qui m'empêchait de
commencer!

LE VICE-ROI

Officiers, compagnons d'armes, hommes assemblés
ici qui respirez vaguement autour de moi dans l'obscurité,
Et qui tous avez entendu parler de la lettre à Rodrigue
et de ce long désir entre cette femme et moi qui est un
proverbe depuis dix ans entre les deux Mondes,
Regardez-la, comme ceux-là qui de leurs yeux maintenant fermés ont pu regarder Cléopâtre, ou Hélène, ou
Didon, ou Marie d'Écosse,
Et toutes celles qui ont été envoyées sur la terre pour
la ruine des Empires et des Capitaines et pour la perte de
beaucoup de villes et de bateaux.
L'amour a achevé son œuvre sur toi, ma bien-aimée, et
le rire sur ton visage a été remplacé par la douleur et l'or
pour te couronner par la couleur mystérieuse de la neige.
Mais cela en toi qui autrefois m'a fait cette promesse,
sous cette forme maintenant rapprochée de la disparition,
N'a pas cessé un moment de ne pas être ailleurs.

Cette promesse entre ton âme et la mienne par qui le temps un moment a été interrompu,

Cette promesse que tu m'as faite, cet engagement que tu as pris, ce devoir envers moi que tu as assumé,

Elle est telle que la mort aucunement

Envers moi n'est pas propre à t'en libérer,

Et que si tu ne la tiens pas mon âme au fond de l'Enfer pour l'éternité t'accusera devant le trône de Dieu.

Meurs puisque tu le veux, je te le permets! Va en paix, retire pour toujours de moi le pied de ta présence adorée!

Consomme l'absence!

Puisque le jour est venu que tu cesses en cette vie et que non pas un autre que moi, par les arrangements de la Providence,

T'empêche désormais d'être un danger pour la morale et la société

Et ajoute à cette promesse que tu m'as faite la mort même qui la rend irrévocable.

Une promesse, ai-je dit, la vieille, l'éternelle promesse!

Et tout de même d'où serait venue pour César et pour Marc-Antoine et pour ces grands hommes dont je vous ai donné tout à l'heure à penser

Les noms et dont je sens l'épaule à la hauteur de la mienne,

Le pouvoir tout à coup de ces yeux et de ce sourire et de cette bouche comme si jamais auparavant ils n'avaient baisé le visage d'une femme,

Si ce n'était dans leur vie toute prise au maniement des forces temporelles l'intervention inattendue de la béatitude?

Un éclair a brillé pour eux par quoi le monde entier est frappé à mort désormais, retranché d'eux,

Une promesse que rien au monde ne peut satisfaire, pas même cette femme qui un moment s'en est faite pour nous le vase,

Et que la possession ne fait que remplacer par un simulacre désert.

Laissez-moi m'expliquer! laissez-moi me dépêtrer de ces fils entremêlés de la pensée! laissez-moi déployer aux yeux de tous cette toile que pendant bien des nuits

J'ai tissée, renvoyé d'un mur à l'autre de cette amère vérandah comme une navette aux mains des noires tisseuses!

La joie d'un être est-elle pas dans sa perfection? et si notre perfection est d'être nous-mêmes, cette personne exactement que le destin nous a donnée à remplir,

D'où vient cette profonde exultation comme le prisonnier qui dans le mur entend la sape au travail qui le désagrège, quand le trait de la mort dans notre côté s'est enfoncé en vibrant?

Ainsi la vue de cet Ange pour moi qui fut comme le trait de la mort! Ah! cela prend du temps de mourir et la vie la plus longue n'est pas de trop pour apprendre à correspondre à ce patient appel!

Une blessure à mon côté comme la flamme peu à peu qui tire toute l'huile de la lampe!

Et si la perfection de l'œil n'est pas dans sa propre géométrie mais dans la lumière qu'il voit et chaque objet qu'il montre

Et la perfection de la main non pas dans ses doigts mais dans l'ouvrage qu'elle génère,

Pourquoi aussi la perfection de notre être et de notre noyau substantiel serait-elle toujours associée à l'opacité et à la résistance,

Et non pas l'adoration et le désir et la préférence d'autre chose et de livrer sa lie pour de l'or et de céder son temps pour l'éternité et de se présenter à la transparence et de se fendre enfin et de s'ouvrir enfin dans un état de dissolution ineffable?

De ce déliement, de cette délivrance mystique nous

savons que nous sommes par nous-mêmes incapables et
de là ce pouvoir sur nous de la femme pareil à celui de
la Grâce.

Et maintenant est-il vrai que tu vas me quitter ainsi
sans aucun serment ? le paradis que la femme a fermé, est-
il vrai que tu étais incapable de le rouvrir ? ces clefs de
mon âme à toi seule que j'ai remises, est-il vrai que tu ne
les emportes avec toi que pour fermer à jamais les issues

De cet enfer pour moi en me révélant le paradis que
tu as fait ?

DOÑA PROUHÈZE

O Rodrigue, c'est pour cela que je suis venue, s'il est
vrai que j'ai pris quelque engagement envers toi,

C'est pour cela que je suis venue, cher Rodrigue, pour
te demander de me le remettre.

LE VICE-ROI

Tel était donc cet appel inlassable jour et nuit qui
depuis dix ans me recherche à travers la terre et la mer
et qui ne me laissait point de repos !

DOÑA PROUHÈZE

Cher Rodrigue, de cette promesse que mon corps t'a
faite je suis impuissante à m'acquitter.

LE VICE-ROI

Eh quoi, voudrais-tu me faire croire qu'elle était
mensongère ?

DOÑA PROUHÈZE

Que penses-tu toi-même ?

LE VICE-ROI

Tu peux mentir mais je sais profondément que ton
corps ne mentait pas et la joie qu'il me promettait.

DOÑA PROUHÈZE

Le voici qui va se dissoudre.

LE VICE-ROI

Il se dissout mais la promesse qu'il m'a faite ne se dissout pas.

DOÑA PROUHÈZE

Ainsi je puis te donner la joie?

LE VICE-ROI

Je sais que tu le peux si tu le veux et l'éternité ne serait-ce qu'une seconde.

DOÑA PROUHÈZE

Mais avec quoi vouloir, cher Rodrigue? Comment faire pour vouloir quand j'ai remis à un autre ma volonté? Comment faire pour remuer un seul doigt quand je suis prise et tenue? Avec quoi parler quand l'amour est maître de mon âme et de ma langue?

LE VICE-ROI

C'est l'amour qui après t'avoir interdite à moi en ce monde présent
Me refuse aucune promesse pour l'autre?

DOÑA PROUHÈZE

C'est l'amour qui refuse à jamais de sortir de cette éternelle liberté dont je suis la captive!

LE VICE-ROI

Mais à quoi sert cet amour avare et stérile où il n'y a rien pour moi?

DOÑA PROUHÈZE

Ne me demande pas à quoi il sert, je ne sais, heureuse créature, c'est assez pour moi que je lui serve!

LE VICE-ROI

Prouhèze, là où tu es, entends ce cri désespéré que depuis dix ans, je n'ai cessé d'élever vers toi !

DOÑA PROUHÈZE

Je l'entends, mais comment faire pour répondre autrement que par cet accroissement de l'éternelle lumière sans aucun son dans le cœur de cette subjuguée ?

Comment faire pour parler quand je suis captive ?

Comment promettre comme s'il y avait encore en moi quelque chose encore qui m'appartînt ?

Ce que veut Celui qui me possède c'est cela seulement que je veux, ce que veut Celui-là en qui je suis anéantie c'est en cela que tu as à faire de me retrouver !

N'accuse que toi-même, Rodrigue ! ce qu'aucune femme n'était capable de fournir pourquoi me l'avoir demandé ?

Pourquoi avoir fixé sur mon âme ces deux yeux dévorateurs ? ce qu'ils me demandaient j'ai essayé de l'avoir pour te le donner !

Et maintenant pourquoi m'en vouloir parce que je ne sais plus promettre mais seulement donner et que la vision et le don ne font plus avec moi que cet unique éclair ?

Tu en aurais bientôt fini avec moi si je n'étais pas unie maintenant avec ce qui n'est pas limité !

Tu cesserais bientôt de m'aimer si je cessais d'être gratuite !

Celui qui a la foi n'a pas besoin de promesse.

Pourquoi ne pas croire cette parole de joie et demander autre chose que cette parole de joie tout de suite que mon existence est de te faire entendre et non pas aucune promesse mais moi !

Moi Rodrigue !

Moi, moi, Rodrigue, je suis ta joie! Moi, moi, moi
Rodrigue, je suis ta joie!

LE VICE-ROI

Parole non point de joie mais de déception.

DOÑA PROUHÈZE

Pourquoi faire semblant de ne pas me croire quand
tu me crois désespérément, pauvre malheureux!
Du côté où il y a plus de joie, c'est là qu'il y a plus de
vérité.

LE VICE-ROI

A quoi me sert cette joie si tu ne peux me la donner?

DOÑA PROUHÈZE

Ouvre et elle entrera. Comment faire pour te donner
la joie si tu ne lui ouvres cette porte seule par où je peux
entrer?
On ne possède point la joie, c'est la joie qui te possède.
On ne lui fait pas de conditions.
Quand tu auras fait l'ordre et la lumière en toi, quand
tu te seras rendu capable d'être compris, c'est alors
qu'elle te comprendra.

LE VICE-ROI

Quand sera-ce, Prouhèze?

DOÑA PROUHÈZE

Quand tu lui auras fait de la place, quand tu te seras
retiré pour lui faire de la place toi-même, à cette joie
chérie!
Quand tu la demanderas pour elle-même et non pas
pour augmenter en toi ce qui lui fait opposition.

LE VICE-ROI

O compagne de mon exil, je n'entendrai donc jamais
de ta bouche que ce *non* et cet encore *non* !

DOÑA PROUHÈZE

Eh quoi, noble Rodrigue, aurais-tu donc voulu que
je remette entre tes bras une adultère ?

Et plus tard quand Don Pélage est mort et que j'ai
jeté cet appel à toi,

Oui, peut-être il vaut mieux qu'il ne t'ait pas atteint.

Je n'aurais été qu'une femme bientôt mourante sur ton
cœur et non pas cette étoile éternelle dont tu as soif !

LE VICE-ROI

A quoi sert cette étoile qu'on ne rejoint jamais ?

DOÑA PROUHÈZE

O Rodrigue, il est vrai, cette distance qui me sépare,
il est impossible par nos seules forces de la franchir.

LE VICE-ROI

Mais alors où est-il, ce chemin entre nous deux ?

DOÑA PROUHÈZE

O Rodrigue, pourquoi le chercher quand c'est lui
qui nous est venu rechercher ? cette force qui nous
appelle hors de nous-mêmes, pourquoi ne pas

Lui faire confiance et la suivre ? pourquoi ne pas y
croire et nous remettre à elle ? pourquoi chercher à
savoir, et faire tous ces mouvements qui la gênent, et lui
imposer aucune condition ?

Sois généreux à ton tour ! ce que j'ai fait, ne peux-tu
le faire à ton tour ? Dépouille-toi ! Jette tout ! Donne tout
afin de tout recevoir !

Si nous allons vers la joie, qu'importe que cela soit

ici-bas à l'envers de notre approximation corporelle?

Si je m'en vais vers la joie, comment croire que cela soit pour ta douleur? Est-ce que tu crois vraiment que je suis venue en ce monde pour ta douleur?

LE VICE-ROI

Non point pour ma douleur, Prouhèze, ma joie! Non point pour ma douleur, Prouhèze, mon amour, Prouhèze, mes délices!

DOÑA PROUHÈZE

Qu'ai-je voulu que te donner la joie! ne rien garder! être entièrement cette suavité! cesser d'être moi-même pour que tu aies tout!

Là où il y a le plus de joie, comment croire que je suis absente? là où il y a le plus de joie, c'est là qu'il y a le plus Prouhèze!

Je veux être avec toi dans le principe! Je veux épouser ta cause! je veux apprendre avec Dieu à ne rien réserver, à être cette chose toute bonne et toute donnée qui ne réserve rien et à qui l'on prend tout!

Prends, Rodrigue, prends, mon cœur, prends, mon amour, prends ce Dieu qui me remplit!

La force par laquelle je t'aime n'est pas différente de celle par laquelle tu existes.

Je suis unie pour toujours à cette chose qui te donne la vie éternelle!

Le sang n'est pas plus uni à la chair que Dieu ne me fait sentir chaque battement de ce cœur dans ta poitrine qui à chaque seconde de la bienheureuse éternité

S'unit et se resépare.

LE VICE-ROI

Paroles au delà de la Mort et que je comprends à peine. Je te regarde et cela me suffit! O Prouhèze, ne t'en va pas de moi, reste vivante!

DOÑA PROUHÈZE

Il me faut partir.

LE VICE-ROI

Si tu t'en vas, il n'y a plus d'étoile pour me guider,
je suis seul!

DOÑA PROUHÈZE

Non pas seul.

LE VICE-ROI

A force de ne plus la voir au ciel je l'oublierai. Qui
te donne cette assurance que je ne puisse cesser de
t'aimer?

DOÑA PROUHÈZE

Tant que j'existe et moi je sais que tu existes avec moi.

LE VICE-ROI

Fais-moi seulement cette promesse et moi je garderai
la mienne.

DOÑA PROUHÈZE

Je ne suis pas capable de promesse.

LE VICE-ROI

Je suis le maître encore! Si je veux, je peux t'empêcher
de partir.

DOÑA PROUHÈZE

Est-ce que tu crois vraiment que tu peux m'empêcher
de partir?

LE VICE-ROI

Oui, je peux t'empêcher de partir.

DOÑA PROUHÈZE

Tu le crois? eh bien, dis seulement un mot et je reste.
Je le jure, dis seulement un mot, je reste. Il n'y a pas
besoin de violence.

Un mot, et je reste avec toi. Un seul mot, est-il si
difficile à dire? Un seul mot et je reste avec toi.

*Silence. Le Vice-Roi baisse la tête et pleure. Doña
Prouhèze s'est voilée de la tête aux pieds.*

L'ENFANT, *criant tout à coup.*

Mère, ne m'abandonne pas!

*(Une longue barque aux deux rangées de rameurs
sans visages vient se mêler au vaisseau imaginaire.
Deux esclaves noirs en sortent qui la prennent sous les
bras et l'emportent dans le funèbre esquif.*

L'Enfant, avec un cri perçant.)

Mère, ne m'abandonne pas! Mère, ne m'abandonne
pas!

FIN DE LA TROISIÈME JOURNÉE.

QUATRIÈME JOURNÉE

SOUS LE VENT DES ILES BALÉARES

Toute cette journée se passe sur la mer en vue des Iles Baléares.

L'orchestre en douze mesures établit l'horizon une fois pour toutes.

PERSONNAGES
DE LA QUATRIÈME JOURNÉE :

ALCOCHETE.

BOGOTILLOS.

MALTROPILLO.

MANGIACAVALLO.

CHARLES FÉLIX.

DON RODRIGUE.

LE JAPONAIS DAIBUTSU.

DON MENDEZ LEAL.

DOÑA SEPT-ÉPÉES.

LA BOUCHÈRE.

LE ROI D'ESPAGNE.

LE CHAMBELLAN.

L'ACTRICE N° 1.

L'ACTRICE N° 2.

LE CHANCELIER.

COURTISANS.

LE PROFESSEUR BIDINCE.

LE PROFESSEUR HINNU-
LUS.

LA CAMÉRISTE.

DIÉGO RODRIGUEZ.

LE LIEUTENANT.

DON ALCINDAS.

UN — DEUX — TROIS
— QUATRE — CINQ
— SIX MINISTRES.

SOLDATS.

LE FRÈRE LÉON.

L'HUISSIER.

LA RELIGIEUSE.

SCÈNE PREMIÈRE

LES PÊCHEURS ALCOCHETE, BOGOTILLOS, MALTROPILLO,
MANGIACAVALLO, L'ENFANT CHARLES FÉLIX.

*Les pêcheurs Alcochete, Bogotillos, Maltropillo,
Mangiacavallo, qui est très poilu et noir et a l'air par-
ticulièrement stupide. A l'arrière, l'enfant Charles
Félix tenant une ligne à la main.*

ALCOCHETE, *trempant son doigt dans la mer et le suçant
avec attention.*

C'est sucré!

BOGOTILLOS. *Il prend de l'eau dans sa main, la fait passer
dans l'autre, les frotte toutes deux avec force et respire l'odeur.*

Si ça ne vous a pas un petit goût de vendange, je veux
qu'on me fiche dans les Contributions Indirectes.

MALTROPILLO. *Il puise de la mer dans une tasse et les yeux
blancs, s'étant rincé la bouche avec, la recrache à la manière
des tâteurs de vin.*

Je vas vous dire, si ça ressemble à quelque chose, c'est
à du malvoisie que le père portier du couvent m'a fait
une fois boire un soir.

ALCOCHETE

Goûte donc, Mangiacavallo.

MANGIACAVALLO, *incertain et déjà penché.*

Vous voulez me tirer la jambe.

BOGOTILLOS, *lui fourrant la tête dans la mer.*

Goûte, que je te dis, artiste!

MANGIACAVALLO, *ruisselant et éternuant.*

Puah! Frtt! Prha!

MALTROPILLO

C'est-i du sec ou de l'oloroso?

MANGIACAVALLO

Bougres d'idiots! j'ai jamais rien goûté de si salé! pour sûr que c'est ici les entrepôts!

ALCOCHETE

Attention! notre Charles Félix a senti quelque chose.

MANGIACAVALLO

Cette idée de faire ainsi tâter le fond de la mer par un gamin de dix ans!

ALCOCHETE

Et toi, quoi est-ce que tu sentirais un peu avec tes pattes qui sont plus épaisses que de la peau de requin? Tu pourrais tenir de la braise chaude avec sans te faire de mal.

BOGOTILLOS

Cette affaire-là, c'est fin! Cette corde-là, mes amis, c'est fait avec du chanvre de Manille, c'est plus fin qu'un nerf! C'est vivant comme une couleuvre. Une montre, un soulier, un sou plat, ça vous trouverait au fond de l'eau tout trétout. Mais pour s'en servir il faut un petit corps tendre, des mains fraîches comme une feuille de rose. Attention, *cuchinillo !*

MALTROPILLO

Tout ça n'est rien, mais qui est-ce qui a eu l'idée de mettre la main au bout, je vous prie?

MANGIACAVALLO

Quelle main?

MALTROPILLO

I ne sait rien! I ne voit rien! I ne regarde rien! T'as pas vu qu'y avait une main au bout de la corde, enfant de bûche?

MANGIACAVALLO

J'ai vu une espèce de bout jaune.

MALTROPILLO

Une espèce de bout jaune, c'est la main à Lévy le bijoutier, qu'on a pendu le mois dernier parce qu'il faisait de la monnaie fausse qu'était vraie.

C'est le bourreau qui me l'a vendue bien honnêtement pour une livre et demie de poisson frais, il y a longtemps que j'en avais envie.

Une main d'usurier, ça chasse tout seul. Où ce qu'y a

de l'or et de l'argent, ça y va raide tout droit. Ça irait
vous chercher la bourse dans la poche.

S'y a queq'chose au fond de la mer, la main à Lévy
vous le trouvera pour sûr.

ALCOCHETE

Puisqu'il s'agit de vin, c'est plutôt le nez d'un ivrogne
que la main d'un bijoutier que tu aurais dû mettre au
bout de la corde.

MALTROPILLO

Pour ça, le mien suffit. Tout le monde sait que la mer
par ici a toujours eu une drôle de couleur.

Tournée, comme qui dirait.

Et l'autre jour, quand Bogotillos m'a rapporté une
baille de la flotte qu'il avait puisée ici là-même,

Y a pas à dire que ça goûtait tout pareil aussi la même
chose que le vin de Canarie comme il y en a en Grèce!

MANGIACAVALLO

Ça goûte tout pareil aussi la même chose que de l'eau
salée qu'est salée.

BOGOTILLOS

Toi, tu n'es pas ici pour causer. On te paye pour ramer,
rame. Quand on aura besoin de ton avis on te le dira.

Tout le monde sait qu'il y a ici quelque part une source
de vin, une espèce de tonneau débondé.

MALTROPILLO

Une source de vin, c'est pas plus étonnant que les
sources d'huile qu'on trouve au long du Brésil. Il y a
une flamme dessus.

ALCOCHETE

Est-ce que c'est par ici que le Malcalzado avait trouvé
la Femme-Froide?

MANGIACAVALLO

Qui c'est que le Malcalzado?

MALTROPILLO

On voit bien que t'es pas du pays, espèce de sardine
de la Sardaigne!

Tout le monde a connu le Malcalzado, ce grand type
tout noir mal culotté qu'avait une femme qui le battait,

Et qui avait toujours l'air de rire tout ouvert la
gueule fendue comme s'i voulait rattraper sa culotte
avec ses dents.

Un jour qu'il était descendu pour dégager son ancre
qu'était prise, le voilà qui met le pied sur le pont d'un
navire du temps jadis, autrefois coulé par le fond,

Et comme i triboulait là dedans, il se sent tout à coup
qui se sent qu'il serrait dans ses bras la Femme-Froide,

Un grand cadavre de femme toute nue aussi dure que
de la pierre.

Depuis ce temps-là i ne faisait pus que la chercher, ça
lui a tourné les esprits.

BOGOTILLOS

C'était ici là-même.

ALCOCHETE

Et moi ce qu'i m'a dit, ce n'était pas une femme,
c'était une espèce de grosse cruche ou pot, si grosse
qu'i n'était pas compétent à la tenir entre ses bras,

Toute vivante et bouillonnante comme le ventre d'une sorcière!

BOGOTILLOS, *montrant un bateau qui s'approche.*

Attention! Faites semblant d'autre chose! Il y a quelqu'un qui vient! Tâchez tous à voir d'avoir l'air de ne pas avoir l'air!

> *Passe au fond de la scène derrière un voile léger le bateau de Don Rodrigue marchant avec un seul foc. Entre les deux mâts des cordes sont tendues où sont accrochées des rangées de grandes images violemment dessinées et coloriées.*

MALTROPILLO

C'est le bateau de Don Rodrigue.

ALCOCHETE

Oh là là! il a mis à l'air tout son magasin d'images! Tous les saints du paradis y ont passé! Regardez voir le pavois qu'il a placé! Un bateau qui revient après une pêche de trois jours n'est pas plus encombré de voiles et de filets qui sèchent.

BOGOTILLOS

C'est le moment de faire des affaires. La flotte qui arrive d'Amérique avec l'or et l'argent du Pérou est arrivée. La flotte qui va partir pour taper contre les Turcs avec Jean d'Autriche

Est ici qui va partir. Et le convoi qui va ravitailler notre Armada contre l'Angleterre est là tout de même aussi. Le Roi est là avec toute sa cour.

La finance, la diplomatie, les tribunaux et tout ce qui s'ensuit.

Toute l'Espagne est là qui danse sur la mer jolie. Les gens s'ont aperçu à la fin qu'on ne pouvait vraiment pas vivre autre part que sur de l'eau.

Et les pêcheurs au milieu de tout ça, mes amis! les canots pour la ravitaille, les domestiques, les comédiens, les baladins, les prêtres avec le bateau pour dire la messe, sonnant la cloche, la gendarmerie!

On ne voit que des points noirs de tous les côtés comme des mouches sur du papier collant.

MALTROPILLO

C'est la nuit surtout que c'est épatant avec toutes les lumières,

Les fusées, les feux des cuisines flambantes et pétillantes,

Et les appels de bord à bord, les danses et concerts, les coups de canon, les chœurs de femmes et d'hommes en une voix seule, c'est pas tous les jours qu'on voit ça,

Ou un beau grand convoi funèbre sur la mer comme celui de Monsieur l'Amiral, l'autre jour,

Tout le grand Ramadan espagnol sur la mer,

La mer, je dis, comme une espèce de grand orchestre impossible à faire taire par là-dessous qui ne cesse de gronder l'air tout bas et de taper la mesure tout bas et de danser sous soi!

Personne ne songe à revenir à terre, les bateaux vont chercher à Majorque ce qu'il faut.

> *Un fantôme d'orchestre, pendant qu'ils parlent, explique.*

ALCOCHETE

Si j'étais le Roi d'Espagne, cela m'ennuierait de voir Don Rodrigue se promener au milieu de tout ça avec sa jambe en moins.

BOGOTILLOS

Ce n'est pas la faute au Roi d'Espagne s'il a une jambe en moins.

ALCOCHETE

Tout de même il a été dix ans Vice-Roi des Indes, ensuite on l'a envoyé aux Philippines en disgrâce et c'est là en faisant la guerre aux Japonais qu'il s'a fait prendre prisonnier.

Et maintenant, il est obligé de vendre des feuilles de Saints aux pauvres pêcheurs pour gagner sa vie.

BOGOTILLOS

La mer est juste l'endroit pour les épaves. Le Roi d'Espagne n'est pas obligé de s'occuper de toutes celles qui achèvent ici de naviguer entre deux eaux.

ALCOCHETE

Mais celle-ci lui navigue insolemment sous le nez, aussi fière qu'un bâtiment à trois ponts.

BOGOTILLOS

Moi, cela m'amuserait à sa place de faire voir à tous ces courtisans dorés et mistifrisés ce que devient un homme à qui j'ai retiré mon intérêt.

MALTROPILLO

Mais c'est lui plutôt qui a l'air d'avoir retiré son intérêt au Roi d'Espagne! Il faut voir avec quel air s'établit sur son pilon de bois, comme il frappe, avec, le pont de son bateau,

Sec, dur, c'est moi!

Comme s'i disait comme qui dirait qu'on n'a plus
autre chose à dire qu'à ne rien dire! comme i se rem-
bûche dessus pour vous parler!

BOGOTILLOS

J'ai idée que tout ça finira mal pour lui.

ALCOCHETE

En attendant, tout le monde lui achète ses feuilles de
Saints. Il n'y en a jamais assez. On ne voit que ça aux
murs dans les Iles et jusqu'aux bagnes d'Alger. Les Pères
de la Merci envoient ça par paquets aux pauvres prisonniers.

MALTROPILLO

Ce qu'il y a de plus drôle est qu'il n'a jamais essayé
de peindre ou de dessiner, mais il explique son idée
et il y a à côté de lui une espèce de Japonais qu'il a
ramené du Japon et qui exécute tout pour lui sur une
planche de bois. Avec de l'encre et de la couleur et une
presse on tire autant de feuilles qu'on veut.

BOGOTILLOS

L'autre jour i m'a donné un Saint Jacques magnifique.
On le voit qui arrive en Espagne.
Il a des espèces de favoris noirs, pas d'yeux, un grand
nez comme un couteau de fer, il est troussé comme un
marin jusqu'aux reins et tout ça n'est que membres et
muscles.
Il a le pied droit posé sur la proue de son bateau, le
genou à la hauteur du sein,
Et il jette sur l'Espagne une espèce d'amarre en spirale

qui n'en finit plus dans le ciel de tourner et de se dévider,
    Vers une espèce de pilier qu'on aperçoit,
    La colonne d'Hercule, le pieu qui traverse l'Espagne
par le milieu, le boulon final vissé dur qui empêche toute
l'Europe de décaler.

MALTROPILLO

Et moi, j'ai un autre Saint Jacques. Il est aussi grand
que toute la distance qu'il y a entre le ciel et la terre.

Il sort de la mer, il a encore un pied dedans jusqu'à la
cheville et il est si grand qu'il est forcé de se courber
sous le plafond de nuages.

Et il a un immense bras qui lui pend de l'épaule droite
avec une main au bout qui se balance comme un grappin,

Et au-dessous sur le rivage, avec ses magasins et ses
clochers, on voit une petite ville toute blanche comme
une traînée de farine.

ALCOCHETE

Il y a aussi Saint Joseph sur le Mont Ararat à qui l'on a
concédé l'Arche de Noé. Mais celui que j'ai acheté est
Saint Jude, le patron des causes désespérées.

On voit une espèce de carrefour dans une mine où se
rencontrent trois ou quatre galeries à plusieurs milles
sous terre.

Il y a un homme tout seul qui est assis et prosterné la
tête dans ses bras sur une table.

Et de l'une des galeries sort un faisceau de lumière
comme une lanterne qui approche.

BOGOTILLOS

Il y en a bien d'autres ! On n'en finit pas de tout regarder quand on est chez lui. On dirait que quelqu'un lui

fournit des images et il jette ça au Japonais qui est là, toujours près de lui, comme un cuisinier avec sa poêle sur le feu toute pleine de friture.

MANGIACAVALLO

Tout cela ne dit pas qu'est-ce que nous ferons de ce grand pot à vin sous la vague, une fois que nous l'aurons repêché.

ALCOCHETE

Il n'y aura plus qu'à nous faire aubergiste et à donner à boire à toute l'Espagne.

BOGOTILLOS

Et que dirait la Sainte Inquisition aussi bien que l'Administration des Douanes et Régies ? Je suis d'avis qu'il faut l'offrir au Roi d'Espagne et que Sa Majesté nous fera tous gentilshommes.

A ce moment la corde se tend violemment et se déroule aux mains de Charles Félix.

CHARLES FÉLIX

Au secours ! au secours ! j'ai pris quelque chose ! j'ai pris quelque chose !

SCÈNE II

DON RODRIGUE, LE JAPONAIS DAIBUTSU,
DON MENDEZ LEAL.

Une cabine dans le bateau de Don Rodrigue.

Il est debout, vieilli et grisonnant ; il a une jambe de bois. Près de lui, devant une table chargée de papiers, de pinceaux et de couleurs, le Japonais Daibutsu est en train de dessiner. Dans un coin, une presse de graveur. Dans un autre coin, Don Mendez Leal, la tête en bas. C'est une simple silhouette découpée dans de l'étoffe noire.

Il y aura, si l'on veut, au fond de la scène, un écran où l'on pourra projeter des scènes et peintures appropriées de manière que le public puisse passer le temps pendant que les acteurs racontent leurs petites histoires.

DON RODRIGUE, *décrivant.*

Tout en haut, deux gros piliers largement jaspés avec des chapiteaux jaune d'œuf très massifs, historiés à la romane.

La Vierge, appuyée, assise contre celui de droite, habillée de vêtements bleu foncé. Sur toute la poitrine pas de couleur, on ne voit qu'une grosse petite main d'enfant, bien dessinée.

Sous ses pieds un escalier qui descend jusqu'au bas de l'image. En haut les deux Rois Mages, fais-moi un seigneur quelconque de ton pays en costume de cérémonie avec le *kammori* démesuré sur la tête, le corps et les

membres enserrés dans douze couches de soie, et dans
lui dans son dos ne faisant qu'un seul tas avec,

Fous-moi une espèce de grand dépendeur d'andouilles
d'Européen, tout noir, roide comme la justice, avec un
chapeau pointu, un énorme nez et des mollets de bois,
et la Toison d'Or au col.

Plus bas, à gauche, le Roi nègre, vu de dos, avec un
diadème de poils de lion à l'abyssine et un collier de
griffes, accoudé sur quelque chose, et l'autre bras tendu
de toute sa longueur tenant une sagaie.

Le bas est formé par un chameau coupé à moitié
corps formant une ligne bossue. Selle, harnachement,
un panache rouge sur la tête, une cloche sous le men-
ton.

Derrière les piliers, en haut, les montagnes comme
celles qu'on voit au delà de Pékin, avec leurs tours et
leurs murailles crénelées, jetées au hasard sur les collines
comme des colliers. On sent qu'il y a la Mongolie par
derrière.

Wakarimaska ?

LE JAPONAIS

Wakarimass.

DON RODRIGUE

Tout cela n'occupe que la partie gauche d'une longue
banderole de papier. A droite et en dessous il y a place
pour une ribambelle de petits vers espagnols, avec leurs *y*
et leurs points d'interrogation à l'envers. Il faut que
ça soit pieux, plein de crochets et de fautes d'ortho-
graphe.

J'avais un secrétaire autrefois qui abhorrait ce genre
de poésie bon-enfant. Ça me donne envie de faire des
vers quand je pense à ce pauvre Rodilard.

LE JAPONAIS, *montrant Don Mendez Leal.*

Ce bon seigneur ici ne va-t-il pas se lasser de nous attendre dans cette position incommode?

DON RODRIGUE

Achève ton travail pendant que nous sommes chauds tous les deux! Je sens que ça va marcher! Je sens l'inspiration qui me sort jusqu'à l'extrémité de tes dix doigts!

LE JAPONAIS

Comment Votre Excellence jamais a-t-elle pu faire autre chose que du dessin?

DON RODRIGUE

C'est ce que je me demande souvent. Que de temps perdu! Et comment aussi ai-je pu m'accommoder si longtemps de ces deux jambes à la pataude quand c'est déjà bien trop que de tenir à la terre par une seule?

Maintenant c'est amusant de clopiner ainsi entre ciel et terre avec une jambe et une aile!

LE JAPONAIS

L'autre jambe, par mes soins, sur le champ de bataille Sendigahara est à jamais honorée par un petit monument.

DON RODRIGUE

Je ne la regrette pas! Japonais, je vous aimais trop! Cela valait la peine de perdre une jambe pour entrer dans votre pays!

LE JAPONAIS

C'est à coups de canon que vous teniez à nous exprimer votre sympathie?

DON RODRIGUE

On se sert de ce qu'on a et je n'ai jamais eu de fleurs et de caresses à ma disposition.

Vous étiez trop heureux dans votre petit trou au sec au milieu de la mer, dans votre petit jardin bien fermé, buvant à petits coups votre thé dans de petites tasses.

Cela m'ennuie de voir des gens heureux, c'est immoral, cela me démangeait de m'introduire au milieu de vos cérémonies.

LE JAPONAIS

Bon gré mal gré, parmi nous il vous a fallu quelque temps apprendre le repos et l'immobilité.

DON RODRIGUE

Je me vois encore à ce dernier étage du château de Nagoya que l'on m'avait donné comme prison! Quelle prison! C'est plutôt moi qui tenais le Japon tout entier, en travers dans le joint de son articulation maîtresse, c'est le Japon tout entier que je possédais au travers de mes soixante-dix fenêtres!

Bon Dieu, qu'il faisait froid!

D'un côté il y avait la campagne, c'était l'hiver, la campagne toute craquelée, la terre rose, les petits bois noirs, et le moindre détail délicatement dessiné comme avec un poil de sanglier sur la plus fine porcelaine,

De l'autre, la ville remplissait jusqu'à moitié la rangée de mes fenêtres vers l'ouest et je me souviens de cette

unique tache bleu sombre que faisait l'installation d'un
teinturier sur l'écaille grise des toits.

C'est là que j'ai fait ta connaissance, mon vieux
Daibutsu! Que de saintes peintures nous avons ensemble déroulées! Que de longues bandes m'ont passé
lentement entre les doigts comme un fleuve d'images
et de caractères!

LE JAPONAIS

Si vous aviez voulu, je vous aurais appris à dessiner
à notre manière.

DON RODRIGUE

Jamais je n'aurais pu. Je n'aurais pas eu la patience!
j'ai la main comme un gant de bois.

Je n'aurais pas pu offrir mon esprit à la nature comme
une feuille de papier parfaitement blanc, une chose à
jeun,

Sur laquelle les ombres peu à peu se présentent, se
dessinent et se teignent de diverses couleurs,

Ce qui peut être dit et non pas ce qui est fait pour
rester à jamais dans les délices et le secret d'une lumière
ineffable,

Comme ces eaux d'où le lotus émerge et vos Iles elles-
mêmes qui font dans l'Océan quatre ou cinq pierres.

Je n'étais pas venu ici pour me laisser enchanter.

LE JAPONAIS, parlant comme s'il déposait chaque idée
en hiéroglyphes sur le papier.

Il est écrit que les grandes vérités ne se communiquent
que par le silence. Si vous voulez apprivoiser la nature,
il ne faut pas faire de bruit. Comme une terre que l'eau
pénètre. Si vous ne voulez pas écouter, vous ne pourrez
pas entendre.

DON RODRIGUE

Et crois-tu que je n'aie rien entendu, toutes ces longues journées d'hiver sans jambes où je déchiffrais les archives de vos prêtres et de vos ermites?

Où je faisais jouer l'un après l'autre les panneaux de cette chambre où vous m'aviez enfermé? Prisonnier non pas de murs et de barreaux de fer mais de la montagne et de la mer et des champs et des fleuves et des forêts,

Éternellement autour de moi développés sur le papier inconsistant.

J'entendais! j'ai entendu.

Deux paroles qui ne cessaient de m'accompagner dans ce merveilleux pèlerinage, pas à pas, sur un chemin de papier.

Et l'une de ces paroles était : *pourquoi?*

Pourquoi? Quel est le secret sur soi-même qui se lie et se replie au nœud de ces hiéroglyphes, pareils à des bulles montant d'un seul coup de la pensée?

Il y a quelque chose qui dit : Pourquoi? avec le vent, avec la mer, avec le matin et le soir et tout le détail de la terre habitée.

— Pourquoi le vent sans fin qui me tourmente? dit le pin. A quoi est-ce qu'il est si nécessaire de se cramponner? — Qu'est-ce qui meurt ainsi dans l'extase? dit le chrysanthème.

— Qu'y a-t-il de si noir pour que j'existe, un cyprès? — Qu'est-ce qu'on appelle l'azur pour que je sois si bleu! — Qu'existe-t-il de si doux pour que je sois si rose? — Quelle est cette invisible atteinte qui oblige mes pétales un par un à se décolorer? — Que l'eau est une chose forte pour qu'elle m'ait valu ce coup de queue et cette jaquette d'écailles! — De quelle ruine, dit le rocher, suis-je le décombre? A quelle inscription absente mon flanc est-il préparé? — Tout monte, tout émerge avec un sourire

secret de la grande lagune que recouvre une fumée
d'or.

Quelle est la seconde parole ?

Il n'y a personne dans toutes ces peintures ! L'artiste
a beau poser quelques bateaux sur la mer, faire pou-
droyer une grande ville, là-bas, dans l'anse de ce golfe
ténébreux.

Cela ne remplit pas davantage l'attente de ces montagnes pour mieux voir l'une par-dessus l'autre étagées.

Cela ne diminue pas plus la solitude que le chœur des
grenouilles et des cigales.

Oui, c'est une grande leçon de silence que les
peintres suspendent autour de nous. Même cette troupe
d'enfants qui jouent, cela devient en un instant dès que
le papier l'attrape sous le pinceau,

Silence et immobilité, un spectacle pour toujours.

Ami Daibutsu, ce n'est pas pour devenir à mon tour
silence et immobilité que j'ai rompu un continent par
le milieu et que j'ai passé deux mers.

C'est parce que je suis un homme catholique, c'est pour
que toutes les parties de l'humanité soient réunies et
qu'il n'y en ait aucune qui se croie le droit de vivre dans
son hérésie,

Séparée de toutes les autres comme si elles n'en avaient
pas besoin.

Votre barrière de fleurs et d'enchantements, oui, celle-là aussi devait être rompue comme les autres et c'est pour cela que je suis venu, moi, l'enfonceur de portes et le marcheur de routes!

Vous ne serez plus seuls! Je vous apporte le monde, la parole totale de Dieu, tous ces frères qu'ils vous plaisent ou non à apprendre bon gré mal gré, tous ces frères en un seul géniteur.

Et puisque vous m'aviez coupé le pied, puisque vous aviez enfermé dans une prison ce qui me restait de corps,

Il ne me restait plus pour passer que l'âme, l'esprit, et par le moyen de ces tiennes mains, frère Daibutsu, dont je m'étais emparé,

Ces images auxquelles vous me provoquiez, ces grandes possibilités de moi-même que je dessinais sur des morceaux de papier.

LE JAPONAIS

Dites-vous que tous ces Saints sont des images de vous-même?

DON RODRIGUE

Ils me ressemblent bien plus que je ne le fais à moi-même avec ce corps flétri et cette âme avortée!

C'est quelque chose de moi qui a réussi et qui a obtenu son avènement!

Ils vivent tout entiers! Il n'y a plus en eux de résistance et d'inertie! Ils répondent tout entiers à l'esprit qui les anime. Ce sont des pinceaux excellents dans la main d'un artiste parfait comme celui dont s'est servi Sesshiu quand il a dessiné ce cercle, une perfection pour toujours, sur la paroi de Kyotô.

Vous n'aviez pas autre chose à faire que de bien orner votre prison. Mais moi j'ai construit avec mes dessins quelque chose qui passe à travers toutes les prisons !

J'ai établi le dessin de quelque chose qui s'adapte au mouvement de votre cœur comme la roue fait de l'eau qui frappe ! Qui reçoit par les yeux à l'intérieur de son âme la figure de cette espèce d'engin inépuisable qui n'est que mouvement et désir,

Adopte une puissance en lui désormais incompatible avec toutes les murailles !

Comme le montrèrent vos martyrs de l'Ile du Sud quand j'étais là-bas, qu'on crucifiait et qu'on arrosait avec du soufre liquide !

LE JAPONAIS

Seigneur Rodrigue, vos paroles m'empêchent de dessiner. J'ai compris ce que vous vouliez. J'ai établi vos repères. La chose ne vous appartient plus et si vous permettez, je l'achèverai tout seul.

DON RODRIGUE

Tâche du moins de ne pas me rater ça, comme tu avais fait du Saint Georges. Tu n'y avais rien compris, mon pauvre vieux.

Il faut bien me servir de toi, faute de mieux. — Ne prends pas ton air pincé !

— Et achève vite ton travail, car il y a une autre idée qui me vient. C'est bien plus amusant de semer un Saint que de le fabriquer avec soi-même.

LE JAPONAIS, *montrant Don Mendez Leal.*

Que ferons-nous en attendant de ce bon seigneur que voici dans ce coin tout pensif et morfondu ?

DON RODRIGUE

Cela ne lui fera pas de mal de méditer et mûrir encore quelque temps le message dont le Roi pour moi l'a chargé. Ça lui fait descendre les idées.

J'ai remarqué que la plupart des gens ont un certain vide dans la tête par où la moisissure s'introduit.

Il faut les soigner comme les bouteilles qu'on a soin de pencher un peu tout le temps qu'elles attendent au fond de la cave,

De manière que le vin toujours presse un peu sur le bouchon.

LE JAPONAIS

N'êtes-vous pas curieux de savoir ce que le Roi par le canal et orifice de Don Mendez Leal ici présent a à vous communiquer?

DON RODRIGUE

Si bien, j'en meurs d'envie et tu m'y fais penser. D'autant que le bon seigneur s'impatiente et je vois ses flancs qui s'agitent, tout travaillés du désir d'exister. Debout, Monsieur! *(Il le met debout.)* Bonjour, Monsieur. Je vous écoute.

LE JAPONAIS

Mais comment voulez-vous qu'il parle quand il est tout plat?

DON RODRIGUE

Je vais lui boucher le nez et tu le verras qui s'emplit tout de suite de cet air qui est sa substance.

LE JAPONAIS

Mais d'où viendra, je vous prie, cet air et ce petit vent substantiel?

DON RODRIGUE

Mon pauvre Daibutsu, je vois que tu n'es pas au courant de la science moderne

Qui nous dit que tout vient de rien et que c'est le trou peu à peu qui a fabriqué le canon.

C'est ainsi que l'Amibe primitif

En dilatant sa propre bulle par la vertu de la déesse appelée Évolution, a fini par devenir un éléphant, auquel est promis à son tour, n'en doutons pas, un avenir non moins flatteur.

Vois notre homme déjà tout raboté de borborygmes anxieux!

Regarde Son Excellence en proie à son génie intérieur et comme recueillant les émanations arcanes d'une source tellurique qui commence à se dresser et regimber et qui voudrait échapper à la pince vitale que je lui applique. Un moment, Monsieur, s'il vous plaît.

Je vais lui attachez le nez, ce sera plus sûr. Passe-moi ton cordon de soulier.

Il lui attache le nez avec un cordon de soulier.

LE JAPONAIS

Pourquoi lui attachez-vous le nez?

DON RODRIGUE

Je lui attache le nez pour qu'il dise la vérité. C'est par le nez que passent tous les mensonges. C'est pour cela qu'on dit aux enfants : le bout de ton nez remue.

LE JAPONAIS

Vous avez raison. Le nez est comme un poteau au milieu de la figure qui indique la localité. Chez nous quand quelqu'un veut dire : C'est moi, il montre son nez.

DON RODRIGUE

Eh bien, j'ai fait un nœud à son moi, il ne pourra plus se sauver comme un gaz. Regarde-le qui se remplit peu à peu et qui prend forme et rondeur.

Le néant a produit le vide, le vide a produit le creux, le creux a produit le souffle, le souffle a produit le soufflet et le soufflet a produit le soufflé,

Comme en témoigne Monsieur l'Ambassadeur que voici tout tendu et gonflé, et réalisé de partout comme un petit cochon de baudruche.

— Don Mendez Leal, je vous présente mes humbles hommages et vous demande pardon de l'infimité de ce lieu où vous n'avez pas craint d'amener avec vous

Cette compagne fidèle qui ne cesse de vous précéder, Madame, ou dirai-je Mademoiselle, Votre Excellence.

DON MENDEZ LEAL, *parlant légèrement du nez.*

Don Rodrigue, malgré vos égarements et votre pauvreté et le dégoût que vous inspirez à tout le monde, cependant je m'intéresse à vous et je suis prêt à vous tendre une main magnanime.

DON RODRIGUE

Merci, Monsieur.

DON MENDEZ LEAL

Vous me remercierez tout à l'heure, mais veuillez, premièrement, m'écouter quand je vous adresse la parole.

DON RODRIGUE

Je vous demande pardon.

DON MENDEZ LEAL

Hier encore Sa Majesté n'était-Elle pas disposée à vous constituer le gardien d'un de ses principaux entrepôts de tabac dans la plus belle ville de l'Andalousie?

DON RODRIGUE

Le tabac me fait pleurer.

DON MENDEZ LEAL

Pleurez, pleurez, Monsieur, pleurez votre insolence et votre ingratitude! Après votre insigne désobéissance au Maroc, après vos aventures au Japon, c'est une prison qui depuis longtemps aurait dû vous escamoter.

DON RODRIGUE, *montrant sa jambe.*

Impossible de me mettre en prison tout entier. Il y aura toujours quelque chose qui restera dehors.

DON MENDEZ LEAL

Le Roi, sur ma prière, a consenti à se souvenir des services que vous lui avez rendus jadis aux Indes occidentales.

Certains prétendent que c'est vous, en effet, qui avez
eu la première idée, qui avez crayonné, si je puis dire, le
rude et grossier dessin

De cette entreprise qu'a réalisée Don Ramire, le
Chemin Royal de Panama, et qui à jamais portera le
nom de ce grand homme.

DON RODRIGUE

C'est un bien grand honneur pour moi que le mien
puisse lui être humblement associé.

DON MENDEZ LEAL

Et comment, je vous prie, avez-vous remercié
Sa Majesté des bienfaits qu'Elle ne cherchait qu'une
occasion de répandre sur vous?

DON RODRIGUE

Je frémis de l'apprendre.

DON MENDEZ LEAL

Quelle est cette insolence inouïe de promener ainsi
sous les yeux du Roi en ce moment même où il tient
ses assises solennelles sur la mer,

Cette espèce de détritus et de guenille qu'est devenu
l'homme que jadis il avait chargé de représenter dans
l'autre monde

Sa propre et personnelle Majesté?

DON RODRIGUE

Je vous répondrai tout à l'heure. Mais n'est-ce pas
Foin qui est votre prénom?

DON MENDEZ LEAL

Je ne m'appelle pas Foin, je m'appelle Iñigo, et ma famille est la meilleure des Asturies.

DON RODRIGUE

Je vous dis cela parce que j'ai là Foin que je viens d'achever. Saint Foin, patron des nourrisseurs et herbagers. Vert sur vert, c'est un rafraîchissement pour l'œil, un pur délice que de le regarder. Continuez, je vous prie.

DON MENDEZ LEAL

Je ne sais plus où j'en étais.

DON RODRIGUE

Vous en étiez à « insolence inouïe » et moi je vous demandais votre prénom.

DON MENDEZ LEAL

Oui, et pendant que nous y sommes, n'est-il pas honteux pour un gentilhomme de s'être fait ainsi colporteur de peinturlures ?

DON RODRIGUE

Peinturlures de Saints, Monseigneur.

DON MENDEZ LEAL

Quelle est cette familiarité de représenter les Saints comme s'ils étaient des hommes ordinaires sur quelque sale papier que le pêcheur ou le menuisier épingle au mur de sa cabane, associé aux spectacles les plus fétides ?
N'est-ce pas manquer de respect aux choses saintes ?

Laissons en leur lieu sur les autels et dans les oratoires ces figures vénérables et respectables et qu'on ne les entrevoie qu'à travers les vapeurs de l'encens.

S'il faut les représenter, que ce soit par le pinceau bénit et consacré de quelque marguillier de l'art à ce commis,

Un Velasquez, un Léonard de Vinci, un Luc-Olivier Merson.

DON RODRIGUE

Je dois vous avouer, Monsieur, que ma principale raison d'embrasser la carrière des Beaux-Arts

A été le désir de ne pas ressembler à Léonard de Vinci.

DON MENDEZ LEAL

Il faut qu'un Saint ait une figure comme qui dirait générale puisqu'il est le patron de beaucoup de gens,

Qu'il ait un maintien décent et des gestes qui ne signifient rien en particulier.

DON RODRIGUE

Fiez-vous à messieurs les peintres pour ça. Ce n'est pas l'imagination qui les étouffe.

(Il crache.)

— Et moi, j'ai horreur de ces gueules de morues salées, de ces figures qui ne sont pas des figures humaines mais une petite exposition de vertus!

Les Saints n'étaient que flamme et rien ne leur ressemble qui n'échauffe et qui n'embrase!

Le respect! toujours le respect! le respect n'est dû qu'aux morts, et à ces choses non pas dont nous avons usage et besoin!

Amor nescit reverentiam, dit Saint Bernard.

DON MENDEZ LEAL

Et c'est Saint Bernard, par exemple, qui vous a
conseillé de faire ce cavalier que je vois là à la renverse,
la tête sous son manteau et découvert de la manière
la plus indécente,

Étreignant de la fourche de ses cuisses ce cheval
vertical,

Jamais un cheval ne s'est tenu de cette manière!

DON RODRIGUE

C'est Saint Paul que j'ai voulu représenter. Et c'est
sur un cheval comme ça qu'on monte au ciel.

Mais si vous êtes amateur, je vous conseille plutôt
d'acheter cette belle image dorée des XIV Saints Auxiliaires à quoi Daibutsu a mis tous ses soins.

Et voici encore les Saints Damien et Cosme, patrons
des médecins et tous les savants hommes entre les mains
de qui, peu à peu, nous guérissons de la santé.

DON MENDEZ LEAL

Tout ce que je vois est une offense aux traditions
et au goût et provient du même désir pervers d'étonner
et de vexer les honnêtes gens!

DON RODRIGUE

C'est possible, mais qu'est-ce que vous feriez
par exemple si on vous avait commandé le Paradis
terrestre?

DON MENDEZ LEAL

Le Paradis terrestre?

DON RODRIGUE

Précisément, le Paradis terrestre. Si on vous avait dit comme ça de faire le Paradis terrestre sur un bout de papier?

DON MENDEZ LEAL

Je ne sais. Je suppose que je tâcherais de faire une espèce de jungle ou de fouillis inextricable.

DON RODRIGUE

Vous n'y êtes pas. Vous n'avez pas réfléchi.

Le Paradis terrestre, c'était le commencement de tout. Par conséquent, il n'y avait pas de fouillis, mais un échantillon soigné de chaque espèce, chacun dans son carré de terrain avec les instructions appropriées. Les Jardins de l'Intelligence!

Cela devait ressembler aux plantations de l'École de Pharmacie de Barcelone, avec de jolis écriteaux en porcelaine. Un endroit de délices pour les poëtes classiques.

DON MENDEZ LEAL

Il n'y a pas moyen de causer sérieusement avec vous.

DON RODRIGUE

Je ne demande qu'à vous écouter.

DON MENDEZ LEAL, *amical et confidentiel.*

Don Rodrigue, je vous méprise, mais qui peut connaître l'esprit du Roi? Qui peut pénétrer les desseins de ce Souverain qui tient sa Cour sur la mer inconsistante?

Est-il admissible que vous reveniez en faveur et que

je n'aie pas été le premier à vérifier cet endroit surprenant où le rayon de Sa Grâce s'est posé? On n'en saurait trouver de plus répugnant.

Quand vous serez puissant, j'espère que vous me donnerez beaucoup d'argent.

Oh! comme je désire tout ce que vous êtes capable de me donner!

Le Roi a parlé de vous deux fois le même jour. C'est un signe qu'il veut vous pendre ou vous nommer chancelier,

A bon entendeur, salut!

Il fait le mouvement de s'en aller.

DON RODRIGUE

Avant de partir vous prendrez bien un verre de vin.

DON MÉNDEZ LEAL

Excusez-moi, votre bateau remue, j'ai un peu mal au cœur.

DON RODRIGUE

Alors laissez-moi au moins vous offrir une petite image. Voilà justement Gabriel qui est le patron des ambassadeurs. Voyez comme il est reluisant et doré!

C'est en souvenir de lui que ces messieurs ont le droit de porter une plume blanche à leur chapeau.

SCÈNE III

DOÑA SEPT-ÉPÉES, LA BOUCHÈRE.

Un petit bateau sur la mer.

La Bouchère est à l'avant. Doña Sept-Épées, à l'arrière, tient le gouvernail et l'écoute. Toutes les deux sont de très jeunes filles habillées en hommes. Le petit matin.

DOÑA SEPT-ÉPÉES, *à la Bouchère, lui jetant de l'eau à la figure.*

Finis tout de suite de pleurer, la Bouchère, ou je vas te rejeter à la figure toute l'eau salée que tu as versée dedans la mé depuis que nous avons quitté Majorque.

LA BOUCHÈRE, *pleurnichant.*

Que dira mon père? que dira ma mère? que dira mon frère? que dira le notaire? que dira Madame la Supérieure du couvent où j'ai été si bien élevée?

DOÑA SEPT-ÉPÉES

Que dira mon fiancé, le magnifique propriétaire de la Boucherie du Progrès?

LA BOUCHÈRE

Ah! la seule idée de mon fiancé me donne des ailes! et je sens que pour le fuir j'irais volontiers avec vous jusques au bout du monde!

SEPT-ÉPÉES

Tu iras avec moi si je veux, car aussitôt que je serai
lasse de toi, je te renfoncerai dans la mé avec un bon
coup de rame sur la tête.

LA BOUCHÈRE

Eh bien, vous ferez de moi ce que vous voudrez,
Mademoiselle, je suis contente! Dès que j'ai vu votre
gentil visage, dès que vous m'avez regardée et souri,
j'ai compris que je n'avais plus qu'à vous suivre à
tire-d'aile où vous allez!

SEPT-ÉPÉES

Il faut vite nous dépêcher, la Bouchère, il fait si bon!
Il n'y a pas de temps à perdre si nous voulons que le
monde reste aussi beau qu'il est jusqu'à présent! C'est
pas possible! Ça va peut-être ne durer qu'une seconde!
Ainsi le moucheron ne perd pas de temps pour aller
tout droit à la belle flamme claire qui vient de s'allumer!
Et nous ne sommes pas un moucheron! nous sommes
deux petites alouettes de compagnie qui piquent en
chantant vers le soleil!

Moi, du moins, je suis une alouette, et toi, tu n'es
qu'une grosse mouche à viande. Ça ne fait rien, je
t'aime tout de même.

LA BOUCHÈRE

Où c'est que vous voulez me conduire?

SEPT-ÉPÉES

O ma Bouchère, que je suis heureuse! Comme ça
va être joli avec moi, comme ça va être amusant! Les

autres filles ont toujours cette longue vie embêtante
devant elles, le mari, les enfants, la soupe à faire tous
les jours, les assiettes sempiternellement à relaver,
on ne pense qu'à ça!

Les gens marchent péniblement et ils ne s'aperçoivent
pas que c'est tellement plus facile de voler, il n'y a qu'à
ne plus penser à soi!

Ce beau soleil, ce n'est pas pour rien que Dieu l'a mis
là! Il n'y a qu'à y aller, montons-y! Mais non pas, ce
n'est pas le soleil! c'est cette odeur délicieuse qui
m'attire! Oh! si je pouvais tout le temps la respirer! le
temps de mourir et de nouveau elle est là! Ce n'est pas le
soleil visible que je veux, c'est cette espèce d'esprit exhila-
rant, cette odeur délicieuse qui fait mon cœur défaillir!

LA BOUCHÈRE

Où est-elle, cette odeur délicieuse?

SEPT-ÉPÉES

Là où est ma chère maman cela sent bon! Plusieurs
fois, la nuit, elle est venue me trouver et elle m'embrasse tendrement et je suis sa fille chérie. Et il faut que
j'aille la délivrer en Afrique.

LA BOUCHÈRE

Mais ne m'avez-vous pas dit qu'elle est morte là-bas,
il y a plus de dix ans?

SEPT-ÉPÉES

Elle est morte mais elle n'a pas fini ce qu'elle avait à
faire en Afrique! Est-ce qu'elle est délivrée pendant
qu'il y a tant de chrétiens qui gémissent dans les bagnes
de Barbarie?

Je ne puis aller à elle, mais je puis aller jusqu'à eux.

Est-ce que nous sommes libres quand nous tenons de toutes parts à tant d'âmes pressées?

Est-ce que je resterai lâchement à me prélasser en Espagne quand il ne tient qu'à moi de délivrer tout un peuple captif et maman qui est avec eux, comme eux? Oh! je voudrais déjà être partie!

LA BOUCHÈRE

C'est vous qui allez délivrer les captifs?

SEPT-ÉPÉES

Oui, Mademoiselle, et si vous commencez à être malhonnête, je n'ai qu'à donner un coup de barre et e vous ramènerai à la Boucherie du Progrès.

LA BOUCHÈRE

Expliquez-moi ce que nous allons faire.

SEPT-ÉPÉES

Aussitôt que nous serons ensemble trois cents hommes (et il n'y a rien de plus facile que de réunir trois cents hommes et beaucoup plus, car il n'y a pas de bon chrétien en Espagne qui ne voudrait être d'une aussi noble entreprise),

Nous partirons tous ensemble sous l'enseigne de Saint Jacques et de Jésus-Christ et nous prendrons Bougie.

Bougie pour commencer, il faut être raisonnable, Alger est une trop grosse affaire.

J'ai vu un matelot, il y a huit jours, qui connaît Bougie. Son frère de lait a été prisonnier à Bougie. Il dit qu'il n'y a rien de plus facile que de prendre Bougie.

LA BOUCHÈRE

Et quand nous aurons pris Bougie?

SEPT-ÉPÉES

Si tu veux savoir ce que je pense, je ne crois pas que nous prendrons Bougie, mais que nous serons tous tués et que nous irons au ciel. Mais alors tous ces pauvres captifs du moins sauront que nous avons fait quelque chose pour eux.

Et tous les chrétiens quand ils nous auront vus périr bravement se lèveront pour les délivrer et chasser les Turcs.

Au lieu de se battre vilainement entre eux.

Et moi je serai au ciel entre les bras de ma chère maman, voilà ce que j'ai fait!

LA BOUCHÈRE

Et moi, je marcherai toujours derrière vous, tout près, et j'aurai une grande bouteille pleine d'eau pour vous donner à boire toutes les fois que vous aurez soif!

SEPT-ÉPÉES

Si mon père le veut, nous ne prendrons pas seulement Bougie, mais Alger et tout le reste! Tu verras mon père! Il sait tout. Il n'y a rien qu'il ne puisse faire s'il veut. Qu'est-ce que c'est, à côté de lui, que Dragut et Barberousse?

LA BOUCHÈRE

C'est votre père qui n'a qu'une jambe et qui fait ces belles feuilles des Saints que tous les pêcheurs veulent avoir?

SEPT-ÉPÉES

Mon père est le Vice-Roi des Indes et c'est lui qui a fait passer les bateaux par-dessus l'isthme de Panama. Et ensuite c'est lui qui a découvert la Chine et le Japon et a pris tout seul avec douze hommes le château et la ville de Oshima défendus par trois mille guerriers armés d'arcs et de flèches. C'est là qu'il a perdu la jambe, et ensuite, au dernier étage du château de Nagoya, il a appris la langue des bonzes et étudié la philosophie.

Et maintenant, revenu ici, c'est lui qui avec tous les Saints fait une grande armée de papier. C'est lui qui, avec son pinceau, fait descendre tous les Saints du ciel, et quand ils seront tous là, il se mettra à leur tête et moi à côté de lui et toi derrière moi avec une grosse bouteille et nous prendrons Bougie et Alger pour la gloire de Jésus-Christ !

LA BOUCHÈRE

Jean d'Autriche, le fils de Doña Musique, à qui le Roi d'Espagne a donné sa flotte à commander et qui part demain pour se battre contre les Turcs est un bien plus grand général que votre père.

SEPT-ÉPÉES

Ce n'est pas vrai, la Bouchère, tu mens ! Je ne laisserai jamais dire à personne qu'il y a un plus grand général que mon père.

LA BOUCHÈRE

Un vieil homme qui a le pied coupé ! Qui voudrait s'engager sous les ordres d'un vieux type à la jambe coupée quand il n'y a qu'à regarder ce beau jeune homme pour savoir qu'il nous mène à la victoire ?

SEPT-ÉPÉES

Qu'a-t-il donc fait, ton petit Don Juan? tandis que
l'Afrique et les deux mondes sont remplis du nom de
mon père.

LA BOUCHÈRE

Vous-même, vous ne pouvez pas dire le contraire,
　Si vous étiez un homme, et si vous n'étiez pas le fils,
la fille, veux-je dire, de Don Rodrigue,
　De quel cœur n'iriez-vous pas aussitôt rejoindre les
enseignes de Don Juan.

SEPT-ÉPÉES, *avec un gros soupir.*

Il est bien vrai, ma Bouchère, ah! tu ne sais à quel
point tu as raison!

LA BOUCHÈRE

Achevez, je sens que vous avez quelque chose à
me dire.

SEPT-ÉPÉES

Es-tu capable de garder un secret?

LA BOUCHÈRE

Je le jure, tout ce que vous me donnerez, je suis
capable de le garder!

SEPT-ÉPÉES

Don Juan m'aime. Il a bien vu dans mes yeux que
je suis capable de mourir pour lui. C'est fini, jamais plus
je ne veux le revoir, ah! il pourrait me supplier! mon
cœur est à lui.

LA BOUCHÈRE

Mais où donc avez-vous vu Don Juan?

SEPT-ÉPÉES

Cette nuit même, comme j'allais chez toi mettre
l'échelle au mur de ton jardin pour te faire ensauver.

Qu'est-ce que je vois sous une lanterne au coin de la
rue de l'Huile? Un beau jeune homme en noir, avec une
chaîne d'or au cou, qui se défendait bravement contre
trois estafiers.

Et moi, j'avais un énorme pistolet que j'avais volé à
mon père et que je m'étais amusée à charger avec toute
la poudre que j'avais pu trouver, je ferme les yeux et pan!

Ça fait tant de bruit et de fumée qu'on aurait dit un
coup de canon et qu'on ne voyait plus rien,

J'en ai eu le poignet tout démantibulé.

Quand j'ai vu clair de nouveau, les trois brigands
avaient fui et il n'y avait plus que ce beau et élégant jeune
homme en noir qui me remerciait.

Ah! j'étais bien honteuse et je ne savais plus où me
fourrer, qu'est-ce qu'il a dû penser de moi!

LA BOUCHÈRE

Qu'est-ce qu'il a dit? qu'est-ce qu'il a dit?

SEPT-ÉPÉES

Il m'a dit de venir avec lui sur son bateau et que je serais
son page et son aide de camp et qu'il partait après-
demain pour se battre contre les Turcs et que son nom
était Jean d'Autriche et qu'il mourrait avant trente ans.

LA BOUCHÈRE

Peut-être qu'il voulait se moquer de vous.

SEPT-ÉPÉES

Il se moque de moi et moi, je me moque de lui!
Il s'appelle Jean d'Autriche et moi je m'appelle Marie
des Sept-Épées, la fille du Vice-Roi des Indes. Comme si
c'était lui dont parle l'Évangile à la fin de la messe
quand il dit : Il y a eu un homme appelé Jean!

J'appartiens à mon père et non pas à ce vilain garçon
qui a l'air si sûr de lui et de moi.

Il m'a dit qu'il fallait venir tout de suite et qu'on lui
avait dit qu'il mourrait avant trente ans. Est-ce que j'ai
peur de la mort?

Parce que je suis une fille est-ce qu'il croit que je ne
suis pas capable de le servir et de mourir pour lui?

Ah! je serais un frère pour lui et nous dormirions
ensemble côte à côte et je serais toujours à côté de lui
pour le défendre, ah! je reconnaîtrais tout de suite ses
ennemis!

Ah! s'il meurt et moi aussi je suis prête à mourir avec
lui!

SCÈNE IV

LE ROI D'ESPAGNE, LE CHAMBELLAN,
LE CHANCELIER, L'ACTRICE.

*Une salle dans le Palais flottant du Roi d'Espagne. C'est
une grande pièce dorée soutenue par des colonnes torses et
éclairée par une large verrière à petits vitraux à demi ouverte.
Une sombre lumière dorée vient d'en bas par la réflexion
de la mer.*

*Le Roi d'Espagne est un homme au teint pâle,
aux yeux profondément enfoncés sous d'épais sourcils,*

aux grands traits osseux que n'éclaire jamais un
sourire, massif et la tête dans les épaules. Il ressemble
au Roi de pique, tandis que son prédécesseur des deux
premières journées ressemblait plutôt au Roi de cœur.

Il a les yeux attentivement fixés sur une tête de
mort, faite d'un seul morceau de cristal de roche,
qui est posée sur un coussin de velours noir au milieu
de la table, éclairée par le rayon du soleil couchant.

LE ROI

Quel pouvoir m'empêche de lancer incontinent par
la fenêtre ce caillou maudit, cet appareil à savoir que
Rodrigue est allé déterrer pour moi au fond d'une
tombe mexicaine, ce crâne translucide dont il m'a
fait présent par moquerie ?

Éponge spirituelle, entre ma pensée et ces choses que
la courbure de la terre m'empêche de voir, il est un
intermédiaire unique.

Une seconde... et rien. Une seconde... et tout s'efface
et l'affreuse diaprure dont on ne sait si c'est ce cristal ou
ma pensée qu'elle colore s'est effacée.

A l'instant, dans dix lieues de tempête, dans un nœud
de vagues furibondes qu'éclairait un soleil de folie,
n'ai-je pas vu le *Rosario* en flammes s'enfoncer la poupe
en l'air et le pavillon royal s'évanouir dans l'écume ?

Maintenant c'est une nuit mortuaire où flottent des
plaques de neige et de tous côtés fuient de petites
lumières éperdues.

J'ai sous les yeux une côte couverte d'épaves, des
équipages tout petits qu'on passe au fil de l'épée.

Et ce cadavre obstiné, qui dans les eaux de ce néant
prophétique remonte sans cesse et se replonge, je n'ai
pas besoin de voir autre chose que son épaule et sa
nuque entourée d'un fil d'or et d'un chiffon de dentelle,

Pour reconnaître l'Amiral lui-même, le beau Duc de Medina Sidonia. Est-ce toi, Felipe?

Qui m'empêche de jeter ce caillou par la fenêtre, ce crâne sculpté dans de l'esprit? si ce n'est l'avidité d'un cœur qu'aucun désastre n'est capable de rassasier et qui n'ouvre

Ses portes qu'à la sommation de la catastrophe.

Tout ce qui arrive pour moi est-il inattendu? ai-je nourri quelque illusion jamais?

Ai-je été assez fou jamais pour croire que j'allais conquérir l'Angleterre avec vingt mille hommes et cette Armada toute encombrée de convois et de servitudes?

Toutes ces complications, les révoltes en cent points divers à supporter à jour dit, l'Écosse, l'Irlande, toutes ces ambitions, rivalités et intérêts divers à accorder, les troupes de Parme en Flandre à embarquer sous le canon des Pays-Bas,

N'étaient-ce pas autant de portes ouvertes à la mauvaise fortune? Qui se confie au hasard, qu'a-t-il le droit d'attendre?

Comment appeler le Roi qui bâtit sur la mer mouvante et qui confie aux vents ses trésors et ses soldats?

Et cependant je n'avais pas le choix. Il fallait faire absolument quelque chose. Il n'y a pas besoin d'espérer pour entreprendre.

L'hérésie est pour la chrétienté une telle souillure, elle est pour un cœur universel une chose tellement abominable et hideuse,

Que n'aurais-je eu qu'une chance, le devoir du Roi Très Catholique était de l'essayer et d'écraser Cranmer et Knox et de clouer sur son rocher cette cruelle Sylla, cette harpye à la face humaine, la sanguinaire Élisabeth.

J'ai fait ma tâche, j'ai bouché ce trou par où l'Accusateur contre moi eût pu passer, j'adore Dieu maintenant de toutes parts autour de ma foi une parfaite enceinte.

Il couvre la tête de mort avec un coin du tapis de velours noir sur lequel elle est posée. Entre précipitamment le Chambellan. Il a une belle fraise, une belle petite barbe blonde, de belles culottes noires bien rembourrées, et tous ses membres et articulations sont de guingois à des angles différents comme les parties d'un mètre de charpentier.

LE CHAMBELLAN, *entrant gauchement et rapidement.*

Sire! de bonnes nouvelles, Sire! d'excellentes nouvelles! de glorieuses nouvelles!

Loué soit Dieu qui protège l'Espagne! Qui aurait pu douter qu'une expédition si bien combinée et pour un but si honorable sous un chef si distingué pût avoir une fin autre qu'excellemment parfaitement satisfaisante?

LE ROI, *le regardant d'un œil de plomb.*

Apaisez-vous, Monsieur, et reprenez vos esprits et veuillez me dire en ordre et posément ce que vous avez à me marquer.

LE CHAMBELLAN

Je demande humblement pardon à Votre Majesté! En un jour si beau pour l'Espagne, qui pourrait contenir sa joie? La mer même s'agite sourdement sous mes pieds et ce palais avec ses miroirs et ses peintures se soulève et craque,

Comme si la vague irrésistible qui vient de s'abattre sur les falaises de Douvres et de Southampton

Intéressait les racines de la profonde volute qui, de sous la quille même de votre bâtiment monarchique,

S'épanouit en une triple corolle autour de l'Espagne Dieubénite.

LE ROI

Abandonnez ce langage poétique et éclairez-moi.

LE CHAMBELLAN

Sans aucune espèce de difficultés, la glorieuse Armada favorisée par le souffle des Anges
Est parvenue aux rivages de Calais et de Gravelines,
Et là, sur les bateaux préparés, elle a embarqué les troupes de Parme.

LE ROI

Où se trouvaient cependant les flottes de Frobisher et de Drake?

LE CHAMBELLAN

Leurs débris jonchent les côtes de la Manche, de l'Irlande, des Hébrides et du canal de Bristol.

LE ROI

Ce n'est pas la même chose sur la carte.

LE CHAMBELLAN

Il n'y a pas le moins du monde à douter.

LE ROI

Sont-ce là des nouvelles de l'Amiral qui sont directement parvenues?

LE CHAMBELLAN

Non pas, mais on ne parle pas d'autre chose à Bayonne.

LE ROI

Et qui vous a donné des nouvelles de Bayonne?

LE CHAMBELLAN

Un marchand juif de ce matin arrivé, que la police a interrogé.

LE ROI

Il n'y a qu'à remercier Dieu d'un si grand succès.

LE CHAMBELLAN

Et déjà notre flotte remontant à pleines voiles la Tamise foudroie la Tour de Londres!

LE ROI

Il nous faut célébrer un *Te Deum* et tenir conseil sur ce que nous allons faire de la Grande-Bretagne.

LE CHAMBELLAN

Il n'y a qu'une ombre à votre victoire, je dois tout dire.

LE ROI

Parlez.

LE CHAMBELLAN

Le pauvre Duc de Medina Sidonia s'est noyé, on n'explique pas comment.

LE ROI

Dieu ait son âme, ainsi soit-il! *(On entend le bruit d'une discussion au dehors.)* Quel est ce bruit?

Entre un Huissier.

L'HUISSIER

Sire, il y a là une femme qui dit que Votre Majesté lui a fixé audience et qui veut absolument être introduite auprès de Votre Majesté.

LE ROI

Un moment. *(Au Chambellan :)* Êtes-vous allé trouver Don Rodrigue comme je vous avais fait suffisamment comprendre que tel était notre désir?

LE CHAMBELLAN

C'est Don Mendez Leal qui s'est chargé de cette mission.

LE ROI

Eh bien, qu'a-t-il répondu?

LE CHAMBELLAN

Il n'a rien répondu mais il lui a épinglé dans le dos le portrait de l'Ange Gabriel et il lui a attaché le nez avec un cordon de soulier pour l'empêcher de mentir.

Le pauvre gentilhomme est encore tout frémissant de cette injure!

LE ROI

C'est bien. — Je vous demanderai, Monsieur, de me faire la faveur pour un moment de ne plus exister.

(Le Chambellan n'existe plus.

A l'Huissier :)

Faites entrer Madame.

L'Huissier sort. Entre l'Actrice.

L'ACTRICE

Sire! Sire! je me jette aux genoux de Votre Majesté!
Elle fait comme elle le dit, en excellent style.

LE ROI

Relevez-vous, Madame!

L'ACTRICE

Sire, mon Roi! Que dire? Par où commencer? Ah!
je sens quelle est mon audace! Mais la miséricorde des
Rois n'est-elle pas comme cette grande coupe, dans les
jardins de l'Escurial, alimentée à de lointaines cimes
dont on ne sait jamais l'heure qu'elle afflue mais où
les rossignols toujours ont la permission de se désaltérer.

Elle se relève.

LE ROI

Parlez sans crainte, Madame, je vous écoute. Ne
faisons-nous pas le même métier, vous et moi, chacun
sur son propre théâtre?

L'ACTRICE, *d'une voix éclatante.*

Ah! si jamais, ô mon Roi, ma voix a su porter jusqu'à
votre cœur les accents de Lope et de Calderon,

Si jamais votre cœur s'est ému de voir l'Espagne en
ma personne à grands plis se jeter aux genoux de Serto-
rius,

Prêtez à ma pauvre supplication de femme une oreille
favorable!

Car s'il est vrai que j'ai nourri de mes simples affections ces grandes paroles que j'avais charge de rendre
sensibles,

Il est bien juste qu'à leur tour toutes ces créatures sur
la scène que je fus et qu'il ne dépend que de moi d'animer,
comme de grandes colonnes

M'entourent et me prêtent appui!

LE ROI

Je vous écoute.

L'ACTRICE

Don Felipe de Medina Sidonia...

LE ROI

Je m'attendais à ce nom.

L'ACTRICE

Sire, Don Felipe, mon petit Felipe,
Ah! il n'y a personne autant que moi qui sache qu'il
n'est pas fait pour gouverner l'Angleterre!

LE ROI

Et qui vous a dit, Madame, que j'avais une Angleterre
à ma disposition pour lui en faire cadeau?

L'ACTRICE

Tout le monde sait que Votre Majesté vient de
conquérir l'Angleterre et que Dieu a dissipé ses ennemis.
Le bruit en un instant s'est répandu partout comme le
feu dans l'herbe sèche.
Entendez de toutes parts ces chants et ces acclama-
tions.

LE ROI

Il est vrai, c'est un grand jour pour l'Espagne. En ce jour est accordée à l'Espagne une grande et mémorable journée.

L'ACTRICE

Sire, rendez-moi Felipe. Il n'y a personne autant que moi qui sache qu'il n'est pas fait pour gouverner l'Angleterre!

Ah! je l'ai trop bien vaincu pour qu'il soit capable désormais d'embrasser autre chose que moi. Je vaux mieux que l'Angleterre!

Quand il était dans mes bras ce n'était pas le bruit des vagues sans repos là-bas, déferlant contre ce repaire d'hérétiques, qui l'empêchait de dormir!

Ce n'est pas l'odeur des algues et de la fumée de tourbe et des feuilles de chêne dans la pluie qui lui fera oublier jamais ce parfum brûlant de roses et de jasmin qui l'a conduit jusqu'à moi!

LE ROI

De quoi donc as-tu peur si tu es sûre de lui?

L'ACTRICE

J'ai peur de cette Reine Marie que l'Usurpatrice a mise au fond d'une prison.

Mon beau Felipe la délivre et aussitôt elle lui accorde sa main. Le voilà Roi d'Angleterre au milieu du brouillard et de la glace.

C'est ainsi que les choses se passent dans toutes les histoires que j'ai jouées. Pauvre Felipe! c'est fini, je ne suis plus rien pour lui.

LE ROI

La Reine Marie n'est plus présentement en Angleterre.

L'ACTRICE

Où est-elle donc?

LE ROI

Ici même à mes pieds, je ne la croyais pas si belle.

L'ACTRICE

Sire, je ne vous entends pas.

LE ROI

Aucune Marie jamais ne fut si belle et si touchante, c'est ainsi que j'aime à me la représenter.

L'ACTRICE

Sire, j'ai peur de vous! Qu'il vous plaise de m'ouvrir votre pensée!

LE ROI

Don Felipe est à toi, ma fille! Prends-le, je te le donne. Quelle joie de vous retrouver!

L'ACTRICE

O Sire, vous êtes bon et je vous baise les mains! Quoi, vous allez lui dire de revenir en Espagne?

LE ROI

Comment lutter contre le mouvement de mon cœur?
Je vous donnerai Felipe si vous me donnez quelqu'un à sa place pour gouverner l'Angleterre.

L'ACTRICE

Sire, ne vous moquez pas de moi! Ces grands et ces capitaines qui vous entourent, vous n'avez qu'à choisir parmi eux.

LE ROI

Celui que j'ai choisi me défie et refuse d'aller où je veux.

L'ACTRICE

Eh quoi, il est quelqu'un à vos ordres qui ose désobéir?

LE ROI

Je n'ai donné aucun ordre. Celui qui m'obéit il n'y a besoin d'aucun ordre, c'est ma volonté de toutes parts qui l'entoure et l'entraîne comme un torrent. Mais lui s'est placé en tel lieu que je n'aie sur lui prise.

L'ACTRICE

Ah! que ne suis-je votre Chancelier? Je saurais trouver des arguments en un moment qui lui feraient perdre pied!

LE ROI

Vous êtes plus forte que mon Chancelier!

L'ACTRICE

Est-ce que l'homme est jeune encore?

LE ROI

Il est vieux et n'a qu'une jambe.

L'ACTRICE

C'est Don Rodrigue que vous dites?

LE ROI

Lui-même.

L'ACTRICE

C'est Rodrigue, le marchand d'images, qui refuse d'être Roi d'Angleterre?

LE ROI

Il ne refusera pas quand il verra Marie en larmes à ses pieds.

L'ACTRICE

C'est moi qui suis Marie?

LE ROI

Je ne sais par quelle perversité vous vous obstinez à vouloir être autre chose.

L'ACTRICE

Échappée aux prisons d'Élisabeth?

LE ROI

Et recueillie en grand secret par le Roi d'Espagne.

L'ACTRICE

Que fera-t-il quand il s'apercevra de la duperie?

LE ROI

Que fait le rat quand il est pris au piège? Le devoir sera à ce moment une cage autour de lui dont il ne peut s'échapper.

L'ACTRICE

Et c'est vraiment Rodrigue entre tous vos serviteurs dont vous avez besoin?

LE ROI

Tout ce que je tiens de l'Angleterre il n'y a pas d'autre que lui qui soit fait pour le posséder.

L'ACTRICE

Et il faut que je le supplie qu'il accepte l'Angleterre?

LE ROI

Je n'attends que sa demande pour la lui accorder.

L'ACTRICE

Et vous me rendrez Felipe?

LE ROI

Tout ce qui mêlé à la mer et à mon armée répond en ce moment au nom de Felipe, je t'en fais présent.

L'ACTRICE

Et moi je vous amènerai Rodrigue!

Elle sort après une dernière révérence. Cependant la salle s'est remplie des différents fonctionnaires, militaires, dignitaires et plénipotentiaires, nécessaires

*à constituer une espèce de tableau vivant qu'on pourrait
appeler « la Cour du Roi d'Espagne », quelque chose
dans le goût de la « Ronde de nuit ». Cette difficile
composition une fois achevée, ils demeurent tous parfaitement immobiles.*

LE ROI, *frappant dans ses mains.*

Messieurs, j'ai besoin de vous. Veuillez me prêter
attention.

TOUS *répondent d'une seule voix :*

Nous sommes aux ordres de Votre Majesté.

*et se mettent à imiter l'attention de la manière la
plus fausse et conventionnelle que l'on puisse imaginer.*

LE ROI

Je suppose que vous avez tous entendu déjà cette
grande nouvelle qui nous est parvenue,

Nos ennemis par la tempête dissipés, nos forces ralliées
et rassemblées, les hérétiques divisés en armes l'un contre
l'autre, et notre puissante armée, de concert avec notre
flotte, marchant sur Londres.

LE CHANCELIER

Il faut remercier Dieu qui a merveilleusement accompli
son œuvre par nous au rebours de toute sagesse humaine.

LE ROI

A lui seul soit l'honneur comme au grand astre
invisible qui des affaires temporelles conduit la montée
et le reflux

Et qui fait qu'aux nations qu'il aime la défaite ne soit

pas moins avantageuse que la victoire et recevoir que de donner.

LE CHANCELIER

Le bruit est parvenu jusqu'à moi que Don Felipe de Medina Sidonia est mort.

LE ROI

Il est vrai. C'est une nouvelle qu'il convient de garder encore secrète.

LE CHANCELIER

Qui va gouverner l'Angleterre à la place de notre beau Duc?

LE ROI

Vous-même, Monsieur le Chancelier, si cela vous convient.

LE CHANCELIER

Ma place est la censure et non point de gouverner.

LE ROI, *aux courtisans.*

Si quelqu'un de vous me demande l'Angleterre, je la lui donne.

(*Ils demeurent tous immobiles et muets.*)
Eh quoi, aucun de vous ne veut de l'Angleterre?

LE CHANCELIER

C'est de Votre Majesté qu'ils ont peur et de ces desseins qu'Elle cache au fond de son cœur impénétrable.

LE ROI

Eh bien, je sais, j'ai désigné déjà à qui je donnerai ces
Iles dans la brume, ces terres sombres et mouillées,

Qu'au travers de la tempête vient de toucher enfin un
rayon de notre Soleil catholique.

LE CHANCELIER

Nous attendons son nom.

LE ROI

J'attends que lui-même vienne se proposer à Nous.

Il y a trop longtemps qu'il fuit jusqu'aux extrémités
de la terre Notre présence, se vantant de faire, où Nous
n'étions pas, Notre œuvre et de gagner pour Nous la
longueur de son ombre par les moyens que lui-même a
inventés et combinés.

C'est ainsi que vous l'avez vu tour à tour se meurtrir
aux portes du Couchant et de l'Est.

Et maintenant la ride qui l'avait porté jusqu'aux
extrémités de la terre le ramène irrésistiblement jusqu'à
Nous,

Alors que de ses flottes sombrées il ne reste plus sous
ses pieds que ce bateau fendu,

Sur lequel il a l'insolence de défier encore notre
Vaisseau Royal.

Eh bien, je jure que si au lieu de s'amuser avec le reflet
à l'envers sur l'eau de mes enseignes, il vient directement
à moi, et moi tout ce qu'il demande, je le lui dennerai et
je m'apercevrai de lui.

LE CHANCELIER

Pourquoi l'avoir abandonné quand il était jeune et
puissant, pour le reprendre maintenant qu'il est infirme
et vieux?

LE ROI

Ce n'est pas moi, ce sont les choses qui l'ont abandonné, il n'était plus d'accord avec elles;

On aurait dit qu'ils n'étaient plus animés de la même vie et qu'ils ne s'attendaient pas, qu'ils ne s'entendaient pas.

Mon devoir n'était-il pas d'enlever aussitôt le rouage qui grippe et qui grince?

Ce n'est pas la même chose d'imposer sa volonté, de donner une forme à la matière plastique comme il a fait jadis de l'Amérique,

Ou de s'arranger avec les choses qui existent et d'intervenir à point nommé avec une oreille infaillible,

Car ce sont elles qui fournissent le mouvement et nous l'intelligence.

Toutes ces choses qui semblent disparates cependant elles vont naturellement vers l'accord.

Et maintenant qu'il est vieux, je suppose qu'il a compris que le moment est venu pour lui moins d'agir que d'écouter.

Et de conduire les intérêts et les passions humaines à ce mariage politique auquel ils sont prédestinés.

LE CHANCELIER

Ainsi, ce colporteur à la jambe de bois, c'est à lui que vous allez décerner l'héritage des léopards et de la harpe?

LE ROI

Je n'attends pour cela qu'un signe.

LE CHANCELIER

Quel signe?

LE ROI

Je n'irai pas le chercher, je ne lui donnerai aucun
ordre. Mais qu'il me demande l'Angleterre et je la lui
donnerai. Vous n'osez jamais me demander rien, ou
bien alors ce sont des titres, quelques bouts de ruban,
quelques sacs d'écus, quelques arpents de terre,

Mais ce mendiant qui n'a plus d'autre asile que trois
planches sur la mer,

Qu'il me demande l'Angleterre et je la lui donnerai!

SCÈNE V

PREMIÈRE ÉQUIPE BIDINCE,
DEUXIÈME ÉQUIPE HINNULUS.

*Les machinistes disposent négligemment au milieu de la
mer une rocaille trouée, aussi légère qu'un échaudé. Arrivent
les personnages de la scène première partagés en deux équipes
et accompagnés du nombre de comparses qu'on jugera nécessaire pour leur donner du corps.*

*D'un côté donc de l'échaudé, Mangiacavallo, Alco-
chete et le professeur Bidince. De l'autre côté Bogotillos,
Maltropillo et le professeur Hinnulus. On voit les
jambes de ces messieurs au-dessous du bordage des
bateaux qu'ils manœuvrent puisque aussi bien chacun
sait que, sans jambes, les bateaux ne sauraient marcher.*

PREMIÈRE ÉQUIPE BIDINCE

Voilà notre bouée. C'est ici, je la reconnais à ce petit
drapeau rouge que nous avons planté dessus.

DEUXIÈME ÉQUIPE HINNULUS

Voilà notre bouée. C'est ici, je la reconnais à ce petit drapeau rouge que nous avons planté dessus.

BIDINCE

Oh! je suis terriblement excité!

HINNULUS

Oh! je suis terriblement excité!

Il hennit. Chacune des Équipes attache à l'avant du bateau le bout de corde qui était fixé à la bouée.

PREMIÈRE ÉQUIPE

Attention! il n'y a plus qu'à tirer tous ensemble et bien d'accord. C'est le moment ou jamais.

DEUXIÈME ÉQUIPE

Attention! il n'y a plus qu'à tirer tous ensemble et bien d'accord. C'est le moment ou jamais.

BIDINCE

Pourquoi est-ce le moment ou jamais?

Hinnulus fait comprendre par sa mimique qu'il est en train de dire la même chose.

PREMIÈRE ÉQUIPE

N'avez-vous pas appris que toute la flotte anglaise est allée au fond de la mer?

La Deuxième équipe dit la même chose avec des gestes.

BIDINCE

Eh bien?

HINNULUS

Eh bien?

PREMIÈRE ÉQUIPE

Alors il y a quelque chose qui va remonter! Quand quelque chose va au fond de l'eau, il y a autre chose qui va remonter.

LA DEUXIÈME ÉQUIPE *dit la même chose et ajoute :*

C'est l'équilibre, quoi!

PREMIÈRE ÉQUIPE

C'est l'équilibre, quoi!

BIDINCE, *comme prenant Hinnulus à témoin à travers l'échaudé.*

Quelle étrange superstition!

HINNULUS, *de même attestant l'échaudé.*

Quelle étrange superstition!

BIDINCE

Et maintenant, tirez!

HINNULUS

Et maintenant, tirez!

PREMIÈRE ÉQUIPE

Tirons!

DEUXIÈME ÉQUIPE

Tirons !

Ils ne tirent pas.

PREMIÈRE ÉQUIPE

Si vous donniez un demi-douro à chacun on tirerait mieux.

DEUXIÈME ÉQUIPE

Juste un petit douro à chacun et l'on tirerait de meilleur cœur.

BIDINCE, *levant les bras au ciel.*

C'est une extorsion épouvantable !

HINNULUS, *levant les bras au ciel.*

C'est une extorsion épouvantable !

Il hennit.

BIDINCE

J'ai déjà donné dix douros et si nous attrapons la poissonne il y a dix autres douros.

HINNULUS

Cela fait dix douros que j'ai déjà donnés. Et dix autres douros si nous halons la bouteille.

BIDINCE

Et dépêchons-nous, car j'ai toujours peur de voir arriver Hinnulus. Quel baudet à longues oreilles ! Il prétend que c'est une bouteille que vous avez amarrée !

HINNULUS

De voir arriver ce maudit dit Bidince je ne suis pas
sans peur. Quelle tête de mouton! Il prétend que ce que
vous avez harponné, c'est une poissonne!

Il hennit.

PREMIÈRE ÉQUIPE, *avec circonspection.*

Des bouteilles comme ça c'est rare qu'il y en a qui se
promènent à travers la mer. Pourtant nous avons réussi
à la ficeler. Mais elle était trop lourde pour nous et elle
a été aller se coincer dans un trou de l'échaudé.

DEUXIÈME ÉQUIPE, *en même temps.*

Des poissonnes comme ça je peux pas dire que j'en
ayons jamais vu. Rien qu'un moment que j'avons pu
l'apercevoir. Ça a suffi pour lui passer l'haussière, a ne
s'échappera pas. Mais elle était trop forte pour nous dans
un trou qu'elle a allé été se réfugier.

BIDINCE, *frappant du pied.*

Ce n'est pas une bouteille, c'est une poissonne!

HINNULUS, *frappant du pied.*

Ce n'est pas une poissonne, c'est une bouteille!

BIDINCE, *insidieux.*

Et comment est-ce qu'elle était, cette poissonne?

PREMIÈRE ÉQUIPE

On ne l'a vue qu'un petit moment.

BIDINCE

Toute ronde et luisante comme une grosse bouteille?

PREMIÈRE ÉQUIPE

J'allais le dire, c'est ça! toute rose et luisante comme une grosse bouteille.

BIDINCE

Et vous n'avez pas vu, de temps en temps comme une lumière qui s'éteignait et se rallumait?

PREMIÈRE ÉQUIPE

C'est cela même, eh, Mangiacavallo? une espèce de lumière comme qui dirait qui s'éteignait et se rallumait.

HINNULUS

Et comment est-ce qu'elle était, cette bouteille?

DEUXIÈME ÉQUIPE

C'était une grosse bouteille.

HINNULUS

Eh bien! qu'est-ce qu'il y avait dans cette bouteille?

DEUXIÈME ÉQUIPE

Faites excuse, on ne l'a vue qu'un petit moment. Ou plutôt l'ombre qu'elle faisait sur le sable blanc au fond de l'eau avec le soleil rouge au-dessus qui était en train de se coucher.

HINNULUS

Et vous n'avez pas vu un tas de choses qui remuaient dedans?

DEUXIÈME ÉQUIPE

Il y a toujours un tas de choses dans une bouteille.

BIDINCE

Assez causé! Et maintenant, allons-y!

HINNULUS

Et maintenant, allons-y!

BIDINCE

Tirez!

HINNULUS

Tirez!

PREMIÈRE ÉQUIPE

Tirons!

DEUXIÈME ÉQUIPE

Tirons!

Les deux Équipes, attachées l'une à l'autre, exécutent de chaque côté de l'échaudé une espèce de tug-of-war.

PREMIÈRE ÉQUIPE

Ça vient!

DEUXIÈME ÉQUIPE

Ça vient!

PREMIÈRE ÉQUIPE

C'est dur!

DEUXIÈME ÉQUIPE

C'est dur!

Ils s'arrêtent.

ALCOCHETE, *obséquieux.*

Mais avant que de recommencer, veuillez nous expliquer, Monsieur le Professeur, de quoi est fait cette espèce d'animal que vous tenez tant à collectionner.

BIDINCE, *solennel et oraculaire.*

Au commencement, aux époques du lias et du crétacé, voyageaient dans les mers fumantes des baleines en tôle vernie.

ALCOCHETE

C'est intéressant.

BIDINCE, *faisant des gestes comme s'il dessinait
sur un tableau à la craie.*

L'animal que nous poursuivons est une survivance de ces époques naïves. J'ai vu son portrait dans un livre allemand et moi-même j'en ai ramassé les morceaux par-ci par-là.

ALCOCHETE

C'est intéressant. Et comment est-ce qu'il était fait?

BIDINCE, *simple et familier.*

Il n'avait qu'un seul œil formant objectif et au-dessus une espèce de phare ou projecteur électrique qu'il éteint et rallume à volonté.

La bouche? comment est la bouche? Il n'a pas de bouche. Il est complètement bouché.

Mais au milieu de l'estomac on remarque un double rouet sur lequel s'enroule en forme de 8 une lanière ou bandelette sans fin,

Sur laquelle viennent s'imprimer les images que capte l'objectif.

ALCOCHETE

C'est intéressant.

BIDINCE, *cantabile con molto espressione.*

Aussitôt entraînées par le second rouet elles passent dans une espèce de mâchoire ou de brosse, congrûment irriguée, qui détache les images et les livre à l'appareil digestif.

On n'a rien trouvé de plus beau depuis le peutêtroptère!

ALCOCHETE

Et comment appellerons-nous ce poisson-là?

BIDINCE, *avec enthousiasme.*

Nous l'appellerons le *Georgeophage*, de *George* qui est mon nom, George Bidince,

Et *phage* qui veut dire poisson. Tous les poissons et poissonnes s'appellent comme ça.

ALCOCHETE

C'est intéressant. Et vous dites qu'une bête comme ça existe ?

C'est intéressant.

BIDINCE

Il existe ! il a le devoir d'exister ! C'est une hypothèse commode.

Il est mieux qu'effectif, il est indispensable.

HINNULUS, *comme s'il continuait la conversation.*

Mais si vous avez pu amener la bouteille aussi près du bateau que vous dites, certainement vous avez dû voir quelque chose.

BOGOTILLOS

Bien sûr qu'on a vu quelque chose.

HINNULUS

Qu'est-ce que vous avez vu ?

BOGOTILLOS

Eh bien ! devinez voir un peu.

HINNULUS, *avec une excitation contenue.*

Si vous voulez mon opinion, cette bouteille n'est autre que celle qu'Apollonius de Tyane a jetée à la mer et que recherchait Pantagruel.

BOGOTILLOS

Qui était Apollonius ?

HINNULUS

Appollonius était un grand savant autrefois qui avait trouvé le moyen de mettre le temps en bouteille. On bouche et c'est fini, ça ne s'en va pas.

BOGOTILLOS

C'est une bonne idée.

HINNULUS

Dites-moi seulement ce que vous avez vu.

MALTROPILLO

C'est pas vu qu'on pourrait dire, c'était tellement embrouillé, c'est entendu plutôt.

HINNULUS

Qu'est-ce que vous avez entendu?

MALTROPILLO

Le braiment d'un âne.

HINNULUS

C'était l'âne de Silène quand, au clair de lune au milieu de la bacchanale, il gravit *ad Parnassum*.

Il hennit.

MALTROPILLO

Un plache! plache! comme de gros poissons qui sautent hors de l'eau.

HINNULUS

C'est Protée qui donne à manger à ses Phoques au son de quatre trombones!

MALTROPILLO

Une galopade comme de chevaux qui détalent dans les pierres roulantes.

HINNULUS

Ce sont les Centaures qui dégringolent parmi les lauriers-roses sur les pentes rocailleuses du Cithéron! Bravo!

Il hennit.

LA DEUXIÈME ÉQUIPE, *comme si elle n'attendait que ce signal, d'une seule voix, crachant dans ses douze mains et enlevée triomphalement par la musique qui les soutient jusqu'à la fin de la scène.*

Bravo! et en avant!

PREMIÈRE ÉQUIPE

En avant! en avant!

Ils vont tous en arrière.

BIDINCE ET HINNULUS

Tirez! tirez!

PREMIÈRE ET DEUXIÈME ÉQUIPES

Tirons! tirons! *(Ils tirent. Tug-of-war.)* Ça vient! ça vient! — Hardi! — C'est dur! C'est dur! — En avant! en avant! — En arrière! en arrière!

La corde casse. Ils tombent tous les jambes en l'air.

SCÈNE VI

L'ACTRICE, DON RODRIGUE,
LA CAMÉRISTE.

L'Actrice sur le proscenium devant le rideau baissé, sans corsage, la gorge et les bras nus. Elle est censée dans sa loge, en train de se faire parer pour la scène qu'elle va jouer. Un grand miroir devant elle. Sur sa table, parmi les instruments de toilette quelques feuilles de papier froissé. Tous les meubles et accessoires sont rattachés au rideau par des ficelles bien visibles.

LA FEMME DE CHAMBRE, *tendant à l'Actrice un petit pot de noir.*

Madame a oublié son rimmel.

L'ACTRICE

Tu as raison. Un peu de rimmel, mon œil n'en aura que plus de feu. Le trait de la personne jaillit avec plus de force de l'arc d'une paupière assombrie.

> *Elle se touche les paupières avec un petit pinceau, puis elle fait rouler lentement ses yeux de droite à gauche et ensuite de gauche à droite, ouvre, ferme, rouvre, referme.*

LA CAMÉRISTE

Et tout cela pour obtenir d'un vieux marchand de cacahuètes à moitié crevé qu'il accepte de nos mains un royaume!

L'ACTRICE

Ne dis pas cela, Mariette! Tu n'y entends rien, Mariette. C'est une situation superbe! Le plus beau rôle que j'aie jamais eu de ma vie! Un rôle en or. Quel dommage qu'il n'y ait personne pour nous voir! Mais je m'en servirai pour ma saison à Madrid. Cela fera un petit sketch à l'Alcazar, tu verras ça!

— Et pas un brin de rouge sur la figure. Rien qu'un peu de carmin sur le lobe de chaque oreille. Qu'en dis-tu?

LA CAMÉRISTE, *frappant des mains.*

Ça suffit! tout est allumé!

L'ACTRICE

Dans la simplicité pour commencer, pour ménager la progression et toutes les nuances. Tout tranquille, tout doux, tout uni, avec un fond douloureux. Simplicité, simplicité! Une espèce de soumission et de résignation pleine de dignité. *(Posant sa voix :)* La, la, la, la! Petit pot de beurre! petit pot de beurre; les notes du milieu de la voix un peu mates.

De la simplicité mais de la grandeur aussi! Je commence dans une noble simplicité : « Je vous ai convié, Monsieur... »

Elle se reporte aux papiers.

LA CAMÉRISTE

Madame veut-elle que j'aille lui chercher la brochure?

L'ACTRICE

Il n'y a pas de brochure, Mariette, c'est bien plus beau comme ça. C'est moi qui ai tout à créer, les paroles et la musique. Je lis ma réplique d'avance dans les yeux de mon partenaire.

Il n'y a qu'à bien régler les mouvements, les paroles viennent dessus toutes seules.

Je commence par une espèce de récitatif, mon histoire, un long tissu de fariboles pathétiques, récitées de la voix la plus musicale.

Et puis, peu à peu, tous les grands mouvements de l'éloquence et de la passion, les accents de cette reine éplorée aux pieds de ce truand, j'espère qu'il est bien hideux et brutal, et de temps en temps une interrogation, un mot, une touchante petite question. C'est cela! par-ci par-là un rien, une fusée, clair, clair, tendre, touchant, une gentille petite *cocotte* !

Et par derrière, toujours naturellement, le secret féminin, quelque chose de réservé et de sous-entendu.

LA CAMÉRISTE

Oh! je me cacherai quelque part pour vous voir! Oh! si Madame est aussi belle que l'autre soir, ce sera épatant! Je ne savais où me fourrer! j'en ai pleuré toute la nuit!

(Là-dessus, le rideau se lève, entraînant dans les airs le miroir, la table de toilette et tout le fourniment.)

O mon Dieu, qu'est-ce qui arrive?

L'ACTRICE

Nous sommes de l'autre côté du rideau! Sans y faire attention nous avons passé de l'autre côté du rideau et l'action a marché, sans nous! O mon Dieu, quelqu'un a pris mon rôle! Je me sens toute nue! Dépêchons-nous de nous remettre là dedans et nous finirons bien par sortir par un bout ou par l'autre!

Elles sortent. Le rideau en se levant a découvert l'Actrice (une autre tenant le même rôle), le col et les bras nus, en train de peindre à une table, un verre plein d'eau sale devant elle, et Rodrigue au-dessus d'elle lui donnant des indications.

DON RODRIGUE

C'est un grand honneur que me fait Votre Majesté en consentant ainsi à travailler sur mes indications.

L'ACTRICE, *sans lever les yeux.*

Vous feriez mieux de me dire si c'est vert ou bleu que vous voulez le parapluie. Moi, je le vois gros bleu.

DON RODRIGUE

Et moi, je le vois rouge, un rouge passé presque jaune. Et en dessous un évangéliste en plein vent, Saint Luc, en train de travailler à ses écritures. C'est une petite rue d'Avignon, le long du Palais des Papes, et en dessus, en plein azur, bien haut, il y a un arc-boutant tout blanc (faites-le rose pour qu'il ait l'air plus blanc) d'un élan, d'une allégresse inouïs!
Entre Saint Luc et l'arc en question il y a un pigeon qui monte en l'air pour s'y poser.

L'ACTRICE

J'aime mieux le Saint Matthieu.

DON RODRIGUE

Oui, c'est une rude idée que j'ai eue de placer derrière lui ce grand arc de triomphe de pierre rouge à deux portes avec l'inscription en capitales romaines et la tête de bœuf.

L'ACTRICE

C'est un ange qui est le symbole de Matthieu.

DON RODRIGUE

Je regrette, mais le bœuf fait mieux. Vous avez attrapé tout à fait la nuance qu'il fallait pour le ciel par derrière et les longs nuages obliques.

Saint Matthieu le publicain entre les deux mouvements du trafic, montant et descendant.

Oui, mais il est trop petit, on ne le voit pas.

Vite! une autre feuille! nous allons en faire un autre, inscrit dans une espèce de fenêtre parabolique.

Il a une espèce de grande face romaine avec des bajoues rasées et deux mentons,

Une toge jaune comme les moines bouddhistes accrochée à l'épaule avec une grande agrafe de cuivre,

Et sous la table un énorme pied chaussé d'une sandale de plomb

Écrasant Calvin qui vomit le diable!

L'ACTRICE

C'est de la chance que vous m'avez rencontrée après que votre Japonais vous avait laissé en plan.

DON RODRIGUE

Oui, il est parti subitement. Il a dû trouver une occasion pour regagner son pays. J'ai dû l'offenser je ne sais comment. Ils sont comme ça!

Mais je ne le regrette pas, vous travaillez encore mieux que lui, ça fond bien ensemble nous deux. Il y a tout de même des choses pour lesquelles il n'y a rien de tel que le mélange d'un homme et d'une femme.

Et quelle bonne inspiration j'ai eue tout à coup de

vous demander si vous saviez dessiner! pendant que vous vous obstiniez à me parler d'un tas de choses sans intérêt.

L'ACTRICE

Vous n'avez pas demandé mon avis. Vous m'avez annexée sur-le-champ.

DON RODRIGUE

L'ennuyeux est que vous ne savez pas graver, mais je suis sûr que vous apprendrez vite. Le Japonais a laissé tous ses bois et ses outils.

L'ACTRICE

C'est très bien, mais il va falloir que je retourne en Angleterre.

DON RODRIGUE

Pas le moins du monde. Je vous ai déjà dit que je n'avais pas envie de connaître l'Angleterre.

Je connais un ancien petit couvent près de Majorque avec un *patio* tout rempli de citrons si jaunes que ça fait mal aux yeux.

Vous serez très bien là pour travailler. Vous pourrez travailler du matin au soir sans que personne vienne vous déranger.

L'ACTRICE

Oui, mais le beau Duc de Medina Sidonia vient de conquérir l'Angleterre pour moi.

DON RODRIGUE

Je n'aurais jamais cru que le beau Duc de Medina Sidonia fût capable de conquérir quelque chose de difficile.

L'ACTRICE

Qui sait? Peut-être que mon cœur ne le sera pas pour lui.

DON RODRIGUE

Eh bien! épousez-le! Et moi j'irai faire la guerre en Irlande contre vous!

L'ACTRICE

Don Rodrigue! pourquoi êtes-vous avec moi si brutal et si méchant?

DON RODRIGUE

Épousez le beau Duc de Medina Sidonia! Moi, je suis vieux et un pauvre bonhomme et je n'ai qu'une jambe.

L'ACTRICE

Si j'épouse quelqu'un ce sera le fils du Roi d'Espagne.

DON RODRIGUE

Tout ce que je demande est de rester votre ami.

L'ACTRICE

C'est vous que je préfère.

DON RODRIGUE

C'est gentil de dire ça, même si ce n'est pas vrai. Oui, cela me fait plaisir à entendre.

L'ACTRICE

Je n'épouserai personne! C'est dans la prison de Londres que je me suis aperçue que j'avais une âme, une âme vivante et qui n'était pas faite pour vivre dans une prison.

J'ai juré que jamais plus je ne me laisserais mettre dans une prison.

J'ai juré que jamais je ne supporterais un gros corps d'homme entre le soleil et moi!

Je ne veux pas vivre dans la pâte!

Je veux quelqu'un qui m'aide et non pas qui m'engloutisse!

On vit, avec vous! Je vis, avec vous, depuis deux jours! vous ne me demandez rien, vous êtes comme la musique qui ne vous demande rien mais qui, d'emblée, vous enlève et vous met d'accord avec elle.

Dès que vous êtes là, il y a de la musique, je me livre avec ardeur, confiance et mesure, comme entre les bras d'un puissant danseur, je sens que je fournis à votre esprit ce qu'il voulait! Vous êtes là et aussitôt je suis forte et gaie, je me sens toute brillante et toute sonore!

C'est comme un coup de trompette qui vous nettoie, comme une fanfare guerrière qui ranime l'esprit abattu et le remplit de courage et de feu!

Et en même temps nous sommes libres tous les deux! Je n'ai aucun droit sur vous et vous aucun sur moi. C'est charmant! Nous sommes ensemble tant que durera la musique.

DON RODRIGUE

Eh bien, nous allons fabriquer, fabriquer, fabriquer des images à n'en plus finir.

L'ACTRICE

Mais peut-être que j'ai envie de faire avec vous autre chose que des images et des gâteaux avec du sable?

DON RODRIGUE

C'est par le désir du Roi d'Espagne que vous êtes venue me trouver?

L'ACTRICE

Pourquoi ne l'avouerais-je pas? Medina Sidonia n'est pas bon à autre chose que faire le bonheur et le malheur d'une faible femme.

C'est vous dont le Roi a besoin en Angleterre avec moi. Il n'attend qu'un mouvement de vous vers lui.

DON RODRIGUE

Je ne ferai pas ce mouvement.

L'ACTRICE

Quoi, ne voulez-vous point m'aider?

DON RODRIGUE

Je ne comprends pas pourquoi Sa Majesté s'est avisée de moi tout à coup!

Il n'a pas eu besoin de moi entier et sain, pourquoi me ramasse-t-il cassé?

L'ACTRICE

Sa confiance vous honore.

DON RODRIGUE

Elle m'offense. Il n'a pas peur de moi.

On n'a rien à craindre d'un infirme. Je serai trop heureux d'exécuter ses ordres.

L'ascendant que le beau Medina Sidonia aurait pu prendre sur vous, avec moi il n'y a rien à craindre.

L'ACTRICE

Est-ce vrai, cher Rodrigue?

DON RODRIGUE, *avec un sourire hargneux.*

Ce n'est pas tout à fait vrai.

L'ACTRICE

Votre souverain est un grand politique. Je suppose en effet qu'il a voulu se servir de nous l'un contre l'autre.

Eh bien! pourquoi ne pas faire alliance comme il nous le demande? C'est lui qui l'aura voulu.

DON RODRIGUE

Est-ce qu'il y a une alliance possible avec vous?

L'ACTRICE

Cher Rodrigue, je suis avec vous depuis deux jours et il me semble que jamais quelqu'un auparavant ne m'a connue,

A ce point que j'en suis gênée.

Vous avez éveillé des forces ignorées en moi, quand je vous écoute tout change de place et cherche un ordre

différent, il me semble que c'est quelque chose de profond
et de nouveau en moi qui ne peut pas faire autrement
que de répondre à votre sollicitation.

Ah! et vous-même, est-ce qu'il ne vous semble pas que
je vous aie reconnu un petit peu?

DON RODRIGUE

Il n'est vrai que trop!
Vous direz que ce n'est pas délicieux, cette jeune figure
attentive qui m'écoute!
Cet éclair de l'intelligence dans ces beaux yeux qui
me regardent, c'est autant pour moi qu'un corps blanc!

L'ACTRICE, *couvrant ses épaules d'une mantille.*

Je n'aime pas ce pays,
Si je reste plus longtemps sous ce soleil de feu, je sens
que je me fanerai comme une algue sur les galets.

DON RODRIGUE

Et cependant, de la tête à vos petits pieds, votre mère
l'Aragonaise vous a faite Espagnole,
Votre figure est pâle et cependant je ne sais ce qui lui
donne tant d'éclat.

L'ACTRICE

Les yeux, peut-être? Non,
C'est cette touche de carmin que j'ai posée juste sur le
petit bout de l'oreille.

DON RODRIGUE

C'est cela même! voilà l'importance d'une touche
juste! Hum! où en étions-nous?

L'ACTRICE

Nous en étions à l'Angleterre où demain vous allez venir avec moi.

DON RODRIGUE

C'est moi qui aurai l'agréable mission de manipuler ce peuple vaincu?

Travailler sous le fouet, tous les dimanches bien sagement aller écouter Monsieur le Curé, et tous les mois mettre dans un sac, pour vous, l'argent dont tous les ans vous enverrez au Roi de Madrid le moins possible,

Voilà la tâche que vous me donnez à expliquer en espagnol à mes sympathiques administrés.

Cela me rappelle mon ami jadis, Almagro, sur ses plantations.

L'ACTRICE

Que voulez-vous que nous fassions?

DON RODRIGUE

Madame, qui est-ce qui obtient le plus d'un cheval,

Celui qui montant sur son dos le pique des deux éperons, ou celui qui le tenant par la bride le bat à coups de fouet tant qu'il peut?

L'ACTRICE, *battant des mains.*

J'ai compris! Ah! vous êtes l'homme qu'il me faut!

Un cheval qui a besoin de son maître ne songe pas à le jeter par terre et il ne fera pas de philosophie et de théologie!

Il faut lui donner de l'occupation!

Ah! vous êtes boiteux, mais je vais mettre les reins

sous vous d'un superbe animal! Mon peuple, comme je
l'aime!

Vous l'aimerez comme moi.

C'est vous et moi qui allons révéler à ce peuple sa
vocation.

DON RODRIGUE

Pensez-vous que le Roi d'Espagne soit content de ce
petit programme?

L'ACTRICE

Il aura le temps peu à peu de s'y accommoder.

DON RODRIGUE

Ainsi c'est de tromper mon souverain que vous me
proposez?

L'ACTRICE

C'est cela, nous allons le tromper un petit peu, oui,
oui!

DON RODRIGUE

Et de nouveau vous allez me rendre aux murs, et aux
meubles, et aux papiers? La vacance immense et le
soleil ne seront plus pour moi?

La mer que je sens depuis si longtemps vivre sous mon
cœur et qui est depuis si longtemps ma compagne de lit,
la couche impériale sous mon corps, il faudra m'y
arracher?

L'ACTRICE. *L'orchestre joue un arrangement
de l' « Ouverture des Grottes de Fingal ».*

Mais en Angleterre nous ne sommes jamais loin de la
mer, elle remue jusqu'au fond de nos comtés.

L'Ile est une espèce de harpe immense disposée pour
en tirer des voix et de la musique.

Deux fois par jour elle revient nous remplir et allaiter
par toute sorte de conduites et d'ouvertures jusqu'au
centre du pays.

Quel bonheur de l'avoir tout autour de soi et d'être
séparée de tout dans ce grand jardin plein d'animaux
paissants, cette prairie au cœur de quoi l'arc-en-ciel a
toujours un pied !

C'est ce qu'il faut pour un amateur comme vous ! à
part de tout, le moyen d'intervenir à son aise dans les
affaires de l'Europe sans que jamais personne s'occupe
des nôtres, toujours à demi enveloppés dans le mystère
et dans la brume.

La ridicule conquête de l'Armada ne se renouvellera
plus.

Ah ! je punirai bien les traîtres et les imbéciles qui
n'ont pas su se défendre !

Vous autres, ceux du Continent,

Vous ne pouvez pas vous mettre dans la tête qu'il y
ait autre chose que de la terre sur cette planète. Mais il y
a d'abord la mer et la terre est dedans.

Cet Océan, sans le voir, vous autres Espagnols, vous
vous êtes empressés de le traverser les yeux fermés pour
aller bien vite vous régaler de cette terre que vous avez
trouvée de l'autre côté.

Mais nous, Anglais, c'est la mer entière qui est à nous,
pas seulement cette espèce de flaque, votre Méditerranée,

Mais la mer tout entière,

Et la terre qui est dedans par-dessus le marché il suffit
d'y accrocher quelques pontons çà et là.

Nous trempons dedans ! Nous ne tenons à rien ! Nous
sommes libres ! Nous avons ouverture par tous les
bouts ! C'est l'eau infinie qui, de toutes parts, vient
baiser les marches de notre château !

Venez avec moi tout en haut de l'Europe, dans cette espèce de colombier tout entouré d'une palpitation d'ailes, d'où partent sans fin mes mouettes, mes colombes, à la picorée vers toutes les mers du Monde!

Ici où nous sommes il n'y a même pas de marée! Mais à Londres on a le doigt, jour et nuit, sur le pouls du monde qui bat!

Quand vous serez en train de travailler à votre bureau, tout à coup le jour est intercepté, c'est un grand quatre-mâts qui remonte la Tamise!

DON RODRIGUE

Quand le soleil vient à briller à travers la brume, on voit l'eau boueuse s'animer d'un million de petites écailles d'or, c'est l'Égide de Britannia.

L'ACTRICE

Vous viendrez avec moi en Angleterre?

DON RODRIGUE

Je viendrai si je veux, mais je voudrais d'abord essayer de réaliser avec vous ce grand projet de frise.

Cela s'appellera le Baiser de Paix. Cela m'est venu à l'idée en regardant les moines au chœur qui se transmettent l'un à l'autre le baiser que le premier d'entre eux à l'Autel a reçu de l'Officiant.

Ils projetaient leurs ombres l'un sur l'autre.

Mais au lieu de moines nous mettrons des femmes enveloppées de longs voiles.

Elles se communiquent l'une à l'autre la Paix.

J'ai une espèce de grand drap, nous dirons au petit mousse de s'envelopper dedans, ou peut-être je le ferai moi-même, je vous donnerai les poses.

SCÈNE VII

DIÉGO RODRIGUEZ, LE LIEUTENANT.

*Un vieux bateau délabré et rapiécé qui fait voile pénible-
ment vers le port. (Si c'est trop compliqué à représenter une
simple bouteille dans la main de Diégo Rodriguez contenant
un bateau à voiles fera l'affaire.)*

*Sur le pont, le Commandant Diégo Rodriguez et
son Lieutenant, un jeune homme.*

DIÉGO RODRIGUEZ

Dès le milieu de la nuit j'ai reconnu l'odeur de
Majorque, comme si c'était une femme coup par coup
qui me l'envoyait avec son éventail noir. Il n'y a que la
Corse qui sente aussi bon.

LE LIEUTENANT

Il y a aussi la ville de Marseille.

Comme je donnerais la Corse et les trois Baléares pour
respirer l'odeur du bois humide qui brûle sur le rivage
de Timor!

DIÉGO RODRIGUEZ

Si je vous entends répéter ces paroles impies, je vous
envoie par le fond la tête la première.

LE LIEUTENANT

Ah! je n'ai fait qu'y mettre les lèvres et vous me l'avez
retirée aussitôt! Que n'ai-je bu plus profond à cette
coupe empoisonnée!

DIÉGO RODRIGUEZ, *braquant sa longue-vue.*

Rien n'a changé! Voilà la maison du notaire, voilà
celle de Monsieur le Bailli, voilà le couvent des Clarisses
au milieu des cyprès! C'est ridicule.

LE LIEUTENANT

Montrez-moi la maison de Doña Austrégésile.

DIÉGO RODRIGUEZ

On ne la voit pas. Elle est de l'autre côté de la pointe.

LE LIEUTENANT

Nous y serons dans quelques minutes avec ce bon
vent. Vous pourrez débarquer ce soir.

DIÉGO RODRIGUEZ

Non, nous n'avançons pas avec ce vieux rafiot à la
quille incrustée de barnacles. Il est trop tard. Je vais
dire qu'on mette l'ancre.

LE LIEUTENANT

Vous avez peur, Capitaine?

DIÉGO RODRIGUEZ

J'ai peur, j'ai peur! c'est vrai.

· LE LIEUTENANT

Peur de cette joie qui vous attend?

DIÉGO RODRIGUEZ

Quelle joie? Doña Austrégésile aura eu le temps de se
marier et d'être veuve deux fois ou trois. Au moins je

n'ai pas d'illusion! Je ne suis pas assez béjaune pour croire qu'elle soit restée fidèle à ses serments ces dix ans qui viennent de s'écouler.

LE LIEUTENANT

Non, je ne le crois pas non plus.

DIÉGO RODRIGUEZ

Si elle m'avait aimé elle aurait trouvé le moyen de m'écrire.

LE LIEUTENANT

Sûr et certain.

DIÉGO RODRIGUEZ

Il est vrai qu'elle ne savait pas au juste où j'étais. Mais enfin tout se tient sur la mer et une lettre finit toujours par arriver.

LE LIEUTENANT

Je dis comme vous.

DIÉGO RODRIGUEZ

Qui se fierait aux serments d'une femme! Il n'y a pas de livre où l'on ne voie ce qu'il faut en penser. C'est bien expliqué.

LE LIEUTENANT

En effet.

DIÉGO RODRIGUEZ

Et que puis-je lui offrir maintenant pour la tenter! Je suis vieux et ce vieux bateau rapiécé et bon pour l'équarrisseur est toute ma fortune. Ni le commerce ni la guerre, rien de ce que j'ai essayé sur terre ou sur mer n'a réussi.

LE LIEUTENANT

On ne peut pas dire le contraire.

DIÉGO RODRIGUEZ

Je n'ai même pas été capable de rien découvrir. Les autres navigateurs ont des pays pleins d'hommes, de vastes et riches contrées à montrer, avec qui ils partagent leurs noms.

Mais moi, Diégo Rodriguez, c'est un pain de fonte rouge au milieu de l'Océan Atlantique habité par les phoques et les pingouins.

LE LIEUTENANT

Comme vous dites. Un lieu maudit. On ne peut même pas y faire de l'eau.

DIÉGO RODRIGUEZ

Elle est belle. Elle a des terres et de l'argent. Une des bonnes familles de Majorque. Ce ne sont pas les prétendants qui ont dû faire défaut.

LE LIEUTENANT

C'est probable, c'est probable.

DIÉGO RODRIGUEZ

Ce n'est pas probable, c'est sûr.

LE LIEUTENANT

C'est sûr, c'est sûr.

DIÉGO RODRIGUEZ

Non, ce n'est pas sûr, vous êtes un impertinent! Je dis que c'est honteux!

Pourquoi suis-je parti sinon pour elle? Pour me rendre digne d'elle! Il n'y avait pas assez d'or dans le monde entier pour que je le mette à ses pieds!

Ah! je n'aurais jamais cru qu'elle me trahît ainsi! ah! je n'aurais jamais cru qu'elle fût comme les autres femmes!

LE LIEUTENANT

Tout à fait la même chose.

DIÉGO RODRIGUEZ

Si tu continues à parler de cette façon tu vas recevoir mon poing sur le museau!

LE LIEUTENANT

Que voulez-vous, Capitaine? Il y a si longtemps que vous me parlez de Doña Austrégésile!

J'ai d'abord essayé de la défendre, mais vous avez réponse à tout et j'avoue que vous m'avez convaincu.

DIÉGO RODRIGUEZ

Instruis-toi. J'en sais plus long que mon bras. Tu vas voir ce que c'est que les femmes et que la vie.

Entre Don Alcindas.

DON ALCINDAS

Je salue Don Rodriguez, capitaine du *Santa Fé*. Je suis Don Alcindas.

DIÉGO RODRIGUEZ

Bien le bonjour, Monsieur Alcindas, c'est vous la douane?

DON ALCINDAS

Non, ce n'est pas moi la douane.

DIÉGO RODRIGUEZ

Je pensais qu'il n'y avait que la douane pour nous amarrer aussi vite.

DON ALCINDAS

Il y a de bons yeux à Majorque pour regarder la mer. Il y a de bonnes mémoires qui n'ont pas oublié le *Santa Fé*.

DIÉGO RODRIGUEZ

Je comprends, vous êtes le représentant de mes créanciers. Eh bien! je ne vous payerai pas, vous pouvez me faire mettre en prison.

L'argent que vous m'avez prêté il y a dix ans, vous pouvez faire une croix dessus.

Il ne me reste que ce vieux bateau. Payez-vous dessus si vous pouvez.

La cargaison n'est pas à moi.

DON ALCINDAS

Vous m'offensez, Don Diègue. Vous n'avez d'autre créancier ici que celui-là dont il n'est pas en votre pouvoir de cesser d'être le débiteur.

DIÉGO RODRIGUEZ

Quel est ce galimatias? Je ne vous entends pas.

DON ALCINDAS

Eh quoi! avez-vous donc oublié Doña Austrégésile?

DIÉGO RODRIGUEZ

Doña Austrégésile est vivante?

DON ALCINDAS

Elle est vivante.

DIÉGO RODRIGUEZ

Achevez. Dites-moi le nom qu'elle porte à présent. Quel est le nom de son époux?

DON ALCINDAS

Pensiez-vous qu'elle vous attendrait ces dix années? Si belle et si désirable? Qui étiez-vous pour mériter une telle fidélité?

DIÉGO RODRIGUEZ

Je suis Diégo Rodriguez qui a inventé au milieu de l'Océan Atlantique un caillou tout neuf que personne n'avait jamais vu.

DON ALCINDAS, *le toisant du haut en bas.*

Plus je vous regarde et plus j'ai de peine à croire que jadis vous ayez pu prétendre à la main de la plus belle et vertueuse dame de Majorque.

DIÉGO RODRIGUEZ

C'est vous qu'elle a épousé?

DON ALCINDAS

Hélas! elle a repoussé la demande respectueuse que j'avais mise à ses pieds.

DIÉGO RODRIGUEZ

Qui donc est l'homme heureux qu'elle a jugé digne de son choix?

DON ALCINDAS

Personne. Elle n'est pas mariée.

DIÉGO RODRIGUEZ

Et puis-je savoir pourquoi, belle, riche, vertueuse et la plus noble femme de Majorque, cependant elle n'a trouvé aucun époux?

DON ALCINDAS

Eh quoi! ne pouvez-vous, Don Diègue, le deviner?

DIÉGO RODRIGUEZ

Non, je ne le sais pas! Non, je ne le sais pas!

DON ALCINDAS

Encore quelques minutes, elle vous le dira elle-même. C'est elle qui a reconnu votre bateau. Chaque jour elle montait sur cette tour pour regarder la mer. C'est elle qui m'envoie.

DIÉGO RODRIGUEZ

Pourquoi ne m'a-t-elle jamais écrit?

DON ALCINDAS

Elle ne doutait pas que vous aviez une foi aussi grande que la sienne.

DIÉGO RODRIGUEZ

Don Alcindas, que faut-il que je fasse?

DON ALCINDAS

Je ne sais.

DIÉGO RODRIGUEZ

Je vais couler ce bateau et nous envoyer tous par le fond! Ça ne peut pas marcher comme ça! Je ne suis pas digne de lécher la semelle de ses souliers!

DON ALCINDAS

Il est vrai.

DIÉGO RODRIGUEZ

Mais sait-elle en quel état je reviens, un homme vieux, un conquérant manqué, un marin claqué, un commerçant failli, et le plus ridicule et pauvre homme de toutes les mers d'Espagne?

DON ALCINDAS

Vous n'êtes pas pauvre. Doña Austrégésile s'est occupée de votre bien en votre absence et vous êtes l'homme le plus riche de Majorque.

DIÉGO RODRIGUEZ, *au Lieutenant.*

Et voilà la femme, Monsieur, dont vous ne cessiez de me représenter la perfidie!

LE LIEUTENANT

Je vous demande pardon.

DON ALCINDAS

Don Diègue, mettez-vous à genoux et ôtez votre chapeau, et saluez la terre natale où une telle épouse après tant de voyages vous attend.

SCÈNE VIII

DON RODRIGUE, DOÑA SEPT-ÉPÉES.

Le bateau de Don Rodrigue.

> *Doña Sept-Épées est assise devant la table, la tête dans ses mains.*

DON RODRIGUE, *s'approchant doucement par derrière et posant sa joue sur la tête de Sept-Épées.*

A quoi pense mon petit agneau?

> *(Sept-Épées ne répond rien et ne change pas de position, mais elle passe son bras autour du corps de son père.)*

Eh bien! on a du chagrin? On ne veut rien dire à son pauvre papa?

SEPT-ÉPÉES

Si je vous dis ce que je pense, je suis sûre que vous ne me répondrez pas comme je veux.

DON RODRIGUE

Et qu'est-ce que tu veux?

SEPT-ÉPÉES

Je ne veux pas que vous fréquentiez cette femme que
vous appelez la Reine d'Angleterre.

DON RODRIGUE

Sa Majesté la Reine d'Angleterre. N'est-elle pas Marie,
la Reine d'Angleterre? N'as-tu pas vu notre propre
Sire, le Roi d'Espagne, la traiter comme telle?

Elle est venue se jeter à mes pieds. Pouvais-je la
repousser? Suis-je libre de refuser cette tâche où personne ne pourrait me remplacer?

Ma conscience m'imposait de l'écouter.

Pour moi seul elle veut être une élève docile. Tout ce
que nos armées ont conquis, elle le met à ma disposition.

Il y a en elle je ne sais quoi d'attentif et de soumis qui
m'a touché le cœur.

C'est intéressant d'écrire royalement son nom au
travers de cette page toute blanche.

SEPT-ÉPÉES

Je ne suis plus rien et c'est elle qui fait de vous ce
qu'elle veut.

DON RODRIGUE

Petite fille, êtes-vous jalouse?

SEPT-ÉPÉES

C'est une autre qui est jalouse.

DON RODRIGUE

Oui, je sais celle dont tu veux parler et je la regarde dans tes yeux.

SEPT-ÉPÉES

Ma mère qui m'a donnée à vous afin que vous ne cessiez pas d'être à elle.

DON RODRIGUE

Oui, je sais que tu n'as pas cessé d'être à elle et d'en faire partie.

SEPT-ÉPÉES

Si elle n'était avec moi je ne vous sentirais pas autant.

DON RODRIGUE

Ainsi il n'y a pas moyen de s'en aller sans aucun bruit et sur la pointe du pied ?

SEPT-ÉPÉES

Je ne suis pas elle seulement, je suis de vous aussi, il y a quelque chose dans mon âme qui est vous et qui épie vos mouvements.

Vous n'échapperez pas à votre petite Sept-Épées.

DON RODRIGUE

Ta mère, quand elle n'était pas là, c'est alors que j'avais l'habitude de lui parler.

Quand elle n'était pas là, c'est alors que je lui disais le meilleur.

SEPT-ÉPÉES

Parlez, père chéri. Elle est morte, elle n'est pas là.

DON RODRIGUE

Mais son Ange gardien peut-être est là qui nous écoute?

SEPT-ÉPÉES

Il s'est trop fatigué à vous suivre. Il dort, il ne vous entend pas. Il est là qui dort amèrement comme un piéton désespéré à l'auberge qui s'endort parce qu'il ne peut plus bouger.

DON RODRIGUE

Je suis seul avec mon enfant chérie?

SEPT-ÉPÉES

Oui, père!

Il remue les lèvres sans faire entendre aucune parole.
Elle le regarde tendrement et attentivement, puis
détourne le visage en lui mettant la main sur les yeux.

DON RODRIGUE, *à voix basse et posant sa main sur son*
autre main.

Les larmes que contient mon cœur, la mer ne serait pas assez grande...

SEPT-ÉPÉES

Eh quoi, vous n'êtes pas consolé?

DON RODRIGUE

Mon âme est vide. A cause de celle qui n'est pas là, de lourdes larmes, mes larmes pourraient nourrir la mer.

SEPT-ÉPÉES

Mais elle va être là tout à l'heure. Bientôt. Celle que vous aimiez, bientôt, celle que vous aimiez, vous allez la retrouver bientôt.

DON RODRIGUE

Et moi, je pense que ce sera jamais ! Cette absence essentielle, oui, ma chérie, et même quand vous étiez vivante et que je vous
Possédais entre mes bras en cette
Étreinte qui tarit l'espoir,
Qui sait si elle était autre chose qu'un
Commencement et apprentissage de ce
Besoin sans fond et sans espoir à quoi je suis
Prédestiné, pur et sans contrepartie ?

SEPT-ÉPÉES

Mais c'est l'enfer que vous dites ! Ce sont là des pensées coupables nées de ne rien faire.
Tant qu'on aime il y a quelque chose à faire.
Au lieu de penser à vous, pourquoi ne pas penser à elle ?
Elle-même, qui sait si elle n'a pas besoin de vous ? Qui sait si elle ne dit pas Rodrigue ! Qui sait si elle n'est pas en un lieu que nous ignorons attachée de liens que vous êtes capable de défaire ?

DON RODRIGUE

Plus audacieux que Colomb pour arriver jusqu'à elle
Suis-je puissant à franchir le seuil entre ce monde et
l'autre?

SEPT-ÉPÉES

Il y a ce qu'on doit faire et non pas à s'inquiéter si l'on
est puissant ou pas puissant, rien n'est plus simple.

Pourquoi parlez-vous de seuil comme s'il y avait une
séparation? Il n'y a pas de séparation lorsque les choses
sont unies comme le sang avec les veines.

L'âme des morts comme une respiration pénètre notre
cœur et notre cervelle.

J'entends ma mère la nuit qui me parle, si doucement,
si tendrement! Si substantiellement. Il n'y a pas besoin
de paroles entre nous pour nous comprendre.

DON RODRIGUE

Dis-moi ce qu'elle dit, Sept-Épées.

SEPT-ÉPÉES

Pas un mot qui soit capable de résonner dans cet air
extérieur que nous respirons.

DON RODRIGUE

Comment faire en ce cas pour la comprendre?

SEPT-ÉPÉES

Que peut demander un captif? Cela déchire le cœur!

DON RODRIGUE

Avec quelles mains jusqu'à elle faire passer la libération?

SEPT-ÉPÉES

Où le corps ne passe pas, la charité peut passer qui est plus forte que tout.

DON RODRIGUE

Quel pain et quelle eau qui aille jusqu'à sa bouche dans la tombe?

SEPT-ÉPÉES

Elle n'a pas de mains ni de bouche, mais il ne manque pas de gens à sa place en Afrique qui ont tout ce qu'il faut jour et nuit pour hurler de désespoir vers l'Espagne qui les oublie!

Est-ce que tout ne tient pas ensemble? est-ce que ce n'est pas la même privation et la même gêne?

Cependant que les dames et les cavaliers dansent au son du flageolet et du luth, cependant que les seigneurs dans les tournois se piquent avec de grands bâtons...

DON RODRIGUE

Cependant que certain vieux fou s'amuse à dessiner des images avec le moignon qui lui reste de son esprit...

SEPT-ÉPÉES

Cependant que nos marchands vont jusqu'au bout de la terre pour en rapporter une poignée de perles, quelques tonneaux d'huile, quelques sacs d'épices,

On oublie une huile plus grasse,

Un vin plus généreux, cette eau, la vraie, qui nous régénère,

Les larmes sur nos mains des captifs que nous avons

délivrés et que nous ramenons à leurs femmes et à leurs
mères.

DON RODRIGUE

Vive Dieu, Sept-Épées, tu as raison, en avant! Que
faisons-nous ici? Que ne sommes-nous déjà en route
vers la Barbarie?

Pourquoi chercher une autre Afrique que celle-là
même

A qui j'ai été habitué depuis si longtemps à demander
l'impossible?

SEPT-ÉPÉES

C'est vrai? vous voulez que nous partions? Et moi
j'ai déjà un petit soldat avec moi, une bouchère que j'ai
rapportée de Majorque.

DON RODRIGUE

Ça fait trois! Laisse-moi encore trouver quarante
gaillards du même poil!

SEPT-ÉPÉES

Ce n'est pas quarante que nous trouverons, c'est
dix mille si vous le voulez!

On peut tout demander à des chrétiens; si on n'obtient
rien d'eux, c'est qu'on n'ose pas, c'est qu'on ne leur
demande pas assez!

Si on essayait un peu de leur demander quelque
chose?

Croyez-vous qu'ils s'amusent tant que ça en Espagne
au milieu de leurs petites occupations?

Dites-leur que c'est fini.

Dites-leur que vous allez en Afrique et qu'ils viennent

avec vous, et qu'ils mourront tous, il n'en reviendra pas un seul!

Ce n'est pas dix mille que nous trouverons, c'est cent mille, nous n'aurons jamais assez de bateaux! Mais nous n'accepterons pas tout le monde!

Le Roi d'Espagne lui-même, avec ça que ça doit être drôle d'être le Roi d'Espagne!

Quand il nous verra partir, bravo! je suis sûre qu'il voudra venir aussi et se battre avec nous pour une si noble cause comme un bon petit homme!

DON RODRIGUE

Et c'est Don Rodrigue le premier qui pilonnera en avant à la tête de toute cette armée!

SEPT-ÉPÉES

Vous vous moquez de moi!

DON RODRIGUE

Que mon pilon prenne racine si je me moque de toi, et que le greffage d'un vieux sacripant sur ce pied de ronce l'aide à produire assez de cubleds tout rouges chaque hiver pour pourvoir à l'existence de deux pinsons!

SEPT-ÉPÉES

Alors quand est-ce que nous commençons?

DON RODRIGUE

C'est *les larmes sur mes mains* qui m'embêtent. Je n'aime pas qu'on me pleure dessus.

Comme ce serait plus amusant si on pouvait faire le bien sans que personne s'en aperçoive,

En silence, comme Dieu, et sans aucune espèce de chance d'être remercié ou reconnu et enduit des pieds à la tête de gratitude!

Au lieu de démolir les portes à coups de hache,

Comme ce serait plus drôle d'arriver par derrière en tapinois, comme un poisson, et de faire aux prisonniers et à leurs gardiens la blague d'ouvrir tout sans qu'ils s'en aperçoivent!

Et de donner naissance quelque part à une liberté irrésistible comme le soleil peu à peu qui triomphe de tous les voiles sans qu'on ait l'idée de dire merci!

SEPT-ÉPÉES

Pourquoi refuser tout ce qu'un pauvre homme peut donner et les larmes d'un cœur naïf?

Et puis, ce n'est pas ce qui vous paraît drôle et amusant, cher père, qui est le point principal, mais de délivrer les captifs à la gloire de Dieu.

DON RODRIGUE

Quand j'aurai délivré les captifs (allons, je veux bien, ils me pleureront sur les pieds!)

Il en restera encore d'autres.

SEPT-ÉPÉES

Mais nous, nous resterons aussi, ou alors nous serons morts, ce qui nous délivrera de notre devoir.

DON RODRIGUE

Sept-Épées, mon enfant, est-ce que tu me mépriseras beaucoup si je te dis ce que je pense?

SEPT-ÉPÉES

Parlez, mon père.

DON RODRIGUE

C'est curieux comme l'idée du bon monsieur Alonzo Lopez dans les fers et de reverser Alonzo Lopez à la désolée madame Lopez et à tous les petits Lopez,

De prendre désormais Alonzo Lopez dans cet épisode africain de son existence temporelle pour mon étoile polaire,

Fait remuer peu de chose en moi.

SEPT-ÉPÉES

Mon père, je ne croirai jamais que vous soyez si cruel et si léger.

DON RODRIGUE

Je ne le suis pas non plus, le diable m'emporte! mais je sors ma pensée par le bout que je peux, je voudrais tâcher de me faire comprendre!

Dis-moi un peu, mon enfant, qui a rendu le plus de services aux pauvres fiévreux,

Le médecin dévoué qui ne bouge pas de leur chevet et qui leur tire du sang et qui leur ôte la vie pour les guérir au péril de la sienne,

Ou cette espèce de propre-à-rien qui, ayant eu un jour comme ça

Envie de l'autre côté de la terre,

A découvert le quinquina?

SEPT-ÉPÉES

Hélas, c'est le trouveur de quinquina.

DON RODRIGUE

Et qui a délivré le plus d'esclaves,
Celui qui ayant vendu son patrimoine les rachetait un
par un,
Ou le capitaliste qui a trouvé le moyen de faire marcher un moulin avec de l'eau ?

SEPT-ÉPÉES

Chacun sa manière ! Ce n'est pas tant de faire du bien
patiemment à nos frères et sœurs qui nous est recom-
mandé
Que de faire ce que nous pouvons, d'aimer les captifs
et les souffrants qui sont les images de Jésus-Christ et de
poser notre vie pour eux.

DON RODRIGUE

Allons, une fois encore je suis repoussé avec perte,
et cependant je suis convaincu qu'il doit y avoir quelque
moyen de t'expliquer
Pourquoi quand je suis appelé au nord j'ai le sentiment aussitôt que c'est du côté de l'ouest ou du sud que
mon devoir est de regarder.

SEPT-ÉPÉES

Mais ici ce n'est ni nord ni sud, mais vous flottez
au hasard sur une eau sans courant,
Livrant aux vents tout ce qui sort de votre imagination.

DON RODRIGUE

Et pourquoi n'aurais-je pas le droit de produire mes
papiers volants, comme le cerisier ses fruits, ou si c'est

trop d'honneur que de me comparer à cet arbre sucré,
  Le genévrier les siens?

SEPT-ÉPÉES

Parce que j'ai besoin de vous. Ma mère a besoin
de vous et tous ces captifs à Alger ont besoin de vous.
  Nous avons profondément besoin de vous et non pas
de vos fruits, mais de votre bois.

DON RODRIGUE

Mais c'est-il avoir besoin de moi que de me demander
ce que tout autre à ma place pourrait fournir encore
mieux?
  Ainsi si tu as besoin d'une table, certainement tu peux
t'adresser à un serrurier et peut-être qu'il te fera quelque
chose qui y ressemble,
  Mais à ta place je penserais à un ébéniste.

SEPT-ÉPÉES

Ainsi votre spécialité n'est pas de vous occuper de
vos frères souffrants?

DON RODRIGUE

Ma spécialité n'est pas de leur faire du bien un par un.
Je ne suis pas l'homme du particulier.
  Ma spécialité n'est pas de sauver Antonio Lopez des
bagnes turcs et Marie Garcia de la petite vérole.

SEPT-ÉPÉES

Mais ne dites pas mon cher père, que vous ne servez
à rien!
  Ne me faites pas cette peine! Ne dites pas qu'en ce

monde misérable vous ne voulez servir à rien et à personne!

DON RODRIGUE

Si fait, Sept-Épées! Oui, je crois que je ne suis pas venu au monde pour rien et qu'il y a en moi quelque chose de nécessaire et dont on ne pouvait se passer.

SEPT-ÉPÉES

Qu'êtes-vous venu faire parmi nous?

DON RODRIGUE

Je suis venu pour élargir la terre.

SEPT-ÉPÉES

Qu'est-ce que c'est qu'élargir la terre?

DON RODRIGUE

Le Français qui habite en France par exemple, c'est trop petit, on étouffe! il a l'Espagne sous les pieds et l'Angleterre sur la tête et dans ses côtes l'Allemagne et la Suisse et l'Italie, essayez de remuer avec ça!

Et derrière ces pays d'autres pays et d'autres pays encore et finalement l'inconnu. Personne, il y a cinquante ans, ne savait ce qu'il y a. Un mur.

SEPT-ÉPÉES

Est-ce que vous pensez faire disparaître l'inconnu?

DON RODRIGUE

Quand tu me parles de délivrer les captifs, mais est-ce les délivrer que de les faire passer d'une prison dans une

autre prison? changer de compartiment? L'Espagne
jadis pour moi n'était pas un cachot moins insupportable
qu'Alger.

SEPT-ÉPÉES

Il y a toujours quelque part un mur qui nous empêche
de passer.

DON RODRIGUE

Le Ciel, ça n'est pas un mur!
Il n'y a pas d'autre mur et barrière pour l'homme que
le Ciel! Tout ce qui est de la terre en terre lui appartient
pour marcher dessus et il est inadmissible qu'il en soit
d'aucune parcelle forclos.
Là où son pied le porte il a le droit d'aller.
Je dis que Tout lui est indispensable. Il ne peut pas s'en
passer. Il n'est pas fait pour marcher avec une seule
jambe et pour respirer avec la moitié d'un poumon.
Il faut l'ensemble, tout le corps.
C'est autre chose que d'être limité par Dieu ou par des
choses qui sont de la même nature que nous et qui ne
sont pas faites pour nous contenir.
Je veux la belle pomme parfaite.

SEPT-ÉPÉES

Quelle pomme?

DON RODRIGUE

Le Globe! Une pomme qu'on peut tenir dans la main.

SEPT-ÉPÉES

Celle-là qui poussait autrefois dans le Paradis?

DON RODRIGUE

Elle y est toujours! Où il y a l'ordre là est le Paradis.
Regarde le Ciel et les astronomes te diront si l'ordre y
fait défaut.

Maintenant, grâce à Colomb, grâce à moi,

Nous faisons partie par le poids de cette chose astro-
nomique,

Bienheureusement détachés de toute autre chose que
Dieu.

Nous ne tenons plus à rien que par la Loi et par le
Nombre qui nous rejoignent au reste de l'Univers.
Que d'étoiles! que Dieu est riche! Et nous aussi nous
ajoutons notre sou d'or à l'inépuisable richesse de
Dieu!

SEPT-ÉPÉES

Et pendant que vous regardez le Ciel, vous ne voyez
pas le trou à vos pieds, vous n'entendez pas le cri de ces
malheureux qui sont tombés dans la citerne sous vous!

DON RODRIGUE

C'est pour qu'il n'y ait pas de trou que j'ai essayé
d'élargir la terre. Le mal se fait toujours dans un trou.

On fait le mal dans un trou, on ne le fait pas dans une
cathédrale.

Tous les murs qui s'écartent, c'est comme la conscience qui s'élargit. Il y a plus d'yeux qui nous regardent.
Il y a plus de choses que vient déranger le désordre que
nous causons.

Et nous-mêmes, quand les parois se sont ouvertes,
nous nous apercevons qu'il y a des occupations plus
intéressantes que de nous manger le ventre récipro-
quement comme des insectes dans un pot.

SEPT-ÉPÉES

Je me demande comment vous vous êtes aperçu autrefois de cette femme qui était ma mère.

DON RODRIGUE

Je ne m'en suis pas aperçu. J'ai été livré entre ses mains.

SEPT-ÉPÉES

Et maintenant sa mort vous a rendu libre de nouveau, quel bonheur!

DON RODRIGUE

Mon enfant, ne parle pas de choses qu'elle et moi nous sommes seuls à savoir.

SEPT-ÉPÉES

Le lien avec elle, un peu de mort a suffi à le casser. Quand je vous demande de venir à son secours vous ne voulez pas.

DON RODRIGUE

Une autre tâche m'appelle.
(Sept-Épées ne répond pas et fait des raies sur la table avec son doigt.)
Mon petit docteur a quelque chose à dire.

SEPT-ÉPÉES

Père, je vous aime tellement! mais quand vous me parlez d'élargir la terre et toutes ces grandes choses,
Je ne peux plus vous suivre, c'est trop grand, je ne

sais plus où vous êtes, et je me sens toute seule, et j'ai
envie de pleurer!

Ce n'est pas la peine d'avoir un père si on n'est pas sûr
de lui et s'il n'est pas tout simple et tout petit comme
nous.

DON RODRIGUE

Alors je n'ai pas le droit de vivre pour autre chose
que pour toi?

SEPT-ÉPÉES

Vous venez de dire que vous avez été livré entre ses
mains, alors pourquoi est-ce que vous essayez de lui
échapper? ce n'est pas honnête.

Il ne fallait pas permettre une fois à une femme de
prendre l'avantage sur vous. Maintenant ce que vous lui
avez promis, vous n'avez plus le droit de le retirer et je
suis là pour le réclamer à sa place.

DON RODRIGUE

Mais comment faire si ce que tu me demandes je ne
puis absolument pas le donner?

SEPT-ÉPÉES

C'est votre affaire de vous arranger, tant pis pour
vous! C'est un ordre, vous savez! il n'y a qu'à obéir!

Je ne suis pas contente que vous mettiez cette espèce
de douane à la porte de votre cœur pour laisser entrer
ce qui vous plaît et le reste pas.

Quand je vous commande quelque chose, et que vous
me dites : je ne peux pas, qu'en savez-vous? Vous n'en
savez rien du tout. Essayez voir!

C'est si bon, c'est si fort d'obéir!

Naturellement on peut imaginer soi-même un tas de choses. L'imagination vous présente un tas de bonnes choses qui sont toutes également alléchantes.

Mais un ordre qu'on reçoit, on n'a pas le choix, c'est comme la faim naturelle qui vous prend aux entrailles. On laisse tout en place pour aller se mettre à table.

DON RODRIGUE

Alors qu'est-ce qu'il faut que je fasse?

SEPT-ÉPÉES

Il faut promettre.

DON RODRIGUE

Eh bien! je promets.

SEPT-ÉPÉES

Il ne faut pas dire comme ça : Eh bien! je promets, mais simplement : Je promets — et cracher par terre.

DON RODRIGUE

Je promets.

Il crache par terre.

SEPT-ÉPÉES

Je promets aussi.

DON RODRIGUE

Je promets, mais je ne tiendrai pas.

SEPT-ÉPÉES

Alors, je ne tiendrai pas non plus.

SCÈNE IX

LE ROI D'ESPAGNE ET SA COUR,
DON RODRIGUE.

La Cour du Roi d'Espagne sur son Palais flottant telle que ci-dessus décrite. Il est fait de plusieurs pontons accolés et mal joints, toujours craquant, montant, descendant et changeant de niveau, de sorte que pas un des acteurs n'a le pied sûr et que l'architecture de ce beau lieu varie de la plus étrange façon.

Pantomime des courtisans qui font de leur mieux; on voit bien qu'ils font tout leur possible pour être là, et qui, à l'aide de force hochements de tête, mains jointes, bras croisés, les yeux levés au ciel ou fichés en terre et gestes attestateurs, expriment (en mesure sur un petit air à la fois guilleret et funèbre) leur profonde consternation. Le sol mouvant les oblige d'ailleurs à des flexions de jarret et inclinations de corps pour rester en place et les lance parfois de la manière la plus inopinée dans de surprenants zigzags.

UN

Mon cousin est au nombre des disparus.

DEUX

Mon oncle également. Il me laisse toute sa fortune. Je vais être très riche. Oh la la! Hélas! hélas!

TROIS

Hélas! hélas! hélas!

QUATRE

Et penser que je venais d'obtenir le monopole du haddock fumé en Écosse pour soixante-dix ans ! Que vont dire mes créanciers ?

CINQ

Le Duc de Medina Sidonia a eu la tête prise entre les deux battants d'une huître énorme.

On le voit quand il fait soleil qui s'agite mollement dans une espèce de courant d'air au fond de l'eau,

Terminé par d'élégants petits souliers aux boucles de diamant.

LE CHANCELIER, *d'une voix caverneuse.*

Quel étrange revirement des choses humaines !

Il n'a pas achevé qu'un coup de roulis l'envoie à toute vitesse à travers la salle dans les bras d'un insignifiant hidalgo, fort embarrassé de cet honneur.

UN

Hier encore, sur la foi de cet absurde sous-préfet de Bayonne...

DEUX

Hier, et aujourd'hui !

TROIS

Tout a péri ! Cette fois il n'y a pas à douter. Rien ne reviendra en Espagne.

QUATRE

Hélas ! hélas ! notre armée !

CINQ

Hélas! hélas! nos bateaux!

SIX

Hélas! nos bateaux! Le *Lion-de-Castille*, le *Soleil-Royal*, l'*Éléphant-des-Asturies*, le *Rempart-des-Pyrénées* et le *Grand-Blanc-d'Espagne*.

UN

Le *Stationnaire de la Bidassoa* !

DEUX

Le *Saint-Fernand*, le *Saint-Ferdinand*.

TROIS

Le *Saint-Ponce*, le *Saint-Alphonse*, le *Saint-Ildefonse*...

QUATRE

Le *Saint-Marc-Girardin*, le *Sainte-Marie-Perrin*, le *Saint-René-Taillandier*, et le *Barthélemy-Saint-Hilaire*...

CINQ

Tout cela est allé par le fond, *de profundis*, ça ne fait rien, n'y pensons plus!

UN

Ce qui est le plus merveilleux est l'attitude de Sa Majesté. Son visage n'a pas changé.

DEUX

Elle n'a décommandé aucune fête.

TROIS

Aucune audience.

QUATRE

Quoi! l'audience avec Don Rodrigue tient encore?

LE CHANCELIER

Ordre exprès de Sa Majesté. Rien n'est changé. Don Rodrigue va être solennellement investi de son commandement d'Angleterre.

CINQ

Eh quoi! il ne sait rien?

LE CHANCELIER

On l'a mis à part depuis deux jours sur un bateau. Ordre sévère de tout lui cacher. Ordre à vous tous, Messieurs, de vous conduire avec lui respectueusement, comme il convient avec le Vice-Roi d'Angleterre, l'Élu de Sa Majesté.

UN

Ça va être amusant!

DEUX

Ainsi s'expliquait donc ce choix étrange de Don Rodrigue!

LE CHANCELIER

Nous avons un grand souverain. Dès qu'il apprit le désastre de l'Armada, au moment même où la

fausse nouvelle à nous nous parvenait de notre victoire,
Il eut la pensée de Don Rodrigue.

TROIS

Le voici.

> *Entre Don Rodrigue en superbes vêtements noirs,*
> *une chaîne d'or autour du cou, appuyé sur un page et*
> *flanqué de deux estafiers. Tous s'inclinent respectueuse-*
> *ment avec les variantes que le mouvement de la mer*
> *introduit. Un rideau s'ouvre au fond de la scène et le*
> *Roi paraît sur son trône. Toute la cour fait la révé-*
> *rence. Comme il est sur un ponton différent de celui*
> *où se trouvent Rodrigue et les courtisans, tantôt il*
> *s'élève au-dessus d'eux à une hauteur prodigieuse,*
> *tantôt il disparaît par-dessous et l'on ne voit plus que*
> *sa tête ceinte d'une couronne d'or à grandes dents au*
> *niveau du plancher. L'orchestre se désintéresse de tout*
> *ce qui va suivre et s'occupe pour se désennuyer à imiter*
> *les plongeons et ascensions de la mer et les sentiments*
> *des gens qui ont mal au cœur.*

LE ROI

Approchez-vous, Don Rodrigue, et laissez-moi enfin
contempler ce visage qu'on m'a si souvent dépeint,

Ce front d'où ont jailli tant de nobles pensées, ce bras
qui a su imposer ses lois à la fortune.

On m'a montré sur la carte cette coupure que vous
avez eu l'idée de pratiquer entre les deux Amériques :

Ingénieuse petite chose dont les talents de Don
Ramire ont su tirer de merveilleuses conséquences.

Car c'est par elle désormais, l'auriez-vous cru, Monsieur ? que la paix règne sur tout ce vaste empire et qu'à
l'abri de la sédition nous étendons à l'un et à l'autre
continent les bienfaits de la religion et de l'impôt.

Et plus tard c'est vous qui, au milieu de l'Océan, au flanc même de la Chine et du Japon,

Avez rivé ces espèces d'anneaux, les Philippines éparses, où cet antique vaisseau l'Espagne a porté son ancre la plus lointaine,

Non sans dépenses, dont nos esprits, plus lourds et lents que le vôtre, arriveront cependant quelque jour, j'en suis sûr, à reconnaître l'utilité.

Tant de services méritaient une récompense. Mais quelle position trouver pour vous où vous ne fussiez pas à l'étroit?

Les grands esprits n'ont pas de besoins. Ils se rient des titres et de l'argent. Quelle récompense plus grande que d'ouvrir libre carrière à votre génie et de vous laisser croiser en long et en large dans le soleil de notre bénignité?

C'est alors que nous avons admiré votre esprit chrétien, quand libéré de tout souci mercenaire

Vous vous êtes entièrement consacré au bien-être moral de nos laborieuses populations maritimes, si étroitement uni à leur développement matériel.

Quoi de plus méritoire que de faire pénétrer dans les classes déshéritées par des moyens appropriés à leur esprit naïf et rude

Quelque rayon d'idéal et le reflet d'une beauté supérieure, le sentiment des Beaux-Arts en un mot?

Item quel plus noble sujet d'inspiration que ces grands hommes qui, pendant toute leur vie, n'ont fait autre chose qu'enseigner le mépris des richesses et le respect de l'État

Et qui maintenant au ciel, fonctionnaires perpétuels, partagent avec le soleil et la lune les honneurs du calendrier?

Pardonnez-moi, Don Rodrigue, si la considération de vos efforts artistiques a quelquefois amené sur mes lèvres un sourire bienveillant.

J'ai rencontré en feuilletant ces humbles gravures d'heureuses saillies, les trouvailles d'une imagination généreuse malheureusement desservie par des moyens insuffisants et par l'ignorance de toutes les règles.

Vous m'avez fait admirer une fois de plus combien la nature à elle seule ne saurait suppléer à l'absence de bonnes institutions.

Croyez, Monsieur, que nos académies sont pleines d'imaginations débordantes, de sensibilités frémissantes, de passions volcaniques,

Mais tous ces beaux génies n'auraient pu arriver à leur claire et harmonieuse expression, à leur véritable utilité sociale, ils n'auraient pu exploiter avec économie leur petit domaine, ils ne jouiraient pas sans fatigue pour nos yeux et notre cerveau de cet éclat tempéré que nous admirons,

Si, effrayés de leurs propres transports, ils ne s'étaient jetés avidement sur tous les freins que la sagesse de nos aïeux a préparés, et ils ne s'étaient sévèrement imposé cette règle ascétique :

Celui qui fait ce qu'un autre a fait avant lui ne risque pas de se tromper.

Pardonnez-moi de m'étendre si longuement sur ce sujet frivole :

Peut-être estimerez-vous que je ne suis pas dénué de toutes lumières sur ces questions, ayant reçu autrefois les leçons de Raphaël,

Je veux dire de Raphaël Colin et de Cormon.

Mais je m'arrête. Je sais qu'en vous amusant à ces naïves compositions, vous n'avez pas eu pour but d'augmenter le patrimoine artistique de la nation espagnole,

Mais que l'esprit qui vous a guidé est celui de la vulgarisation, de l'édification et de la philanthropie.

DON RODRIGUE

Rien ne saurait échapper au regard pénétrant de Votre
Majesté. Quel honneur et quelle confusion à la fois
d'avoir retenu pour un moment l'attention de cet
œil d'aigle,

Habitué aussi bien à prendre les dimensions d'un
empire qu'à suivre le pauvre lapin qui essaye de se
dissimuler entre deux touffes de bruyère.

Tel le grand Napoléon autrefois, d'un seul regard,
enfantant Luce de Lancival!

Ces dessins que Votre Majesté vient de juger m'ont
coûté à moi qui ne suis qu'un pauvre ouvrier bien des
peines, bien des années d'études, d'expériences et de
réflexions,

Mais il a suffi à Votre Majesté, d'un seul regard, de
quelques minutes d'attention, pour en reconnaître les
défauts.

Hélas! je ne les connais que trop! *Defuit mihi symme-
tria prisca,*

Et pour m'orienter sur mes véritables directions
(mettant la main sur son cœur) les paroles de Votre
Majesté seront mon plus précieux trésor! Oui, je veux
qu'elles fassent désormais la règle de mon art et de ma vie,

Qui sera consacrée tout entière non seulement au
relèvement du *tonus* moral de nos travailleurs du thon

Mais à la gloire et illustration de son règne.

Il s'incline.

LE ROI

J'approuve vos intentions aussi bien que votre
modestie.

*(Murmure flatteur de l'assistance, commenté délicate-
ment par l'orchestre. Petits coups de grosse caisse.)*

Mais je parlais pour vous éprouver. La sérénité et la
déférence avec lesquelles vous m'avez répondu

Me prouvent que l'artiste en vous n'a pas tout gagné
et corrompu.

Ce n'est pas d'un artiste que j'ai besoin en Angleterre.

Ce n'est pas de ces mains qui étalent de la couleur sur
du papier que j'ai besoin, mais de celles qui autrefois ont
façonné l'Amérique.

Je vous donne congé de parler, Monsieur le Chancelier.

LE CHANCELIER, *les jambes écartées, en vieux loup de mer,*
chevauchant sur les mouvements du tangage et du roulis.

Trop longtemps, Don Rodrigue, vous vous êtes
dérobé à l'appréciation de votre souverain et à l'expec-
tation de vos compagnons d'entreprises.

Et s'il est trop vrai, comme il est naturel aux choses
humaines, que l'envie et la fureur des faibles et des sots
se soient donné carrière contre vous,

Cependant ce ne fut pas un acte charitable et juste et
pieux de votre part de ne faire aucun effort là-contre et
de céder la place en silence.

Aujourd'hui, l'Espagne et le monde avouent qu'ils ne
peuvent plus se passer de votre secours.

Il n'est pas vrai que c'est dans l'adversité que nous
avons le plus besoin de conseil, car alors la nécessité
s'impose à nous.

C'est quand la prospérité comme aujourd'hui nous
accable,

Quand une entreprise, comme aujourd'hui réussit au
delà de notre attente, quand de démesurées responsa-
bilités nous échoient, et que s'ouvrent en tous sens autour
de nous des avenues pleines d'intérêt et de péril,

C'est alors qu'on reconnaît un cœur vraiment magna-

nime, c'est alors s'il est pour cet empire surchargé
quelque colonne,

Qu'elle s'avance et dise : Je peux! et vienne au support
de son souverain qui craque et qui gémit!

Et comme jadis les trois femmes qui vinrent trouver
Coriolan,

Ce n'est pas seulement l'Angleterre aujourd'hui qui
est venue se jeter à nos pieds, Marie que la fille de la
prostituée dépossède de son héritage,

C'est l'Espagne, c'est la chrétienté, c'est l'Église, qui
supplient que pas plus longtemps Rodrigue ne leur fasse
défaut!

Silence. — Sensation.

DON RODRIGUE

Je ne demande pas de troupes ni d'argent. Je demande
que le Roi aussitôt que possible

Retire ses soldats et ses bateaux. Je suffirai.

LE CHANCELIER

Vous allez au-devant des désirs de Sa Majesté qui a
besoin de toutes ses forces en Allemagne.

LE MINISTRE DES FINANCES

Et comment ferez-vous tout seul sans soldats et sans
bateaux pour tirer de l'argent aux Britanniques?

Qui nous remboursera les frais de notre expédition?

DON RODRIGUE

Le bon vin chrétien d'Espagne et de Portugal, Monsieur le Ministre,

Que nous boirons dans nos brouillards à votre santé,

C'est cela qui se chargera de vous payer.

La paix pour toujours. La route sûre vers les Indes.

LE CHANCELIER

Point de troupes ni d'argent, c'est entendu. Mais soyez tranquille, nous vous fournirons largement d'auxiliaires et de conseillers.

DON RODRIGUE, *mettant ses lunettes et tirant un papier de sa poche.*

Je vois là, écrit sur un papier que je me suis amusé à gribouiller cette nuit,

Que Rodrigue vaut un sou s'il est entier et qu'il ne vaut plus rien du tout si on le coupe en deux.

LE MINISTRE DE LA JUSTICE

Quoi ? pas d'hommes de loi pour vous accompagner ?

DON RODRIGUE

C'est écrit sur mon papier.

LE CHANCELIER

Vous voulez que nous ayons en vous une confiance absolue ?

DON RODRIGUE

Je vois écrit sur mon papier que c'est nécessaire.

Il est plus facile d'avoir confiance dans un seul homme que dans deux.

LE MINISTRE DE LA GUERRE

Et quels sont les engagements que vous prenez en retour?

Qu'est-ce que vous êtes disposé à faire en matière de contingent militaire et de tribut?

DON RODRIGUE

Le contingent militaire ce sera ces troupes que vous consacriez jusqu'ici à nous faire du mal,

Et quant au tribut, j'ai beau chercher je ne trouve pas ce mot dans mon rôlet.

LE MINISTRE DE LA GUERRE

Est-ce dans l'intérêt de l'Angleterre ou de l'Espagne que le Roi vous envoie là-bas conseiller et gouverner?

DON RODRIGUE

Je serais un bien mauvais tuteur si je ne prenais en mains les intérêts de mon pupille.

LE MINISTRE DE LA GUERRE

Faut-il sacrifier pour eux ceux de votre mandant?

DON RODRIGUE

A Dieu ne plaise! Je veux épargner à Monsieur le Ministre des Finances la dépense d'une nouvelle Armada.

Oui, pendant que nous y sommes, profitons pleinement de notre victoire!

Je veux que l'Angleterre et l'Espagne après tant de combats bénissent à jamais le jour où elles ont eu l'idée de s'embrasser!

Ah! nous nous sommes bien battus mais pas plus qu'il ne fallait!

Nous nous sommes tiré l'un de l'autre tout ce qui pouvait s'en tirer.

Le baiser n'aurait pas tant de goût si ce n'était pas un ennemi vaincu en cette personne défaillante que nous tenons entre nos bras.

LE MINISTRE DE L'INSTRUCTION PUBLIQUE

Je supplie Votre Majesté de faire attention aux propos inquiétants de Don Rodrigue.

LE ROI, *qui occupe à ce moment*
une position périlleusement oblique
pendant que les courtisans, sur l'autre bateau,
affectent l'oblique opposée.

Ce qu'il dit n'est pas privé de sens. Moi-même je ne regarde pas l'Angleterre autrement qu'avec des intentions pacifiques et matrimoniales.

Je crois à l'amour! Ce que la politique ne peut faire, c'est à l'amour de l'achever.

Quel exemple des ménagements délicats de la Providence, à travers tant de batailles, meilleur

Qu'un arrangement qui pourvoirait à la fois à la paix de l'univers et à l'établissement de mes fils?

Où cette reine abandonnée pourrait-elle se trouver mieux qu'entre les bras de Don Udolple et de don Valentin?

DON RODRIGUE

Le problème de la tolérance entre les peuples est déjà suffisamment difficile

Sans qu'on y ajoute celui d'un accord entre les époux.

LE ROI

J'ai remarqué cependant que la Reine Marie considérait notre Don Ernesto d'un œil clément.

DON RODRIGUE

Non. Si quelqu'un connaît la Reine Marie, j'ose dire que c'est moi. C'est une âme réservée et ombrageuse. Elle sort à peine de prison. On voit bien qu'elle a passé sa vie dans la retraite loin des regards publics.

Il a fallu l'admiration ingénue que je lui inspirais pour qu'elle m'ouvre son cœur; j'ai pénétré jusqu'au fond ce cœur de vierge, ce mélange de hardiesse et de timidité.

Je crois que si un homme peut quelque chose sur son esprit, c'est moi.

LE ROI

Je remets donc la cause de mon fils entre vos mains.

DON RODRIGUE

Il ne faut point de hâte.

Votre Majesté pèsera tout et jugera tout s'il convient de donner plus tard à un étranger

Titre sur la successions d'Espagne.

LE ROI

J'y penserai.

LE MINISTRE DE LA GUERRE

Don Rodrigue a omis de nous dire jusqu'à présent ce secret pour quoi lui seul suffit et comment

Sans troupes, sans argent et sans mariage,
Il maintiendra l'Angleterre et fera d'elle pour toujours
l'amie et l'associée de l'Espagne.

DON RODRIGUE

Donnez à manger à vos ennemis, ils ne viendront pas
vous déranger dans votre repas et vous arracher le pain
de la bouche.

LE CHANCELIER

Je n'entends pas cette parabole.

DON RODRIGUE

Les Indes, là-bas dans le soleil couchant, je dis qu'elles
sont au-dessus de l'appétit d'un homme seul.

LE CHANCELIER

Je commence à comprendre.

DON RODRIGUE

Il y a là dedans de quoi faire pour tout le monde pendant des siècles un repas énorme !
Pourquoi faire tant d'affaires de ce monde-ci, quand
l'autre est là où nous n'avons qu'à prendre et dont Sa
Majesté Catholique pour toujours, grâce à moi, tient
l'artère principale ?

LE ROI

Vous voulez donc que nous donnions à l'Angleterre
franchise et liberté de nos deux Amériques ?

DON RODRIGUE

Non pas à l'Angleterre seulement! Ce n'est pas pour rien que le Bon Dieu, à la suite du Christophore, nous a invités à passer la mer! Je veux que tous les peuples célèbrent la Pâque à cette table énorme entre les deux Océans qu'Il nous avait préparée!

Quand Dieu a donné l'Amérique à ce Ferdinand qui est appelé excellemment le Catholique, c'était trop grand, ce n'était pas pour lui seul, mais pour que tous les peuples y communient.

Que l'Angleterre bénisse à jamais le jour de sa réunion où en échange de sa liberté pareille à celle de mutins sur un bateau volé vous lui avez donné un monde nouveau!

Donnez à tous ces petits peuples d'Europe trop serrés qui se rentrent l'un dans l'autre la place de remuer!

Unissez toute l'Europe en un seul courant! Et tous ces peuples travaillés par l'hérésie, puisqu'ils ne peuvent se retrouver par leurs sources, qu'ils s'unissent par leurs embouchures!

LE ROI

Dois-je comprendre que pour accepter cette Légation que je suis prêt à vous donner sur l'Angleterre,

Vous exigez que j'ouvre l'Amérique à vos nouveaux sujets qui sont mes récents ennemis? C'est votre condition?

DON RODRIGUE

Je ne vois pas ce que je peux faire là-bas d'utile autrement.

> *Murmure de réprobation dans l'assistance auquel l'orchestre s'associe après avoir pris le temps de la réflexion.*

LE MINISTRE DE LA GUERRE

Quelle insolence!

LE MINISTRE DE L'HYGIÈNE

Quelle impudence!

LE MINISTRE DE LA JUSTICE

Quelle exigence!

LE MINISTRE DE L'INSTRUCTION PUBLIQUE

Quelle extravagance! Sire, nous vous supplions tous
que vous n'ob... *(coup de roulis)* ... tempériez pas!
Nous vous supplions tous que vous n'obtempériez
pas aux impudentes et insolentes exigences et extra-
vagances de cet exorbitant gentilhomme!

> *L'orchestre ajoute péremptoirement : « C'est ça! »
> et après une petite pause se met à imiter les efforts
> de quelqu'un qui vomit.*

LE MINISTRE DE L'OLTRAMAR

Nous ne pouvons pourtant pas faire de l'Amérique
que le génie et la vertu de votre inoubliable grand-père
ont fait sortir du sein des Indes
La pâture banale de toute l'Europe!

LE MINISTRE DE L'INSTRUCTION PUBLIQUE

Il ne faut pas obtempérer! Il ne faut pas obtempérer!

LE ROI

Qu'en dites-vous, Monsieur le Chancelier?

LE CHANCELIER

Excusez-moi. Je ne sais que penser. Vous me voyez
tout ému et frémissant.

LE ROI

Voyez-vous un moyen quelconque de nous passer
de Don Rodrigue en Angleterre?

LE CHANCELIER, *la tête baissée et fronçant les sourcils*
comme s'il faisait un grand effort de réflexion,
puis avec un geste de résignation désespérée.

Hélas! j'ai beau chercher! nous n'avons pas d'autre
choix!

LE ROI, *à ses ministres.*

Quelqu'un de vous veut-il recevoir de mes mains
l'Angleterre à la place de Don Rodrigue?

LE MINISTRE DE L'HYGIÈNE

Que Votre Majesté m'excuse!

LE ROI

Avez-vous un autre nom à suggérer?

LE MINISTRE DES EXERCICES PHYSIQUES,
avec éclat et désespoir.

Il n'y en a point d'autres! Il n'y en a point d'autres!
Là-dessus un coup de roulis l'oblige à rétablir son
équilibre par une série de figures compliquées.

LE CHANCELIER, *pathétique et chevrotant.*

Don Rodrigue, laissez-moi vous supplier d'être conciliant! Écoutez les conseils d'un vieillard.

Vous voyez le cruel embarras où se trouve votre souverain! Soyez magnanime! N'abusez pas de la situation! Vous voyez que nous ne pouvons pas nous passer de vous!

Je vous supplie de ne pas demander plus qu'il n'est possible d'accorder.

DON RODRIGUE

Je ne puis assurer la paix si vous ne me donnez le monde entier.

LE ROI

Le monde entier est peu de chose pour moi, Don Rodrigue, s'il peut m'assurer de votre amour et de votre fidélité.

Retournez sur votre bateau. Vous connaîtrez ma décision dans un moment. Vous vous êtes donné en spectacle à tous. Chacun a pu vous regarder à son aise.

Gardes, accompagnez Son Altesse et veillez à chacun de ses pas.

Je ne puis vous priver plus longtemps de la place que vous vous êtes à vous-même assignée.

> *Il sort majestueusement avec des arrêts en accord avec les mouvements de la mer. Don Rodrigue sort de son côté. Tous les personnages de la cour se placent sur trois rangs, face au public, et sur un claquement de mains ils sortent sur deux files à droite et à gauche après s'être livrés à quelques démonstrations de gymnastique rythmique.*

SCÈNE X

DOÑA SEPT-ÉPÉES, LA BOUCHÈRE.

En pleine mer, sous la pleine lune.

> *Doña Sept-Épées et la Bouchère à la nage. Pas d'autre musique que quelques coups espacés de grosse caisse. On pourra employer le cinéma.*

DOÑA SEPT-ÉPÉES

En avant! Courage, la Bouchère!

LA BOUCHÈRE

Oh! ce n'est pas le cœur qui me manque! Partout où vous allez, Mademoiselle, je sais bien que je n'ai pas autre chose à faire que d'aller avec vous.

SEPT-ÉPÉES

Si tu es fatiguée, il n'y a qu'à se mettre sur le dos, comme ça, en croix, les bras écartés.

On ne sort que la bouche et le nez et quand on enfonce une grande respiration vous retire en l'air aussitôt.

Un tout petit mouvement, comme ça, avec les pieds et la moitié des mains.

Il n'y a pas de danger de se fatiguer.

LA BOUCHÈRE

Ce n'est pas tant que je sois fatiguée, mais quelqu'un m'a dit qu'il avait vu des requins. Oh! j'ai peur qu'il y ait un requin qui vienne me tirer en bas par les pieds!

SEPT-ÉPÉES

Ce n'est pas des requins, je les ai vus! Ce sont les pourpoises qui s'amusent. Elles n'ont pas le droit de s'amuser? Ce n'est pas amusant peut-être d'être une jolie pourpoise?

Elle fait sauter de l'eau à grand bruit avec ses pieds.

LA BOUCHÈRE

Oh! j'ai peur qu'ils me sautent dessus!

SEPT-ÉPÉES

N'aie pas peur, qu'ils y viennent, s'il y en a un qui veut te faire du mal je te défendrai contre eux, les fils de garce!

Elle rit aux éclats.

LA BOUCHÈRE

Mademoiselle, j'ai beau regarder partout, je ne vois plus la lanterne rouge.

SEPT-ÉPÉES

Tes amies de Majorque nous auront oubliées, hourra, tralala!

LA BOUCHÈRE

Oh! non, ne dites pas cela, je vous en prie, Mademoiselle, vous me faites si peur!

Oh! non, je suis bien sûre de Rosalie et de Carmen et de Douleurs, qu'elles ne m'ont pas oubliée et qu'elles nous attendent quelque part avec des vêtements tout prêts comme je leur ai dit.

Quelque chose leur aura fait peur.

SEPT-ÉPÉES

Tu as peur, elles ont peur, on te fait peur! Peur, peur, peur, peur, tu n'as que ce mot-là à la bouche!

Je ne comprends pas pourquoi tu es si pressée d'arriver, il fait si bon dans la mer jolie!

Regarde devant nous la lune dans l'eau toute plate comme une assiette d'or! Il me semble que je pourrais l'attraper avec les dents.

LA BOUCHÈRE

Dites, Mademoiselle, si nous revenions vers le bateau de votre père, nous ne sommes pas encore très loin.

SEPT-ÉPÉES

Nous sommes parties, c'est fini, je ne veux pas revenir.

LA BOUCHÈRE

Ça lui fera tant de peine de voir que vous êtes partie comme ça!

SEPT-ÉPÉES

Ça ne lui fera pas de peine du tout. Le Roi lui a donné l'Angleterre, le voilà Roi d'Angleterre. Il a déjà trente-six idées sur l'Angleterre, il ne pense plus à moi.

Il va peindre toute l'Angleterre bleu ciel.

LA BOUCHÈRE

Si vous expliquiez tout à votre père comme il faut, peut-être qu'il viendrait avec nous.

SEPT-ÉPÉES

Non, il ne viendra pas. Il a autre chose à faire. On lui a donné la terre à élargir.

LA BOUCHÈRE

Mais vous-même, cela ne vous fait pas de la peine de le quitter?

SEPT-ÉPÉES

Si, ça me fait de la peine! Pauvre père, il est si bête! Cela me fait pleurer rien que d'y penser. Il m'aime bien dans le fond.

LA BOUCHÈRE

Que dirait Madame votre mère si elle vous voyait le quitter ainsi?

SEPT-ÉPÉES

C'est elle qui m'appelle.

LA BOUCHÈRE

Elle vous appelle à quoi?

SEPT-ÉPÉES

Ce que mon père ne veut pas faire, c'est moi qui le ferai toute seule à sa place.

LA BOUCHÈRE

Ne dites pas que votre père ne veut rien faire, regardez toutes les choses autour de lui qu'il a faites.

SEPT-ÉPÉES

Il n'y en a qu'une de nécessaire.

LA BOUCHÈRE

C'est d'aller avec Jean d'Autriche?

SEPT-ÉPÉES

Oui, c'est d'aller avec Jean d'Autriche, tu sais que c'est demain qu'on part, il n'y a pas de temps à perdre! en avant!

Mon père n'a pas besoin de moi, il est parti me laissant ce petit mot, le voilà comme un vieux brochet qui s'enfonce sous l'eau, dégageant de dessous lui, derrière lui, quelques bulles d'air, on ne le voit plus.

Et moi aussi je lui ai laissé un petit mot.

LA BOUCHÈRE

Oh! je voudrais bien être poisson!

SEPT-ÉPÉES

Courage! la voilà! la voilà! je la vois de nouveau! il y a la lanterne rouge de nouveau! je suis sûre qu'elles nous voient, il fait clair comme en plein jour! on doit voir nos deux têtes très bien et le blanc que nous faisons en nageant!

— Il n'y a qu'une chose de nécessaire, c'est les gens à qui nous sommes nécessaires. En avant!

— Oh! si je pouvais ramasser cette espèce de chapeau plat qui flotte là devant moi à trois pieds devant ma bouche et l'agiter au-dessus de moi pour leur faire signe!

LA BOUCHÈRE

Sept-Épées, vous étiez si belle et c'était si amusant de vous entendre parler, je suis allée avec vous.

Quand vous êtes là et que vous parlez, quel bonheur! je n'existe plus, ce n'est pas la peine pour moi d'exister.

SEPT-ÉPÉES

Tu verras si ce n'est pas la peine d'exister, le joli mari que je te donnerai à bord du bateau de Jean d'Autriche, tout en fer et tout en or!

LA BOUCHÈRE

Quand vous lui expliquerez, jamais il ne se consolera de ne m'avoir jamais vue.

SEPT-ÉPÉES

Mais c'est idiot, ce que tu dis! La mer vous porte, c'est délicieux! Il n'y a presque aucun effort à faire, l'eau est chaude. Qui est-ce qui peut se fatiguer? Il n'y a pas moyen de se fatiguer. Ne va pas me dire que tu es fatiguée.

LA BOUCHÈRE

Non, je ne suis pas fatiguée.

SEPT-ÉPÉES

Il n'y a qu'une chose de nécessaire et pas à s'occuper de tout le reste.

A quoi cela sert-il de tant regarder et de se promener éternellement en amateur avec un pot de couleur à la main, faisant une retouche ici et là?

Et quand une chose est finie de remballer son petit fourniment de rétameur pour aller ailleurs bricoler ?

Il n'y a qu'une chose nécessaire, c'est quelqu'un qui vous demande tout et à qui on est capable de tout donner. En avant !

Que dirait mon petit Jean d'Autriche, ce soir, s'il ne me voyait pas rejoindre les couleurs ! On a besoin de moi !

Puisque mon père ne veut pas se battre, et moi je me battrai à sa place.

Tu as bien entendu que toute l'Asie encore une fois est en train de se lever contre Jésus-Christ, il y a une odeur de chameau sur toute l'Europe !

Il y a une armée turque autour de Vienne, il y a une grande flotte à Lépante.

Il est temps que la chrétienté, une fois de plus, se jette sur Mahomet à plein corps, il va voir ce que nous allons lui faire prendre, lui et le Roi de France, son allié !

J'espère que tu n'es pas fatiguée ?

LA BOUCHÈRE, *presque épuisée.*

Non, non, je ne suis pas fatiguée.

SEPT-ÉPÉES

Si tu es fatiguée, c'est fini, je ne t'emmènerai plus jamais avec moi.

LA BOUCHÈRE

Je vous demande pardon de savoir si mal nager.

SEPT-ÉPÉES

Allons tout doucement à notre aise. C'est délicieux de tremper dans cette espèce de lumière liquide qui fait de nous des êtres divins et suspendus, *(Pensé :)* des corps glorieux.

Il n'y a plus besoin de mains pour saisir et de pieds pour vous porter.

On avance comme les anémones de mer, en respirant, par le seul épanouissement de son corps et la secousse de sa volonté.

Tout le corps ne fait plus qu'un seul sens, une planète attentive aux autres planètes suspendues.

(Tout haut :) Je sens directement avec mon cœur chaque battement de ton cœur.

(Ici la Bouchère se noie.)

L'eau porte tout. C'est délicieux, l'oreille au ras de l'eau, de percevoir toutes ces musiques confuses, *(Pensé :)* les danseurs autour de la guitare,

La vie, les chants, les paroles d'amour, l'innombrable craquement de toutes ces paroles imperceptibles !

Et tout cela n'est plus dehors, on est dedans, il y a quelque chose qui vous réunit bienheureusement à tout, une goutte d'eau associée à la mer ! La communion des Saints !

(Tout haut :) Quel malheur ! Je vois que la barque nous a vues, elle se dirige sur nous !

Courage, la Bouchère, encore un petit effort, la feignante ! En avant ! tu n'as qu'à me suivre.

Elle nage vigoureusement.

SCÈNE XI ET DERNIÈRE

DON RODRIGUE, FRÈRE LÉON,
DEUX SOLDATS.

La même nuit.

    Deux Soldats, Frère Léon, Don Rodrigue enchaîné, sur un bateau qui se dirige vers la terre. Un gros falot attaché au mât éclaire la scène.

    La musique se compose : 1° d'instruments à vent (flûtes diverses) extrêmement verts et acides qui tiennent indéfiniment la même note jusqu'à la fin de la scène ; de temps en temps, l'un des instruments s'arrête, découvrant les lignes sous-jacentes qui continuent à filer ; 2° trois notes pincées en gamme montante sur les instruments à corde ; 3° une note avec l'archet ; 4° roulement sec avec des baguettes sur un petit tambour plat ; 5° deux petits gongs en métal ; 6° ventral et au milieu détonations sur un énorme tambour. Le tout pianissimo.

DON RODRIGUE, *à l'un des soldats*
qui tient une lettre à la main.

Je vous prie de me donner cette lettre qui m'appartient.

FRÈRE LÉON

Donne-lui cette lettre, Manuelito.

LE SOLDAT

Je la lui donnerai si ça me plaît. Je n'aime pas qu'on fasse le Roi d'Angleterre avec moi.

DON RODRIGUE

Cette lettre m'appartient.

LE SOLDAT

C'est toi, mon vieux Rodrigue, qui m'appartiens. Le
Roi dans sa grande miséricorde ayant jugé bon de pardonner à un traître,

T'a donné en toute propriété à son chambellan, qui t'a
donné à son tour à son valet de chambre en payement de
dix pièces d'or que lui avait prêtées ce fils de chien.

Qui à son tour ne sachant que faire de ce vieux N'a-
qu'une-jambe,

T'a donné, pour un certain service, à moi, c'est une
belle prise, demain je vas te faire tambouriner dans tout
Majorque, je tirerai bien dix sous de toi au prix qu'est
la peau de traître.

DON RODRIGUE

Veuillez considérer, Monsieur, que cette lettre est de
ma fille.

LE SOLDAT

Eh bien, si tu veux, nous allons la jouer aux dés. Si
tu gagnes, elle est à toi.

Il remue les dés dans un cornet qu'il lui présente.

DON RODRIGUE

Frère Léon, je ne peux pas prendre ce cornet à cause
de mes chaînes. Je vous prie de jouer à ma place.

Le moine remue le cornet et lance les dés par terre.

LE SOLDAT, *regardant les dés.*

Trois as! ce n'est pas mauvais.

> *(Il lance les dés à son tour.)*

Quatre as! j'ai gagné.

FRÈRE LÉON

Donne-lui la lettre quand même, mon fils!

LE SOLDAT

Je ne lui donnerai pas la lettre, mais je veux bien la lui lire. Qui sait s'il n'y a pas des complotations là dedans contre Sa Majesté?

> *(Il ouvre la lettre et s'approchant du fanal se met en devoir de lire.)*

Ha! ha!

> *Il rit aux éclats.*

DEUXIÈME SOLDAT

Qu'est-ce qui te fait rire?

PREMIER SOLDAT

Mon cher papa, qu'elle dit.

DEUXIÈME SOLDAT

Qu'est-ce qu'il y a de drôle?

PREMIER SOLDAT

Il lui a fait croire qu'il était son papa! Son papa est Cachadiablo comme on l'appelait, Don Camille, un autre renégat dans le temps, comme lui, qui faisait de la piraterie sur la côte du Maroc,

Et qui avait pour maîtresse la veuve d'un ancien Capitaine général des Présides, attends un peu, elle s'appelait un drôle de nom, quelque chose comme Ogresse ou Bougresse, Prouhèze.

FRÈRE LÉON

Ce n'était pas sa maîtresse, mais sa femme. Je le sais, c'est moi qui les ai mariés tous deux autrefois quand j'étais à Mogador.

DON RODRIGUE

Eh quoi, mon père, vous avez connu Prouhèze?

PREMIER SOLDAT

Paraît que c'est tout de même Rodrigue qui est le papa. *Mon cher papa*, qu'y a d'écrit. Ho! ho!

DEUXIÈME SOLDAT

Attends un peu, il a quelque chose à dire. Monsieur a quelque chose à dire?

DON RODRIGUE

Nullement. Je m'associe à votre simple gaieté. C'est défendu de rire? Votre camarade a un rire communicatif qui indique une heureuse nature.

DEUXIÈME SOLDAT

Et ça vous fait rien qu'on vous appelle un traître?

DON RODRIGUE

Cela me ferait quelque chose si j'en étais un.

DEUXIÈME SOLDAT

Mais c'est vrai que vous en êtes un!

DON RODRIGUE

Alors on a su s'arranger pour que je ne fasse de mal à personne.

DEUXIÈME SOLDAT, *au Premier Soldat.*

Lis-nous la suite.

PREMIER SOLDAT, *lisant.*

« Le Roi vous a donné l'Angleterre. Vous n'avez plus besoin de moi. » Ha! ha! ha!

Il rit aux éclats.

DEUXIÈME SOLDAT

Le Roi lui a donné l'Angleterre, c'est drôle! Il n'y a plus qu'à la prendre!

PREMIER SOLDAT

Mon vieux, il y a une actrice appelée, appelée quelque chose, elle lui a fait croire que c'était elle Marie, la reine d'Angleterre.

Elle est allée se jeter à ses pieds pour lui demander de voler à son secours et d'accepter un royaume de sa main.

DEUXIÈME SOLDAT

C'est drôle.

PREMIER SOLDAT

C'est alors qu'ils ont fait toute espèce de petits arrangements ensemble contre le Roi d'Espagne. Elle a tout raconté.

DEUXIÈME SOLDAT

J'aurais voulu être là quand il a posé ses conditions au Roi pour accepter l'Angleterre! Tout le monde en rit sur la mer!

DON RODRIGUE

Vous voyez là un exemple, mon Père, des situations ridicules où peut se mettre un homme d'imagination. Rien ne lui paraît surprenant.

Comment ne pas croire une jolie femme qui absorbait tout ce que je disais de la bouche et des yeux, une personne charmante qui dessinait si bien et qui du bout de son pinceau ramassait mes moindres intentions?

PREMIER SOLDAT, *approchant la lettre du falot.*

Où en étais-je? « ... l'Angleterre, vous n'avez plus besoin de moi. »

FRÈRE LÉON

Manoel, j'ai là dans ma poche quatre pièces d'argent que les âmes charitables m'ont données pour mon couvent,

Je te les donne si tu me donnes cette lettre.

PREMIER SOLDAT

Je vous la donnerai quand je l'aurai lue.

DON RODRIGUE

Laissez-le lire, Frère Léon.

PREMIER SOLDAT

« Je pars pour rejoindre Jean d'Autriche. » Ça, c'est une nouvelle. Tu as entendu, le vieux? Elle part pour rejoindre Jean d'Autriche.

DEUXIÈME SOLDAT

Jean d'Autriche va l'épouser pour sûr. Il n'y aura plus
à s'occuper de son établissement

PREMIER SOLDAT

Elle a su qu'on arrêtait son père. Il n'y avait plus qu'à
déguerpir au plus vite. Ce vieux bancal qu'on met en
prison, il n'y a plus qu'à le lâcher. Ce n'est pas pour rien
qu'on est la fille de deux traîtres

DEUXIÈME SOLDAT

C'est le moment de rejoindre Jean d'Autriche.

PREMIER SOLDAT

L'aura-t-elle rejoint seulement? Tout à l'heure j'ai
entendu dire que les pêcheurs venaient de ramasser
dans l'eau une jeune fille qui est morte entre leurs mains.

FRÈRE LÉON

Comment pouvez-vous être tous les deux si méchants
et si cruels?

PREMIER SOLDAT

C'est lui qui nous défie et qui se moque de nous avec
son air supérieur et tranquille.

On dirait que c'est Monsieur qui nous a invités et qui
ressent une sincère satisfaction de la joie qu'il nous cause
en nous agréant au nombre de ses domestiques.

FRÈRE LÉON, *à Don Rodrigue, lui mettant la main
sur la main.*

Don Rodrigue, ce n'est pas vrai, ou alors c'est une
autre jeune fille.

DON RODRIGUE

J'en suis sûr. Que pourrait-il m'arriver de mauvais par une nuit si belle ?

DEUXIÈME SOLDAT

C'est une belle nuit pour vous que celle où l'on vous emmène pour vous mettre en prison ou pour vous vendre comme esclave ?

DON RODRIGUE

Je n'ai jamais vu quelque chose de si magnifique ! On dirait que le ciel m'apparaît pour la première fois. Oui, c'est une belle nuit pour moi que celle-ci où je célèbre enfin mes fiançailles avec la liberté !

DEUXIÈME SOLDAT

Tu as entendu ce qu'il dit ? Il est fou.

PREMIER SOLDAT

Achevons notre lecture : « Je vais rejoindre Jean d'Autriche. Adieu. Je vous embrasse. Nous nous retrouverons... » Je ne peux pas lire.

FRÈRE LÉON

Donnez-moi la lettre.

PREMIER SOLDAT

« ... au ciel. Nous nous retrouverons au ciel. »

DEUXIÈME SOLDAT

Au ciel ou bien ailleurs. Ainsi soit-il.

FRÈRE LÉON

Il n'y a pas autre chose?

PREMIER SOLDAT

« Votre fille qui vous aime. Marie de Sept-Épées. »

DEUXIÈME SOLDAT

Ça termine bien la lettre.

PREMIER SOLDAT

Il y a encore une ligne. « Quand je serai arrivée avec
Jean d'Autriche, je dirai que l'on tire un coup de canon.
Faites attention. »

APPEL DE FEMME *dans la nuit sur la mer.*

Oh! de la barque!

PREMIER SOLDAT

On nous appelle. Il y a une barque là-bas qui nous
fait signe avec un falot.

> *Tous les deux vont dans une autre partie du bateau.*

DON RODRIGUE, *à voix basse.*

Est-ce vrai, Frère Léon? pensez-vous que ce soit
vraiment mon enfant que les pêcheurs ont ramassée dans
la mer?

FRÈRE LÉON

Non, mon fils. Je suis sûr que ce n'est pas vrai.

DON RODRIGUE

Brave Sept-Épées! Non, non, ni ton père ni toi ne
sommes de ceux que la mer engloutit! Celui qui a un

bras vigoureux et qui respire à pleine poitrine l'air de Dieu, il n'y a pas de danger qu'il enfonce! Il surmonte joyeusement cette grosse vague magnifique et qui ne nous veut aucun mal!

FRÈRE LÉON

Il faut lui pardonner.

DON RODRIGUE

Lui pardonner, dites-vous? il n'y a rien à pardonner. Ah! que n'est-elle ici, chère enfant, pour que je la serre entre ces bras chargés de chaînes!

Va à ta destinée, mon enfant! va combattre pour Jésus-Christ, mon agneau, à côté de Jean d'Autriche,

L'agneau que l'on voit sur les peintures avec sa petite bannière sur l'épaule.

FRÈRE LÉON

Frère Rodrigue, ne serait-ce pas le moment de m'ouvrir votre cœur chargé?

DON RODRIGUE

Il est chargé de péchés et de la gloire de Dieu, et tout cela me vient aux lèvres pêle-mêle quand j'essaye de m'ouvrir!

FRÈRE LÉON

Dites-moi donc tout à la fois.

DON RODRIGUE

Ce qui vient le premier, c'est ma nuit au fond de moi comme un torrent de douleurs et de joie à la rencontre de cette nuit sublime!

Regardez!

On dirait toute une population autour de nous qui ne vit que par les yeux!

FRÈRE LÉON, *montrant le ciel.*

C'est là dedans, Rodrigue, que vous allez célébrer vos fiançailles avec la liberté!

DON RODRIGUE, *à voix basse.*

Frère Léon, donnez-moi votre main. Essayez de vous rappeler. C'est vrai que vous l'avez vue?

FRÈRE LÉON

De qui voulez-vous parler?

DON RODRIGUE

Cette femme que vous avez mariée autrefois à Mogador. Ainsi vous l'avez vue? C'est vrai que vous l'avez vue? Qu'est-ce qu'elle vous a dit? Comment était-elle, ce jour-là? Dites-moi s'il a jamais existé au monde une femme plus belle?

FRÈRE LÉON

Oui, elle était très belle.

DON RODRIGUE

Ah! ah! cruelle! ah! quel atroce courage! ah! comment a-t-elle pu me trahir et épouser cet autre homme! et moi je n'ai tenu qu'un moment sa belle main contre ma joue! Ah! après tant d'années la plaie est toujours là et rien ne pourra la guérir!

FRÈRE LÉON

Tout cela un jour vous sera expliqué.

DON RODRIGUE

Vous devez vous rappeler. Le jour que vous l'avez mariée, est-ce qu'elle avait l'air heureuse à côté de ce nègre? Est-ce qu'elle lui a donné volontiers sa belle main, le doigt de sa main pour qu'il y passe l'anneau?

FRÈRE LÉON

Il y a si longtemps. Je ne me rappelle plus.

DON RODRIGUE

Vous ne vous rappelez plus? Eh quoi, même ces yeux si beaux?

FRÈRE LÉON

Mon fils, il ne faut plus regarder que les étoiles.

DON RODRIGUE

Vous ne vous rappelez plus?
Ah! ce sourire radieux et ces yeux pleins de foi qui me regardaient! Des yeux que Dieu n'a pas faits pour voir ce qu'il y a de vil et de mort en moi!

FRÈRE LÉON

Abandonnez ces pensées qui vous déchirent le cœur.

DON RODRIGUE

Elle est morte, morte, morte! Elle est morte, mon Père, et je ne la verrai plus! Elle est morte et jamais elle ne sera à moi! Elle est morte et c'est moi qui l'ai tuée!

FRÈRE LÉON

Elle n'est pas si morte que ce ciel autour de nous et cette mer sous nos pieds ne soient encore plus éternels!

DON RODRIGUE

Je le sais! C'était cela qu'elle était venue m'apporter avec son visage!

La mer et les étoiles! Je la sens sous moi! Je les regarde et je ne puis m'en rassasier!

Oui, je sens que nous ne pouvons leur échapper et qu'il est impossible de mourir!

FRÈRE LÉON

Fouillez dedans tant que vous voudrez! Vous n'arriverez pas au bout de ces trésors inépuisables! Il n'y a plus moyen de leur échapper et d'être ailleurs! On a retiré autre chose que Dieu! On a enchaîné l'exacteur! Tout ce qui en vous s'accrochait misérablement aux choses une par une et successivement! C'est fini des œuvres serviles! On a mis aux fers vos membres, ces tyrans, et il n'y a qu'à respirer pour vous remplir de Dieu!

DON RODRIGUE

Vous comprenez ce que je disais quand tout à l'heure j'ai ressenti obscurément que j'étais libre?

Choc, le bateau est abordé par un autre bateau.

VOIX DE FEMME

Aidez-moi!

Une vieille religieuse, suivie par une autre plus jeune, monte à bord.

PREMIER SOLDAT

Salut à la sœur glaneuse!

LA RELIGIEUSE

Bonjour, mon petit soldat! Il n'y a rien pour moi sur ton bateau?

PREMIER SOLDAT

Si, il y a un tas de vieux bouts et débris de toutes sortes, vieilles armes, vieux chapeaux, vieux drapeaux, fers cassés, pots fendus, chaudrons fêlés, qu'on m'a donné à vendre à Majorque.

LA RELIGIEUSE

Montre voir, mon petit soldat.

PREMIER SOLDAT

C'est trop sale et trop vilain pour vous.

LA RELIGIEUSE

Il n'y a rien de trop sale et trop vilain pour la vieille sœur chiffonnière. Tout est bon pour elle. Les déchets, les rognures, les balayures, ce qu'on jette, ce que personne ne veut, c'est ça qu'elle passe son temps à chercher et ramasser.

PREMIER SOLDAT

Et vous faites de l'argent avec ça?

LA RELIGIEUSE

Assez d'argent pour nourrir beaucoup de pauvres et de vieillards et pour bâtir les couvents de la Mère Thérèse.

DON RODRIGUE

C'est la Mère Thérèse de Jésus qui vous envoie ainsi la mer glaner?

LA RELIGIEUSE

Oui, mon garçon, je glane pour elle et pour tous les couvents d'Espagne.

Le Soldat est allé chercher une brassée de vieux vêtements et d'objets hétéroclites qu'il jette sur le pont. La Religieuse les examine et les remue du bout de sa canne à la lueur de la lanterne.

LA RELIGIEUSE

Qu'est-ce que tu veux de tout ça?

PREMIER SOLDAT

Trois pièces d'or!

LA RELIGIEUSE

Trois pièces d'or! Je veux bien t'en donner deux.

DON RODRIGUE

Mère glaneuse! Mère glaneuse! Puisque vous êtes amateur, pourquoi est-ce que vous ne me prenez pas aussi avec les vieux drapeaux et les pots cassés?

LA RELIGIEUSE, *au Soldat.*

Qu'est-ce que c'est que celui-là?

PREMIER SOLDAT

C'est un traître que le Roi m'a donné à vendre au marché.

LA RELIGIEUSE, *à Don Rodrigue.*

Eh bien, mon garçon, tu entends? tu es un traître, que veux-tu que je fasse d'un traître? Si encore tu avais tes jambes au complet.

DON RODRIGUE

Vous m'aurez pour pas cher!

LA RELIGIEUSE, *au Soldat.*

Est-ce qu'il est à vendre pour de bon?

PREMIER SOLDAT

Il est à vendre, pourquoi pas?

LA RELIGIEUSE

Et qu'est-ce que tu sais faire?

DON RODRIGUE

Je sais lire et écrire.

LA RELIGIEUSE

Et est-ce que tu sais faire la cuisine? Ou coudre et tailler les vêtements?

DON RODRIGUE

Je sais parfaitement bien.

LA RELIGIEUSE

Ou raccommoder les souliers?

DON RODRIGUE

Je sais aussi.

PREMIER SOLDAT

Ne l'écoutez pas. Il ment.

LA RELIGIEUSE

Ce n'est pas beau de mentir, mon garçon.

DON RODRIGUE

Du moins je peux relaver la vaisselle.

PREMIER SOLDAT

Si vous la lui donnez, il cassera tout.

DON RODRIGUE

Je veux vivre à l'ombre de la Mère Thérèse! Dieu m'a fait pour être son pauvre domestique.

Je veux écosser les fèves à la porte du couvent. Je veux essuyer ses sandales toutes couvertes de la poussière du Ciel!

FRÈRE LÉON

Prenez-le, Mère glaneuse.

LA RELIGIEUSE

C'est pour vous faire plaisir, mon Père. Je le prends, mais je ne veux rien payer pour lui.

PREMIER SOLDAT

Ce n'est pas que j'y tienne, mais il faut me donner une petite douceur. Un petit sou d'argent, histoire de dire que j'en ai retiré quelque chose.

LA RELIGIEUSE

Alors tu peux le garder.

FRÈRE LÉON

Donne-le, soldat. Il sera en sûreté. Personne ne sait ce qui peut encore sortir de ce vieux Rodrigue.

PREMIER SOLDAT

Alors vous pouvez le prendre.

LA RELIGIEUSE

Et j'aurai en plus cette espèce de chaudron en fer que je vois là et dont vous ne faites rien? Ou alors je ne le prends pas.

PREMIER SOLDAT

Prenez-le! Prenez tout! Prenez ma chemise!

LA RELIGIEUSE

Emballez tout cela, ma sœur. Et toi, viens avec moi, mon garçon.

Fais attention à l'échelle avec ta pauvre jambe.

DON RODRIGUE

Écoutez!

Trompette au loin sonnant triomphalement.

LA RELIGIEUSE

Cela vient du bateau de Jean d'Autriche.

DON RODRIGUE

Elle est sauvée! mon enfant est sauvée!

> *Coup de canon dans le lointain.*

FRÈRE LÉON

Délivrance aux âmes captives!

> *Les instruments de l'orchestre se taisent un par un*

EXPLICIT OPVS MIRANDVM.

> Paris, mai 1919.
> Tokyô, décembre 1924.

TROIS FIGURES SAINTES.

VISAGES RADIEUX.

QUI NE SOUFFRE PAS... (Réflexions sur le problème social.) *Préface et notes de Hyacinthe Dubreuil.*

MÉMOIRES IMPROVISÉS, *recueillis par Jean Amrouche.*

CONVERSATION SUR JEAN RACINE.

ŒUVRES EN PROSE (1 vol., *Bibliothèque de la Pléiade*).

MORCEAUX CHOISIS.

PAGES DE PROSE *recueillies et présentées par André Blanchet.*

LA PERLE NOIRE, *textes recueillis et présentés par André Blanchet.*

JE CROIS EN DIEU. *Textes recueillis et présentés par Agnès du Sarment. Préface du R. P. Henri de Lubac, S. J.*

AU MILIEU DES VITRAUX DE L'APOCALYPSE. *Dialogues et lettres accompagnés d'une glose. Édition établie par Pierre Claudel et Jacques Petit.*

Correspondance.

CORRESPONDANCE AVEC ANDRÉ GIDE (1899-1926). *Préface et notes de Robert Mallet.*

CORRESPONDANCE AVEC ANDRÉ SUARÈS (1904-1938). *Préface et notes de Robert Mallet.*

CORRESPONDANCE AVEC FRANCIS JAMMES ET GABRIEL FRIZEAU (1897-1936) AVEC DES LETTRES DE JACQUES RIVIÈRE. *Préface et notes d'André Blanchet.*

JOURNAL (2 vol., *Bibliothèque de la Pléiade*).

ŒUVRES COMPLÈTES : *vingt-huit volumes parus.*

CAHIERS PAUL CLAUDEL :

    I. « TÊTE D'OR » ET LES DÉBUTS LITTÉRAIRES

    II. LE RIRE DE PAUL CLAUDEL

    III. CORRESPONDANCE PAUL CLAUDEL-DARIUS MILHAUD 1912-1953

    IV. CLAUDEL DIPLOMATE

    V. CLAUDEL HOMME DE THÉÂTRE

Impression Bussière à Saint-Amand (Cher),
le 9 mai 1986.
Dépôt légal : mai 1986.
1ᵉʳ dépôt légal dans la collection : décembre 1972.
Numéro d'imprimeur : 1370.
ISBN 2-07-036774-6./Imprimé en France.